岩　波　文　庫

31-171-2

日本近代文学評論選

昭　和　篇

千　葉　俊　二
坪　内　祐　三　編

岩　波　書　店

目　次

文壇ギルドの解体期
――大正十五年に於ける我国ジャーナリズムの一断面――

大宅壮一

一九二六(大正一五)年十二月、『新潮』に発表。大宅は、近代日本の文学状況を封建時代の特権的な同業者組合になぞらえ、「文壇ギルド」と命名。その特徴は、「徒弟」たちが「親方」のもとで一定の文学修業を経て「文壇」に加わり、仲間うちで市場を独占するという点にある。しかし、「すべての社会形態は、それが完成した時既にその内部には、それを崩壊させる要素が潜んでいる」という視点から、当代を「文壇ギルド」の解体期と見なし、その原因と結果を列挙してゆく。文学者の社会的地位向上による作品の質の低下、「素人」の文壇進出、プロレタリア文学運動の勃興、利潤の追求を第一とする大出版業者の文芸界への介入、純文芸雑誌の経営難、文学者による雑誌創刊とその縄張り争いなどの状況を挙げ、「文壇ギルド」崩壊の様相に、文学の資本主義への降伏を見てとった。ジャーナリズム的感性にすぐれ、時代の見取り図をいち早く、的確に描く大宅の本格的文筆活動のはじまりとなった文章である。底本には初出誌を用いた。

大宅壮一(一九〇〇―七〇)評論家。幅広くジャーナリズムで活躍し、「恐妻」「一億総白痴化」など多くの新語を生みだした。評論集『文学的戦術論』『モダン層とモダン相』など。

(一) ギルドとしての文壇

外国にマスタア・オヴ・アーツという称号があるが、これほど適確に、従来の我国の「文壇人」の本質を言い現した言葉は尠《すくな》い。マスタアとは、元来手工業組合(Craft guild)の「親方」乃至《ないし》「頭梁」から来た言葉である。封建時代の職人が「親方」になるためには、一度は必ず「徒弟」(Apprentice)たることを必要とし、その年限が終った後、卒業製作というものを拵《こしら》えた。これを称してマスタア・ピース(Masterpiece)と呼んだのである。即ちマスタアになるためのピース(製作品)という意味である。

唯物史観によれば、上部構造の進化は基底の進化に遅れることを原則とする。殊《こと》に我国のように、突如として隔段に進歩した外来文化のために征服されたところに於ては、甚だしく進化の段階を異にする様々な社会群が雑然として併存するという奇観を呈する場合が多い。こういう見地から従来の我国の「文壇」を考察する時、それは果して社会進化の如何《いか》なる段階に位するであろうか。

明治維新と共に生れ出た我国の資本主義が、日露戦争の刺戟に遭《あ》い、封建時代の殻から蟬脱《せんだつ》して世界の市場に活躍し始めた頃、日本文壇の大頭梁尾崎紅葉出《い》でて、硯友社《けんゆうしゃ》一派の文壇ギルドが確立し、次いで世界戦争の影響を受けて日本の資本主義が漸く爛熟の域に達して来た時、親方漱石の庇護の下に、今日の文壇を担《にな》って立っているところの幾多の新人が輩出して、文壇ギルドはここに完成の域に達した。

ところで私は、従来の「文壇」を指して何故に「ギルド」という名称を以って呼ぶのであるか。簡単にその理由を明らかにして本論に入ろう。

先《ま》ず第一に気がつくことは、「実業界に出る」という言葉と、「文壇に出る」という言葉との間に、隔然たる相違の存することである。前者は純然たる弱肉強食の自由競争場裡に乗り出して一騎打ちすることを意味し、後者はいくらか封建的余裕を有し、一度出てしまえばある程度まで生活が保証される一種の社会群、即ちギルドの親方の仲間入りをすることを意味する。何となれば、芝居を作ったり小説を書いたりすることは、多年その道の修業を経たものでなければ、「素人《しろうと》」ではちょっと手がつけられぬことであり、その結果彼らの集団、即ち組合はある程度まで市場を独占する力を具えているからである。従って今日の多くの文学志望者は、実は文学志望者ではなくて大抵文壇志望者であるということは当然の現象である。

第二に、従来の文壇に見受けられるような、「素人」と「玄人《くろうと》」との間の截然《せつぜん》たる区別は、封建的手工業者の間でしか見られない現象である。文壇のマスタア連は、彼ら相互の間ではどんなに啀《いが》み合っていても、「素人」に向った時には、見事に一致団結する。

かくて「素人」の作品は大部分黙殺される。中には「素人」の作品でも異常な社会的センセーションを捲《ま》き起《おこ》した結果、已《や》むを得ず問題にしなければならなくなった場合でも、何処《どこ》かにあらを見つけ出して難癖《なんくせ》をつける。(それは一面彼らの自己安慰である。)反対に彼らの仲間の作ったものは、それが第三者の眼から見てどんなにつまらないものであっても、そこに何らかの「うま味」を発見することを決して忘れない。こういう風にして外来者の侵入を防止することは、「ギルド」に特有な現象であって、その警戒を怠る時は、長年彼らの独占に委ねられて来た市場が、忽ち掻き乱される恐れがあるからである。例えば『新潮』の合評会(社会思想家らの闖入《ちんにゅう》する前の)の如きは、「ギルド」の利益を擁護するマスタアの最高会議であって、そこで「素人」と「玄人」とが厳重に篩《ふる》い分けられるのである。

第三に、今なお従弟制度(外形は多少違っていても)の存することである。文壇人の間にしばしば行われる出版記念会なるものは、ギルドに仲間入りをする披露会《ひろうかい》であって、そこで新人が彼のマスタア・ピースを以って、世に(というよりはむしろ文壇即ちギルドに)問うのである。而して彼がこの卒業試験に及第するためには、その卒業製作は必ずしも「傑作」たることを要しない。彼の卒業製作はむしろ、彼のために出版記念会を開いてくれる先輩(即ち親方)を獲得した事実に存する。かくて彼は一人前の文士となる。

文士録に登録されて一躍「有名」になる。つまり「有名」になることは「親方」になることである。こうして「有名」になった者同志が互に褒《ほ》め合い、問題にし合って、「有名」を維持して行く。「先生褒め」「弟子褒め」「仲間褒め」といったような批評界の常套語《じょうとうご》がこの間の消息を雄弁に語っている。とにかく「文壇」というギルドに仲間入りするためには、賞讃に値する作品を書く前に、先ず賞讃してくれる先輩なり仲間なりを持つ必要があるのである。

これを要するに従来の文壇は、「小説ギルド」「脚本ギルド」「戯作ギルド」「心境ギルド」「通俗ギルド」「大衆ギルド」等等等といったような多くのギルドが集って、一大「文壇ギルド」を形成しているのである。そして彼ら文人は概《おおむ》ね文章の熟練工であり、感情の熟練工である。

(二)　ギルドの崩壊

弁証法を俟《ま》つまでもなく、すべての社会形態は、それが完成した時既にその内部には、それを崩壊させる要素が潜んでいる。

欧州戦争勃発後洪水の如く押寄せて来た好景気の波は、多くの成金を作ると共に、中産以下の階級の懐中を潤し、我国のヂャーナリズムのために尨大《ぼうだい》なる市場を供給した。

殊《こと》に近年に於ける最も著しい現象ともいうべき婦人の読書欲の増大は、ヂャーナリズムにとっては、広大なる新植民地の発見にも似たる影響を与えた。かくて婦人雑誌の急激なる発展は、支那を顧客とする紡績業の発達が日本の財界に及ぼしたのと同じような影響を我国の文壇に与えた。そして流行作家の収入は、婦人雑誌の発展に比例して暴騰《ぼうとう》した。

また他面に於いて、造幣局で貨幣を作るような、現代の資本主義的画一的普通教育の普及は、あらゆる方面に於て多くの「ファン」を作る。かくて活動ファンや野球ファンと等しく、莫大なる文学ファンが発生する。ヴァレンチノの署名付肖像に随喜する活動ファンや、ただ単に寄席に出るベーブ・ルースの顔が見たいために高い入場料を払う野球ファンがあるのと同様に、流行作家の書いたものでありさえすれば、どんなに馬鹿馬鹿しいものであっても、無名作家の心血を注いだ傑作よりも、比べものにならないほど高い市場価値《マアケツト・プライス》が発生する。

それらの結果、彼らの生活及び作品にどんな影響を与えたであろうか。文学者の社会的地位が急激に上昇したことはいうまでもない。これまで安い稿料を以って辛うじて口に糊しながら、陋巷《ろうこう》に燻《くすぶ》って苦吟していた彼らは、一躍タクシーを飛ばして待合に出入する身分になった。中には毎月国務大臣と魚屋の支払高を争うほど豪気なものが出たり、大臣階級の子弟から文壇志願者が続出したりするようになった。しかしながら待合と芸者とカフェーと女給と花牌と将棋と麻雀と玉突と野球と……こういうものの順列及び組合《パーミュテーション・アンド・コンビネーション》せから、果してどんな作品が生まれるか想像するに難くはない。偉大なる文学は生命の緊張から生れる。だらけた生活からはだらけた作品しか生れない。しかもこのだらけた作品を以って市場の独占を維持継続しようとするところに、早晩このギルドの崩壊する必然性が潜んでいるのである。

　中世期に於てギルドが栄えていた頃には、ギルドは市場を独占する特権をその掌中に収めると同時に、他方では組合員に対して峻厳なる取締を励行して、品質の良好、取引の正直を期する上には、極めて自治的な訓練が行われていた。然るにギルドが解体期に近づいて来るに従って、対外的には益々峻厳になると共に、対内的にはいよいよルーズになって来るものである。昔のギルド・マンは、技を練り腕を磨くために、いわゆる「旅稼ぎ」に出て、諸方を遍歴した。今日の我国の文壇人の中で、単に材料を探索するだけの目的を以ってしても、あるいはゾラの如く、あるいは藤森氏の如く、社会のどん底に飛込んで行く程度の勇気と真剣味を持っている人がどれだけあるだろうか。

　彼ら文壇人は口を揃えて「たねの飢饉」を訴える。たねの飢饉は、言い換えるならば、生活の飢饉である。生命の飢饉である。文壇人甲の生活内容と、文壇人乙の生活内容との間に、殆ど何らの差異をも認めることが出来ないとすれば、二人の作品から果して如何《いか》なる本質的差異を期待することが出来るであろうか。従って彼らの作品は、彼らの生活と等しく、いずれも一様であり、単一であり、小細工であり、非冒険的であって、これを要するにその大部分は、文壇長屋の井戸端会議に尾鰭《おひれ》を附けたものに過ぎない。「近頃の作品は殆ど読んでいない。」ということを、むしろ誇らしげに口にする文壇人が多いが、これほど文壇人自身による文壇その者に対する侮辱があるだろうか。ここに文壇ギルドが既に末期に臨んでいる徴候が露骨に現れているではないか。

以上述べたところは、文壇ギルド解体の内部的原因並《ならび》に徴候である。それでは果してそれがどういう結果となって外部に現れているであろうか。

第一に「素人」の文壇侵入である。最近の著しい傾向は、まるで別な畑に育った人が、文芸的作品を発表して新聞雑誌の紙面を略奪しつつあることである。殊に筋の変化を豊富に盛ってありさえすれば、少々粗雑であっても認容される通俗物に於て、この傾向が著しい。これは恐らく最初は編輯者が流行作家の原稿がとれなくて窮した揚句《あげく》の出来事であったろうが、それでもある程度まで読者をつなぐ力のあることがわかって来ると、終《つい》には編輯者の方でも彼らを歓迎するに至ったのであろう。かくて彼ら「素人」は中央文壇からは一顧も与えられなくても、非文壇的文壇に於て着々その地位を築きつつあるのである。文壇的名声がなくても、「芸術味」が欠けていても、面白くさえあれば読者は食いつくものであるということに、ヂャーナリズムが気づいて来たのである。それどころか、貧弱な経験を水で薄めた文壇人の作品よりは、少々粗雑でも緊張味の多い「素人」のものを歓迎するようにさえなって来た。実際また実力の点に於ても、両者の区別が次第に消滅しつつあることは事実である。

第二にプロレタリア文芸運動の勃興である。これは第一の「素人」の文壇侵入の一種と見做さるべきものであるが、従来の文壇に見られなかった新しい批評的尺度を齎《もた》らした点に於て、単なる「素人」と異《こと》なる。ギルドの内部に於て久しい間神聖にして犯すべからざるものとされていた批評的尺度に代うるに、文学とは何ら本質的な関係がないかのように考えられていた新しい尺度を以ってせよという凄じい要求は、脂肪過多のため狭心症にかかって動きがとれなくなっている文壇人には、非常な脅威であるに違いない。それもただ単にギルドへの加盟と特権の分割を要求するに留る者もあるが、中には更に進んでギルドその者の崩壊を計るものも尠《すくな》くはない。最近『新潮』の合評会に文芸の道にかけては全く素人たる社会思想家が列席して文学を論じたり、純文芸の雑誌に、従来殆ど文芸について口にしなかった人々の文芸論がしばしば発表されたりするという事実は、見方によって「玄人」の「素人」への降服である。

第三に、現文壇が無暗に末技に拘泥《こうでい》したり、やたらに新しいものを求めたりする傾向を挙げることが出来る。人格を忘れた者が辺幅《へんぷく》を修飾する如く、根幹を忽《ゆるが》せにする者がかえって枝葉を重んじるものである。今日の文壇人の批評なるものを聞いていると、指物屋《さしものや》が家を批評するようで、部分のみが眼について全体が見えない。その結果、部分的に見て益々斬新奇抜なものが発明される。外国で何か新しい傾向が流行すると、銀座の洋品店のように競ってこれを輸入する。しかもその際、その新傾向が発生するに到った背景や必然性の如きは全然顧みられず、輸入されるものはただその形式だけである。かくて如何に多くの新型がクロス・ワード・パッルの如く、文壇の飾《ショウ・》窓《ウインドウ》に現れたかと思ったらすぐ消えて行ったことか。かかる盲目的模倣を招くに至った動機は、生活をそのままにしておいて、作品だけを革新せんとする焦慮《しょうりょ》に存する。真の意味での「新」は、生活の更新と人格の革命を俟《ま》って初めて生れるものである。そしてそういう場合の「新」は、単なる「新」ではなくして「深」であると同時に「真」である。

第三に、純文芸雑誌及び純文芸出版書肆《しょし》の経営難または一般化を指摘することが出来る。元来資本主義は多量生産による利潤の増大を目的として進むものである。然るにある限定された範囲にのみサーキュレートする特殊雑誌が、誰にでも向くような一般雑誌と、発行部数に於て、広告力に於て、稿料の支払力に於て、殆ど競争にならないことはいうまでもない。その結果、「大家」の「力作」が次第に純文芸雑誌から影を潜めつつあることも自然の勢といわねばならぬ。従って純文芸の雑誌が従来の如き利潤を挙げ得ないのみならず、反対に益々損失を大にする傾向に向いつつあることも当然である。そこで、単に文壇というギルドの機関に留って、一般人の興味を喚《そそ》らぬ純文芸雑誌は、已《や》むなく廃刊するか、純文芸の甲殻を脱して一般化することによってより多くの読者を吸収するか、何れか一つを選ばねばならなくなる。これは最近多くの純文芸雑誌が共倒れした事実、あるいはサーヴァイヴせるもの、例えば『文芸春秋』、『不同調』、『新潮』、『随筆』等が追々一般化する傾向を有する事実を見れば明らかである。聞くところによれば、春陽堂でも『文章往来』と『新小説』を廃刊してもっと一般的な雑誌を出す計画が進んでいるそうである。

純文芸雑誌の不振は、同時に純文芸書肆《しょし》の不振を意味する。これは他面に於て、従来文芸物に手をつけなかった大出版業者及び新聞社が、最近文芸の普及に伴って、全く資本主義化したその偉大なる広告力と販売力とを誇示しつつ、貧弱なる純文芸書肆の手から流行作家の「傑作」を奪って行くことがまた後者の不振を助長する。かくてこの競争に耐えざる純文芸書肆は衰運に傾き、反対に前者と競争し得る大資本を擁する純文芸書肆は資本の集積に伴うトラスト化の傾向に従って、文芸物以外の出版に食入って、益々その大を成すに至るのである。

最後に、文壇における企業熱の勃興を挙げてペンを擱《お》こう。一人前の文士、即ちギルドの「親方」連までが、続々と同人雑誌や個人雑誌を出して、互に縄張りを争うということは、最近の文壇にのみ見受けられる特異な現象である。これはギルドがまさに解体に瀕《ひん》していることを雄弁に物語る事実である。これら文壇企業家は、大体二種に別《わ》けることが出来る。一は積極的に資本主義の向うを張ってこれに対抗せんとするものであり、他は消極的に資本主義から独立、というよりは孤立して、自分もしくは自分たちだけの世界を楽しまんとするものである。しかし何れにしても、従来金銭の事に疎《うと》いことを以ってむしろ誇としていた文人墨客《ぼっかく》が、俄《にわ》かに紙質の鑑定を覚え、活字の号数に頭を悩まし、書肆に足を運んで広告を貰い受けて、漸く雑誌が出来たかと思えば、売行が気になって夜も眠られないということは、確かに天下の悲惨事である。勿論中には本来資本主義的天賦を有する文壇人にして、まんまとこの企業に成功し、今では仕事場で鑿《のみ》を揮《ふる》う職人生活から完全に足を洗い、近代的資本家と成り上って(見方によれば成り下って)生産機関を掌中に収めている者もないことはないが、大抵は明治維持に殿様から戴いた涙金で商売を始めた武士階級と同じ運命に陥《おちい》るであろう。とにかくかかる企業熱の勃興は、積極的と消極的の差こそあれ、何れも文壇ギルドの崩壊を意味し、資本主義への降服を意味する点に於て同一である。我々はむしろ、資本主義社会に於て文壇ギルドが今日まで維持せられて来たことを奇とするものである。

饒舌録(抄)

谷崎潤一郎

一九二七(昭和二)年二月から十二月まで『改造』に連載。ここには三月号掲載分を抄録。谷崎は同年一月の『文芸春秋』に「日本に於けるクリップン事件」を発表したが、この作品に対して芥川竜之介が、二月の『新潮』合評会で「話の筋と云うものが芸術的なものかどうか」「非常に疑問だと思う」と疑義を呈した。「饒舌録」の第一回に「自分が創作するにしても他人のものを読むにしてもそのことでないと面白くない」といって、ジョージ・ムーアの歴史小説とともに中里介山の「大菩薩峠」を推奨した谷崎は、翌三月号でこの芥川の発言を取りあげて真っ向から反論。谷崎は、従来の自然主義的リアリズムの伝統や作家の身辺雑記風の私小説の隆盛に対する批判的な立場を明瞭にし、「およそ文学に於いて構造的美観を最も多量に持ち得るものは小説」だと、小説の筋の面白さや虚構の重要性を強調した。芥川も翌月から「文芸的な、余りに文芸的な」を書きはじめてこれに応戦、ここにいわゆる「小説の筋論争」が惹起した。底本には初出誌を用いた。

谷崎潤一郎(一八八六―一九六五) 小説家。小説「刺青」「痴人の愛」「春琴抄」「細雪」「鍵」、随筆「陰翳礼讃」など。三度にわたる「源氏物語」現代語訳もある。

○

前号の続きを書くのであるが、その前にちょっと横道へ外《そ》れて、二月号の『新潮』合評会に出ている私の批評のことに就《つ》き一言したい。というのは、近頃の私の傾向として小説はなるべく細工の入り組んだもの、神巧鬼工《しんこうきこう》を弄《ろう》したものでなければ面白くないと、前号で私が書いたのに対し、ちょうどそれと反対のことを芥川君がいっているので、それに興味を感じたからである。芥川君の説に依《よ》ると、私は何か奇抜《きばつ》な筋ということに囚《とら》われ過ぎる、変てこなもの、奇想天外的なもの、大向《おおむこ》うをアッといわせるようなものばかりを書きたがる。それがよくない。小説はそういうものではない。筋の面白さに芸術的価値はない。と、大体そんな趣旨かと思う。しかし私は不幸にして意見を異《こと》にするものである。筋の面白さは、いい換《か》えれば物の組み立て方、構造の面白さ、建築的の美しさである。此《こ》れに芸術的価値がないとはいえない。(材料と組み立てとはまた自《おのずか》ら別問題だが。)勿論《もちろん》こればかりが唯一の価値ではないけれども、およそ文学に於て構造的美観を最も多量に持ち得るものは小説であると私は信じる。筋の面白さを除外するのは、小説という形式が持つ特権を捨ててしまうのである。そうして日本の小説に最も欠けているところは、此《こ》の構成する力、いろいろ入り組んだ話の筋を幾何学《きかがく》的に組み立てる才能、に在《あ》ると思う。だから此の問題を特に此処《ここ》に持ち出したのだが、一体日本人は文学に限らず、何事に就ても、此の方面の能力が乏しいのではなかろうか。そんな能力は乏しくっても差支《さしつかえ》ない、東洋には東洋流の文学がある、といってしまえばそれまでだが、それなら小説という形式を択《えら》ぶのはおかしい。それに同じ東洋でも、支那人は日本人に比べて案外構成の力があると思う。（少くとも文学に於ては。）これは支那の小説や物語類を読んでみれば誰でもさように感ずるであろう。日本にも昔から筋の面白い小説がないことはないが、少し長いものや変ったものは大概支那のを模倣したもので、しかも本家のに較べると土台がアヤフヤで、歪《ゆが》んだり曲ったりしている。

私自身の作品に就ては、自分も日本人の一人である以上大きなことはいえないけれども、ただしかしながら此の方面に多大な興味は感じているし、それを少しも邪道であるとは思っていない。もっとも芥川君の「筋の面白さ」を攻撃する中《うち》には、組み立ての方面よりもあるいはむしろ材料にあるのかも知れない。私が変な材料を択びすぎる、「や、此れは奇抜な種を見付けた」と、そう思うと、もうそれだけで作者自身が酔わされてしまう。そうして徒《いたず》らに荒唐奇《こうとうき》怪《かい》な物語を作って、独《ひと》りで嬉しがっている。というにあるらしい。けれども芥川君自身の場合はいざ知らず、私は昔から単なる思いつきで創作したことはないつもりである。下らないものや、まずいものや、通俗的なものや、随分お恥かしい出来栄えのものがあるけれども、たとえば今度の「クリップン事件」のようなものでも、その構想は自分の内から湧き出したもので、借り物や一時の思いつきではない。それがそう読んでもらえないのは自分の至らぬせいであるが、以上のことは私は自信をもっていえる。前号で趣味だの癖だのという文字を使ったのは、座談的に軽くいったからであるが。私が変なものや有邪気なものが好きなのは、実はもう少し深いところから来ているつもりだ。芥川君は私よりも自分自身を鞭うつような気持でいったのだそうだから、それなら私の関する限りでないけれども、私まで鞭うたれるのは願い下げにする。

作者が自分の作物《さくもつ》の「筋の面白さ」に惑わされるとは、それに眩惑《げんわく》される、酔ったようになる、ということだろうが、それならむしろそうであった方がいいと思う。此れは各作者の体質にもよるから、一概にはいえないけれども、私自身はいつでもそうだ。私はどんなつまらないものを書くときでも、多少酔ったようにならなければ書けない。話の筋を組み立てるとは、数学的に計算をする意味ではない。やはりそれだけの構想が内から燃え上って来るべきだと思う。此の事に就ては偉い作曲家の例が引かれて、昔からいい古されてはいるが。

それから「俗人にも分る筋の面白さ」という言葉もあるが、小説は多数の読者を相手とする以上、それで一向差支《いっこうさしつかえ》ない。芸術的価値さえ変らなければ、俗人に分らないものよりは分るものの方がいい。妥協的気分でいうのでない限り、通俗を軽蔑するなという久米君の説(『文芸春秋』一月号)に私は賛成だ。

賛成ついでに、合評会で宇野君が「九月一日前後のこと」をつまらないといっているのは、作者自身も同感である。正に「あれは小説ではない」のだ。「こういうものを見ると、此の人の文章は古くて実に常套的《じょうとうてき》だ」といわれても、一言もない。自分が悪いと思ったものをケナされるのは、いいと思ったものを褒《ほ》められるのと同様に愉快だ。あんなものを面白がられてはかえって気持ちが悪い。

○

前にいったような意味で、私は「大菩薩峠《だいぼさつとうげ》」の如《ごと》き筋で売る小説の出ることを大変にいいことだと思っている。低級な講談の蒸し返しを講談よりもなお下等にして、「大衆文芸」などと看板だけ塗り変えたのは感心出来ないが、真の大衆文芸は結構である。沙《さ》翁《おう》でもゲーテでもトルストイでも、飛び抜けて偉大なもので大衆文芸ならざるはない。ただ「大菩薩峠」程度の創意と品格とはあって欲しい。私があの中で一番好きなのは竜之介の殺人剣を表面へ現わさずに、雰囲気を以って出しているところ、たとえば甲府の辻斬のくだりで、霧の深い夜に米友《よねとも》が出会う場面、塩尻峠の三人の武士との立《た》ち廻《まわ》りで、その立ち廻りを描かずに峠の茶屋へ逃げ込んだ人々の恐怖を描き、仏頂寺弥助《ふっちょうじやすけ》と重傷を負わされた侍との会話を叙《じょ》し、蹌々踉々《そうそうろうろう》と草原《くさはら》をひとりさまよう竜之介の風貌《ふうぼう》を述《の》べているあたり、その前であったか後であったか、宇津木兵馬《うつきへいま》が狼《おおかみ》に喰《く》い殺された賊の屍骸《しがい》に刃物《はもの》の痕《あと》を認めるところ、こういうところはいわゆる「大衆文芸」だったら、きっと表面へ出さずには措《お》かない場面だが、それを悉《ことごと》く裏へ廻して、かえって凄味《すごみ》を添えている手際《てぎわ》は隅《すみ》に置けない。それから白骨温泉《しらほねおんせん》へ移って、竜之介の眼病が癒《い》ゆるが如く癒えざるが如く、じめじめとした、湿気た冷たさが骨身に沁みる。これに配するに無邪気で若いお雪ちゃんを以てしているのは常套手段であるけれども、コントラストとして或る程度まで成功している。竜之介が独《ひと》り山道を歩きながら、路端《ろばた》に湧き出る清水で眼を拭う一節、あすこは圧巻であると思った。私も読んでいて眼に清水の沁み込むのを覚えた。竜之介の人を殺すのが、果して竜之介が殺すのかどうかだんだん分らなくなって、わざと曖昧《あいまい》にぼかされて行って、最後に何とかいう淫乱な後家と番頭とが疑問の死に方をするのもいい。こうなって来ると、一《ひ》と入《しお》前の方の筆致の粗いのが惜まれてならない。清姫の帯のくだりや古市《ふるいち》のくだりなど、もう一遍書き直して読ませてもらいたいくらいに思う。

○

「大菩薩峠」は次第に気分小説になって来たので、筋が冗漫になり、組み立ての緊密さが欠けているのは是非もないが、組み立てという点で近頃私が驚いたのは、スタンダールの“The Charterhouse of Parma”である。この小説は英訳で五百ページからある。日本語にしたら千ページにもなる長篇で、ワーテルローの戦争から伊太利《イタリー》の公国を舞台にしたものだが、話の筋は複雑纏綿《てんめん》、波乱重畳《はらんちょうじょう》を極めていて寸毫《すんごう》も長いという気を起させない。むしろ短か過ぎる感があるほど圧搾《あっさく》されている。書き出しからワーテルローの戦場までがいくらか無味乾燥な嫌いはあるが、しかし元来スタンダールという人はわざと乾燥な、要約的な書き方をする人で、それが此の小説では、だんだん読んで行くうちにかえって緊張味を帯び、異常な成功を収めている。もし此の内容を、くだくだしい会話を入れたり、叙景《じょけい》をしたりして、新聞小説的に書いたら恐らく「大菩薩峠」ぐらいの長さにすることは何でもなかろう。つまりそれほどの長さのものを五百ページにきっちり詰めて、殆んど一ページ一ページに百ページもの内容を充実させてあるのである。だから寸分の隙《すき》もなく無駄もない。葛藤《かっとう》に富んだ大事件の肉を削り、膏《あぶら》を漉《こ》し、血を絞り取ってしまって、ただその骨格だけを残したような感じである。しかもその中に出て来る王侯宰相《さいしょう》才子佳人の性格は皆悉く驚嘆すべき鮮明さを以て浮き上っているのだから偉い。主人公のファブリチオはいうまでもないが、宰相のモスカ伯爵、此れが実によく描けている。仮りにも一小国の宰相を捉えて、その幅のある大きな性格、機略、聡明《そうめい》、熱情、嫉妬《しっと》、恋愛等の複雑なる種々相を書き分けることは大変な仕事だ。然《しか》るにそれが実に簡結に、所に依っては十行二十行の描写でさっさと片附けられて行く。筋も随分有り得べからざるような偶然事が、層々塁々と積み重なり、クライマックスの上にもクライマックスが盛り上って行くのだが、こういう場合、余計な色彩や形容があると何だか嘘らしく思えるのに、骨組みだけで記録して行くから、かえって現実味を覚える。小説の技巧上、嘘のことをほんとうらしく書くのには、――あるいはほんとうのことをほんとうらしく書くのにも、――出来るだけ簡浄な、枯淡な筆を用いるに限る。此れはスタンダールから得《う》る痛切な教訓だ。

スタンダールには此の外《ほか》“The Abbess of Castro”“The Cenci”などという、やはり異常な出来事を扱った短篇があって、「カストロの尼僧《にそう》」の最後の場面、「ウゴオネは行った、そうして急いで戻って来た、彼はエレナの死んでいるのを発見した、匕首《あいくち》が彼女の心臓にあった。」と、僅か一行半を以て結んであるところなど、支那の古典、例えば『史記』の文章を読むような感じがある。ツェンチの一族の物語は、あたかも予審調書のような記述法を以てして、人物光景の躍動していることただ精妙というの外はない。これほどの作家のものが、「赤と黒」と「恋愛論」を除いて、外に一向日本へ紹介されていないのは不思議なことだ。やはりこういう筋の面白いものは小説の邪道だと思われているせいであろうか。彼の作品を読んだあとで直《す》ぐにキングスレーの「ハイペシア」を読みかけたが、とても下らなく、無駄があってふわふわしていて読む気になれない。スタンダールに比べると、メリメなども大分光彩を失うであろう。これを日本に求めれば、内容こそ大《おおい》に異《こと》るが、幸田露伴氏の「運命」や「幽情記」や「骨董《こっとう》」などの作品は、さすがに遜色がないように思う。

○

辻潤《つじじゅん》君が「或る青年の告白」を訳しているだけで、ヂョーヂ・ムーアも一向日本で評判されないようである。ああいう変り種は一種の永井荷風(少し違うが)のようなもので、時勢に係わりがないからであろうか。もっともヂョーヂ・ムーアの特色は半分以上あの名文章の味《あじわ》いにあるから、辻君の訳はどうだか知れないが、日本語に直したら案外詰まらなくなるかも知れない。

ムーアのものでは何といっても自伝的作品が一番いい。「或る青年の告白」と"Memoirs of My Dead Life"——私は殊《こと》に後者が好きで、或る年の夏箱根の湖畔であれを読んだ時は、恍惚《こうこつ》として寝食を忘れた。「或る青年の告白」も冬の寒い晩に火が消えてしまって顫《ふる》えながら、夜を徹して読んだ。それがもう三十六、七の時だったけれども、かつて二十四、五の『新思潮』時代に和辻哲郎、木村荘太《きむらしょうた》、後藤末雄、大貫晶川《おおぬきしょうせん》らと文学芸術を談じ合った頃のような興奮を覚えた。前者は老後の回想であって、情調に於ては西洋の「雨瀟瀟《あめしょうしょう》」ともいうべきもの。冒頭の倫敦《ロンドン》の春の叙景《じょけい》"Lovers of Orelay"のくだりの恋の睦言《むつごと》、老年の下宿住まいのわびしい生活、人生の辛酸苦楽具《つぶさ》に備わって万感《ばんかん》交《こもごも》胸に迫るの思いがする。それから私は馬鹿にムーアが好きになって、自叙伝でない小説、"A Mummer's Wife"や"Esther Waters"を読んでみたが、バルザックを崇拝する人に似合わず、此れはひどく地味な写実物で、何だか徳田秋声氏に似ているような所があって、とんと勝手が違ってしまった。あの詩人風な人にこんな方面もあるのかと思って、甚《はなは》だ意外な感じがした。が、最近に至って出版された二つの歴史小説は、筋は簡単で、結構配置の上に面白味はないけれども、自叙伝と同じく詩趣横溢《おういつ》した叙情的気分で、「エロイーズとアベラール」の如き二冊で五百何十ページもあるものを、飽《あ》かせずに引《ひ》き擦《ず》って行く。二人が中世紀の巴里《パリー》の都はリュウ・デ・シャントルからオルレアンへ駈け落ちをする所など、一読三嘆、まるで浄瑠璃の道行きを聴くようである。それに会話をいちいち行を改めず、クォテーションマークもつけずに地《じ》の文と続けて書いてあり、"He said" とか "She said" とかの断りもなしに、二人の言葉が一つのセンテンスの中に織り込まれているところなどもあって、一種の新体を開いているのが、支那や日本の物語の書きざまに似ている。「ユリックとソラハ」の方は余りに一本筋に過ぎ、かつ私には馴染《なじみ》のない愛蘭土《アイルランド》の昔がたりなので少少退屈するが、文体は前者と同じで、部分部分にはやはり美しい。こういう風に、筋で持って行かずに気分や情調で持って行く歴史物もまた捨て難い。その代り此れで長篇を書くのは随分むずかしかろう。義太夫や平家琵琶を十段も聴かせるのと同じ手際がいる。

ムーアは既に六十いくつか七十以上か、よくは知らないが、よほどの歳に違いなかろう。ああいう肌合《はだあい》の人が、あの歳になってなおあれだけの労作をする元気があるのは、やはり西洋人の体質である。

文芸的な、余りに文芸的な(抄)

――併せて谷崎潤一郎氏に答ふ――

芥川竜之介

一九二七(昭和二)年四月、五月、六月、八月、『改造』に発表。ここには四月号掲載分から「一」「二」のみを抄録。同年二月の「饒舌録」において谷崎潤一郎は、小説の筋の面白さに芸術的価値はないという芥川の文学観へ真っ向から反論。本論は、そうした谷崎への論難を通して、芥川が自己の文学観を明確化しようと試みたもの。芥川は、多くの谷崎作品に見られるような「奇抜な話」に芸術的生命はないとし、「詩的精神」に支えられた「「話」らしい話のない小説」こそ通俗的興味のない、もっとも純粋な小説であると提唱し、ルナールや志賀直哉の諸短篇にその典型を見た。翌五月の「饒舌録」で谷崎は芥川に再反論し、六月掲載分の「文芸的な、余りに文芸的な」で芥川も再々反論したが、両者の議論はかみ合わないまま、七月二十四日の芥川の自殺で幕を閉じた。商業資本や消費社会の拡大にともない急速に浸透した文学の商品化・通俗化への反措定という点で、この論争は昭和十年の「純粋小説論争」へと連なるものでもある。底本には初出誌を用いた。

芥川竜之介(一八九二―一九二七)小説家。「鼻」が漱石に激賞され文壇に登場。小説「羅生門」「地獄変」「藪の中」「河童」「歯車」「或阿呆の一生」など。

一　「話」らしい話のない小説

僕は「話」らしい話のない小説を最上のものとは思っていない。従って「話」らしい話のない小説ばかり書けとも言わない。第一僕の小説も大抵は「話」を持っている。デッサンのない画《え》は成り立たない。それとちょうど同じように小説は「話」の上に立つものである。(僕の「話」という意味は単に「物語」という意味ではない。)もし厳密にいうとすれば、全然「話」のない所には如何なる小説も成り立たないであろう。従って僕は「話」のある小説にも勿論《もちろん》尊敬を表するものである。「ダフニとクロオと」の物語以来、あらゆる小説あるいは叙事詩が「話」の上に立っている以上、誰か「話」のある小説に敬意を表せずにいられるであろうか？　「マダム・ボヴァリイ」も「話」を持っている。「戦争と平和と」も「話」を持っている。「赤と黒と」も「話」を持っている。……

しかしある小説の価値を定めるものは決して「話」の長短ではない。いわんや「話」の奇抜であるか奇抜でないかということは評価の埒外《らちがい》にあるはずである。(谷崎潤一郎氏は人も知る通り、奇抜な話の上に立った多数の小説の作者である。そのまた奇抜な話の上に立った同氏の小説の何篇かは恐らく百代の後にも残るであろう。しかしそれは必《かなら》ずしも「話」の奇抜であるかどうかに生命を托している訣《わけ》ではない。)更に進んで考えれば、「話」らしい話の有無さえもこういう問題には没交渉である。僕は前にも言ったように「話」のない小説を、――あるいは「話」らしい話のない小説を最上のものとは思っていない。しかしこういう小説も存在し得ると思うのである。

「話」らしい話のない小説は勿論ただ身辺雑事を描いただけの小説ではない。それはあらゆる小説中、最も詩に近い小説である。しかも散文詩などと呼ばれるものよりも遥かに小説に近いものである。僕は三度繰り返せば、この「話」のない小説を最上のものとは思っていない。が、もし「純粋な」という点から見れば、――通俗的興味のないという点から見れば、最も純粋な小説である。もう一度画を例に引けば、デッサンのない画は成り立たない。(カンディンスキイの「即興」などと題する数枚の画は例外である。)しかしデッサンよりも色彩に生命を託した画は成り立っている。幸いにも日本へ渡って来た何枚かのセザンヌの画は明らかにこの事実を証明するのであろう。僕はこういう画に近い小説に興味を持っているのである。

ではこういう小説はあるかどうか？　独逸《ドイツ》の初期自然主義の作家たちはこういう小説に手をつけている。しかし更に近代ではこういう小説の作家としては何びともジュウル・ルナアルに若《し》かない。(僕の見聞する限りでは)たとえばルナアルの「フィリップ一家の家風」は(岸田国士《きしだくにお》氏の日本訳「葡萄畑《ぶどうばたけ》の葡萄作り」の中にある)一見未完成かと疑われる位である。が、実は「善《よ》く見る目」と「感じ易《やす》い心」とだけに仕上げることの出来る小説である。もう一度セザンヌを例に引けば、セザンヌは我々後代のものへ沢山の未完成の画を残した。ちょうどミケル・アンヂェロが未完成の彫刻を残したように。——しかし未完成と呼ばれているセザンヌの画さえ未完成かどうか多少の疑いなきを得ない。現にロダンはミケル・アンヂェロの未完成の彫刻に完成の名を与えている！……しかしルナアルの小説はミケル・アンヂェロの彫刻は勿論、セザンヌの画の何枚かのように未完成の疑いのあるものではない。僕は不幸にも寡聞《かぶん》のために仏蘭西《フランス》人はルナアルをどう評価しているかを知らずにいる。けれども、わがルナアルの仕事の独創的なものだったことを十分には認めていないらしい。

ではこういう小説は紅毛人《こうもうじん》以外には書かなかったか？　僕は僕ら日本人のために志賀直哉氏の諸短篇を、——「焚火《たきび》」以下の諸短篇を数え上げたいと思っている。

僕はこういう小説は「通俗的興味はない」と言った。僕の通俗的興味という意味は事件そのものに対する興味である。僕はきょう往来に立ち、車夫と運転手との喧嘩《けんか》を眺めていた。のみならずある興味を感じた。この興味は何であろう？　僕はどう考えて見ても、芝居の喧嘩を見る時の興味と違うとは考えられない。もし違っているとすれば、芝居の喧嘩は僕の上へ危険を齎《もた》らさないにも関らず、往来の喧嘩はいつ何時《なんどき》危険を齎らすかもわからないことである。僕はこういう興味を与える文芸を否定するものではない。しかしこういう興味よりも高い興味のあることを信じている。もしこの興味とは何かと言えば、——僕は特に谷崎潤一郎氏にはこう答えたいと思っている。——「麒麟《きりん》」の冒頭の数頁《ページ》は直ちにこの興味を与える好個《こうこ》の一例となるであろう。

「話」らしい話のない小説は通俗的興味の乏しいものである。が、最も善い意味では決して通俗的興味に乏しくない。（それはただ「通俗的」という言葉をどう解釈するかという問題である。）ルナアルの画いたフィリップが——詩人の目と心とを透《とお》して来たフィリップが僕らに興味を与えるのは一半はその僕らに近い一凡人であるためである。それをもまた通俗的興味と呼ぶことは必ずしも不当ではないであろう。（もっとも僕は僕の議論の力点を「一凡人である」ということには加えたくない。「詩人の目と心とを透して来た一凡人である」ということに加えたいのである。）現に僕はこういう興味のために常に文芸に親しんでいる大勢の人を知っている。僕らは勿論動物園の麒麟に驚嘆の声を吝《お》しむものではない。が、僕らの家にいる猫にもやはり愛着を感ずるのである。

しかしある論者の言うようにセザンヌを画の破壊者とすれば、ルナアルもまた小説の破壊者である。この意味ではルナアルは暫《しばら》く問わず、振《ふ》り香炉《こうろ》の香《か》を帯びたジッドにもせよ、町の匂いのするフィリップにもせよ、多少はこの人通りの少ない、陥穽《かんせい》に満ちた道を歩いているのであろう。僕はこういう作家たちの仕事に――アナトオル・フランスやバレス以後の作家たちの仕事に興味を持っている。僕のいわゆる「話」らしい話のない小説はどういう小説を指しているか、なぜまた僕はこういう小説に興味を持っているか、――それらは大体上に書いた数十行の文章に尽きているであろう。

二　谷崎潤一郎氏に答う

次に僕は谷崎潤一郎氏の議論に答える責任を持っている。もっともこの答の一半は(一)の中にもないことはない。が、「およそ文学において構造的美観を最も多量に持ち得るものは小説である」という谷崎氏の言には不服である。どういう文芸も、――僅々《きんきん》十七字の発句《ほっく》さえ「構造的美観」を持たないことはない。しかしこういう論法を進めることは谷崎氏の言を曲解するものである。とは言え「およそ文学において構造的美観を最も多量に持ち得るもの」は小説よりもむしろ戯曲であろう。勿論最も戯曲らしい小説は小説らしい戯曲よりも「構成的美観」を欠いているかも知れない。しかし戯曲は小説よりも大体「構成的美観」に豊かである。――それもまた実は議論上の枝葉に過ぎない。とにかく小説という文芸上の形式は「最も」か否かを暫《しばら》く措《お》き、「構成的美観」に富んでいるであろう。なおまた谷崎氏の言うように「筋の面白さを除外するのは、小説という形式が持つ特権を捨ててしまう」ということも考えられるのに違いない。が、この問題に対する答は(一)の中に書いたつもりである。ただ「日本の小説に最も欠けているところは、この構成する力、いろいろ入り組んだ筋を幾何学《きかがく》的に組み立てる才能にある」かどうか、その点は僕は無造作《むぞうさ》に谷崎氏の議論に賛することは出来ない。我々日本人は「源氏物語」の昔からこういう才能を持ち合せている。単に現代の作家諸氏を見ても、泉鏡花氏、正宗白鳥氏、里見《さとみ》弴《とん》氏、久米正雄氏、佐藤春夫氏、宇野浩二氏、菊池寛氏らを数えられるであろう。しかもそれらの作家諸氏の中にも依然として異彩を放っているのは「僕らの兄」谷崎潤一郎氏自身である。僕は決して谷崎氏のように我々東海の孤島の民に「構成する力」のないのを悲しんでいない。

　この「構成する力」の問題はまだ何十行でも論ぜられるであろう。しかしそのためには谷崎氏の議論のもう少し詳しいのを必要としている。ただついでに一言すれば、僕はこの「構成する力」の上では我々日本人は支那人よりも劣っているとは思っていない。が、「水滸伝」「西遊記」「金瓶梅《きんぺいばい》」「紅楼夢《こうろうむ》」「品花宝鑑《ひんかほうかん》」等の長篇を絮々綿々《じょじょめんめん》と書き上げる肉体的力量には劣っていると思っている。

　更に谷崎氏に答えたいのは「芥川君の筋の面白さを攻撃する中には、組み立ての方面よりも、あるいはむしろ材料にあるかも知れない」という言葉である。僕は谷崎氏の用いる材料には少しも異存を持っていない。「クリップン事件」も「小さい王国」も「人魚の歎《なげ》き」も材料の上では決して不足を感じないものである。それからまた谷崎氏の創作態度にも、――僕は佐藤春夫氏を除けば、恐らくは谷崎氏の創作態度を最も知っている一人であろう。僕が僕自身を鞭《むち》うつと共に谷崎潤一郎氏をも鞭ちたいのは(僕の鞭に棘《とげ》のないことは勿論谷崎氏も知っているであろう。)その材料を生かすための詩的精神の如何《いかん》である。あるいはまた詩的精神の深浅《しんせん》である。谷崎氏の文章はスタンダアルの文章よりも名文であろう。(暫く十九世紀中葉の作家たちはバルザックでもスタンダアルでもサンドでも名文家ではなかったというアナトオル・フランスの言葉を信ずるとすれば)殊に絵画的効果を与えることはその点では無力に近かったスタンダアルなどの匹儔《ひっちゅう》ではない。(これもまた連帯責任者にはブランデスを連れてくれば善い。)しかしスタンダアルの諸作の中に漲《みなぎ》り渡った詩的精神はスタンダアルにして始めて得られるものである。フロオベエル以前の唯一のラルティストだったメリメエさえスタンダアルに一籌《いっちゅう》を輸《しゅ》したのはこの問題に尽きているであろう。僕が谷崎潤一郎氏に望みたいものは畢竟《ひっきょう》ただこの問題だけである。「刺青《しせい》」の谷崎氏は詩人だった。が、「愛すればこそ」の谷崎氏は不幸にも詩人には遠いものである。

「大いなる友よ、汝《なんじ》は汝の道にかえれ。」

プロレタリヤ・レアリズムへの道

蔵原惟人

一九二八(昭和三)年五月、『戦旗』創刊号に発表。『戦旗』は全日本無産者芸術連盟(ナップ)の機関誌。同年三月十五日に共産党員が全国的に検挙されたのを契機に、『プロレタリア芸術』を機関誌にしていた日本プロレタリア芸術連盟と、労農芸術家連盟から分裂し創立された『前衛』を機関誌とする前衛芸術家同盟が合同しナップを結成した。『前衛』終刊号(昭和三・四)に掲載した未完の論文「生活組織としての芸術と無産階級」で「現代生活の客観的「叙事詩的」展開」を提唱した蔵原は、続篇として本論を発表。「プロレタリヤ作家」は社会のなかで個人を捉える「階級的観点」を獲得せねばならず、「プロレタリヤ前衛の「眼をもって」世界を見ること」と「厳正なるレアリストの態度をもってそれを描くこと」が「プロレタリヤ・レアリズムへの唯一の道である」と論じた。本論はプロレタリア文学の創作方法をはじめて正面から取り上げた画期的な論であり、小林多喜二の「一九二八年三月十五日」にも直接的な影響を与えた。底本には初出誌を用いた。

蔵原惟人(一九〇二—九一) 文芸評論家、政治家。マルクス主義芸術論の基本文献の翻訳・紹介も行なった。評論集『芸術と無産階級』『文学芸術論』など。

プロレタリヤ・レアリズムを問題とするに当って、我々はそれをブルジョア・レアリズムとの対比の中に見て行きたいと思う。

一

一般にレアリズムとは何であるか？　芸術論上に於けるレアリズムとはイデアリズムに対立するものであって、等しく現実に対する芸術家の態度から生れて来る。もしも芸術家が現実に対するに先験的な観念をもってこれに望み、このイデーに従って現実を改造し、そしてそれを描き出したならば、そこに生れて来る芸術はイデアリズムの芸術である。これに反して芸術家が現実に対するに何ら先験的な主観的な観念を持たずして、現実を現実としてそれを客観的に描き出そうとするならば、そこにはレアリズムの芸術が生れて来るであろう。従ってその特徴は、イデアリズムの芸術は主観的、空想的、観念的、抽象的であり、レアリズムの芸術は客観的、現実的、実在的、具体的である。そして極く一般的にいうならば、イデアリズムは没落しつつある階級の芸術態度であるに対してレアリズムは勃興しつつある階級の芸術態度であるということが出来る。

以上は芸術上に於けるレアリズム一般に就いていったのであって、この意味に於いては、ポリクリトスもプラキシテレスも、クールベーもドーミエも、モネもセザンヌも、フローベルもゾラも、トルストイもドストイェフスキイも、また西鶴も広重も、共にレアリストであるといわなければならない。しかしながら等しく現実に対して客観的ならんとするこのレアリズムの態度も、歴史の現実に於いては、その時代の社会的状態及びその芸術家の属する階級の特殊性に規定されて、それぞれ、古典的、封建的及び近代的レアリズムを形成した。古典的封建的レアリズムに就いては、此処《ここ》に問題としない。我々に今直接に必要である所のこの最後のもの――即ち近代的レアリズムの問題に移って行こう。そしてそれと共に我々の問題の対象を文学の領域に限定したいと思う。

近代的レアリズム、いい換えればブルジョア・レアリズムは、自然主義と共に発生していると見ることが出来る。自然主義の文学は、人も知る如く、十九世紀の六十年代に、フランスに於いて、フローベル、ゴンクール兄弟、ゾラ、ドーデー、モーパッサンらを中心として勃興し、やがてドイツ、イギリス、ロシヤ、日本等に及び、十九世紀の後半(フランス、ドイツ、イギリス)及び二十世紀初頭(ロシヤ、日本)等に於ける文学の高潮となった。文学上の自然主義はいずれの国に於いても、ロマンチシズムの反動として起ったと見られている。しかしそれは決してロマンチシズムに飽きたから自然主義が勃起したという風な意味に於ける反動ではない。総じて文学上の大きい流派の交代の裏には、常にその時代に於ける階級的対立が隠れていることを見逃してはならない。十九世紀文学のロマンチシズムから自然主義への転換の背後にも没落しつつある、地主階級と勃興しつつある近代的ブルジョアジーとの階級闘争があったのである。

ロマンチシズムは没落しつつある地主階級の文学であった。そして没落しゆく階級のイデオロギーの常として、それは空想的、観念的、伝統的であった。これに対して自然主義文学は、現実への復帰、因習の打破、個性の解放をそのモットーとして現れて来た。それは当時に於ける新興ブルジョアジーのイデオロギーと全くその軌を一にしていたものであると共に、それはまたあらゆる新興階級のイデオロギーとも共通のものを有していた。

さてこうして近代的ブルジョアジーの文学である自然主義はレアリズムをもって出発した。彼らは、あらゆる新興階級の文学と同様に、現実を現実として、何らの粉飾なく客観的に描き出そうと努めた。しかもブルジョアジーの歴史的限界性は、客観的たらんとする彼らの努力にもかかわらず、そのレアリズムに一定の限定を与えたのである。それは何であるか？

人類史上に於けるブルジョアジーの使命は「個人の解放」にあった。そしてブルジョアジーをしてこの歴史的使命を遂行し得しめたものは、いうまでもなく、その社会的地位及びその生活原則であったのであるが、その同じ社会的地位、その同じ生活原則がまたブルジョアジーの個人主義を生み出した。実に個人主義こそはブルジョアジーの物質的、精神的生活を通じての決定的原則であったのである。

自然主義文学もまたその出発点をこの個人の中に有している。しかも社会から切離された個別的個人の中に有していた。彼らは個人の中に永遠にして絶対的なるものを求めて、「人間の生物的本性」――を得た。従って彼らに取っては、人間の生活とは、畢竟《ひっきょう》するに、人間の本能の生活に他ならない。これは当時に於ける生物学、生理学の発達に影響されたもので、哲学上に於ける観念的唯物論に相呼応するものであるが、自然主義の作家たちの多くは実にこの観点からあらゆる生活を見それを描写して行った。従って彼らにあっては人間の本能に直接の関係を有しない社会生活の如きは、全くこの視野の外にあった。我々はただ、フローベルの「ボヴリー夫人」、モーパッサンの「女の一生」「美貌の友」、アルツィバーシェフの「サーニン」等自然主義文学の代表的作品を思い出せば足りる。

そこではあらゆる人間の生活が人間の生物的本性、人間の性格、遺伝等に還元されている。いい換えれば、彼らの生活――現実に対する認識の態度があくまでも非社会的、個人的である。そこには社会生活の個人に対する支配もなければ、社会組織の個人に対する圧迫も見られない。そこではすべての力点が個人に置かれている。それと同時に彼らの題材もまた人間の個人的生活に限定されている。——ここにブルジョア・レアリズムの超《こ》ゆべからざる限界があったのである。

しかしこの限界内に於いては、これらの作家たちはあくまでも客観的な、あくまでも没主観的な態度を取ろうとした。

「生物学が生物を試験するように、小説もまた事実を実験し解剖し、報告する」とゾラはいった。フローベルもまたこれと同じことを次のようにいっている。

「人間を取扱うのにマストドンや鰐魚《わに》に対するようにしなければならない。一つのものに角があり、他のものに顎骨があるからといって憤慨してよいであろうか？ 彼らを指示し彼らを剝製《はくせい》にし、彼らをアルコールの罎《びん》に詰める——それだけの話だ。しかしそれに対して道徳的判決を下してはならない、先ず君たちが誰であるのか、君たち、小さい蟾蜍《ひきがえる》？」と。

そして実際、この限りに於いて、彼らは客観的たり得た。しかし彼らが自然科学者の客観性を自らに要求していながら社会科学者の客観性を有していなかったというそのことの中に、彼らのレアリズムが社会をその全体性に於いて描き得なかった最も根本的なる原因が存しているのである。

二

しかしながらこのレアリズムと並んで近代文学の中には他のレアリズムが存在しているのを我々は見る。それはある作品に於けるゾラ、ハウプトマン、イブセン、ドストイェフスキイらによって代表されるものである。

このレアリズムのフローベル、モーパッサンらのそれと異《こと》なる所は、後者が徹頭徹尾個人に出発して個人に終っているに対して、これは、その終局に於いては個人主義的観点を有しておりながら、ともかくも一応は社会的立場を取っている所に存する。そしてあたかも前のそれがブルジョアジーの立場を反映している如く、これはまたより多く小ブルジョアジーの立場を反映している。我々はこれを小ブルジョア・レアリズムと名づけることが出来る。

資本主義社会に於ける小ブルジョアジーの位置は、周知の如く、ブルジョアジーとプロレタリアートとの中間に位しており、そしてそれは資本主義の発達と共に経済的、政治的に益々圧迫されてゆく運命にある。しかも彼らは純粋にブルジョアジーの立場にも立ち得ず、また積極的にプロレタリアートの立場にも移ってゆくことが出来ずして、絶えずその思想、その行動に於いてこの二つの階級の中間に動揺しつつある。従って彼らの立場は、経済的、政治的にはより多く階級協調的であり、思想的、道徳的には、博愛、正義、人道等の加担者たらんとする。——この彼らの社会生活はまた彼らの文学にも反映して、ここに我々の謂う所の小ブルジョア・レアリズムなるものが生れて来たのである。

我々はこの例としてゾラの「ジェルミナール」を取って見よう。この興味ある小説は炭坑夫の罷業《ひぎょう》を題材として描いたものであって、この題材を社会的、経済的方面に取ったということは、それ自身について見るならば、前のフローベル、モーパッサンらの作品に対して一つの大きなプラスでなければならない。しかし社会の現象をその個人的方面からではなくして、その社会的方面から描き出そうとするそれ自身としては正しいゾラの努力も、この作者の中間階級的立場の故にその題材の正しい歴史的客観的把握を許さなかった。即ち作者はこの炭坑夫の罷業を革命的プロレタリアートの観点から書くことなしに、それを階級協調的な立場から描いた、——小説は、罷業が敗北して、それが改良主義者の手に渡されたということによって終っている。なるほど、敗北して、改良主義者の手に渡された罷業を、此《かく》の如きものとしてそのまま描いたということの中には、何ら非難すべきことはない。それはレアリストとしての作者の当然の態度でなければならない。しかしゾラが此の如き材料を撰び、そしてそれをあたかも階級協調主義の勝利であるかの如くに描いたということの中には彼の小ブルジョア的な主観が多分に存していることを見逃してはならない。事実ゾラは彼の作品が革命的であるというブルジョアジーの側からの非難に答えて、彼の作品は決して「革命的なものでなくて、同情と正義に訴える博愛主義的なもの」であると弁解している。彼が世界に於ける最初のプロレタリアート独裁の試みであった巴里《パリ》コンミューンに対して否定的態度を取ったことも争い得ない事実である。

ハウプトマンの「織匠」は多くの点に於てゾラの「ジェルミナール」と共通なものを有している。この作もまた前の作品と同様に、その題材に於いて社会的経済的であり、共に資本家に対する労働者の反抗を描いている。そして芸術的価値からいっても自然主義文学の優れたものの一つに数えられる。この作は一八九四年ベルリンで演ぜられてから三年の間に二百回以上の演出を見、長いことヨーロッパのプロレタリヤに取って自らの旗であるかの如く考えられていた。そして実際ヨーロッパの多くの都市に於いては一時この作の演出が差止められ、帝政ロシヤに於いてはその翻訳が禁じられ、日本に於いては昭和の今日に到るまでその演出を見ることが出来ないでいる。しかも我々はこの作に於いてもまた「ジェルミナール」に於けるゾラと同じような小ブルジョア的立場を明《あきら》かに看取することが出来るのである。

先ず第一に、我々は、ハウプトマンが、労働と資本との格闘を描くに当って、近代的労働者の罷業を題材とする代りに四十年代に於ける職人的労働者を取り出して来たという事実に注目しなければならない。四十年代の職人とは何であるか？　それは近代的意味に於けるプロレタリアートではなくして、封建的生活と封建的イデオロギーとを多分に持っている小所有者、小ブルジョア的要素であった。自ら小ブルジョア・イデオロギーの代表者であるハウプトマンが特にこの「労働者」の中に自らの戯曲の題材を求めたのも決して偶然ではないのである。

果してハウプトマンもまた彼の作品が「社会主義的」であるという非難に答えて、「自分がこの戯曲に於いて希望したことは決して労働者を叛乱に導くことではなくて、企業家の反省を促がすということであった」という意味のことをいっている。そしてこの「織匠」に続いて、十六世紀に於ける農民の叛乱を描いた「フロリアン・ガイエル」その他の後、社会的モチーフは永久に彼の作品から去ってしまったのである。

我々は、この最も代表的な二つの「社会文学」について述べた後に、イブセンやドストイェフスキイらの作品に立止まる必要はないと思う。彼らのレアリズムに於ける小ブルジョア的立場（イブセン「人形の家」「民衆の敵」、ドストイェフスキイ「罪と罰」その他）については、我々が此処《ここ》に語るまでもなく読者の既に看取され得る所であると思うからである。

さて以上は専《もっぱ》らヨーロッパの文学に就いていったのであるが、翻《ひるがえ》って今我々がわが国の自然主義文学について見るに、我々はそこにもまた、今まで漠然と自然主義の名をもって呼ばれていた文学の中に、明かに二つの型のレアリズムを発見するのである。即ち一つのレアリズムは田山花袋(「蒲団」「少女病」)、徳田秋声(「黴」「爛」)らによって代表されるそれであり、他は島崎藤村「破戒」によって代表される。この二つは勿論全然切離して考えることは出来ないのであるが、それでもこの二つのレアリズムを区別することの出来なかった所に、これまでの批評家の自然主義文学に対する認識不足の原因があったように我々には思われる。だがこのことについては他の機会にこれを書くこととしよう。

三

我々は近代文学に於ける二つのレアリズムについて述べた最後に我々は我々に最も直接な関係を有する、第三のレアリズム――我々がいう所のプロレタリヤ・レアリズムの問題に移って行こう。――プロレタリヤ作家はこの現実を描き出すに当って如何なる態度を取るべきであるか?

プロレタリヤ作家の現実に対する態度はあくまでも客観的現実的でなければならない。彼はあらゆる主観的構成から離れて現実を見、それを描き出さなければならない。そしてこの意味に於いて彼はレアリズムでなければならないし、また擡頭《たいとう》しつつある階級の立場に立つものとして、彼こそは現在に於けるレアリズムの唯一の継承者たり得るのである。然らば、プロレタリアートのレアリズムは、ブルジョア及び小ブルジョアのレアリズムと如何なる点に於いて異っているか？

ブルジョア・レアリズムは、前に述べた如く、抽象的なる「人間の本性」から出発する。しかし現実に於いて、抽象的なる、社会から切離されたる「人間」はあり得ないし、またその「本性」なるものも、その社会、その時代——一言もっていえばその環境から引離して考えた場合には、それは畢竟一つの抽象であって、現実ではない。此処に彼らの現実に対する認識の不足があったと共に、此処にまた彼らのレアリストとしての限界があった。即ち彼らは人間の個人的本能的生活はこれを描くことが出来たのであるが、それを全体的なる社会生活の一部として描くことを得なかった。そして彼らが「最初に出会った酒売の男と最初に出会った小間物屋《こまものや》の女店員との恋愛関係」を繰返して書くようになった時、彼らのレアリズムは全くその価値を失してしまったのである。

プロレタリヤ作家はこの自然科学的レアリズムを克服して個人的に対するに社会的観

点を獲得しなければならない。いい換えれば、我々は社会的問題をも「個人の本性」に帰せんとする認識の方法に対抗して、あらゆる個人的問題をも社会的観点から見て行くという方法を強調しなければならない。

しかしながら同じく社会的立場を取るものの中でも小ブルジョア作家とプロレタリヤ作家とは自らその観点を異にしている。小ブルジョア・レアリストは、これも前に述べた如く、あらゆる生活の問題の解決を抽象的なる正義・人道に求めており、その社会的立場は階級協調的である。しかし社会発展の推進力が階級と階級との協調にあるのではなくして、その公然たるまたは隠然たる闘争にあるのであることは、既に過去の歴史の進行そのものが、これを証明する所であり、従ってこの観点から社会の問題を見ることは、それは自己の主観的構成をもってそれを見ることであって、この社会を客観的に、その歴史的発展に於いて見る所以《ゆえん》ではない。果してこの立場に立つ作家たちは、後ブルジョアジーとプロレタリアートとの階級闘争が激化すると共に、あるいは反動的ブルジョアジーの立場にあるいは革命的プロレタリアートの立場に——そのいずれかの立場に移り行かざるを得なくなった。そしてその時から真のレアリストたり得るものは、ただ現実をその全体性に於いて、その発展の中に於いて見る所のプロレタリヤ作家のみとなったのである。

プロレタリヤ作家は何よりも先ず明確なる階級的観点を獲得しなければならない。明確なる階級的観点を獲得するとは畢竟戦闘的プロレタリアートの立場に立つことである。ワップ（全聯邦プロレタリヤ作家同盟）の有名な言葉をもっていうならば、彼はプロレタリヤ前衛の「眼をもって」この世界を見、それを描かなければならない。プロレタリヤ作家はこの観点を獲得し、それを強調することによってのみ真のレアリストたり得る。何となれば現在に於いて、この世界を真実に、その全体性に於いて、その発展の中に於いて見得るものは、戦闘的プロレタリアート―プロレタリヤ前衛をおいて他にないのだから。

この戦闘的プロレタリアートの観点はまたプロレタリヤ作家の作品の主題を決定するであろう。彼はこの現実の中からプロレタリアートの解放にとって、無用なるもの偶然なるものを取去り、それに必要なるもの必然なるものを取上げる。かくてあたかもブルジョア・レアリストの作品の主要なる主題が人間の生物的慾望であったように、またブルジョア・レアリストのそれが社会的正義、博愛等であったように、プロレタリヤ作家の主要なる主題は、プロレタリアートの階級闘争となるであろう。

しかしながらプロレタリヤ作家は決して、戦闘的プロレタリアートのみをその題材とするのではない、彼は労働者を描くと共に、農民をも、小市民をも、兵士をも、資本家をも――およそプロレタリアートの解放に何らかの関係を有するありとあらゆるものを描く。ただその場合彼は、その階級的観点から――現在に於ける唯一の客観的観点から――それを描くのである。問題は作家の観点にあるので、必ずしもその題材にあるのではない。――題材は、この観点の許す限りに於いて、現代生活のあらゆる方面を包容してこそ望ましいのだ。従って「格闘に於けるプロレタリヤのみが対象たり得る」という見解は我々の陣営内に於いて速《すみや》かに清算されなければならない。

以上我々はプロレタリヤ・レアリズムがブルジョア・レアリズムと如何に異《ことな》るかを見た。然らばプロレタリヤ作家は過去のレアリズムから何を継承するか？　我々は先ず過去のレアリズムからその現実に対する客観的態度を継承する。ここで客観的態度というのは決して現実――生活に対する無差別的冷淡的態度をいうのではない。それはまた超階級的たらんとする態度をいうのでもない。それは現実を現実として、何ら主観的構成なしに、主観的粉飾なしに描こうとする態度をいうのである。そしてこの態度こそは過去のわが国のプロレタリヤ文学の多くのものに欠けていた所であり、そしてその故に今我々が特に強調しなければならない所であるのだ。これまでのわが国プロレタリヤ文学を見るに、我々はしばしば、そこに描かれた現実が作者の主観によって歪《ゆが》められ、粉飾されているのを見る。しかし此の如きはただにレアリストの態度でないばかりでなく、一般に優れたる芸術家の態度ではない。我々に取って重要なのは、現実を我々の主観によって、歪めまた粉飾することではなくして、我々の主観――プロレタリアートの階級的主観――に相応するものを現実の中に発見することにあるのだ。――かくしてのみ初めて我々は我々の文学をして真実にプロレタリアートの階級闘争に役立たせ得る。

即ち、第一に、プロレタリヤ前衛の「眼をもって」世界を見ること、第二に、厳正なるレアリストの態度をもってそれを描くこと――これがプロレタリヤ・レアリズムへの唯一の道である。

――一九二八・四・八――

『前衛』四月号所載「生活組織としての芸術と無産階級」と併せ読まれんことを乞う。（筆者）

誰だ？　花園を荒らす者は！

――イズムの文学より、個性の文学へ――

中村武羅夫

一九二八（昭和三）年六月、『新潮』に発表。中村は、マルクス主義が「社会科学として研究」され、「実際行動」に移されるだけならば何も問題はないが、文芸を「マルクス主義宣伝のために利用し、階級闘争の手段として役立てようとする主張」に対しては、「文芸の正道的立場」からあくまで反対しなければならないと述べた。「人間が生きて動いている実体は、主義や思想ではなく、個性である」のだから、「個性の文学」こそが必要なのである。文芸を画一的に束縛するかのような「イズムの文学」を批判した中村の論は、反プロレタリア文学の文学者を結束する力となった。実際、中村は、翌年秋ごろから「マルキシズム文芸をあきたらずとする点に於てのみ共通する」川端康成・竜胆寺雄・嘉村礒多らと十三人倶楽部を作り、『十三人倶楽部創作集』（昭和五・六）を出した。ここから竜胆寺を中心とする新興芸術派倶楽部が結成（昭和五・四）され、中村を中心に昭和四年四月に創刊された『近代生活』はその機関誌的役割を担うようになった。底本には初出誌を用いた。

中村武羅夫（一八八六―一九四九）小説家、評論家。雑誌『新潮』の編集者として活躍し、『新潮』を一流の文芸誌に押し上げた。小説「地霊」、評論集『明治大正の文学者』など。

一

文芸は、言うまでもなく広い意味に於ける人間の生活を対象とし、題材とするところに成り立っている。人間生活がないところに文芸はあり得ない。あらゆるイズムに属する文芸が――自然主義の文芸も、象徴主義の文芸も、神秘主義の文芸も、その表現とか様式とか、観点とかその他にはいろいろの差別なり、特徴なりがあるとしても、結局、人生――即ち広い意味の人間生活に、何らかの意味に於いて関心を持つところから生れて来ていることには、変りはない。或る人に依っては、自己のための芸術が主張される。が、「自己のため」ということも、窮極するところは、あらゆる人間のためということになる。人間は、無人島の中に、たった一人で生活しているものではない。多くの人間の集団の中に、社会的環境の中に、一つの細胞として生活していることが事実であって見れば、たった一人の個人というものを、絶対的に抽象して考えることは不可能だ。いくら個人と言ってもいろいろな個人と個人との相関的関係の下《もと》に置かれた個人であって、厳正な意味に於ける本当に単独な個人というものは、事実に於いて成り立ちもしないし、考えることも出来ない。どんな個人主義者だって、それは多くの個人と個人との間に挟まった個人主義者であって、絶対の個人主義者であることは許されない。結局、如何《いか》なる個人も、個人主義者も、その存在は、他のあらゆる個人との相関的関係の下に於いてのみ成り立っているのである。単独に、一つの細胞だけが、その存在を保つことが出来ない如く、単独に個人だけでは、その生活の意義をなすことが出来ないのだ。従って如何なる個人も、また個人主義者でも、一つの細胞として、己《おの》れの生存を托しているところの大きな生活体に対して、即ち、他の如何なる個人に対しても、それぞれ責任を分ち合っているものである。だから、もし、自己のための芸術を主張する人があっても、厳密な意味に於いては、自己のためということは成り立たないのであって、「自己のため」ということは、同時に「他のため」であることなのだ。われわれが、個人的に、ただ存在することすら許されていないのに、いわんや、芸術の如き「営み」をなす場合、どうしてそれを「自己のため」だけに留めて置くことが出来るだろう。もし、それが例え「自己のため」になされたものであっても、その結果は、あらゆる他の自己の上に影響し、作用せずにはいない。空気がなければ音もなく、一つの音波が、全空気の容積の上に波打ち作用する如く、或る一つの芸術上の仕事でも、それは直ちに他の自己の上に波打たずにはいないだろう。

　われわれは、いろいろ考え方の差別はあるとしても、こうして社会的集団の中の個人として生きている以上――一つの大きな生活体の中の一細胞として生活している以上、他の個人に対し、またお互いの生活に対して、責任を持合っていることは事実だ。その「責任」を科学的に解剖して見れば、相互扶助的な要素もあるだろうし、また、自然淘《しぜんとう》汰《た》的な要素もあるだろう。人間共存の現象は、相互扶助だけでも決定出来ないし、そうかと言って、自然淘汰だけでも解釈出来ない。その二つの作用が或る時代に依り、或る環境に依って、こもごも相交錯し、綯《な》い交《まじ》って行われていると見るのが本当だと思う。或る場合には、相扶《たす》けている。だが、或る場合には相闘っている。扶けていることだけが事実でもないし、闘っていることだけが事実でもない。地球に暗と光りとがある如く、人間生活にも、闘争と扶助とが、あるいは同時に、あるいは交互に行われているのだ。感情的に言っても、われわれは、或る場合には憎み、或る場合には愛している。また、憎みながら愛していることもあれば、愛しながら憎んでいることもある。

私は、そういう人間同志の関係を、お互いに責任を持ち合っているのだと言いたいのである。相互扶助的な関係にせよ、自然淘汰的な関係にせよ、それらがごっちゃに入り交った関係にせよ、また、愛する関係にせよ、憎む関係にせよ、愛憎二つが入り乱れ、綯い交っている関係にせよ、われわれの生活が、いろいろな意味と、いろいろな形とに於いて、相交流し、相交錯している事実を指して、責任を持ち合っているのだと言いたいのである。

文芸は、人間が単独であるところには生れない。われわれが、地球の上に、たった一人の人間として残された場合を仮定して、想像して見よ。恐らく、歌も歌わないだろう。自分以外の誰かがあり、そして、その自分以外の誰かに対して、有意識的にせよ、無意識的にせよ、関心を持つところに、文芸やその他の芸術は生れるのだ。われわれが文芸やその他の芸術的な仕事を営むのは、有意識的にかあるいは無意識的にかの差別はあっても、また、その濃度の違いはあっても、帰するところは、自己以外の他の存在を認め、それに対して関心と責任とを持つところに根ざしていると思う。人間に言葉があるのは、自己以外の他の存在があればこそである。言葉がなければ、芸術はない。絵画や彫刻の如き芸術は、結局、形に依る言葉である。

二

だが、或る人間が、己れ以外の人間に対して関心を持っているという事実には、万人が万人変りがなくても、その関心の持ち方には、万人万様の差があることは言うまでもない。その性格のために、立場のために、環境のために、人生観のために、世界観のために、そして、その他のいろいろな原因と理由とのために、関心の持ち方、責任の分ち方に、いろいろの差別が生じて来るのは、当然のことである。僅かに自分一人のことしか考えられない人間もあれば、自分の親兄弟、あるいは親戚友人のことくらいしか考えの及ばない人もあり、また、自己の属している民族くらいのことにしか考えの及ばない人もある。そうかと思えば、全人類の悩みと苦しみとを悩み苦しみ、全人類の喜びと悲しみとを、自分の身一つに実感する人もある。

古来、自分以外の他の生活に対して、責任を感ずることが深く広い人ほど——全人類の悩みと苦しみとを、身一つに引き受けて、悩んだり苦しんだりした人ほど、われわれの前に偉大な人間として残されている。釈迦だってそうだ。キリストだってそうだ。トルストイやドストイェフスキイだってそうだ。意味は違っても、マルクスだってやっぱりそうだと思う。思想の基礎や、目ざしている方向の違いはあっても、そして、あまりに唯心的にのみ傾いていた考え方を、唯物的に置き変えた違いはあっても、結局、その根本に人類解放の情熱を持たなければ、マルキシストの聖書たる『資本論』は書けなかったに違いないのだ。社会組織の改造に対しては、冷厳な科学的方法を説くとしても、その内に潜んでいるものは、結局、人間解放の情熱でなければならぬ。

われわれが、自分以外の他の生活に対する関心の持ち方、責任の感じ方にはお釈迦さま流もあれば、キリスト教流もあり、トルストイ流もあれば、ドストイェフスキイ流もあり、勿論、マルクス流のあることも言うまでもない。これは時代にも依り、社会状態にも依り、またその国民の感受性の如何に依っても、いろいろに別れると思う。われわれ日本人の国民性は、独創に乏しいと言われている。模倣性に富んでいると言われている。それだけに感受性が鋭敏で、他のために影響され易い国民だと言われている。あるいはそうかも知れない。また、そうでないかも知れない。ここで私は、日本の国民性に対して断定を下す勇気を持たないが、ただ確かに次ぎのようなことだけは、はっきり断言することが出来る。

即ち、今までのところ日本人は、自から或る時代の思想を支配する偉大なる人格者は持たないが、偉大な人格者のために、すぐれた沢山の使徒は持っている。お釈迦さまに依って蒔かれた仏教の種は、それのよき使徒に依って、どれだけ日本人の上に芽生えたことかしれない。キリスト教だって、儒教だって、トルストイの人道主義だって、マルキシズムだって、やっぱりその通りだ。われわれは、われわれの国民の中に、一人の釈迦を持たない。一人のキリストも、一人のトルストイも、一人の孔子も、一人のマルクスも持たない。だが、それらのよき祖述者《そじゅっしゃ》、よき使徒は、如何に沢山沢山持っていることだろう。或る時代には、仏教が日本を風靡《ふうび》した。或る時代には孔孟の教えが、或る時代にはキリスト教が、或る時代にはトルストイイズムが、そして現代の今は、マルクシズムが――

三

われわれは、どんなに個人主義的な思想を持つ人々であっても、結局その個人主義的な思想に於いて、自己以外の他の個人に対して関心を持ち、責任を分っているものであることは、先にも言った。個人主義者ですらそうである。いわんや、個人主義以外の他のイズムに依る人、他の傾向に在る人が、どうして自己以外の他の個人に対して、また、それらの個人の集団たる社会に対して、無関心無責任でいられるだろうか。必ずしもマルクス主義に依ると依らないとにかかわらず、それぞれが、それぞれの立場に於いて、それぞれの人生観なり、世界観なりに於いて、人類共存の事実に対して、或る責任感を分ち合っているのだ。

だが、マルクス主義を信奉する使徒たちは、マルクス主義を奉じない人々の、人間及び社会に対する関心の持ち方や、責任を分つ実感を排撃し、否定しようとする。マルクス主義に依る社会組織の変革だけを唯一絶対のものとして、その他の主義思想に依っての人間性の改造、社会組織の改造方法は、これを認めるだけの雅量すら持たないのである。

そして、彼らは――マルクス主義の使徒たちは、それを文芸上の営みの上にまで持って来ようとしているのである。私は、マルクスの学説が、社会科学として研究される限りに於いては、そしてそれの当然の帰結として、マルクスの学説が実際行動に移される限りに於いては、何も言うべきことを持たない。自由に研究されるべきであり、また、自由に実際行動の上に移されていいと思っている。

だが、文芸をマルクス主義宣伝のために利用し、階級闘争の手段として役立てようとする主張には、そして、マルクス主義としての明確な目的意識を持たない文芸を、十把一束的に、ブルジョア文芸として排撃し、マルクス主義の目的の下に隷属《れいぞく》しない作家を、直ちにブルジョア作家として否定し去ろうとするような、粗笨《そほん》と横暴とに対しては、文芸の正道的立場の上から、あくまでこれに反対せずにはいられないものだ。

文芸の対象は、人間であり、人生であり、社会である。しかも、それを抽象的に取扱うところには文芸などあり得るはずはなく、それを具象的に取扱うところに、初めて作品があり、芸術があるのだ。マルクスの学説は、あくまで社会科学であり、哲学であって、その学説を実際行動の上に移すことは、勿論可能であっても、それを芸術に結び附けることには、いろいろの無理と不自然とがある。その無理や不自然に対して、何らの合法的な解決も下さずして、無理や不自然のままに、マルクスの学説と芸術とを結び附けようとするところに――単に結び附けるだけに止まらず、マルキシズムに依って、文芸を規定しようとするところに、プロレタリア文学の主張者たちの横暴があるのだ。

たとえば、実際の例を或る作家なり作品なりに取って見る。佐藤紅緑氏や菊池寛氏は、ブルジョア作家として、また、その作品はマルクス主義を奉じない故を以て、ブルジョア作品として、プロレタリア文学の主張者たちからは、非難され、排撃を受けている。

だが、私などの如く、極めて自由にして公平な立場に立って、ものの真実を見ようとする者に取っては、佐藤紅緑氏や菊池寛氏を直ちにブルジョア作家として片附け、その作品をブルジョア作品として片附けてしまうことが出来ないのだ。なるほど、佐藤紅緑氏や菊池寛氏は、マルキシズムを信奉していない作家であるとしても、彼らの思想の中に、彼らの生活の中に、現在の社会組織の不合理に対する正当な認識と、更らに積極的な反抗と、人類解放の要求とが、どうして含まれていないと言えるだろう。たとえ実際には、毎日、自動車を乗り廻す生活をしても、そういう生活を如何に受け入れ、如何に見ているかが重大な点であろう。単に洋食を食って、自動車を乗り廻す生活の外面だけを見て、ブルジョアと決定するなら、ソビエット・ロシアの大使でも、そのロシヤの国賓として大使待遇を受けていると言われる片山潜でも、これ悉《ことごと》く大ブルジョアではないだろうか。私は、いつか『新潮』の合評会の時に、確かに私の目を以て見たのであるが、先のロシヤ大使、ドブガレウスキイ氏は、立派な洋服を着、絹の靴下を穿き、上等のワイシャツ、華やかなネクタイを着け、贅沢《ぜいたく》なケースから、香りの高いシガレットを取り出して吸うていた。勿論、自動車を待たしてあったことは言うまでもない。

もし、生活の外形が、それをブルジョアとプロレタリアとに規定するなら、ソビエット・ロシヤの大使ドブガレウスキイ氏は、確かに大ブルジョアでなければならない。佐藤紅緑氏や菊池寛氏以上の大ブルジョアでなければならない。つまり、マルキシズムを奉ずることに依って、自らブルジョア生活を営んでいるところのブルジョア階級なのである。

それだのに、佐藤紅緑氏や菊池寛氏は、ブルジョアと非難され、大ブルジョアの生活を営んでいるドブガレウスキイ氏は、なぜ非難されなくてもいいのだろうか。ただ、それがマルキシズムに依っていると、いないとのためであろうか？

片岡鉄兵氏や今東光氏が、左傾したと伝えられている。だが、左傾した彼らの生活が、どう違って来たであろうか？　彼らの作品が、どう違って来たであろうか？　ただ、マルクス主義の話をするだけなら、今は、ブルジョアでも誰でも、マルクス主義の話もするし、それに関する読書くらいはしているのだ。もし、左傾したと言われている片岡氏や、今氏の生活や作品が、ブルジョアと攻撃されている、紅緑氏や寛氏の生活や作品よりも、もっとブルジョア的であるとすれば、おかしなものではないだろうか？　しかしながら、このことは、左傾した片岡氏や今氏に責任があるわけではない。それをいろいろ問題にしたり、謳歌《おうか》する人々の立場がただ滑稽《こっけい》なだけである。あまりに安価に過ぎるだけである。

自から左傾したと名乗ると名乗らないとにかかわらず、ブルジョア作家と非難される佐藤紅緑氏や菊池寛氏の生活や作品の中には、勿論ブルジョア的要素もあるには違いないが――左傾したと称される今東光氏や片岡鉄兵氏の生活や作品にもそれがある通り、そして、他のすべての左傾している人々、及び左傾している文学者の中にも、或る度合に於いてそれが混っている如く――また、左傾的要素も含んでいるのだ。それだのに一方は非難され、攻撃され、一方は謳歌されるのは、私には矛盾もまた甚だしいものに思われるのだ。

人間は、いろいろな面《めん》と、いろいろな要素を持っている。人間の思想や生活は単なる主義を以て統一することの出来ない複雑なものの綜合であり、集積である。そして、文芸家の職能は、イズムに依って截然《せつぜん》と赤と白とに別れてしまうことではなく、簡単に赤に別れることも出来なければ、また簡単に白にも別れることの出来ない人間生活の本然の姿を指摘し、描出することでなければならないと思っている。赤であることは簡単だ。白であることも簡単だ。が、深く見、深く考えて、真を追求することの烈しい欲求を持っている者は――言い換えれば良心の旺盛な者は、簡単に赤であり白であり得ないのだ。そして、この良心の最もすぐれた者ほど、芸術家として最も卓越した人でなくてはならない。

四

人間が生きて動いている実体は、主義や思想ではなく、個性である。人間の行動を、生活を支配しているものは、主義や思想の力であるよりも、個性の力である。そして、人間や生活を対象とするところに、初めて存立の意義を持つ文芸の世界に於いて、主義や思想よりも、個性が重んじられなければならないのは、元よりあまりにも当然のことでなければならない。芸術に主義や思想が加味され、混り合って来ることはいい。社会主義を奉ずる作家の作品に、自ずから社会主義の色調が加わって来るのは当然のことであり、それはそれで毫も差支えないばかりでなく、大いに結構である。それが作品としてよきものである以上、われわれはオスカア・ワイルドの唯美主義の作品も愛読する一方には、また、バアナード・ショオや、アナトオル・フランスや、マキシム・ゴールキイの作品をも愛読するのだ。「悪の華」の詩人ボードレルの詩にも惹《ひ》き附けられれば、ヴェルレーヌの詩も愛誦するし、象徴派のマラルメの詩にも、また、興味を感ずるものである。人生が広く、複雑である如く、人生に立脚している芸術の世界も広く、また複雑である。そして、そのいずれにも、それがよきものである限りは、魅力と牽引《けんいん》とを感ぜずにはいられないものだ。

花は何んのために開くかを知らないだろう。小鳥は何んのために歌うかを知らないであろう。恐らく、咲き満ちた花の美しさには、プロレタリア的イデオロギイもなければ、ブルジョア的イデオロギイもありはしない。小鳥の歌も同じことだ。

しかしながら我れ我れは、無心に咲く花の美しさに対しても、やっぱり美しいと感ぜずにはいられないし、無心に歌う小鳥の音楽に対しても、やっぱり楽しみを感ぜずにはいられないものだ。季節季節が廻って来れば、美しく咲く花を見て、これは階級闘争の目的意識がないからと言って——階級闘争的精神に燃えていないからと言って、また、こんな花の美しさや、小鳥の歌は、ただブルジョアの目や耳を楽しませるだけで、プロレタリア階級には用はなく、だからブルジョアの娯楽物だとして、片っ端から花や小鳥を撲滅して廻ろうとする者があったら、それは馬鹿か狂人でなくて何んだろう。

花は花の性質に依って、赤い花も咲けば、白い花も咲く。もし赤い花の美しさだけを認めて、白い花の美しさを感ずる者を、封建的だと嗤《わら》う人があるなら、そんな人間こそ、かえって馬鹿か狂人として嗤われなければならないだろう。

芸術は「美」に立脚する。いろいろ複雑な意味を含んだ「美」に立脚する。人間の感情と文化の上に開く花である。赤い花もあれば、黒い花もあり、紫の花もあれば、白い花もあるだろう。よく咲いた花は、皆なそれぞれに美しい。

誰だ？　この花園に入って来て、虫喰いの汚ならしい赤い花ばかりを残して、その他の美しい花を、汚ない泥靴で、荒らして歩こうとするのは！

勿論、花は無心に開き、小鳥は無心に歌うのであるが、芸術は、人生に対し、社会に対して、積極的な関心を持つ人間の営みであることは言うまでもない。社会人生に対して関心のないところに芸術はあり得ないのであるが、人生社会に対する関心が、必らずしもマルキシズムに依って干渉される必要はないのだ。マルキシズムに依って、人生社会に関心を持つことを元より妨げないが、その他のいろいろなイズムと、面《めん》と、個性とを以て、人生社会に関心を持ち、責任を分ち合うことも、また甚だしく必要である。マルクス主義はなくとも文芸芸術の世界はあり得るのだ。

イズムの文学より、個性の文学へ――(五月十二日)

政治的価値と芸術的価値

マルクス主義文学理論の再吟味

平林初之輔

一九二九(昭和四)年三月、『新潮』に発表。前年、平林が文芸批評における確固とした評価基準を見出しえないことを吐露したのに対し、蔵原惟人や勝本清一郎は芸術的価値を社会的価値に従属させる一元論的な評価基準を提示していた。また同年、主に中野重治と蔵原惟人の間で「芸術大衆化論争」が戦わされ、その過程でプロレタリア文学の立場からの芸術評価の問題が浮上してきた。こうした前史をふまえ平林は、「芸術大衆化論争」を別の角度から問題化しつつ、一元論的な評価基準に対して作品の「政治的価値と芸術的価値とはついに「調和」し得ない」と述べた。この平林の論は「芸術的価値論争」を引き起こし、青野季吉・大宅壮一・雅川滉・勝本清一郎・宮本顕治・窪川鶴次郎らが参加。なかでも中野重治は「芸術に政治的価値なんてものはない」で、マルクス主義の通説に逆らって、「芸術と政治とが全くの別もので一方を他方で測れないこと」を論じ、「芸術評価の座標はあくまでも芸術的価値である」と断言した。底本には初出誌を用いた。

平林初之輔(一八九二―一九三一) 評論家。初期プロレタリア文学運動の代表的理論家。ヴァン・ダインの初の紹介者で、探偵小説も執筆。評論集『文学理論の諸問題』など。

一

コペルニクスは地動説をとなえたが、それを統一的理論によりて説明するためにはニュウトンをまたねばならなかった。ところが今日の小学生は万有引力の公式を知っている。だからコペルニクスよりも二十世紀の小学生の方がすぐれている！

石造建築は木造建築よりも進んだ建築である。某々洋食店は石造建築である。法隆寺は木造建築である。だから、某々洋食店の建築は法隆寺の建築よりもすぐれている！

これらの論理には矛盾がない。だがこの論理からひき出された判断は、必らずしも私たちを首肯せしめない。その理由は説明するまでもなく、誰でもちょっと考えて見ればわかることである。

ところが、次のような命題にぶっつかると問題はそれほど簡単ではない。

ダンテの作品にはプロレタリア的イデオロギーが含まれていない。シンクレアの作品はプロレタリア的イデオロギーに貫かれている。だから、ダンテの作品は、芸術的にシンクレアの作品よりも劣っている！

もしダンテがあまりに古すぎるなら、これをトルストイとおきかえても、ユウゴオとおきかえても、ストリンドベルヒとおきかえてもよい。

然《しか》り！　と或る人はこれに賛成して、答えるであろう。芸術作品の価値は、その作品のもつイデオロギーによりて決定される。プロレタリアの勝利のために利益をもたらすものにのみ芸術作品の価値がある！

否！　とある人は答えるであろう。イデオロギーは芸術作品の全価値を決定する要素ではない。そしてプロレタリアの勝利のために貢献するということは、芸術本来の性質とは没交渉である！

この二つの見方は、最近、マルクス主義文学理論と正統派文学理論とを尖鋭に対立させたのみでなく、マルクス主義文学理論の陣営内に於ても意見の分裂を生ぜしめている問題の焦点である。他の芸術の場合はしばらくおいて、文学作品の評価の基準についての最近の諸議論は、悉《ことごと》くこの問題を中心としてまき起されているように思われる。

かような簡単な問題が、どうして、それほど多くの議論を生むに至ったかは、多くの人々には全く不思議に思われるであろうが、それにもかかわらずこれは事実なのである。

私は、この不思議は、マルクス主義作家もしくは批評家は、彼がマルクス主義者であると同時に作家であり批評家であるという二重性のために存するのだと考える。マルクス主義者が文学作品を評価する基準は、あくまでも政治的、教育的の基準であり、作家もしくは批評家が文学作品を評価する基準は、芸術的基準である。この二つの基準を調節し、統一しようとする試みに於て、マルクス主義批評家もしくは作家の、新しい努力が生れ、そこにさまざまな意見の分裂が生れたのである。大衆文学の問題の如きもその一つのあらわれに過ぎない。

マルクス主義は、単なる政治学説でも、経済学説でもなくて一の世界観である。もしそういう言葉を用いてもよいならば一の哲学である。従って、それは、人間界のあらゆる現象に対して、統一的な解釈、「見方」をもつべきものであることは無論である。だが、この「もつべきものである」ということは、現実に、完成された姿でそれを現在もっているということとはちがう。マルクス主義者の任務は、一の完成された法典を与えられて、すべての事象を、それに照らして判断してゆく司法官の任務とは全く異って、この法典を日常の闘争を通じて自らつくってゆくことであるのである。文芸作品の評価というような問題については、無論私たちはまだ「原理はもうできあがった。あとはその応用のみである」という風な完全な法典を現在与えられておらぬし、また未来永劫そういうものの与えられる気遣いはないであろう。それは単に、すぐれたマルクス主義者には、もっとほかに重大な仕事があるからという理由からばかりではなくて、問題の性質上与えられ得ないのである。

ところが、ここに一群の人々がある。それらの人々は、この政治的価値と芸術的価値とは二つの直線のように、全く重ね合わせることができると考えるのである。勝本清一郎氏はそれを「社会的価値」という名前で呼んでいる。そして社会的価値は同時に芸術的価値であり、社会的価値のほかに芸術的価値ありと思うのは一の迷妄であるとして、芸術的価値というものを全く解消してしまった。蔵原惟人氏も、この一元観に関する限りに於いては勝本氏と同意見であるように思われた。

註　勝本氏の『三田文学』に於ける、及び蔵原氏の『朝日新聞』に於ける論文をさすのであるが、いまそれを参照しているひまがないので、私の読みちがいであったら、両氏にお詫びする次第であるが、私のこの論文は両氏の議論と独立によまれても些《すこ》しも理解を妨げるものでない。

マルクス主義は一の世界観ではあるけれども、最もさしせまった目的としては、組織されたプロレタリアによるブルジョア政権の奪取という政治の一点に、プロレタリアのすべての力が集中されることを要求する。だから文学、芸術もこの政治的目的を達するための手段とされねばならぬのである。文学作品は、この視角から見たとき、直接間接の宣伝もしくは煽動《せんどう》の手段としてしか意味がない。これは、政治的に全く正しい解釈である。だから、マルクス主義政党の芸術に関するプログラムに於て、芸術作品の価値は、それがプロレタリアの勝利に貢献する程度の大小によって評価されねばならぬと規定されることは甚だ当然である。そして、党は、党員たる作家や批評家に、その趣旨を伝達し、また命令することも当然である。芸術は手段ではないとか、文学は宣伝の道具ではないとかいうことを、芸術や文学の立場から絶叫したって無益である。プロレタリアの解放、勝利ということが絶対だからである。

マルクス主義批評家にとっての作品評価の根本規準は、それ故に純然たる政治的規準である。マルクス主義作家及び批評家はまずこの規準を認めなければならない。彼がどんなにすぐれた批評家や作家であっても、この根本規準を拒絶する刹那《せつな》に、彼はマルクス主義作家でも批評家でもなくなる。何となれば、彼は芸術家であり、批評家である以前にマルクス主義者でなければならぬからである。芸術的価値は、彼にとっては政治的必要に従属せしめられねばならぬからである。

実際の作品、たとえばチエホフの作品を例にとろう。チエホフがすぐれた作家であったことは、ほとんど異論のない事実である。だが彼の作品は、革命の擁護という政治的必要からは好ましからぬ作品であるかも知れぬ。もしそうである場合には、彼の劇のマルクス批評家によって手厳しく批難され、その上演がプロレタリア国家権力によりて禁止されることはあり得る。そしてこの禁止は、政治的に全く正当である。だが、この政治的形勢の変化によりて、国家権力の命令や、政党の決議によって、チエホフの作品の芸術的価値が、一夜のうちに消えてなくなってしまうであろうか？

否！　と私は答える。また誰だってそう答えざるを得ないと私は考える。チエホフの作品でなしに、たとえば、ボオドレエルもしくはエドガア・アラン・ポオの作品を例にとろう。これらの人々の作品は、プロレタリアの勝利に貢献するような何物をももっていないことは誰しも異存のないところである。それどころか、これらの人々の作品には、一般に人類の幸福をおしすすめる拍車となるようなものすら何一つ見当らぬ。それにもかかわらず、これらの作家は、芸術的に何ら価値のない作家であるといわれるだろうか？　これらの作家によりて描かれた頽廃性《たいはいせい》、不健康性は、プロレタリアの闘争のためには無論のこと、一般に人類の向上進歩のためにすら反効果をもつものであるのに、私たちが、それらの作品に、多かれ少なかれ芸術的価値を認めるのは何故であろうか？

ここに一元論をもっては解釈しがたい謎がある。

性急な読者は、私がここで、文芸作品の政治的価値を否定、もしくは減弱しようとする意図を抱いているためにこういう議論をするのだと考えるかも知れない。ところが、私の意図はその反対である。私は文学作品の政治的価値を正しく認識するために、そしてその重要性を立証するために、先ずこれを芸術的価値から引きはなすのである。もしこれを一しょくたにして「社会的価値」という風呂敷の中にひっくるめてしまうことができるならば、プロレタリア文学とかマルクス主義文学とかいうものの特殊性は消滅してしまわねばならぬ。

プロレタリア文学もしくはその別名あるいはその一部分としてのマルクス主義文学は、政治的規定を与えられた文学である。政治のヘゲモニイのもとにたつ文学である。この事実はあいまいにごまかしたり、糊塗《こと》したりしてはならない。芸術や文学から出発して、マルクス主義文学、プロレタリア文学を合理化しようとする企画はきれいさっぱりと抛《ほう》棄《き》されねばならぬ。マルクス主義は芸術や文学を社会の現象として解釈することはできるが、芸術や文学はマルクス主義から命令され規定されて、政治的闘争の用具となる約束を少しももっていないからである。プロレタリア文学もしくはマルクス主義文学のみがそれをもっているに過ぎないのである。プロレタリア文学は芸術の立場ではなくて政治の立場から、文学論からではなくて政治論から出発してのみ合理化されるのである。

この関係は、ルナチャルスキーの場合ですら、粉飾され、婉曲《えんきょく》に言いあらわされ過ぎていると私は思うのであるが、もしこの関係が明白になれば、プロレタリア文学の存在理由が少しでも薄弱になると思うなら、それは甚だしい誤解である。というのは非常に簡単な理由からである。即ち、私たちは、階級と階級とが、抑圧者と被抑圧者という形で対立している社会をそのままにしておいて文学をたのしむよりも、一時文学そのものの発達には、多少の障碍《しょうがい》となっても、階級対立を絶滅することを欲するからである。他の一切を犠牲にしても、切迫した政治的必要を満すことを欲するからである。このことはブルジョア文学の発生の場合にも完全にあてはまる。ブルジョア階級が、その覇権へむかって進出したときの進行曲として、政治的文学をもったこと、そしてブルジョア革命のまっ最中には、歴史的に見れば一時文学の衰頽期《すいたいき》を現出したこと等が、それを語っている。ブルジョア文学は、愛と平和との中に、静かな朗らかなクラリオネットの音に発育したものと思うのは大間違いで、血と闘いとの中から戦いとられたものである。

そして勃興期のブルジョア階級によって、血によって戦いとられた文学が、国民文学として、成熟期のブルジョア階級の手で、まるで、平和と愛とのシムボルのように祭られているのである。ゲエテ、シルレル、ユウゴオ等々がそれである。勃興期のブルジョアジーは、一つの階級でなくて人類を代表していた。その故にこの時期の文学は人類の文学となり、国民の文学となり得たのである。というのはプロレタリアが、階級としてはっきりと対立して来たのは、そしてブルジョアジーがその階級的性質を露骨に示して来たのは、それ以後の出来事だったのだからである。この意味に於いて、勃興期のブルジョア文学は、ブルジョアジーによりもむしろより多くプロレタリアに属している。（メーリングのレッシング論はこの点で私の主張を裏づけるであろう。）序《つい》でに一言しておけば、日本の国民は国民的クラシックの名に値いするような作家や作品をもっておらぬ。紅葉、露伴、逍遥、蘆花、漱石、独歩——これらの作家のうちで、これこそ近代日本を代表する作家であるといえる人はない。それは偶然日本に天才的作家が現われなかったことにもよるであろうが、いま一つは、日本のブルジョアジーが十分革命的階級としての闘争を経過しないで、封建的勢力と妥協して、その庇護《ひご》のもとに発達して来たからである。

二

プロレタリアの勝利のために貢献するということが、マルクス主義文学の評価の基礎とならねばならぬことは上述の説明によりて明かになったと思うが、マルクス主義文学も、文学である以上それだけでは不十分である。『共産党宣言』が最もすぐれた芸術品であるとは言えないからである。

そこで、この根本原理に附随する、さまざまな小さい原理が必要になって来る。たとえば、文学作品はただある政党の綱領を解説するようなものではなくて、新しい何物かを創造していなければならぬとか、あるいは、或る観念を露骨にあらわした作品はよくない作品であるとかいう種類の小さい原理がそれである。これらの諸原理はマルクス主義にも、政治にも関係のない、一般に芸術そのもの、もしくは文学そのものに関する原理である。ここに於いてルナチャルスキーのテーゼは、そして一般にマルクス主義的文学の理論体系は、かくの如く二つの部分――政治的部分と芸術的部分とから成立しているのであることがわかる。しかもこの二つの部分はいい加減につきまぜてあるのではなくて、政治的部分が絶対上位に立ち芸術的部分は下位にたつという風に結合されているのである。この結合のしかたをかえることはマルクス主義文学の名に於ては許されないのである。

このことは多くの実際問題に関聯している。たとえば、政治的原理と芸術的原理とを同じ平面に並べて、双方に同じ価値をもたせようと企てるとき、そこに折衷的理論が生れる。ある作家の或る作品は、闘争的精神も、階級的イデオロギーも稀薄であるが、芸術品としては立派な作品であることがあり得る。だがこの場合、如何なる芸術的な価値をもってしても、マルクス主義文学である限り、闘争的精神の欠如の埋め合せにはならぬであろう。第一義的な、根本的なものを欠いている限り、それはマルクス主義文学の作品としては低く評価されねばならぬであろう。

また或るマルクス主義者、たとえばトロッキーが、政治的には全く価値のない詩をつくったとする。河上肇博士が、花か虫かを見て政治と没交渉な俳句を一句詠《よ》んだとする。

この場合、トロツキーや河上博士がマルクス主義者であるがために、それらの人の作品が、すべてマルクス主義文学の作品であると考えるのは全くあやまっている。いわんや、或る作家が、マルクス主義的芸術団体に加盟したら、その作者の前日までの作品はすべてブルジョア文学作品であったのが、その翌日からとんぼ返りして、悉《ことごと》くマルクス主義的文学作品になるなどと考えるのは全く子供らしい考えかたである。マルクス主義の立場からする文学批評は、常に、先ず政治的見地からされねばならぬであろう。この意味に於いて政治的意識の弛緩《しかん》は、マルクス主義文学作家にとっては致命的である。「イデオロギーはあやふやになったけれども、技巧に於いてはすぐれて来た」というような評語は、マルクス主義作家にとっては少しも名誉ではない。それは一の芸術家としては、その作家が前進したことを意味するけれども、マルクス主義者としては後退したことを意味するからである。

だが問題はそれだけでつきるのではない。以上はマルクス主義作品に対するマルクス主義批評の関係について言ったのであるが、マルクス主義批評は、マルクス主義作品ではない、広く一般の文芸作品に対してどんな態度をとるべきであるか？

厳密に言えば、非マルクス主義作品の政治的価値は、マルクス主義的評価によれば零であり、反マルクス主義作品の価値は負になるわけである。たとえば「古池や蛙とびこむ水の音」という芭蕉の句は、マルクス主義的評価によれば、価値は零であると見なさねばならぬ。然るにすべての作家はマルクス主義者であるとは限らないのであり、マルクス主義の何たるかを全く解しない作家が沢山ある。

この場合、マルクス主義批評家は、厳密にその機能をはたそうと思えば、これらの作品に対する評価をさし控えねばならぬ。そして厳密には批評家という立場をすてて、分析者としての立場にたたねばならぬ。プレハノフやレーニンの「トルストイ」評には、多分に(全くではないが)分析者としての姿が現われている。もしこの場合に、政治的な尺度をすててしまって、ただの表現や形式の批評だけをするならば、その時、この批評家は、マルクス主義的批評をしているのではなくて、ただの文芸批評をしているわけである。

更に一層進んで、反マルクス主義的思想を強くあらわした作品に対しては、マルクス主義批評家は、ただその作品にあらわされた思想と戦い、その誤謬《ごびゅう》を指摘し、克服することに全力をつくさねばならない。そしてそれ以外のことに関心する必要は少しもない、もしかかる反マルクス主義的作品の美に心ひかれ、その芸術的完成に恍惚《こうこつ》とするのあまり、それを賞揚するなら、マルクス主義者はそこに退場して、ただの文芸批評家と交替したと解釈しなければならぬ。

私の説明はあまりに機械的であり、非実際的であったことを私は知っている。だが、それは、私が原則的な理論を説明したのだからに外ならぬ。原則を説明する場合には、最も典型的な、従って最も極端な実例をあげるのが理解に最も都合がよいのだ。

最後に私は、私自身の、いわゆる「懐疑的」立場を便利上逐条的に明かにして大方の教えを乞うことにしよう。特に私の最も尊敬する蔵原惟人、勝本清一郎の両氏に私は教えを乞いたいのだ。

先ず第一に私は現在のマルクス主義文学理論に対して懐疑的態度をとっているという事実を告白しておく。(だが念のためにことわっておくが、私は何から何まで真理を疑いたがるスケプチックではないのである。懐疑家という言葉が、スケプチックの訳語になっているので、誤解されることを恐れてこのことを一言しておくのである。)

第二に、私はマルクス主義の一般理論に対しては、私の知るかぎりでは(それは非常に狭いのであるが)懐疑的態度をとっているわけではない。私は、マルクス主義と文学作品の評価との関係の問題に対して懐疑的態度をとっているのである。ここでも私は一言しておきたい。というのはかような新しい、未解決な問題に対して疑いをもつことは一般に理論家にとって已《や》むを得ないことであり、それは悪いことではなくて、かえって望ましいことであり、反対にあまりにはやく不完全なオーソドックスを定立することこそ避くべきことであると私は思うのだ。

第三に私は前に長々しく述べきたった政治的価値と芸術的価値との二元論を脱することができない。もっともここでもことわっておかねばならぬことは、「芸術的価値」という言葉であるが、これを私は神秘的な、先験的なものだとは解してはいない。それは社会的に決定されるものだと信じている。ただマルクス主義イデオロギーや、政治闘争と直接の関係をもたぬと信ずるまでである。

第四に、それにもかかわらず、私は文芸作品を批評するにあたって、私の解釈するような意味の純然たる政治的評価にのみたよるわけにはゆかない。このことはマルクス主義の一般的理論の真実性を認めた上でのことである。マルクス主義の真実性を認めながら、私は非マルクス主義作品のもつ魅力にも打たれる。そしてその魅力に打たれる以上はそれをありのままに告白するより外はない。この点が最も重要なのであるが、もし私の言ったことが真実であるならば、政治的価値と芸術的価値とは遂に「調和」し得ないと私は信ずるのである。両者を統一する芸術理論はあり得ないと信ずるのである。マルクス主義文学理論は両者の統一ではなくて、政治的価値に芸術的価値を従属せしめ、これをそのヘゲモニイのもとにおかんとするものである。両者は力で、権威で結合せしめられるのである。

もしそうであるならば、私は、現在のマルクス主義芸術理論は、一つの政策論であり、政治論であって、芸術論と名づくべきものではないと信ずる。だから、幾分寄木細工《よせぎざいく》的な感ある現在のマルクス主義芸術論を解体して、政治的部分と芸術的部分とに還元し、これを明白に規定しなおす必要があると思うのである。もしマルクス主義芸術論が、完全な芸術論であるならば、ファシズム芸術論も、イムピリアリズム芸術論も同じ権利をもって可能なわけである。久野豊彦氏が、マルクスの代りに、ダグラスをひっぱり出して来たことも当然認められねばならぬ。そして芸術の評価は、芸術と関係の少ない、千差万差の尺度をもって行われねばならないことになる。だが、芸術評価の尺度が観音様の手のように沢山あるということは、芸術作品の評価が不可能だということとかわりがない。

これに反して、マルクス主義者は、政治的尺度によりて芸術作品の対社会、対大衆的効果を評価するのであるとすれば、この問題は至極簡単明瞭に解ける。これは政策論である。だが、人類の幸福のための政策論を、芸術の名によって拒むことはできない。

これを要するに、マルクス主義芸術運動は、芸術に関する定義の塗りかえや、芸術的価値と政治的価値との機械的混合によりて行われるわけには決してゆかない。それはあくまでも政治のヘゲモニイのもとに行われる運動であり、政治によりて芸術を支配する運動である。この関係は政治と芸術との弁証法的統一というようなあいまいな言葉で説明してうっちゃっておくべきものではない。先ず一応両者を区別し、それを当然そうであるべき関係におかねばならぬ。

従って、マルクス主義文学は――少なくもプロレタリアの勝利のために貢献するという意味に於けるマルクス主義文学は――一定の時期において、その特殊性を自然に失ってしまうべきものであることは自然の理である。そのためにマルクス主義文学の価値が減弱するものでないことは、もう一度繰り返していうが、勿論であるけれど。

この問題について『祖国』三月号の拙論も併読されることを読者に希望する。

「敗北」の文学(抄)

――芥川竜之介氏の文学について――

宮本顕治

一九二九(昭和四)年八月、『改造』に発表。『改造』の懸賞文芸評論の一等当選。二等当選は小林秀雄の「様々なる意匠」だった。本書には前半部のみを抄録し、個別作品を論じた後半部は割愛した。平野謙によれば、プロレタリア文学が昂揚していたこの時期、小林論文を押しのけて本論が一等となったことはある意味で当然であり、逆に小林論文が二等にならざるをえなかったところに、「当時の時代思潮の実情と文芸思潮の方向をよみとることができる」と述べている(『昭和文学史』)。「ぼんやりした不安」という言葉を残して、昭和二年七月二十四日、芥川竜之介は致死量の睡眠薬を飲み込み自殺した。この芥川の「ぼんやりした不安」をいかに克服するかがプロレタリア文学の課題だった。宮本は芥川の「敗北」への歩みに共感を寄せながらも、芥川の「不安」は「小ブルジョアジー」という「階級的土壌」からもたらされたものであると断じ、「「敗北」の文学を――そしてその階級的土壌を我々は踏み越えて往かなければならない」と締めくくる。底本には初出誌を用いた。

宮本顕治(一九〇八―)評論家、政治家。日本共産党の中心的な指導者。宮本百合子の夫。評論集『レーニン主義文学闘争への道』『宮本百合子の世界』など。

一

「文人」という古典的な文字の相応《ふさ》わしいとされていた芥川氏の住んだ世界は、永い間、私にとって、かなり縁遠いものに思えていた。この作家の「透徹した理智の世界」に、私は漠然、繊細な神経と人生に対する冷眼を感じるだけであった。なるほど、それらの色調は、私の歩んで来た過去世《かこせ》――小ブルジョア的な故郷に閃《ひら》めいているものであったけれども、その神経的な苦悶すら、根本的に私を揺り動かすものでなく、遠い世界に咲いた造花に近いものに思えていた。私は「余りにも人工的な、文人的な」という漠然とした印象より外のものを多く持っていなかった。

それは、一つは、氏の文学に対する私の味到力《みとうりょく》が足らなかったことに因《よ》ると同時に、氏が常用していた都会人的なチョッキが、氏の全貌《ぜんぼう》を幾重にも包んでいたためでもあったろう。

ところが、一九二七年度に著しかったこの「文人」の切迫した羽搏《はばた》きと、その結論としての自殺は、氏をみる私の態度に強い変化をひき起さずにいなかった。意外にも、私は、我々に近く立っている氏を発見したのである。私はこの時、氏の自殺が私を感傷的にしたのではないかと一応考えてみた。そこで、私は、新しく、厳粛に氏を見直さずにはいられなかった。……だが、感傷のためではない。氏は、一生脱ぐことの出来なかった重い鎧《よろい》を力一杯支えながら、不安に閉された必死の闘いを見せているのであった。その数種の遺稿と共に、最後に、我々に肉薄して来ているのである。疲労し切った自己の上に投げられた過渡時代の影を痛々しく語りつつ、氏を襲って来る必然的な結論に慟哭《どうこく》しているのである。そして、そのことは氏にとって、一つの異常な転身と言うより、氏の文学的出発点において、既に内在的に規定された決勝線への必然的な到着であったことも、再批判の後には知ることが出来るのである。

ここで、序論的に、氏の生活の型を新らしく振りかえってみることは、不必要でないであろう。

氏の生活圏が小ブルジョアのそれを出なかったことは明らかである。

私は今、氏に似通《にかよ》った社会的範疇《はんちゅう》の人として、有島武郎氏を、聯関《れんかん》的に想起することが出来る。過渡期の苦悶を生活した点において、二人は、最も典型的インテリゲンチャの型を代表しているといえるだろう。しかも、私は、芥川氏の中より我々に近いものを感ずるのである。該博《がいはく》なブルジョア的教養と態度のために、有島氏は、今日なお、全集の刊行や評伝によって、「大陸的風貌」「階級的苦悶」等をたたえられている。けれど、有島氏の持った苦悶は、未だ苦悶の中にも殉教者的な稚気を帯びている。故片上伸氏が批判しているように、啓蒙主義者――自得的なイゴイストにある――「理づめで自分の気持を片づけている点が氏の言うところを浅くし、平たくし、乾いたものにし、もっとものようでいて、真に心から受け入れさせる力のないものとしている」のである。のみならず、智識階級の役割に関するその理論付けすら、認識のブルジョア性に起因する誤謬に立っていることも、今日においては明らかにされていることだ。痛み多い苦闘を末年にみられるニヒリズムの萌芽にもかかわらず、とまれ、有島氏の歩みには最後まで「愛」と「人道」についての確信らしいものが匂っていた。遺書にある「私たちは自由に歓喜して死を迎える」という言葉は偶然に書かれたものではない。

しかし、芥川氏の場合、我々の受け取るものは、より切迫した陰鬱な空気である。後に於て評論するけれども、そこにあるのは、困憊《こんぱい》した神経の触手を通して、次第に意識されて行く「人生に対する敗北」の痛みである。愴然、氏は自分の辿っている路が「敗惨」に通じていることを自覚せずにはいられなかったのである。

やがて、「実践的自己否定」に到達せずにはいられない後悔に満ちた自己批判が、末期の氏の中に滂薄《ほうはく》している。その批判の中にもインテリゲンチヤに課せられた重荷である懐疑や、自尊心から脱することが出来なく、それを決裂に至るまで神経の先に凍らしている。氏こそ、ブルジョア文芸史に類稀《たぐいまれ》な内面的苦悶の紅血を滲《にじ》ませた悲劇的な高峰であると言えるだろう。それこそ、市民的社会の開化期から凋落期《ちょうらくき》に及び文化的環境に育《はぐく》まれた記念碑的な存在の一つであろう。こうした芥川氏の文学を批判の対象とすることは、単に私の個人的なインテレストのみでなく客観的にも無意義でないことを信じている。

二

「プロレタリアートの眼からは、本質的に相敵対する所のイデオローグと、文学者の世界を正しい光明を以て照らすこそ、緊急事である」――フリイチェのこの言葉が、今私の前にある。

日本のプロレタリア文学も、ようやく、「内容の革命」から「形式の革命」にまで自己をたかめて来た。それは新しい困難な建設のために、可能な限りの文学的遺産を整理する必要のある段階に達している。ブルジョア文学は、未だ決定的には崩壊し去ってはいない。政治的、経済的の諸条件と共に、文壇は未だ支配的イデオロギーとしてのブルジョア的思惟と感覚の末期的繁栄を物語っている。この歴史的な転向期にあたって、「さまよえる」過渡期のインテリゲンチャが、およそ如何なる文学に自己の表現を見出すかということは容易に考え得ることである。傷《きずつ》き易《やす》い神経を持った彼らは、芥川氏の住んだ「孤独地獄」に「求められぬ平和」を求めて、自己の呻《うめ》きを聞いているのではあるまいか。芥川氏に対する関心は、必ずしも、小ブルジョアジイの層にのみあるものではないであろう。プロレタリアートは時代の先端を壮烈な情熱をもって進んでいる。しかも、我々の前には、過渡時代の影がなお巨体を横《よこた》えている。長い過去を通じて我々に情緒上の感化を与えて来た「昨日」の文学も。

「わがコムソモールの机の上には共産主義者のABCの下にエセーニンの小さい詩の本が横《よこたわ》っている」暗示するところのものを多く持っているこのブハーリンの言葉は、単にソヴェート・ロシアにおいてのみ考えられることであろうか。プロレタリアートの戦列に伍して、プロレタリアートの路を歩もうとしているインテリゲンチヤの書棚に、当の新聞と共に、芥川氏の「侏儒の言葉」が置かれていないと誰が断言し得よう。かつて、私は、自己の持場で闘っているインテリゲンチヤ出の一人の闘士が、一夜腹立たしそうに語ったことをおぼえている。「駄目だ！　芥川の『遺書』が、――『西方の人』が、妙に今晩は、美しく、懐しく感じられるのだ」

彼のみではない。青野季吉氏も「芥川氏の生涯とその死とは、私の心をとらえて離さないものがある……私たちは芥川氏を批判することは出来る。だが、芥川氏を捨てて顧《かえり》みないことは出来ない。自分の中にも芥川氏があり、芥川氏の死があるからである」といっている。そしてまた、林房雄氏が芥川氏の死によって、虚無的な気持を掻《か》き立てられ、中野重治氏が芥川氏を「大層可哀そう」に思うのは、氏の中に感じる我々自身の残骸のためであろう。瞬間的な弱い残像にしろ、それが氏を近くに運んで来るのである。それらがインテリゲンチヤの肩におかれた致し方のない十字架であるにしろ、我々は芥川氏との間に、おかれた距離を明かにしなければならない。この作家の中をかけめぐった末期の嵐の中に、自分の古傷の呻きを聞く故に、それ故にこそ一層、氏を再批判する必要があるだろう。いつの間にか、日本のパルナッスの山頂で、世紀末的な偶像に化しつつある氏の文学に向って、ツルハシを打ちおろさなければならない。

三

一九一五年――芥川竜之介氏の文学的生涯の初まった時、氏の文学的傾向は、理智派、新技巧派等の名を以て呼ばれていた。

「芥川君の作品の基調をなすものは、澄み切った理智と洗練されたユーモアである。そして作者はいつも生活の外側に立って、静かに渦巻きを眺めている」と当時の文芸批評家、江口渙氏は「芥川論」において述べている。思うに「理智的」「諧謔《かいぎやく》的」という評語は、十年に及ぶ氏の作家生活を通じて絶える事なく冠せられた非難であり、また讃辞であった。だが、これを以て氏の本質を示し得たとなすならば、それは批評的不具であろう。理智的であり、諧謔的であることも、確かに氏の半面をなしている。だが、氏の全貌を語る上に、それは、一つのモメントを提供するに過ぎない。いや、ある場合には、それは、氏の用いた都会人的な仮面でさえあったのである。我々はそうした「定冠詞」に対する芥川氏自身の抗議をすら見出す。

人物記「佐藤春夫氏」で芥川氏は「僕のテンペラメントは厳粛である。全精神を振い起さなければ滅多に常談もいうことは出来ない」といって、「喜劇ならば君にはすぐ書けるだろう」との佐藤氏の言葉を誤解だとしている。また「侏儒の言葉」の中で次のようにいっている。「偉大なる厭世《えんせい》主義者は必ずしも渋面ばかり作ってはいない。不治の病を負ったレオパルディさえ、時には蒼《あお》ざめた薔薇《ばら》の花に寂しい頬笑みを浮べている……」ユーモラスな趣きを持った「鼻」「芋粥」「往生絵巻」等の作品を読んだのち、作者の微笑の底に憂鬱な渋面を我々はさぐりあてるであろう。「阿弥陀仏よや、おおい、おおい」五位の入道は、どのような破戒の罪人でも「阿弥陀仏に知遇し奉れば」浄土へ行かれると聞いて、こう呼ばわりながら、西の方を目指して進んで行く。そして道行く人から気違い扱いにされながら、遂に、餓え死んでしまう。だが、屍骸《しがい》の口からは、いつかまっ白な蓮華が咲いていた。この「往生絵巻」はユーモラスな形式の下に、笑い切れない求道者の姿を書いている。正宗白鳥氏は、この作品の結末のまっ白な蓮華の咲く非現実的な描写を捉《とら》えて、芥川氏がリアルに徹することの出来なかった人だということの例証としている。勿論、我々は別の意味で氏が現実を深く認識しなかったことを批判する。けれど、こうした偏狭な自然主義的批判は、永久に、作品の本質を理解し得るものではない。作者は「五位の入道」を愛している。憐愍《れんびん》を越えて、まじめに愛しているのだ。蓮華の花を咲かす事は、氏の「あそび」ではない。枯木の梢に死んだ求道者に、心から詩的な頌辞《しょうじ》を最後に手向《たむ》けているのである。

ユーモラスな一面は多くの場合、氏の厳粛な精神の悲しい戯れであったのであろう。そうしたヴェールをかかげ見る時、我々は、氏がその文学的出発点において、既に、「いたましき人」であり、理智と情熱の相剋に苛《さいな》まれた人であることを知るのである。「頭には喜劇、心臓には悲劇」を持ったチェスタートンの賢人はあるいは氏自身ではなかったのか。氏の双眼のいろは、既に、晴々しいものに遥《はるか》に遠いものであったのだ。

君看双眼色
不語似無愁

処女作「羅生門」の扉に写されたこの文字は鬱悶を切歯《せつし》して身構えた氏の、微《かす》かに洩した憂愁の声であろう。

「人生は二十九歳の彼には、もう少しも明るくはなかった……」これは末期の氏が描いた初期の自画像である。

かく、氏の文学的生涯の初めに、既に、氏の人生は薄暗く煙っていた。氏は人工的に微笑もし、反語をも投げたけれども、それは本質的に氏を救うものではなかった。氏を捉《とら》えたこの不幸な手は、一体何物であろうか。二つの「大導寺信輔の半生」はかなり、瞭然と、氏の辿《たど》った半生を尽してこの疑問に答えている。「或阿呆の一生」と並んで珍らしく告白的な情熱にとんだこの作品には、「ある精神的風景画」という傍題がそえられてある。単に自伝的な要素を多く含んでいるのみでなく、これらの作品は凛々《りんりん》とした気魄《きはく》をたたんでいる点において、私の好むものである。この作品も無論、幾分かの「詩」を現実の中に溶かしているだろう。と同時に「侏儒の言葉」の逆説的表現をかりるならば、譃《うそ》を通してでなければ語られない真実もあるであろう。

彼はごみごみした往来に駄菓子を食って育った少年であった。彼の家庭は貧しかった。彼らの貧困は体裁を繕《つくろ》うためにより苦痛を受けねばならぬ中流下層階級の貧困だった。彼はこの貧困を憎んだ。同時に豪奢《ごうしゃ》をも憎まずにはいられなかった。彼は何よりも先に、退職官吏の息子だった。下層階級の貧困よりも虚偽に甘んじなければならぬ中流下層階級の人間だった。

学校も彼には薄暗い記憶のみ残すものだった。まことに学校は彼にとって貧困を脱出する求命袋に過ぎなかった。

彼は本を愛した。智的貪欲《どんよく》を知らない青年は、彼には路傍の人であった。実際、彼の友情はいつも幾分かの愛の中に憎悪を孕《はら》んだ情熱だった。けれど友情の標準は智的才能のみではなかった。上層階級に育った青年と握手する時、いつも針のように彼を刺す階級的差別を感じていた。

学生時代の彼は「ファウストの中の学生」のように何でも精神的にえらいものになろうとした。しかし、彼の発見したのは畢竟《ひっきょう》彼の大望の全部は夢におわるより外はないことだった。こういう道程を経たのち、彼は自身の如何に無力かを発見した。この空虚を感ずることは彼には恐ろしかった。彼はある春の晩、息もつまるほどの空虚を感じて自殺を考えた。こうした間にも貧困と不健康は彼を襲っていた。彼は時々目に見るように彼に英語や数学を教えた教師たちの一生を髣髴《ほうふつ》した。彼らの一生は見渡す限り佗しい塵労や、病苦の影に沈んでいた。彼の一生もことによれば、彼らの一生よりも見すぼらしいものかも知れない。だが、彼はどういう目にあってもとにかく、生きて行かねばならない。何のために？　何のために？　この疑問はいつか信輔に厭世主義を教えていた。

芥川氏の辿った半生の陰影の多い道程は、断片的にではあるが、以上の引用的説明の中に窺《うかが》うことが出来るであろう。

こうして、俊英な理智と、脆《もろ》く、強靭《きょうじん》な自我を持った一人のインテリゲントは、成長するにつれて、次第に後の日の悲劇を孕《はら》みつつ、小ブルジョアジイの烙印《らくいん》を彼の世界観に焼きつけた。氏は「総てのものを本から学んだ」と書いている。しかも、皮肉にも「彼は厭世主義の哲学を一頁も読まぬ前に既に厭世主義者だった」のだ。

その頃、氏が友人恒藤氏に宛《あ》てた手紙の中に次の一節がある。

「僕はイゴイズムを離れた愛のあることを疑う(僕自身にも)。僕は時々、やり切れないと思うことがある。何故こんなにしてまでも生存をつづける必要があるのだろうと思うことがある。そして最後に神に対する復讐は、自己の生存を失うことだと思うことがある。僕はどうすればいいのか分らない……」

この表現の中においても、我々は小ブルジョアジイの諸属性の中で、「自我に関するの思索」こそが、基本的な一線であることを知るのである。芥川竜之介氏の文学的生長に関して、漱石、鷗外の影響を特筆することは、常識的な真理とされている。しかし、それが主として創作上の手法にあったことを忘れてはならない。複雑なこの芸術的インテリゲントの人生観に、根本的な色彩を塗ったものは、いうまでもなく、第一に「中流下層階級の陰影」であった。「大導寺信輔の半生」は、一面、この小ブルジョア的自我の発展史であった。

「彼」は此の社会において、何ら、伝統的な生活手段を持っていない。従って、生存を保証されず、絶えざる生活的窮乏の日蔭《ひかげ》を自分の周囲に見出さなければならない。「彼」は、どうしても自分一個の頭脳に頼らなくてはならない。こうして、「彼」の唯一の縋《すが》り得る生活手段は、智的才能だけである。智識に対する彼の貪恣《たんし》ともいい得る強烈な欲望は、「彼」の個人的特性であると同時に、ここにその社会的母胎を持っている。智識は第一に「彼」の生活上の武器であった。「精神的格闘は何よりも殺戮《さつりく》の歓喜のために行われたものに違いなかった」ウォロフスキイーの評論した「バザロフ」におけると同じく「彼」の場合にも智識に、個人的に最高の享楽を附与したのだ。後に「彼」の夢みたように何冊かの本の著者となり、博学、俊髦《しゅんぼう》の名を与えられた。だが、「彼」の「豊富な智識」が著しく小ブルジョア的狭隘性を含んでいたことを鋭く指摘しなければいけない。

こうして「彼」の、行為、思索は常に自我を中心として廻転している。「彼」の問題にするのは、本質的には自己である。「彼」はそれに没頭し、現実はともすれば自我のみであるように思って来る。最後に、そして、「彼」は自我を愛する。しかも、外界は激しい刺戟と動揺を「彼」に浴せかける機会にみちている。「彼」は自己を防衛しつつも、ともすれば、孤独感や、空虚感に苛《さいな》まれるのである。「彼」は「哲学」に失敗した後、芸術の内に入って行った。だが、一匹の犬も満足に書けなかった。自己の頼り得る唯一のものが無力であり、傷き易いものであることを発見した時、「彼」の世界はもう明るいものではなかった。けれど、「彼」は未だ絶望はしなかった。「彼」は自分で参った時にも、容易に弱音を吐かなかった。矜誇《きょうこ》は悪徳であると同時に、当時の彼を鞭《むち》うつ生活のスプリングであった。

文壇の声望を負うて処女作集を出した日の芥川竜之介氏に、何故に、また、如何なる精神的陰影がかげっていたかを、私は大体しらべて来た。もし、彼が何物かに安んじていたとするならば、それは落莫《らくばく》とした孤独であったであろう。

四

「人生は一行のボオドレエルにも若《し》かない」

二十歳の芥川氏は、こういって書店の二階からみすぼらしい人生を眺めていた。この言葉ほど、氏の人生に対する軽侮と芸術に対する信仰を表現しているものはない。薄暗く黄昏《たそが》れた人生の中に、芸術の灯だけが僅かに、一切の懐疑的精神の外にあって、氏を照らしていた。「すべてのものは信仰とならずんば駄目なり。独り、宗教、芸術に於てのみならず」――(書簡集)――ともすれば、空虚を感じ易い自己の生活に、芥川氏は執拗にかけ声を投げた。だが、白日の下《もと》に曝《さら》された現実社会は、いつも、不調和の絶望に誘われ勝ちだった。こうした中に、氏は芸術を一本の杖として、愛したことは当然のことであろう。芸術は秀麗な孤峰のように、彼を力づけ、彼を動かした。まことに「芸道に精進せむとする彼の気魄は、りんりんと鳴りを立てるかの如く思われた」という恒藤氏の言は、芥川氏の芸術に対する態度をよく伝えているといえるだろう。

芸術家の生活に材を採った芥川氏の作品は、鬱屈とした熱情のために力強い表現を受けている。「戯作三昧」「地獄変」「沼地」――これらの作品の主人公たちを、共通に貫いている事実は、現世的に彼らが決して幸福ではないことだ。「戯作三昧」の境地に落ちついているように見える馬琴すら、安住の人ではない。彼を理解しない俗衆に対する侮蔑、芸術と道徳との二元的相剋《そうこく》、愚昧《ぐまい》な検閲官に対する痛罵《つうば》、我々は馬琴の中に作者の姿を汲みとることが出来る。だが、「戯作三昧」の氏には未だ深い絶望はなかった。人生は塵労と倦怠にみちているにしろ、時に、「あらゆる残滓《ざんし》を洗って、新しい鉱脈のように輝く時があった」から。民衆に対する孤高な態度は苦悩というよりも、むしろ矜恃をもった張りを与えるものだった。「沼地」は短い作であるけれど、狂人になった芸術家の不幸な一生に対して、作者は痛々しい敬虔な面持で立っている。「地獄変」は芸術家の狂気に近い魂が切実に描かれている作として、最も壮烈な色彩にとんでいる。芸術への精進の前には、いかなる野蛮な精進をも投げ出すことを厭《いと》わない芸術家の勝利——不幸な勝利がある。だが、絵師良秀はいつまでも、野蛮な芸術的法悦に恍惚となっていることが出来なかった。このことは重要な暗示を持っている。道徳的な芥川氏の一面は、やっぱり、良秀に縊《くび》れ死《じに》の結末を与えずにはいられなかったのだ。その前には、一切を蹂躙《じゅうりん》して悔いない芸術的気魄を示しながら、氏のヒューマンな半面は、その蹂躙を妨げるのだった。芸術は氏にとっては最上の城砦《じょうさい》ではあっても、氏の全部とは成り得なかったことを、いみじくもここに知らされるのである。氏は芸術上の至上主義者とは成り得なかった。畢竟《ひっきょう》、氏は、芸術的な——甚しく芸術的な気質《かたぎ》に住んでいながら、それに安住することが出来なかった。

「僕たちの書いている小説も何時か、此の野呂松《のろま》人形のようになりはしないか。僕たちは時代と場所との制限をうけない美があると信じたがっている。……しかし、果してそうありたいばかりでなく、そうあることであろうか」「野呂松人形」の中のこの言葉と次の氏の言葉とを比較してみよう。

「僕は詩の前には未だかつて懐疑主義者たる能わざりしことを自白す。同時にまた詩の前に常に懐疑主義者たらんとつとめしことを自白す」――(遺稿、小説作法十則)――

両者は明らかに食い違っている。それは同一の確信に立ったものではない。が、恐らくこれが氏の真実の心であったのであろう。むしろ、この二つの言葉は、氏が芸術至上主義者たらんとしつつも、芸術至上主義者たり得なかった矛盾を現わしている。「野呂松人形」の中に於ては、この相剋的要素はまだ平静な懐疑に止っていたが、晩年に及ぶにつれて、次第にそれは激しいものとなって行った。社会学的な文学概論の闡明《せんめい》を待つまでもなく、聡明な氏は、凡庸な作家たちに声を合わして、恬然《てんぜん》と「玉は砕けず」ということは出来なかった。といって、氏の中に深く根をおろした芸術家的な魂は、それに苦痛と不安を感じて、ひそかに、「だが、玉は再び生れてくる」と安心せずにはいられなかった。芸術と社会についての二元的な動揺を、統一的な均整におこうとした努力を――捨鉢的な努力を、我々は晩年のエッセイの処々に発見することが出来る。

「文芸の作品はいつかは滅びるに違いない。ボオドレエルの詩の響きも自ら明日は異るであろう。しかし、一行の詩の生命は僕らの生命よりも永いのである」――(文芸的な、余りに文芸的な）――

「シェクスピイアも、ゲエテも、李太白も、近松門左衛門も亡びるであろう。しかし、芸術は民衆の中に必ず種子を残している」――（侏儒の言葉）――

我々はここに二十歳の芥川氏にみられなかった「芸術」に対する動揺をみるではないか。「いつかは滅びるであろう」いつか、酷薄な社会的現実は、氏の芸術観に、悲壮な認識を与えずにはおかなかった。しかも、芥川氏は、「落莫たる百代の後」、氏の作品を愛する誰かに美しい夢を見せることを信じようとしている。氏の軽蔑していた民衆こそ、偉大なる創造力をもって、ゲエテを――そして、氏をも乗り越して突進するものであることを認めた時、芥川氏は、小ブルジョアジイのイデオローグに過ぎない氏の文学も、いつかは没落しなければならないという告知を、新興する階級の中に聴いたであろう。「芸術は民衆の中に残っている」。そうだ。

民衆が新しい明日の芸術を創造する。これは、事実上氏自身が自らに向けた否定の刃《やいば》ではないか。あらゆる天才も時代を越えることは出来ないとは、氏の度々繰り返したヒステリックな凱歌《がいか》であった。こうした絶望そのものが、「自我」を社会に対立さす小ブルジョア的な魂の苦悶でなければならない。

様々なる意匠

小林秀雄

一九二九(昭和四)年九月、『改造』に発表。同誌の懸賞評論二等当選作で(一等当選は宮本顕治の「「敗北」の文学」)、小林の文壇への登場作である。小林はまず自らの批評原理を提示し、「批評の対象が己れであると他人であるとは一つの事であって二つの事ではな」く、批評とはついに「己れの夢を懐疑的に語る事ではないのか」という。芸術家の真の独創性を支える「宿命の主調低音」に触れ、自己の内部に立ち上がる言葉を捉えたときに、批評は可能となるのであって、「嗜好」や「尺度」によって裁断するのではない。こうした視点から、当時、全盛期にあったプロレタリア文学のみならず、それに拮抗して文壇を賑わせていた新感覚派や大衆文学など同時代の文学流派をさまざまな「意匠」にすぎないと断じ、覚めた自意識から文学の存立の根源を問いつめていった。近代批評の誕生を告げる画期的な論であったが、小林はこの批評理論を翌年四月からの「アシルと亀の子」をはじめとする文芸時評で具体的に展開していった。底本には初出誌を用いた。

小林秀雄(一九〇二―八三)　評論家。フランス象徴主義から多くのものを吸収し、日本の近代批評を確立。評論「私小説論」「無常といふ事」「近代絵画」「本居宣長」など。

懐疑は、恐らくは叡智の始かも知れない、しかし、叡智の始まる処に芸術は終るのだ。

アンドレ・ジイド

一

吾々にとって幸福な事か不幸な事か知らないが、世に一つとして簡単に片付く問題はない。遠い昔、人間が意識と共に与えられた言葉という吾々思索の唯一の武器は、依然として昔ながらの魔術を止めない。劣悪を指嗾《しそう》しない如何《いか》なる崇高な言葉もなく、崇高を指嗾しない如何なる劣悪な言葉もない。しかも、もし言葉がその眩惑の魔術を捨てたら恐らく影に過ぎまい。

私は、ここで如何なる問題も解決しようとは思わぬ、如何なる問題も提出しようとは思わぬ。私はただ世の騒然たる文芸批評家等が、騒然と行動する必要のために見ぬ振りをした種々な事実を拾い上げたいと思うばかりである。私はただ、彼らが何故にあらゆる意匠を凝《こら》して登場しなければならぬかを、少々不審に思うばかりである。私には常に舞台より楽屋の方が面白い。このような私にも、やっぱり軍略は必要だとするなら、「搦手《からめて》から」、これが私には最も人性論的法則に適《かな》った軍略に見えるのだ。

二

文学の世界に詩人が棲《す》み、小説家が棲んでいるように、文芸批評家というものが棲んでいる。詩人にとっては詩を創《つく》る事が希《ねが》いであり、小説家にとっては小説を創る事が希いである。では、文芸批評家にとっては文芸批評を書く事が希いであるか？　恐らくこの事実は多くの逆説を孕《はら》んでいる。

「自分の嗜好《しこう》に従って人を評するのは容易な事だ」と、人は言う。しかし、尺度に従って人を評する事も等しく苦もない業《わざ》である。常に生々たる嗜好を有し、常に溌剌《はつらつ》たる尺度を持つという事だけが容易ではないのである。人々は人の嗜好というものと尺度というものとを別々に考えてみる、だが別々に考えてみるだけだ、精神と肉体とを別々に考えてみるように。例えば月の世界に住むとは人間の空想となる事は出来るが、人間の欲望となる事は出来ない。守銭奴《しゅせんど》は金を蓄《た》める、だから彼は金を欲しがるのである。人は可能なものしか真に望まぬものである。これがあたかも嗜好と尺度との論理関係である。生々たる嗜好なくて如何にして溌剌たる尺度を持ち得よう。だが、これは極めて単純な事実に過ぎない。論理家らの忘れがちな事実はその先にある。つまり、批評という純一な精神活動を嗜好と尺度とに区別して考えてみても何ら不都合はない以上、吾々は批評の方法を如何に精密に論理付けても差支《さしつか》えはない。だが、批評の方法が如何に精密に点検されようが、その批評が人を動かすか動かさないかという問題とは何の関係もないという事である。例えば、人は恋文の修辞学を検討する事によって己《おの》れの恋愛の実現を期するかも知れない、しかしかくして実現した恋愛を恋文研究の成果と信ずるなら彼は馬鹿である、あるいは、彼は何か別の事を実現してしまったに相違ない。

かつて主観批評あるいは印象批評の弊害という事が色々と論じられた事があった。しかし結局「好き嫌いで人をとやかく言うな」という常識道徳のあるいは礼儀作法の一法則の周《まわ》りをうろついたに過ぎなかった。あるいは攻撃されたものは主観批評でも印象批評でもなかったかも知れない、「批評になっていない批評」というものだったかも知れない。「批評になっていない批評の弊害」では話が解りすぎて議論にならないから、という筋合のものだったかも知れない、ともかく私には印象批評という文学史家の一術語が何を語るか全く明瞭でない。だが、次の事実は大変明瞭だ。いわゆる印象批評の御手本、例えばボオドレエルの文芸批評を前にして、舟が波に掬《すく》われるように、私は彼の繊鋭な解析と潑溂たる感受性の運動に浚《さら》われてしまうという事である。この時、彼の魔術に憑《つ》かれつつも、私が正しく眺めるものは、嗜好の形式でもなく尺度の形式でもなく無双の情熱の形式をとった彼の夢だ。それは正しく批評ではあるがまた正しく彼の独白だ。

かかる時、人は如何にして批評というものと自意識というものとを区別し得よう。彼の批評の魔力は彼が批評するとは自意識する事である事を明瞭に悟った点に存する。批評の対象が己れであると他人であるとは一つの事であって二つの事でない。批評とはついに己れの懐疑的夢を語る事ではないのか、己れの夢を懐疑的に語る事ではないのか！

ここで私はだらしのない言葉が乙《おつ》に構えているのに突き当る、批評の普遍性、と。だが、古来如何なる芸術家が普遍性などという怪物を狙ったか？　彼らは例外なく個体を狙ったのである。あらゆる世にあらゆる場所に通ずる真実を語ろうと希《ねが》ったのではない、ただ個々の真実を出来るだけ誠実に出来るだけ完全に語ろうと希ったただけである。ゲーテが普遍的な所以《ゆえん》は彼がすぐれて国民的であったがためだ、彼が国民的であった所以は彼がすぐれて個性的であったがためだ。範疇《はんちゆう》的先験的真実ではない限り、あらゆる人間的真実の保証を、それが人間的であるという事実以外に、諸君は何処に求めようとするのか？　文芸批評とても同じ事だ、批評はそれとは別だという根拠は何処《どこ》にもないのである。最上の批評は常に最も個性的である。そして独断的という概念と個性的という概念とは似ても似つかぬものである。

私は方向を転換させよう。人は様々な可能性を抱いてこの世に生れて来る。彼は科学者にもなれたろう、軍人にもなれたろう、小説家にもなれたろう、しかし彼は彼以外のものにはなれなかった。これは驚くべき事実である。この事実を換言すれば、人は種々な真実を発見する事は出来るが、発見した真実をすべて所有する事は出来ない、或る人の大脳皮質には種々の真実が観念として棲息《せいそく》するであろうが、彼の全身を血球と共に循《めぐ》る真実はただ一つあるのみだという事である。雲が雨を作り雨が雲を作るように、環境は人を作り人は環境を作る、かく言わば弁証法的に統一された事実に、世のいわゆる宿命の真の意味があるとすれば、血球と共に循る一真実とはその人の宿命の異名に過ぎぬ。或る人の真の性格といい、芸術家の独創性といいまた異ったものを指すのではないのである。この人間存在の厳然たる真実は、あらゆる最上芸術家は身を以て制作するという単純な強力な一理由によって、彼の作品に移入され、彼の作品の性格を拵《こしら》えているのである。

一体最上芸術家たちの仕事で、科学者が純粋な水と呼ぶ意味で純粋なものは一つもない。彼らの仕事は常に、種々の色彩、種々の陰翳《いんえい》を擁して豊富である。この豊富性のために、私は、彼らの作品から思う処を抽象する事が出来るのだ、と言う事はまた何物を抽象しても何物かが残るという事だ。この豊富性の裡《うち》を彷徨《ほうこう》して、私は、その作家の思想を完全に了解したと信ずる、その途端、不可思議な角度から、新しい思想の断片が私をさし覗《のぞ》く。ちらりと見たが最後だ、断片はもはや断片ではない、忽《たちま》ち拡大して、今定著した私の思想を呑んでしまう。この彷徨は正に解析《かいせき》によって己れの姿を捕えんとする彷徨に等しい。かくして私は、私の解析の眩暈《げんうん》の末、傑作の豊富性の底を流れる、作者の宿命の主調低音をきくのである。この時私の騒然たる夢はやみ、私の心が私の言葉を語り始める、この時私は私の批評の可能を悟るのである。

私には文芸批評家たちが種々な思想の制度をもって武装していることをとやかくいう権利はない、ただ鎧《よろい》というものは安全ではあろうが、ずい分重たいものだろうと思うばかりだ。しかし、彼らがどんな性格を持っていようとも、批評の対象がその宿命を明かす時まで待っていられないという短気は、私には常に不審な事である。

さて今は最期《さいご》の逆説を語る時だ。もし私がいわゆる文学界の独身者文芸批評家たる事を希い、しかも最も素晴しい独身者となる事を生涯の希いとするならば、今私が長々と語った処の結論として、次のような英雄的であると同程度に馬鹿馬鹿しい格言を信じなければなるまい。

「私は、バルザックが「人間喜劇」を書いたように、あらゆる天才等の喜劇を書かねばならない」と。

三

マルクス主義文学、――恐らく今日の批評壇に最も活躍するこの意匠の構造は、それが政策論的意匠であるがために、他の様々な芸術論的意匠に較《くら》べて、最も単純明瞭なものに見えるのであるが、あらゆる人間精神の意匠は、人間たる刻印を捺《お》されているがために、様々な論議を巻き起し得るのである。

希臘《ギリシア》の昔、詩人はプラトンの「共和国」から追放された、今日、マルクスは詩人を、その「資本論」から追放した。これは決して今日マルクスのおけらたちの文芸批評中で、政治という偶像と芸術という偶像とが、価値の対立に就いて鼬鼠《いたち》ごっこをする態《てい》の問題ではないのである。一つの情熱が一つの情熱を追放した問題なのだ。或る情熱は或る情熱を追放する、しかし如何なる形態の情熱もこの地球の外に追われる事はないのだ。そして地球の外には追われないという事を保証してくれるものは、またこの無力にして全能なる地球以外にはないのである。

私は「プロレタリヤのために芸術せよ」という言葉を好かない、また、「芸術のために芸術せよ」という言葉も好かない。かかる言葉は修辞として様々な陰翳《いんえい》を含むであろうが、ついに何物も語らないからである。国家のために戦うのと己れのために戦うのとどちらが苦しい事であるか？　絶対に同じ事だ。人に「プロレタリヤのために芸術せよ」と教えるのは「芸術のために芸術せよ」と教えるのと等しく容易な事であるが、教えられた芸術家にとっては、どちらにしても等しく困難な事である。

およそあらゆる観念学は人間の意識に決してその基礎を置くものではない。マルクスが言ったように、「意識とは意識された存在以外の何物でもあり得ない」のである。或る人の観念学は常にその人の全存在にかかっている、その人の宿命にかかっている。怠惰も人間のある種の権利であるから、或る小説家が観念学に無関心でいる事は何ら差支えない。しかし、観念学を支持するものは、常に理論ではなく人間の生活の意力である限りそれは一つの現実である。或る現実に無関心でいる事は許されるが、現実を嘲笑する事は誰にも許されてはいないのだ。

もし、卓《すぐ》れたプロレタリヤ作者の作品の有するプロレタリヤの観念学が、人を動かすとすれば、それはあらゆる卓れた作品が有する観念学と同様に、作品と絶対関係に於てあるからだ、作者の血液をもって染色されているからだ。もしもこの血液を洗い去ったものに動かされるものがあるとすれば、それは「粉飾した心のみが粉飾に動かされる」という自然の狡猾《こうかつ》なる理法に依るのである。

卓れた芸術は、常に或る人の眸《まなざし》が心を貫くが如き現実性を持っているものだ。人間を現実への情熱に導かないあらゆる表象の建築は便覧《マニユエル》に過ぎない。人は便覧をもって右に曲れば街へ出ると教える事は出来る、しかし、坐った人間を立たせる事は出来ぬのだ。人は便覧によって動きはしない、事件によって動かされるのだ。強力な観念学は事件である、強力な芸術もまた事件である。かかる時、「プロレタリヤ運動のために芸術を利用せよ」と、社会運動家たちが、その運動のために芸術という事件を利用せんとするのは利口である。彼らは芸術家に「プロレタリヤ社会実現の目的意識を持て」と命令する。何らかの意味で宗教を持たぬ人間がないように、芸術家で目的意識を持たぬものはないものである。目的がなければ生活の展開を規定するものがない、しかし、目的を眼指《めざ》して進んでも目的は生活の把握であるという理由から、目的は生活に帰って来る。芸術家にとって目的意識とは、彼の創造の理論に外ならない、創造の理論とは彼の宿命の理論以外の何物でもない。そして、芸術家らが各自各様の宿命の理論に忠実である事を如何とも為難《しがた》いのである。この外にもし目的意識なるものがあるとすれば、毒にも薬にもならぬものである、毒にも薬にもならぬものを、吾々は亡霊とさえ呼ぶ労はいらない。

「時代意識を持て」ということもマルクス主義文学の論議と共にしばしば言われる言葉である。如何なる時代もその時代特有の色彩をもち音調をもつものだ。だがそれはあくまでも色彩であり音調であって、吾々が明瞭に眺め得る風景ではない。吾々の眼前に明瞭なものは、その時代の色彩その時代の音調の産んだ様々な表象の建築のみである。世紀がその最も生々しい神話を語るのは、吾々がその世紀の渦中にあって最も無意識に最も潑溂と行動している時に限る。私はアルマン・リボオの言葉を想い出す。「人体の内部感覚というものは、明瞭には、局部麻酔によって逆説的に知り得るのみだ」と。恐らく十九世紀文学の最大の情熱の一つである自意識というものをもって実現し、またこれによって斃死《へいし》したボオドレエルは、正にリボオの言を敢行した天才であった。私はいわゆる時代意識なるものが廿世紀文学の一情熱となるのかどうか知らない、まして廿世紀が廿世紀のボオドレエルを生むかどうかを知らないのだ。しかし時代意識というものが自意識というものとその構造を同じくするという事は明瞭な事である。時代意識は自意識より大き過ぎもしなければ小さすぎもしないとは明瞭な事である。

さて次は「芸術のための芸術」という古風な意匠である。古風といってもやたらに古風なものではない、ギリシャの芸術家らが、あるいはルネサンスの芸術家らが、こんな言葉を理解したはずはないからである。

「自然は芸術を模倣する」という信心《キュルト》は、恐らくスタンダアルが、その「赤と黒」によって多くのソレリアンの出現を予期したが如く、芸術家の正しい信心《キュルト》ではあろうが、芸術が自然を模倣しない限り自然は芸術を模倣しない。スタンダアルはこの世から借用したものをこの世に返却したに過ぎぬのだ。彼は己れの仕事が世を動かすと信ずる前に、己れが世に烈《はげ》しく動かされる事を希《ねが》ったのだ。故に、「芸術のための芸術」とは、自然は芸術を模倣するというが如き積極的陶酔の形式を示すものではなく、むしろ自然があるいは社会が芸術を捨てたという衰弱の形式を示すのみだ。人はこの世に動かされつつこの世を捨てる事は出来ない、この世を捨てようと希う事は出来ない。世捨て人とは世を捨てた人ではない、世が捨てた人である。ある世紀が有機体として溌溂たる神話を有する時、その世紀の芸術家たちに、「芸術のための芸術」とは了解し難い愚劣であろう。ある世紀が極度に解体し衰弱して何らの要望も持つ事がないとしたらまた芸術も存在しない。

私は現代は建設の神話を持っているのか、それとも頽廃の神話を持っているのか知らぬ。私は日本の若いプロレタリヤ文学者たちが、彼らが宿命の人間学をもってその作品を血塗らんとしているという事をあんまり信用していない、また、若い知的エピキュリアンたちが自ら眩惑するほどの神速な懐疑の夢を抱いているという事もあんまり信用してはいない。

諸君の精神が、如何に焦燥《しょうそう》に夢みんとしても、如何に緩慢に夢みんとしても、諸君の心臓は早くも遅くも鼓動しない。否、諸君の脳髄の最重要部は、自然と同じ速度で夢みているであろう。この人間性格の本質を、諸君が軽蔑する限り、例えば井原西鶴の如きアントロポロジイの達人が、諸君を描いて「当世何々気質《かたぎ》」と呼ぼうとも諸君に文句はないのである。

四

芸術の最も驚くべき性格は、この世を離れた美の国を、この世を離れた真の世界を、吾々に見せてくれる事には断じてない、そこには常に人間情熱が最も明瞭な記号として存するという点にあるのである。芸術の有する永遠の観念というが如きは美学者らの発明にかかる妖怪に過ぎない。作品が神来《しんらい》を現わそうと、非情を現わそうと、気魄《きはく》を現わそうと、人間臭を離るべくもない。芸術は常に最も人間的な遊戯《ゆうぎ》であり、人間臭の最も逆説的な表現である。例えば天平《てんぴょう》の彫刻は、人の言うが如く非性格的である、だが非性格的という事は非人間的という事にはならない。天平人らは、己れの作品を、この世から決定的に独立したものとしようと企図したのではない、ただ、個性というが如き観念的な近代人の有する怪物を、彼らは知らなかったに過ぎぬのだ。吾々が彼らの造型に動かされる所以《ゆえん》は、彼らの造型を彼らの心として感ずるからである。

人は芸術というものを対象化して眺める時、或る表象の喚起するある感動として考えるか、或る感動を喚起するある表象として考えるか二途しかない。ここに恐らくあらゆる学術中の月たらず美学というものが、少くとも芸術家にとっては無用の長物である所以が存する。観念的美学者は、芸術の構造を如何ようにも精密に説明する事が出来る、なぜなら彼らにとって結局芸術とは様々な芸術的感動の総和以外の何物も意味してはいないからだ。実証的美学者ら(勿論マルクス的実証美学者らを含むのだ)は、芸術がこの世に出現する法則に就いて如何ようにも正確な図式を作る事が出来る、何故なら、彼らにとって芸術とは人間歴史が産む様々な表象中の一種に他ならないためである。しかし芸術家にとって芸術とは感動の対象でもなければ思索の対象でもない、正に実践の形態をとるのである。作品とは彼にとって己れのたてた里程標《りていひょう》に過ぎない、彼に重要なのは歩く事である。この里程標を見る人々が、その効果によって何を感じ何処へ行くかは、作者の与《あずか》り知らぬ処である。詩人が詩の最後の行を書きおわった時、戦の記念碑が一つ出来るのみである。記念碑はついに記念碑に過ぎない、かかる死物が永遠に生きるとするなら、それは生きた人が世々を通じてそれに交渉するからに過ぎない。

人の世に水が存在した瞬間に、人は恐らく水というものを了解した。しかし水をH_2Oをもって再現した事は新しい事に相違ない。芸術家は常に新しい形を創造しなければならない、だが、彼に重要なのは新しい形ではなく、新しい形を創《つく》る過程である。

そして、この過程は各人の秘密を抱いて闇黒《あんこく》である。しかし、私は少くとも、かかる闇黒を命とする者にとって、世を貨幣の如く、商品の如く横行する、例えば、「写実主義」あるいは「象徴主義」なる言葉がおよそ一般と逕庭《けいてい》ある意味を持つという事は示し得るだろう。

神が人間に自然を与えるに際し、これを命名しつつ人間に明したという事は、恐らく神の叡智であろう。また、人間が火を発明したように人類という言葉を発明した事も尊敬すべき事であろう。しかし人々は、その各自の内面論理を捨てて、言葉本来のすばらしい社会的実践性の海に投身してしまった。人々はこの報酬として生々たる社会関係を獲得したが、また、罰として、言葉はさまざまなる意匠として、彼らの法則をもって、彼らの魔術をもって人々を支配するに至ったのである。そこで言葉の魔術を行わんとする詩人は、先ず言葉の魔術を体得する事を強いられるのである。

子供は母親から海は青いものだと教えられる。この子供が品川の海を写生しようとして、眼前の海の色を見た時、それが青くもない赤くもない事を感じて、愕然《がくぜん》としてその青色の色鉛筆を投げだしたとしたら彼は天才だ、しかしかつて世にかかる怪物は生れなかっただけだ。それなら子供は「海は青い」という概念を持っているのであるか？　だが品川湾の傍《そば》に住む子供は、品川湾なくして海を考え得まい。かくの如く子供にとって言葉は概念を指すのでもなく対象を指すのでもない。言葉がこの中間を彷徨《ほうこう》する事は、子供がこの世に成長するための必須な条件である。そして人間は生涯を通じて半分は子供である。では子供を大人とするあとの半分は何か？　人はこれを論理と称するのである。つまり言葉の実践的公共性に論理の公共性を附加する事によって子供は大人となるのである。この言葉の二重の公共性を拒絶する事が詩人の実践の前提となるのである。中天にかかった満月は五寸に見える、理論はこの外観の虚偽を明かすが、五寸に見えるという現象自身は何らの錯誤も含んではいないのである。人は目覚めて夢の愚を笑う、だが、夢はその燦然《さんぜん》たる影像をもって真実だ。フロオベルはモオパッサンに「世に一つとして同じ樹はない石はない」と教えた。これは自然の無限な豊富な外貌を尊敬せよという事である。しかしこの言葉はもう一つの真実を語っているのだ。それは、世の中に、一つとして同じ「世に一つとして同じ木はない石はない」という言葉もないという事実である。言葉もまた各自の陰翳を有する各自の外貌《がいぼう》をもって無限である。嘘言も嘘言たる現象に於て何らの錯誤も含んではいないのだ。「人間喜劇」を書かんとしたバルザックの眼に、恐らく最も驚くべきものと見えた事は、人の世が各々《おのおの》異った無限なる外貌をもって、あるがままであるという事実であったのだ。かかる時、あらゆるものが神秘であるという事と、あらゆるものが明瞭であるという事とは二つの事ではないのである。

かかる時、如何なる理論も自然の皮膚に最も瑣細《ささい》な傷すらつける事は不可能であるし、また、彼の眼にとって、自然の皮膚の下に何物かを探らんとする事は愚劣な事であったのだ。かかる時「写実主義」なる朦朧《もうろう》たる意匠の裸形《らぎょう》は明瞭に狂詩人ジェラル・ド・ネルヴァルの言葉の裡《うち》に存するではないか、「この世のものであろうがなかろうが私はかくも明瞭に見た処《ところ》を、私は疑う事は出来ぬ」と。かかる時、「写実主義」とは、芸術家にとっては、彼の存在の根本的規定を指すではないか、彼らが各自の資質に従って、各自の夢を築かんとする地盤を指すではないか。

さて、私はもう少し解析を進めよう。吾々の心の裡のものであろうが、心の外のものであろうが、あらゆる現象を、現実として具体として受け入れる謙譲は、最上芸術家の実践の前提ではあろうが、実践ではない。彼の困難は、この上に如何なる夢を築かんとするかに存するのであって、恐らく或る芸術的稟質《ひんしつ》には自明とも見えるかかる実践の前提というが如き安易なる境域には存しない。

「写実主義《レアリスム》」という言葉におよそ対蹠的に使われている「象徴主義《サンボリスム》」なる言葉がある。

一体美学者らの使用する象徴《サンボル》という言葉ほど曖昧朦朧《あいまいもうろう》たる言葉も少ない。例えば比喩《ひゆ》と象徴と、あるいは記号と象徴との相違を明《あき》らかにする如何なる理論があるか？　美学者らの能弁は、比喩は影像による概念の表現で、象徴は影像による概念の印象の表現である等々を語る。では、ポオの有名な「鐘楼の悪魔」は比喩でもなければ象徴でもないだろう。また、象徴は存在と意味とが合致した内的必然性をもった記号である等々を語る。だが結局象徴とは上等な記号である、という以上を語り得ない、しかもある記号を上等にするか下等にするかはこれを見る人々の勝手に属する。

一八四九年、エドガア・ポオの死と共に、その無類の冒険、詩歌からあらゆる夾雑物《きょうざつぶつ》を除き去り、その本質を決定的に孤立させんとした意図は、ボオドレエルによって継承されマラルメの秘教に至ってその頂点に達した。人はこの文学運動を、「象徴主義《サンボリスム》」と呼んだのである。しかし、この運動は、絶望的に精密な理智たちによって戦われた最も知的な、言わば言語上の唯物主義の運動であって、恐らく彼らにとっては「象徴主義」などという名称はおよそ安価な気のないものに見える態のものだったのである。浪漫派《ロマン》音楽家ワグネル、ベルリオズらが音によって文学的効果を狙った事を彼らは逆用し、文字を音の如き実質あるものとなし、これを蒐集《しゅうしゅう》して音楽の効果を出さんとした。もう少し精密に言えば、彼らが捉えた、あるいは捉え得たと信じた心の一状態は、音楽の如く律動して確定した言葉をもっては表現出来ないものであった。各自独立した言葉の諸影像が、互に錯交して初めて喚起され得るが如き態のものであった。しかし音楽は、最も厳正に規定された楽器を通じて現われる、しかも吾々の耳は楽音と雑音とを截然《せつぜん》と区別する構造を持っている。音の純粋は、言葉の猥雑朦朧《わいざつもうろう》たる無限の変貌に較ぶべくもない。しかもなお、彼らが言葉の形像のみによって表現さるべき音楽的心境があると信じた処に、彼らの悲惨があり、彼らの栄光があった。

そこで、彼らの心情に冷淡な人々には、作品の効果が朦朧としているという理由で、芸もなく「象徴主義」と呼ばれたのである。しかし、彼らは、ただ、己れの耀眩《ようげん》たる心境を出来るだけ直接に、忠実に、写し出そうと努めたに過ぎぬのだ。マラルメの十四行《ソン》詩《ネ》は最も鮮明な彼の心の形態そのものである。それが朦朧たる姿をとるのは、吾々がそれから何物かを抽象せんと努めるがためである。マラルメは、決して象徴的存在を求めて新しい国を馳《か》けたのではないのだ、マラルメ自身が新しい国であったのだ、新しい肉体であったのだ。かかる時、彼らの問題は正しく最も精妙なる「写実主義《レアリスム》」の問題ではないか！

故に、象徴とは芸術作品の効果に関して起る問題であって作者の実践に関して起る問題ではないのである。そこで、私は、作品の効果の生む作品の象徴的価値なるものの役割も結局大したものではない所以《ゆえん》を点検しよう。だがこの事実の発見には何らの洞見も必要としない。人々はただ生意気な顔をして作品を読まなければいいのである。

小説は問題の証明ではない。証明の可能性である。大小説は常に、先ずその溌溂たる思想感情の波をもって吾々を捕えるであろう。しかしもし吾々が欲するならば、この感動が冷却し晶化した処に様々な問題あるいは様々な問題の解決の可能性を発見し得るのである。そして或る作品がその裡に如何なる問題を蔵するか判別出来ぬほど燦然《さんぜん》と生動していればいるほど、この可能性は豊富なのである。作品の有する象徴的価値なるものは、かかる可能性の一形式に過ぎないのだ。「ドン・キホオテ」は人間性という象徴的真理の豪奢《ごうしゃ》なる衣を纏《まと》って星の世界までも飛んで行くだろう。しかし私には、檻《おり》に入れられたドン・キホオテと、悲し気に従って行くサンチョとの会話が如何にすばらしい生々しさをもって描かれているかを見るだけで充分だ。「神曲」が如何に生身なるダンテの優静なあるいは兇暴な現実の夢に貫かれているかを見るだけで充分である。

× × ×

霊感というが如きものは、あらゆる誠実な芸術家の拒絶する処であろう。彼らの仕事はあくまでも意識的な活動であろう。詩人は己れの詩作を観察しつつ詩作しなければなるまい。だが弱小な人間にとって悲しい事には、彼の詩作過程という現実と、その成果たる作品の効果という現実とは截然と区別された二つの世界だ。詩人は如何にして、己れの表現せんと意識した効果を完全に表現し得ようか、己れの作品の思いも掛けぬ効果の出現を、如何にして己れの詩作過程の裡に辿り得ようか。では、芸術の制作とは意図と効果とをへだてた深淵上の最も無意識な縄戯《じょうぎ》であるか？　天才と狂気が親しい仲であるように、芸術と愚劣とは切っても切れぬ縁者であるか？

恐らくここに最も本質的な意味で技巧の問題が現われる。だが、誰がこの世界の秘密を窺《うかが》い得よう。たとえ私が詩人であったとしても、私は私の技巧の秘密を誰に明し得よう。

五

私はマルキシズムの認識論を読んだ時、グウルモンの言葉を思い出した。「ニイチェという男は奇体な男だ。気狂いのようになって常識を説いただけだ」と。私はこの単純ないや味を好かないが、私はただ次の平凡な事を言いたかったに過ぎぬのだ。

脳細胞から意識を引き出す唯物論も、精神から存在を引き出す観念論も等しく否定したマルクスの唯物史観に於ける「物」とは、精神ではない事は勿論だが、また物質でもない。人間理解の一概念の名称である。彼の唯物史観は現代に於ける恐らく最も燦然《さんぜん》たる人間存在の根本的理解の形式ではあろうが、彼の如き理解をもつ事は人々の常識生活を少しも便利にはしない。換言すれば常識は、マルクス的理解を自明であるという口実で巧みに回避する。あるいは常識にとって、マルクスの理解の根本規定は、美しすぎる真理である。あるいは飛躍して高所より見れば、大衆にとってかかる根本規定を理解するという事は、ブルジョアの生活とプロレタリヤの生活とを問わず、精神の生活であると肉体の生活であるとを問わず、彼らが日日生活する事に他ならないのである。かかる時現代人の意識とマルクス唯物論との不離を説くが如きは形而上学的酔狂に過ぎない。現代を支配するものはマルクス唯物史観に於ける「物」ではない、彼が明瞭に指定した商品という物である。バルザックが、この世が燦然としてあるがままだと観ずる時、あるがままとは彼にとって人間存在の根本的理解の形式である。だが彼の理解を獲得する事は人々の生活にとっては最も不便な事に相違ないのである。更に一歩を進めて、バルザックが「人間喜劇」を書く時、これを己れの認識論から眺めたら、己れが「人間喜劇」を書く事もまたあるがままなる人の世のあるがままなる一形態に過ぎまい。しかもまた、己れが「人間喜劇」を書く事から眺めたら、己れの人間理解の根本規定は蒼然《そうぜん》として光を失う概念に過ぎまい。このバルザック個人に於ける理論と実践との論理関係はまたマルクス個人にとっても同様でなければならない。更に一歩を進めて、この二人は各自が生きた時代の根本性格を写さんとして、己れの仕事の前提として、眼前に生々たる現実以外には何物も欲しなかったという点で、何ら異《ことな》る処はない。二人はただ異った各自の宿命を持っていただけである。

世のマルクス主義文芸批評家らは、かかる事実を、かかる論理を、最も単純なものとして笑うかも知れない。しかし、諸君の脳中に於てマルクス観念学なるものは、理論に貫かれた実践でもなく、実践に貫かれた理論でもなくなっているではないか、正に商品の一形態となって商品の魔術をふるっているではないか。商品は世を支配するとマルクス主義は語る、だが、このマルクス主義が一意匠として人間の脳中を横行する時、それは立派な商品である。そして、この変貌は、人に商品は世を支配するという平凡な事実を忘れさせる力をもつものである。

私は、最後に、私の触れなかった、二つの意匠に就いて、看過された二つの事実を拾い上げよう。「新感覚派文学」と「大衆文芸」というものである。

私は、ブルジョア文学理論の如何なるものかを知らない、またプロレタリヤ文学理論の如何なるものかを知らない。かかる怪物の面貌を明かにするが如き能力は人間に欠けていても一向差支えのないものと信じている。だが、人間の精神を絶滅し得ぬ以上、言葉を絶滅する事は出来ない、言葉を絶滅し得ない以上観念を絶滅し得ない、観念を絶滅し得ない以上文学を絶滅し得ない事は確実である。現代に於ける観念の崩壊は、マルクスのもつ明瞭な観念によって捕えられた。いわゆる「新感覚派文学運動」なるものは、観念の崩壊によって現われたのであって、崩壊を捕えた事によって現われたのではない。

故に、それは何ら積極的な文学運動ではない、文学の衰弱として世に現われたに過ぎぬ。これは一種の文学に於ける形式主義の運動とも言えるが、また、一種の形式主義の運動十九世紀のいわゆる象徴派の運動とは全くその本質を異にするものである。彼ら象徴派詩人らを動かした浪漫派音楽は、彼らに最も精妙な文学的観念を与えた。そこで彼らは己れの文学的観念の弱小を嘆き、その精錬を断行した時、己れの観念に比して文字の如何にも貧弱なる事を見たのである。今日「新感覚派文学者ら」を動かすアメリカ派音楽は、彼らに何ら文学的観念を与えない、否《いな》、およそ観念と名づくべきものは何物も与えない。映画が人間に視覚的存在となる事を強請するように、音楽は人に全身耳となれと命ずる。そこで彼らはおよそ観念なるものの弱小を嘆いて、これを捨てんとした。この時、己れの観念の弱小に比べて、文字は如何に燦然と見えたか!

これとおよそ反対な方向をもっと少くとも私に思われるものは「大衆文芸」というものである。「大衆文芸」とは人間の娯楽を取扱う文学ではない、人間の娯楽として取扱われる文学である。文学を娯楽の一形式としようと企図するなら、今日の如く直接な生理的娯楽の充満する世に、人間感情を一たん文字に回収して後、文字によって人間感情の錯覚を起させんとするが如き方法は、最も拙劣だ。しかも今日「大衆文芸」が繁栄する所以《ゆえん》は、人々は如何にしても文学的錯覚から離れ得ぬ事を語るものである。私は、遠い昔から、人々が継承した、「千一夜物語」の如く夜々おわる事を知らない物語という最も素樸な文学的観念の現代に於ける最大の支持者たる「大衆文芸」に敬礼しよう。

六

私は、今日日本文壇のさまざまな意匠の、少くとも重要とみえるものの間は、散歩したと信ずる。私は、何物かを求めようとしてこれらの意匠を軽蔑しようとしたのでは決してない。ただ、一つの意匠をあまり信用し過ぎないために、あらゆる意匠を信用しようと努めたに過ぎない。そして、次のデカルトの言葉だけは人間精神の図式として信用し過ぎてもかまわないと思ったに過ぎない。

「人が、もってあらゆる現象を演繹出来る様々な根拠が、よもや嘘ではあるまいという事。――しかし、私は、私が提出する様々な根拠を安心して本当であるとは言いたくないという事。――のみならず、私は此処《ここ》で、私が嘘だと信じているいくつかの根拠を必要とするであろうという事」と。（終り）　一九二九・四・廿八

新心理主義文学

伊藤　整

一九三二(昭和七)年三月、『改造』に発表。本論を収録した単行本『新心理主義文学』(昭和七・四)は春山行夫編集による「現代の芸術と批評叢書」の一冊。同叢書からはほかに西脇順三郎『超現実主義詩論』や阿部知二『主知的文学論』などが刊行された。芥川竜之介や堀口大学らによって注目されていたジェイムズ・ジョイスは、昭和期に入ると『詩と詩論』にかかわる文学者などによって積極的に紹介されはじめた。なかでも伊藤は、「僕が殆んど、総ての小説に退窟しているのはまた確かに「ユリシイズ」に親しんだことが一因をなしている」(自己の弁(序にかへて))と述べているように、ジョイスから多大な影響を受けていた。が、そうした伊藤の書く「エッセイや小説はあらゆる種類の非難と嘲笑と否定と罵言と、また僅少の好意ある忠告」を浴びることになった。永松定、辻野久憲との共訳『ユリシーズ』を昭和六年から九年にかけて完成した伊藤は、「幽鬼の街」「幽鬼の村」などの実作でも前衛的手法を披瀝した。底本には初出誌を用いた。

伊藤整(一九〇五―六九)本名整《ひとし》。小説家、評論家。小説「鳴海仙吉」「氾濫」「変容」、評論集『小説の方法』『求道者と認識者』『日本文壇史』、翻訳『チャタレイ夫人の恋人』など。

評論集『アクセルの城』の著者エドマンド・ウィルスンによれば、マルセル・プルウストは小説に象徴主義の手法を適用した最初の重要な作家であるとされている。そしてウィルスンはプルウストがサンボリスムの影響下にあるということに就て、我々がプルウストの作品に接した最初から感ずるあの詩的なスタイルを論ずる前に、プルウストの小説構成法を指摘している。サンボリスムを通してワグネルが投げた影響である文学の音楽性、それは詩の場合には多様なる聯想の形をとったものであるが、プルウストの大著作『失いし時を求めて』の全巻に於ては、交響楽的な構成となって現われた、と言うのである。プルウストの小説の中に現われる多様な性格、シチュエイション、場所、迫真的な瞬間、強迫的な感情、去来する人物の行動等の織り出しているヴァリエテをウィルスンは指しているのである。ところがジェイムズ・ジョイスの『ユリシイズ』を批判したリベッカ・ウェストの『ストレンヂ・ネセシティ』の中で、我々はこれと類似した評言を見出す。すなわち、E・M・フォスタアが、『小説の諸相』の中で提出した、我々はベエトオヴェンの第五交響楽を聞いた後のような感銘を小説から受けることがあるであろうか、という疑問に対して、ウェストは、『ユリシイズ』の最後のエピソオドのマリオン・ブルウム夫人の独白は、まさに小説に於ける交響楽的な効果の代表的なものと言われる、と指摘している。

　ここで注意しなければならないのは、ウィルスンがプルウストの作品に指摘した交響楽的な特質というのは、主として対象配列上に関することであるのに、ウェストが『ユリシイズ』のブルウム夫人の独白に見出しているのは、全小説中のひとつのエピソオドの取扱のスタイルに重点があると見なければならないことである。だがプルウスト以後のフランスの、スタイルに於て知性を重んじる小説または内容に於て感性の氾濫《はんらん》を非難される小説が、詩の小説への拡充または詩の小説の包囲ということに於てそのようであるのは見のがすことが出来ない。またジョイスの『ユリシイズ』と前後してイギリス文学に新しい機動を醸《かも》し出したドロシイ・リチァドスンやヴァジニア・ウルフの作品にしてもその革命的だと見なされたのは、主としてスタイルに於てであったのは事実である。ただスタイルは結果的に目的を持たなければならない。『ユリシイズ』の中ですらいわゆる意識の流れの手法が殆んど無視されているバアニイ・キアナンの酒場のエピソオドのようなのがあるにもかかわらず、ウェストは不要な部分にまでジョイスがこの手法を使用しすぎたことを歎いている。ところが皮肉なことに、彼女がレオポルド・ブルウムを現代小説中に現われた最も顕著な性格であると推賞している根拠は実に、この多過ぎたと言われる意識の流れの手法が作者の意を生かした結果に外ならないのだ。プルウストの小説の持つ興味、喜びのために書かれた、とすら言われる彼の小説の興味が、作者の感性の躍動にあるのか分析の鋭さにあるのかは、断定するに難かしい点である。そして本当は彼の作品のように対象が生きるためには、最早知性の裏づけなしには感性はあのように動くことは出来ないのではないだろうか。ウィルスンが彼の小説に構成の交響楽を見ているのは、彼の知性の裏付けの一つの発見であるとも思われる。もしプルウストが生活実体の責任を持たないがために彼に分析がないというのであれば、それは彼が小説家でなくて詩人であるという非難まで直ちに飛躍するよりは、彼のブルジョアジイとしての生活、ことに病気のため引籠《ひきこも》っていたその晩年の生活に、それを帰するが正しいのではあるまいか。何故ならば、スタンダアル以来、ドストエフスキイ以来、分析とは整理された聯想以外のものではないからだ。そしてプルウストの強烈な感性の生んでいる聯想の華やかさは、上述の生活に基く欠陥はあっても、やはり人間に、人間の生活に正しく面接しているのである。

それはジョイスについて見れば一層明かである。ジョイスのスタイルの根拠とするところは、プルウストのそれよりももっと詩に負うところが多いのである。そしてもしプルウストの聯想の過剰が彼を小説家でなくして詩人であると単純に資格づけ去る条件であるならば、人はジョイスのスタイルが、聯想の再現を中枢としていることでもって、もっと明確にジョイスを詩人だと断定し去っていい訳《わけ》ではないか。

もしプルウストに感性の肥大という嘲笑的な負け惜しみの批判を投げつけようとも、二十世紀はインテリゲンチアの知性の内攻する時代、感性の捌口《はけぐち》を持たぬ時代で、事実あるのをどうすることも出来ぬであろう。二十世紀はプルウストの小説、ジョイスの小説を生む条件であるのみだ。極度に頭脳の鋭化した二十世紀のインテリゲンチアは、小説にすらセンテンスの鋭さ、行の鋭さを求めている。読者は一人の女の崩壊を知るために『マダム・ボヴァリイ』を読もうとはしない。彼らの貪欲《どんよく》は小説に小説実体たる対象を求めるばかりでなく、その取扱技術にも何らかの特殊性を要求してやまないのだ。これが今日小説にスタイルが重要なものとして生存しうる一つの原因なのだ。ロマンチシズム時代の華麗なお芝居をか、と人は顔を顰《しか》めるかも知れぬ。いな、逆に小説家が今日このような作品を書いて登場しなければならなかったのは、読者のそれとは別個な理由をもってである。彼らに迫っているのは、新しいリアリズムの精神、即物の精神である。批評家の中には、ジョイスの仕事を新しい自然主義であると見ているものがあるけれども、まさにそれは現象描写への極度な信頼であり、反理想主義の甚だしいものである。

十九世紀の偉大な小説家たちは現実の長い継続の中から小説を選択するのを事としていた。二十世紀の小説家は選択するために持たなければならぬ原理を信ずることを欲しなくなった。そして彼らは描写するために、方法を信じている。方法はひとつでない。

その結果生れて来るスタイルの多種、それを人は感性の氾濫と呼び、詩的手法と呼んでいるのだ。現象への重大な信頼が小説家に要求している描写上の方法、それを我々に先んじて為していたのは、対象の過重に傷《いた》められず、また感性のために知性の深奥な活動を必要とした十九世紀の象徴派詩人らであって、彼らの仕事に暗示を受くべきものの多いのを我々は知らなければならない。批評家にしてジョイスやプルウストやウルフの作品に感性のみしか認めないというのは、これらの作家が描写上の方法に頼った現象への肉迫の仕方を知らず、彼らが、時間の一劃を、十九世紀の小説家の選択された現象の継続のかわりに提出して、そこにある現象を網羅することによって、描写を完了せんとする意図に盲目なものと言わなければならぬ。このような態度から生れて来る小説のスタイルは確かにひとつのファッションであり、そのファッションのみを追跡して小説プロパアから顚落《てんらく》するものがあっても、それでもって、この新しい小説の即現象性を無意義なりとすることは出来ないであろう。

この観点から我々はもう一度ウィルスンがプルウストに認めた交響楽的構成の問題に戻らなければならない。描写の対象として、時間の一劃の包含する現象を持つことは、当然そこに一つの停滞を生ずる。即ち対象のうちの主体の不分明となり、または必須のものと修飾的なものとの混乱が生れる。即ちその一塊の描写が無目的であるかの如くに見えるのである。それを避けるために、この時間の一劃は、時の流れのうちのある重要な一点を予定しなければならないのだ。だから厳密に言うならば、表現には選択という悪魔は相変らずついて廻っているのである。ただ即現象的傾向というのは、ある時間に人間の意識に登る出来事のうち省略しうるものを信じないという結果の現われである。それ故、この、時間の一劃は、益々その選択が困難になるのだ。作品全体として、それは必ず小説でなければならぬ。作品の持つ意図を果しうるような配列を得るために、如何なる時の一劃を選択するか。それが重要な問題になり、なお『ユリシイズ』に見られるように、選択された、時の一劃の特質をよく生かすために、描写方法を一々変化させるということが考えられる。結果的に見てスタイル上の変化、新しいスタイルの創造ということが考えられる。いうこれらの仕事の反面に、現象の特質のよりよき把握ということが目的とされていることを見逃してはならぬ。ジョイスの『ユリシイズ』に於ては、まさに、選ばれた時の一劃ずつの構成による大建築に我々は面接している感がある。プルウストにあっては、このように時間性を重視した構成ではないとしても、はやり十九世紀の小説のようなストオリイの貫徹よりは、ヴァリエテに富む対象の、豊富な影像と聯想を背景にした構成が作品の骨組である。

恐らく二十世紀に入ってからは、ドロシイ・リチァドスンの『尖った屋根』に始まる意識の流れという描写法は、新しい散文の手法の実験として、古くは、シェイクスピア、ディキンズ、ブラウニング、ドストエフスキイらの文学上の手法と比較され、また特にジョイスが『ユリシイズ』に於て主要な手法として使用したそれは、ジョイス自身が直接の影響を、フランス象徴派時代のメエテルリンクらの仲間であった作家エドゥアル・デュジャルダンの『橄欖樹は切られた』に負うていることを告白しているのは周知の事実である。一体心理的に見て意識の流動が『ユリシイズ』などに見るような非連続的な、時には全然連絡のない言葉の断片によって表現され得るかということからして問題にされるのである。心理学上から言っても、ビヘイヴィアリストと言われる一団の学者は、人間が言葉なしに思考することはない、と言葉の精神への逆投入を重視している。しかし意識内に生れるある形態が言葉とは関係なしに、心理的に存在することは、なお我々の常識である。オオギュスト・バイイがジョイスの使用し始めた手法を批評して、たとえそれが完全に意識の継続的な様相を写し得たように見えても事実はそれは不可能であると言っている。バイイが反対する根拠は、人間の意識は文字に直線的に表現されるような一本の糸ではなくして、同時に二つ以上の映像あるいは思考を含有する複合的、あるいは交響楽的(これはウィルスンが小説構成上に使用した意味と異る)な存在であるからだ、というのである。この言は勿論いわゆる意識の流れの手法と現実の意識との関聯を明かにした重要なものとしなければならぬ。しかしながら、だから意識の流れと言う手法は使用する価値ないものだということにはならぬ。それは写真は奥行がなく、平面であるから、現実の再現にはならぬ、だから写真の描写には価値がない、というのと同様である。また意識内の思考や映像の全体的表現が可能であるか否かということになるとバイイの指摘するように、言語は正しい意味での交響楽的な多言同時表現は出来ないのである。それで事実上の人間の意識が多元的なものであっても、文学表現ではそれが一元的にならざるを得ない。それで文字表現では可能なる限り重なり合った矛盾する思考や映像も表現しようとはするのであるが、主として、意識の流動のうちの主要なる連続線を生かそうとするもので、より弱い副次的なものは表現されぬとするもやむを得ぬことである。またこの副次的な意識の省略の程度によって、ブルウム夫人の独白のような現実の意識に非常に肉迫したものになったり、ウルフの諸作品のような、より理解し易いなだらかな平明なものになったりするので、表現の程度には非常に多様な段階のあることを人は知らねばならぬであろう。であるから、リベッカ・ウェストが『ユリシイズ』中のマリオン・ブルウムの独白を、表現上から見て交響楽に類似した感銘を与えると言ったのは、それが直線的な文学表現であるにもかかわらず、意識の副次的な動きにも可及的に触れた多元性に近いものがあるからではないかと思われる。

いわゆる意識の流れは、現実の意識の描写でなくして、作為であると言う非難と、これは現実に即しすぎて、飛躍とか創造性とかに欠けていると言う、二種の批評が流行している。この両批評はともに消し合うもので、存在せぬに等しい。書くということは創造であるとともに、書かれるものが現実からの約束を持たなければならぬのは、文学の第一歩である。困難はそこにあるのではない。エドゥアル・デュジャルダンを葬り去った老獪《ろうかい》なアンドレ・ジイドが『ソティ』の中でこのスタイルを使用してお茶を濁しているようにではなく、もともと詩から出たこの手法で如何に小説プロパアを生かすべきかということにあるのだ。ジェイムズ・ジョイスが『ユリシイズ』以後続けている『ワアク・イン・プログレス』になると問題は一層困難になるばかりである。その表面に目立った特殊な言語の実験としてたとえば if they all were afloat in a dreamlif eboat hugging two by two in his zoo-doo-you, a tofftoff for thee, missymissy for me and howcameyouseenso for Farber, in his tippy, upindown dippy, tiptoptippy canoodle, can you? のように、音標文字を利しての新言語創造ということにまでなるので、たとえばエリオット・ポオルが『ワアク・イン・プログレス』に於ても、目的が単に新しい言語革命に尽きる訳でなく、充分に、しかも人に気づかれずプロットが重大な役目を演じているとこれを弁護していても、これの完全な理解は最大なジョイス学者ギルバアトすら腕の短きを歎じているほどで、人は単にジョイスの創作行動の意図は察し得ても、英語国民すら註なしでは読むことも出来ぬもので、今なお象形文字を曳《ひき》ずっている我々の実行的には接近し得ないものである。勿論『ユリシイズ』中にもジョイスは一種の特殊な言語のパロディとしてであろうが、Nationalgymnasiummuseumsanatoriumandsuspensoriumsordinaryprivatdocentgeneralhistoryspecialprofessordoctor というような造語を方々で使用している。ジョイスのこのような一面は『ユリシイズ』に於ては主要なものではないけれども、『ワアク・イン・プログレス』に入って大きな役目を果しているのである。

『ワアク・イン・プログレス』に自らを没入している目下のジョイスはリアリティから分離したとは言えぬけれども『ユリシイズ』で果そうとしたようには現実への約束を果していない。彼の信拠しているのは新しい言語とスタイル、象徴の重複する深奥なプロットである。勿論読者を予期する一般の英米小説家は『ワアク・イン・プログレス』までジョイスについて行っていない。詩人と批評家にとっては、難解であるほど彼は面白い存在なのだが。小説界全体に波紋を投じたことの最も大きいのはやっぱり『ユリシイズ』であった。そして今日なおドロシイ・リチァドスンがミリアム・ヘンダァスン叢書を書き続け、ヴァジニア・ウルフが『オオランドオ』『波』等と新作を書いてゆくのも、オルダス・ハクスリイがテクニックの一部に借用するのも、読者に理解されるような範囲内での独白のスタイルである。ブライアン・ペントンのように、『ユリシイズ』は全然失敗の作品であって、もしも彼が最初からリアリスティック小説を書こうとしても『ユリシイズ』以上に成功することは出来なかったであろう、とすら言う批評家もある。更に彼は言う、ジョイスは『ユリシイズ』に於て確かに信ぜざるを得ぬひとつの世界を創造した。彼は信じ得る世界のあらゆるダイメンションを創造したのだが、惜しむべきことにはその中に何物をも入れなかったのである。彼はフロオベエルらの古風なスタイルのかわりに、あらゆる方向に触手を延ばし絶間なく握手し合い、その中心を変え、平衡《へいこう》を変え、散乱し、また集合する、永遠に無目的な、互に影響して落付くことなき、ライフそのものを示すことの出来るフォルムを確立すべく試みたのだ。ところが彼の戦慄すべき主張の崖は、何らの形を残さぬまでに崩れた。ジョイスは弱い人間でありながら巨大な仕事を試みたのだ。ただその英雄的な崩壊物の中に立っているジョイスは賞讃に値する、と。

ではこのようにして『ユリシイズ』はそれ自身価値なき敗北の記録であろうか。私は殆んど逆にそれを考えようとしている。それは少くとも新しい領域をスタイルの自由性によって小説のために獲得した。彼の小説がリアリスティックな小説のパロディであるというのは意味の深いことである。もし彼の仕事が何らの創造をしなかったとしても、我々は彼が今までのスタイルの現実への接しかたを嘲笑している声を忘れることは出来ない。なぜならば、彼の『ユリシイズ』が小説として失敗しているというのであれば、それは有史以来の最もリアリスティックな人間記録が小説として成功し得なかった、というに等しいからである。これは文学にとっての大地の動揺でなければならぬ。偉大な芸術家たるの条件として、出来るだけ人間的なること、平凡なること、特殊型を離れることをアンドレ・ヂイドは信念としている。かくばかり方法とスタイルの細微をつくして平凡人レオポルド・ブルウムを生かした『ユリシイズ』を、もしヂイドまで小説としては失敗だと言わなければならぬとしたならどうであろうか。時代をひとつ先行して文学を心理の世界に確立した大家ドストエフスキイとスタンダアルとがいる。彼らは確信を以て現実の要素に選択を加えることと、信念に頼ることも出来た結果、性格上の特殊型を残して大をなした。だが彼らの仕事といえども、写実精神に於てはジョイスに一歩を譲らなければならず、細緻さに於てはプルウストに及ばないであろう。此処に我々の世紀の文学の驚異があるとともに、信仰に信念を失った我々の世紀のインテリゲンチアの急所があるのだ。彼らは現象をしか信じようとしない。知性は対象へ働きかけるよりも、自己により多く働きかけ、感性は選択するためにはあまりに過剰しながらも喜びのためには不足がちに貪られている。そして英雄の欠乏、凡人の神化、内在精神の重圧、それらが新しい文学に現われるためには、必然にかかる形態をとらねばならなかったのだ。

それが我々の眼前にある文学の実相だ。そこから我々が立って進むとき、強度なリアリズムの精神と、豊富なスタイルへの視野は、限なく我々の役に立つものとなるだろう。しかるに世人が、批評家がこの新しい文学運動に、スタイルの華麗さのみを見、スタイルの多様性が胚胎《はいたい》している新しい小説の実体を見ようとしないのは何故であるか。たとえ時代の欠陥がその作品に災していようとも、プルウストが、ジョイスが、新しい文学の様態を提出したのは、最早古き様態の文学に盛ることの出来ない新しい現実を彼らが発見したからだと考えなくては無意味である。

文学上の様態は多く逆に対象を決定しているものである。ことにそれが時代の変化に伴わずに残留しているとき、現実の多くの部分が表現の網の目を逃れる結果になる。様態が文学に改革を齎《もたら》すのは、多く新しい対象に合致した新しい描写能力によってである。人は、ジョイスやプルウストの仕事が十九世紀の小説の正しい伝統であるモラルを対象とせぬことを攻撃する。しかし『ユリシイズ』を一読して、ジョイスがモラルに触れていぬなどと言うならば、それは妄言以外のものではない。ただ彼がモラルに関して目標を明示していないと言えるであろう。しかしそれは二十世紀の小説の一般な取扱い方であって、決して小説としての条件の不足とはならぬ。今日その手法に於て最も詩的でありとせられるヴァジニア・ウルフにしても、むしろ現実の新しい領域に於て小説を実践していると見るべきであろう。この新しい領域での小説の達成を困難として、今我々が単純に十九世紀の小説様態と小説条件まで退却することは、作家が創造資格なき批評家の古典学識に盲従する以外の何物でもない。この新しく花咲いた小説の条件と小説の領域、それを実践し、それを踏み越えるのでなくしては、新しき視野に於て新しき人間を描く明日の小説創造に参加し得ないであろう。

文芸評論家群像(抄)

杉山平助

一九三二(昭和七年)十一月、氷川烈の筆名で『新潮』に発表。本書には、正宗白鳥、小林秀雄、大宅壮一、青野季吉の部分を抄録。昭和初年より『文芸春秋』に匿名コラム「文芸春秋」を担当していた杉山は、その発想の柔軟性と辛辣な筆鋒によって注目されたが、昭和六年末に『東京朝日新聞』学芸欄の雑誌評「豆戦艦」に氷川烈の筆名で執筆するにおよび一躍人気評論家となった。本論は、左翼退潮後に活性化した批評界を代表する十人の批評家を論評したものであるが、そのカン所の押さえ方、歯に衣着せぬストレートな物言いには、これまでの文壇批評家とは異質な魅力がある。本論が収められた氷川烈の筆名の単行本『春風を斬る』(昭和八・五)には「匿名の流行」なる一文も収められているが、この時期の「匿名欄の流行は、コムマーシアリズムの強圧に対する無力な文筆業者の痙攣的反抗」であるという。氷川の評論も、個人的な作家や批評家への中傷、漫罵ばかりでなく、出版機構や雑誌・新聞そのものを批評の俎上に載せるものが多く、メディア批評の先駆けをなすものである。底本には初出誌を用いた。

杉山平助(一八九五―一九四六)　評論家。評論集『氷河のあくび』『文芸従軍記』など。

純粋文学が衰亡しつつあるという時、毎月の雑誌創作欄がいよいよ魅力を失いつつある時に批評のみが盛んだという妙な現象が今日見られているようである。

川端　盛んですね。

雅川　盛んですね。

という批評の盛大を強調する言葉で本誌の前号の座談会の幕が閉じられているという始末。

私が最近話しあった「論壇の花形」たる某経済学者も、創作を読むよりは、批評を読んで面白いと思うことが多いと告白した。

それでは最近に至って、純文学の素質が低下して批評家の質が向上したのかというと、どうやらそうも自惚《うぬぼ》れていられないようである。帰するところは、近頃のようなザワザワした世の中になると、人々はゆっくりと暇をかけて芸術作品を鑑賞している心のゆとりを失って、何よりてっとり早い結論に飛びつきたくなってくる。駄作だ傑作だ佳作だと、何でも早くカタをつけてもらって、それを大急ぎにのみ込んで安心してしまいたいというような願望が、人々の意識下に強大になっているのではなかろうか。

そこで批評ということに関する興味は、次第に今日雑誌の中枢魅力たる中間物の興味と相通ずるものが発生して来たので、従って批評及び批評家というものへのジャアナリスチックな注目というものが次第に前面に押し出されて来た。

たとえば、本誌の前号の文芸時評で、川端康成氏は或る作品に集中された批評を並列することによって、批評たるものの役割や種々相を検討しようとする新しい試みをやっているし、『国民新聞』の学芸部では、同じ作品に対して幾人かのちがった批評家の批評を連載することによって、そのバラエティと視角の相違に読者の興味をひきつけようとする計画を、今月から実行しているようである。

そこへもって来て、本誌から数名の批評家を列記してこれを論評することの担当を私にまで委《まか》されて来たので、いよいよこういう漠然とした傾向への編集者のカンの正確さというものが、今さららしく私にまで感じられて来たことであった。

さて指定された数名の批評家とは、正宗白鳥、千葉亀雄、大宅壮一、新居格《にいいたる》、土田杏村、谷川徹三、小林秀雄、河上徹太郎、雅川滉の九名でこれが如何なる標準で選定されたのかは私の知るところではないが、おそらくは作家としてよりも、批評を主として働いてる人々をモーラしたものではないかとも思われる。たとえば川端康成や尾崎士郎も批評はかくがこれは作家側の畑の人として入れない。正宗白鳥は前には作家だったが最近は批評家としてのみ存在してるから入れる。というような標準じゃないか。しかしそれにしては徹頭徹尾批評家たる青野季吉のような肝要な人が抜けている。そこでこれは筆者の独断としてつけ加えることにしたが合せて十人を僅かな紙数に論じるのだから、とうてい銘々の思想的根拠から生活上の問題、その他一切を抉《えぐ》って綿密な研究論文となさんことなどは思いもよらず、一人アテ二、三枚のレビュー的な、漫想漫評風のものとなることは、当然のこととしてゆるしてもらわねばならない。そしてその着目点も、これらの人々の仕事の総量的なものよりは、むしろ最近の態度や論議を主として扱うべきもまた、筆者の気転として認めてもらえるべきものであろう。

さてこの十人を大ざっぱに分類すると、いわゆる芸術派の人々としては、正宗、小林、河上、雅川らが数えられ、プロレタリア派としては、青野、大宅が旗幟鮮明であり、千葉はプロレタリア・イデオロギイを持つが如く持たざるが如き評論家であり新居と土田はアナーキズム的色彩があって、いくぶん芸術派に接近しており、谷川はそれら一切のものの中間にくらいするといったような色彩の人である。

そこでまず芸術派からはじめる。

正宗白鳥

正宗白鳥を芸術派の評論家として論じなければならないのは、安達謙蔵を政友会の人物として論じなければならないのと同じような、ひょんな気分のする時の推移であるが、最近の彼の評論の調子というものは、完全に芸術派のシムパサイザーというような外観を呈しているので、かつての芸術何するものぞといったような文壇のじゃじゃ馬らしい気力はとみに衰えて、最近では何か自分の感情に近いものと合体して生活してゆくことの温かみを感じたいというような、ひよわげなところが感じられるようになって来た。

たしか二、三カ月前かの『中央公論』の久保田万太郎論のうちに、近頃のようにこう文壇というものが俗悪になって来てはというような慨嘆をもらしていた一節があったが、あれを見て筆者は、ああ、白鳥も衰えたるかな、との感を深くしたことであった。

かつての白鳥には、どうせ俺のかくものも俗悪なんだ、それがどうしたというんだといったように妙にとりすました「芸術家」を無視嘲笑するだけの迫力があったものであるが、それが近頃ではガサツとガムシャラでは彼にひとまわり輪をかけたプロレタリア派というやつがあらわれて、毛脛《けずね》の泥足で暴れまわりはじめたので、要するにインテリ的ガサツ派にすぎなかった彼もこれには少々ヘキエキして、次第にその感情は芸術派に接近し、プロレタリア派に対してはだいぶ小姑《こじゅうと》らしい筆を弄《ろう》するようになって来たところ、ああ文学もまた政治と等しく勢なるかなという感を強く観る者に与えた次第であった。

ところで文芸評論家としての彼の生涯の役割はいかにというに、彼が徹頭徹尾地方地主階級を代表したプチブル・イデオロギイの所有者たることは明白であるが、ここではそんな面倒な分析はやめにして、肩のこらないようにいえば、彼が実によく鍛錬された眼識の所有者として重きをなして来たことは推称するにはばからないものがある。

もっともこのよく「鍛錬された眼識」という言葉が固定的に考えられると非常に間ちがわれ易いので、鍛錬という言葉も程度の問題であり、それにまた適応する範囲が限定されているので、たとえば同じ織物の鑑定家でも、お召の鑑定の場合には決して狂いがなくても、銘仙には案外に誤魔化されるということもあり得るので、わが白鳥も何から何まで眼が通るというわけにはいかないのであるが、しかし比較的に広く深く眼が通る。しかもその眼の通る範囲は、人間生活の最も重い部分、即ち信仰や道徳や、生活上の各種の苦悩というようなものに親近してることと生活のリアリティへの感覚のかなりに正確なることによって、彼の文芸批評家としての位置の高さが確保されているということになる。筆者の如きも作品が或る範囲に属する限りは、彼の判定に無条件的な信頼をおくもので、彼がくだらないものだといえば多分そうだろうと思って読まないし、彼が面白かったといえば、ドレどの程度のものかと読んで見る気になるのである。

がすでにいったごとく、この眼識の鍛錬というものは固定的なものではなく、すこしく油断をすれば曇りがちとなるもので、そうした意味で白鳥の最近の批評がややもすれば動脈硬化の初期徴候をあらわしていることを、見のがすことが出来ない。

まず第一に、彼にはこれまで見られなかった新しく出てくるものへの脅《おび》えというようなものがきわめて稀にではあるが看取されることがあるようになった。筆者などから見ていて、あんなものひと蹴りに蹴飛ばしちまえばいいに、何があるものかと思われるようなものを、案外にお手柔かに叮嚀《ていねい》にとり扱っているのを見て一驚を喫することがある。次に彼には、同時代の仲間をいたわり憐むような、よくいえば人情的なものわるくいえば情実的なものが出て来たが、これもまた明かに老衰の初期徴候だ。そして彼の喧嘩《けんか》ぶりも、太刀をひっかぶってひとり敵陣にあばれこむといったような颯爽《さっそう》たるおもむきより、壁ぎわにぺったりへたばりついていて、眼の前を通るものの足を掬《すく》うというような、じじむさいやり口が目につくようになって来た。

それから彼はあれでいてナカナカの戦略家なんだが、それらの点をいちいち実例をひいて解説したいが先を急ぐから今日はこれだけ。

小林秀雄

妙な言草《いいぐさ》だが、小林秀雄が文壇にあらわれてつとめた役割というものは、どうやら大宅壮一がかつてつとめた役割りに甚だ似かよったものがあるともいえないことはない。

大宅というのはあの通り芸術的感受性なんかのきわめて鈍い男だが、プロレタリア文学勃興期には、それが非常な強味になって、階級理論一点ばりでヤミクモに暴れまわり、これまで後生大事に維持されていたいろいろな標準を滅茶苦茶に叩きこわすのに非常に役に立った。あれは生半可《なまはんか》にものが分るとかえってやれない芸当なんだが、大宅は芸術的不感者だけに、かえって痛快にやりまくって功労があった。

小林は、この大宅を逆さまにして、大宅の役割をつとめさせたようなものである。即ち彼は社会的情勢とか階級理論とかにはメクラ同然で、従ってそんなものにビクビクしてわずらわされて、中途半端な議論を立てるようなまだるっこさがない。その一面に大宅が社会的感覚にきわめて鋭敏なものを持っていたように、小林は人間というものについて比較的老成した分析力を持っているので、いつも議論を無理にもお得意な方へひきずりこんで管《くだ》をまき、青い連中をパッパッと煙にまいてしまう。そこでもともと階級理論なんて、わけの分らない忌々《いまいま》しいものだとひそかにフンマンに堪えなかった連中はすっかりうれしくなっちまって、ソーレ素朴な思念だ、前代未聞の理智小説だ、何のかんのとお神輿《みこし》をかつぐように騒ぎはじめた。要するにちっとばかり見当の狂った頭脳というものが、社会生活の上でどの程度の催眠術的効果をあげられるかということを研究するにはうってつけの材料といってよろしい。

彼のかくものはもちろん大多数の人間にはわからない。筆者のごときは青年期にはニイチェに心酔して来たものだから、彼の逆説などもそれもちっと幼稚な親類筋程度のものとして、すこしも珍らしくないのであるが未だ学校から出たてで何にも知らない連中には新鮮で、ひどくアッピールするのであろう。

それに彼には、とにかく若干のオリヂナリティがあり、彼の議論の本質には、時弊《じへい》に当る「進歩的」なものがある。この「進歩的」なものとは、何も前代未聞のものでも何でもなく、かつての時代の強健な芸術家魂はもっとより強くより正確に把握していたものであるが、それが「公式的」なプロレタリア運動の騒ぎで忘れられがちとなったものを彼がガミガミいって思い起させたのに過ぎない。知らない人間には珍しく、眼をパチクリして聞くかも知れないが、知ってる人間にはあたりまえのことである。即ち芸術家としては、如何なる既成の理論にもとらわれず、朝の靄《もや》の晴れた沃土のような頭脳と感性で、獅子フンジンに未知の創造に突進すべきであるということは、たしかにあらゆる芸術家が何度も何度も思い返していいことなのである。

彼は先月の座談会でしきりに錯乱することの重要さを説いていたが、錯乱しようと思って錯乱するのは、すでに錯乱でも何でもない。すでに功利的目的性が予想されているのである。今のままでは、彼はすでにその役割を果して行きつまっている。

最後に彼の称讃者についてちょっと面白い挿話を紹介する。先日、筆者が或る中年の小説家と語っていると、彼氏突然といえらく、

「時に、僕には小林君の評論はよく読んでみてもどうも分らないところが多いんだが、いったいあれは誰にでも分るものでしょうか」

すると筆者は、いや分らなければかえって分らない方が宜《よろ》しい。恐らく彼氏もそれをよろこび得意にしていることであろうと答えた。

「そうですか。それを聞いて安心した。実は僕はあれを読んでみても容易にわからないので、自分の頭脳が特別にわるいのかと悲観してたんですよ」

とさもさも、安心したような大袈裟《おおげさ》な表情をして見せたのを見て、筆者は苦笑せざるを得なかった。

実はこの小説家は、小林の「文芸評論」を、かつて或る雑誌の上で推奨《すいしょう》し、この人あらわれてはじめて真の文芸批評が出たようなものだと、しきりに感心していたことを筆者は記憶していたからである。

大宅壮一

大宅壮一は、さきに小林の項でかいた通り、旧文壇の煤払《すすはら》い人足として登場し、散々

ハタキや箒《ほうき》をふりまわし、蜘蛛《くも》の巣や縁の下をひっかき廻して、暴れまわったのは痛快であった。大掃除がすんだら、サッサと賃銀をもらって帰って行けばいいのに、胡坐《あぐら》をかきこんでしまったので人の迷惑はまァいいとして、彼自身として身の持ちあつかいに困りはせぬかと想像される。

要するに彼には、決して作家たるの素質がないと同じように、たいして文芸批評家たる素質もありはしないのである。とにかく或る意味で閃《ひらめ》きのあるギャアナリストだ。一本の竿《さお》を五本にも六本にも使ってのける技術師だが、それが唯物弁証法という世にも重宝な道具をつかんだからたまらない、クルクルと水車のごとくふり廻し「古い文学」を片っぱしから断截《だんせつ》して行った腕は冴えたものであった。

そうしてその出鱈目《でたらめ》な暴れ方のうちに、五度に一度は実に肯綮《こうけい》にあたるうまいことをいうので、彼が一時、グングンと聴衆をひきずったのは当然のことである。

評論家としての彼を考えるについて、重要なのは処世家としての彼で、いつも忘れてはならないのは彼が徹頭徹尾リアリストだということだ。リアリストという言葉は非常に複雑なニュアンスのあることで、或る意味では釈迦《しゃか》や基督《キリスト》のごときも、その世界観と人間というものの透徹した認識で、リアリストと称すべきものであるが、ここでいうリアリストとはもっと低級な、現実生活の策戦家という程度のものである。

彼はまず理窟を考える前に、理窟を発表する場所を獲得する手段を考える。いくらいい理窟があったって、それが人の耳へはいらなきァ仕方がないだろうというわけだ。

そこで他人から非難される「反動的」外観などはものともせず、新潮社や、中央公論社に手段をつくして巧妙にもぐりこみ、金になることなら何でもやり、そこで同志の進出の路を拓《ひら》こうというようなことを考える。

だから或る時代のナップが、彼のごとき実際家を味方にしたことは非常に有利なことだったので、「アラビアンナイト」の持つ反動性ぐらいのものは、恐らく他の方面でゆうにつぐのっているであろう。だが、実際家としての彼もあまりたいした凄味のあるものではなかったと見え、その後次第に諸々方々の手がかりを剝奪《はくだつ》されて行って、近ごろでは伊東阪二讃美の講演会にまで出席するに至っては、いささか河童《かっぱ》の河流れ、策士策に溺れたものといわねばなるまい。

低級なリアリストとしての彼の面目は、喧嘩の場合などに特によくあてがわれるので、彼は彼奴《あいつ》が敵だといちど睨みこむとそれをどっかの匿名欄あたりで悪態中傷してウップンを晴らしてるような小便くさい小僧っ子供などとは、ちっとばかりわけがちがうので、そんな時の彼は冷静に相手によって立つ実質的利害の立場を考察し、おもむろにその根本的なものへ打撃を加えようとして、反間苦肉の策をめぐらすというようなナカナカくろっぽい性格の所有者なのである。

何としても愉快な時代の児《こ》であるが、好漢おしむらくは心臓の厚さの人をなつかしむるものを欠いている。それが、戦術家としての彼の次第に手足をもぎとられてゆく所以ではあるまいか。

青野季吉

大宅のどこか軽薄な感じさえするのに対し、青野季吉はあくまでも質実な風格で人をひきつけるものがある。

筆者のごときも、過去数年間いろいろな場合に彼の揚足《あげあし》をとったり、悪口を投げつけたりして来たものであるが、かつて一度たりとも悪意のまじるのをおぼえたことがない。

誰が彼のごとき真摯《しんし》な人物に心からの悪意が抱かれるものか。

その彼が今日の如きプロレタリア文学運動上に、孤城落日の観ある境地に陥っているのを見ると、誰しも一種の尊敬と同情の激しく湧き上ってくるのを禁じ得ないものがあろう。

日本のプロレタリア文学の育ての親の一人ともいわれていい彼が、今日その所属する団体が支離滅裂に分解し、わずかに残った一片にすがって漂っているのを見ると、何とはなしに堺利彦のその全生涯をあげてプロレタリア解放運動のために苦悩しながら、近年の境遇の甚だ人の胸を痛ましむるものあるのと似かよったものを感じさせる。

これを彼らのイデオロギイの誤りとかあるいは正しさとかによって論評することも間ちがってはいないであろうが、おそらくは更に、彼らが性格的に旧時代の人であり過渡期の人であり、そのあまりに融和的な気質がかえって今日の運動と相容《あいい》れ難いものがあるのではないかとも考えられる。

青野はすでにその告白せるように、一度はニヒリズムに蝕まれて来た人間である。何でも宜《よろ》しい、あるいは何もかもとるには足らぬというような心持ちを粉砕して、ひとつのものにしがみつくまで、如何に彼が戦ったか、恐らく彼の全能力に近いものがそこにしぼりつくされてあったであろう。

後日、もし青野の生涯を総体的に論評するものあれば、時代におくれがちなマルクス主義者としてよりは、最も勇敢にして良心的なリベラリストとして把握することがむしろ彼の実質に近いものではなかろうかとさえ思われる。

しかし要するにプロレタリアの見解によれば、個々人の没落や犠牲は論ずるにも足らず、一堺一青野の酬いられないことや悲惨な没落など一匹の蛾をはたき落すより無雑作なことであろうが、個人を徹頭徹尾埋草《うめくさ》として疑わないような見地を断乎《だんこ》として排する筆者のごときは、この時代の犠牲者への社会の当然たる尊敬をあくまで要求してやまないものである。

青野のごときは鈍重にして、その晩年に至ってはじめて真価を発揮すべき種類の人間なのだから、彼の努力の如何《いかん》によっては、日本の社会が今後、彼から享《う》けるところのものの決して僅少ではなかろうことが期待される。

しかし彼としては筆者などから思いがけず味方面《づら》なんかされることは、いささかくすぐったいことでもあろうから、彼の安心の出来るよう最後に悪口を一つ景品につけとくが、彼は人間としての最高の正直さ、即ち自分自身に対する正直さを、未だ厳正な意味で持っていないようである。

これは近頃筆者が彼の小説「ある時代の群像」を一読した時の感想であった。

シェストフ的不安について

三木　清

一九三四(昭和九)年九月、『改造』に発表。ロシアの思想家シェストフについてはすでに大正後期に紹介がなされていたが、昭和九年一月、河上徹太郎・阿部六郎による共訳『悲劇の哲学』(ドストエフスキーとニイチェ論)と、同年七月、河上訳『虚無よりの創造』(チェーホフ論)が出版され、大きな反響を呼んだ。三木はすでにこの二著の出版以前に「不安の思想とその超克」(『改造』昭和八・六)を書いて、満州事変後の精神的雰囲気を「不安」ということばで捉えていた。その背景にはマルクス主義運動の衰退による知識人の思想的空白ということがあり、これがシェストフ思想の受容される土壌をなしていた。訳書が出版され、正宗白鳥や小林秀雄が感想を発表するにおよんで論議がさかんになり、青野季吉、板垣直子、戸坂潤らによる批判が展開。いわゆる「シェストフ論争」である。三木は、「二十世紀の人間」として新しい倫理を確立し、「行為する人間」の新しいタイプを創造することの必要性を主張した。底本には初出誌を用いた。

三木清(一八九七—一九四五) 哲学者、評論家。ドイツ留学時、ハイデガーに師事。共産党員をかくまい検挙され、獄中で病没。著書『パスカルに於ける人間の研究』など。

一

　不安の文学、不安の哲学というものが我が国において明からさまに問題にされるようになってから、もはや二年にもなるであろう。この頃のレフ・シェストフの流行はその連続であり、その最近の形態である。かくの如き傾向が我が国の社会情勢に相応することはいうまでもなく、この不安は社会情勢から説明されねばならぬ。しかしまたこの不安には単に客観的社会的条件からのみ説明し得ないものがある。もしも人間に本来不安なところがないならば、彼が一定の条件におかれたからといって、不安に陥ることはないであろう。人間の存在そのものにおける不安が何であるかが究明されねばならぬ。私はシェストフ的不安の性質を理解しつつ、これらの問題についてあらためて考えてみたい。

　不安の文学、不安の哲学はしばしば懐疑論とか厭世論とかという風に無雑作に批評された。けれどもこの不安は単なる厭世の如きものではないであろう。シェストフは、運命について探究したドストイェフスキーの主人公たちが、キリロフの場合を除き、誰も自殺しなかったことを指摘している。キリロフにしても、彼がみずから生を奪ったのは、生から逃れるためでなく、かえって自分の力を試すためであった。彼らは生が如何《いか》に重く彼らに負いかぶさろうとも生の忘却を求めなかった。またもしも懐疑が真理はないとして探求を断念することであるとしたならば、この場合懐疑というのも正しくない。シェストフはパスカル論において、「エスは世の終まで悩み給うであろう、その間は眠ってはならぬ。」というパスカルの語を引き、繰返しこれについて論じている。眠を殺して探究を続けることが懐疑の精神である。何がそのように探究され、また探究されねばならぬのであるか。日常は蔽《おお》い隠され不安において初めて顕《あら》わになるリアリティである。不安の文学、不安の哲学はその本質において非日常的なリアリティを探求する文学、哲学である。それ故にもしもかような文学や哲学の批判がなさるべきであるとすれば、批判は何よりもリアリティの問題の根幹に触れなければならぬ。かくしてまた本来の不安を憂鬱、低徊、焦燥、等々の日常的な心理から区別することが必要である。

我々はいま懐疑が如何に容易に好奇心に転落するかを指摘してもよいだろう。好奇心は知識欲のように見られるが、それにとってはもと知識の所有が目的であるのでない。好奇心は定まった物のそばに留まることを欲せず、つねに先々へ、遠方へさまよい渉る。何処にも留まらないということがそれの性格である。好奇心は到る処におり、しかも何処にもいない。なぜならそれが求めるのは真の認識でなく、――物に近く踏み留まることなしに認識が得られるであろうか――、かえって我々自身を散じさせることである。

即ち我々は好奇心において我々をシェストフのいわゆる「日常的なもの」のうちに捉えさせることによって我々自身の本来の不安から眼をそむけようとしているのである。物について の「不安な好奇心」のもとに隠されているのは我々自身の不安である。この頃いわれる懐疑はもと何らかの不安から出たものであろう。けれども我々の間においてかくの如き懐疑がその本来の精神を失って、単に「不安な流行」を作るものとなり、かくして不安な好奇心に転落しているところがないであろうか。シェストフの流行にしてもかような一面がなくもない。不安な好奇心というものが最近の我が国の文化の著しい現象であるように見える。不安な流行、不安な好奇心の機能は我々を日常的なもののうちに埋れさせ、――そのような流行としては「悲劇の哲学」も日常的なものである。――我々自身の主体的な不安から眼をそむけさせることにある。然るに懐疑の精神は、日常は蔽われ不安において初めて顕《あら》わになる現実に面して最も近く立ち、執拗に問いつつ踏み留まるということである。かくの如き問の固持から文学や哲学も生れて来る。

けだしいつの時においても哲学の、そしてまた文学の根本問題はリアリティの問題である。いずれの哲学、いずれの文学も、根本において、リアリティ以外のものを欲するものではない。相違はただ、何をリアルとして体験し、また定立するかにある。その或るものが現実を破壊するように見える場合ですら、それはこれによってただ、ひとつの他の、より深い、より真なる現実を発見しようとしているのである。シェストフがニイチェ、パスカル、ドストイェフスキー、チェーホフ、トルストイ、その他に関する幾多の評論において倦《う》むことなく探求したのも、つまり新しいリアリティの問題であった。「ただ一つのことは疑われない、ここには現実がある。新しい、未聞の、かつて見られなかった、あるいはむしろ、従来決して展覧に供せられなかった現実がある。」と、彼はドストイェフスキーとニイチェの批評の中で書いている。彼は我が国では主として文壇において伝えられているが、思想的に見れば、彼は現代の哲学から孤立したものでなく、いわゆる「実存の哲学」、ハイデッガーやヤスパースなどの哲学と或る共通なものを有すると思われる。

現代の哲学、特にかの実存の哲学は、もはや、リアリティの問題を、古い形而上学のように、実在と現象、本質と仮象というが如き区別をもって考えない。シェストフ的思考においても同様にかくの如き区別は場所を見出し得ないであろう。彼はかえって日常的なものと非日常的なものという範疇《はんちゅう》のもとに思考した。そして彼は非日常的なものあるいは「地下室の人間」の権利において、日常的なもの、ひとが普通に現実と考えているものに対し激しく抗議する。シェストフの「日常的なもの」という概念はほぼハイデッガーにおける「世界」の概念に相応ずると見ることもできる。ただ後者が哲学的に加工され、精巧であるだけ圧力に欠けているに反して、前者はあらゆる世界的(世間的)なもの、そして単に常識やコンヴェンションの如きものばかりでなく、科学や理性をもいわば非哲学的に包括し、それだけ生《な》まの力を失わずにもっている。ハイデッガーが世界を理解し「解釈」するに反して、シェストフにとって日常的なものは憤怒と抗議の対象である。この際ひとはいうであろう、ただ悲劇の哲学のみではない、科学や理性もまた現実に対して憤怒し、抗議したことがないであろうか。特に現代においてマルクス主義は「反対者の科学」といわれる如く現実に対する憤怒を含まないであろうか。プロレタリア文学にしてもこのような抗議と憤怒から生れたものである。かかる事柄は確かに、そして恐らくシェストフが考える以上に、重要な意味をもっている。我々はやがてこの点に返って来ようと思う。しかしながら科学や理性の現実に対する抗議が合理性の非合理性に対する抗議であるとすれば、悲劇の哲学のそれは反対に、非合理性の合理性に対する抗議である。前のものはどこまでも同じ世界の次元における争である。然《しか》るに後のものは地上のものと地下のものと、異《こと》なる次元のものの争である。従ってこの場合非合理性は合理性の剰余というが如きものでないことが理解されねばならぬ。我々がしっかり立っていると思っていた地盤が突然裂け、深淵が開くのを感ずるとき、この不安の明るい夜のうちにおいて日常はないと思っていたものが唯一の現実として我々に顕わになる。

このものはもとより日常的な意味ではどこまでも非存在である。即ちそのとき我々は現実の領域を去って「永遠の、根源的な非存在」に近づく。しかしこの非存在もしくは無こそ、唯一の、真に我々にかかわるものとして、現実との矛盾においてそのリアリティの証明を要求せずにはおかないものである。「世界は深い、昼が考えたよりも深い。」(ニイチェ)。現実は日常性の哲学が考えるよりも遥かに深い。「何によってドストイェフスキーは惹《ひ》き付《つ》けられるのを感ずるか。『多分』によって、突然性、闇、我儘《わがまま》によって――まさに常識や科学が存在しないものもしくは否定的に存在するものと考えるすべてのものによってである。」と、シェストフは書いている。科学は事物の自然必然性の認識である。常識やコンヴェンションが自然的なものであることはいうまでもなく、理性にしても自然的なもの、デカルトのいった「自然的な光」にほかならないであろう。然るにシェストフにとってはリアリティはこれらすべての意味の自然を越えたもの、即ち真の意味においてメタフィジカルなものである。理性は人々の考えるようにメタフィジカルなものでない。シェストフはとりわけ理性に基づいてアプリオリな、普遍妥当的な規範を立てようとするアイディアリズムを宿敵の如く攻撃した。

常識やコンヴェンションは我々すべてが自然に有するところのものである。科学は我々すべてを規定する真理を示し、理性は我々すべてが従うべき規範を命令する。それらはみな何らかの意味において、あるいはカント的な「意識一般」の意味において、あるいはハイデッガー的な「ひと」即ち平均的な、日常的な人間の意味において、「我々すべて」にかかわる。かくしてそれらはみな普遍性、必然性、もしくは自明性を具えている。地下室の人間はこのような普遍性、必然性、自明性と争い、それを克服し、それから解放されることを欲する。常識、コンヴェンション、科学、理性を一緒にして、それらの性質を同一のように考えるのは、認識論的に甚しい混同であるといわれるであろう。しかしシェストフは、そのような「認識論」そのものが既に「我々すべて」あるいは「人間一般」の見地に立っている、と考える。かくして自明性に対する争は、「我々すべて」に対する「個別的な、生きた人間」の争である。自明性を克服しようとするのは、「健全な」「普通の」人間から見れば気紛れに等しいかも知れぬ。しかしながら我々は我々の生の決定的な瞬間においてかくの如き「気紛れ」の権利のために争うことを余儀なくされはしないであろうか。我々の愛する者の死を知ったとき、あるいは我々自身が直接死に面したとき、死は我々すべてが従わねばならぬ自然的必然性であるとして、我々は平然としているであろうか。むしろ我々はそのような打勝ち難い自然法則、自明の真理に対して憤怒を感じ、その克服を欲せざるを得ないであろう。死はそのとき「ひとごと」、「我々すべて」のことでなく、自身の個別的な存在にかかわることである。そして個別的な実存にはつねにパトスが伴う。シェストフは地下室の人間とは死の天使によって新しい眼を与えられた者であるといっている。地下室の人間は自己自身の運命について問い続ける。「彼らはいずれも宇宙から自己の不幸に対する弁明を要求する。」「物質やエナージーは不滅であり、しかしソクラテスやジョルダノ・ブルノは滅亡する、」という風に理性は定める。そしてすべての者は何もいわずにそれに従い、何人も敢えて、何故に理性はこのような法を発布したのであるか、何故に理性はかくも親切に物質やエナージーを守るに心を用い、ソクラテスやブルノを忘れたのであるか、という問を発しさえしないのである。自然の法則は擁護されることを要しない。それはそれ自身の有する普遍性、必然性によってみずから自己の現実性を証明するであろう。最も擁護を要求しているのはかえって個別的なもの、偶然的なもの、或る「気紛れ」である。人間がその自然的な眼のほかに死の天使によって第二の眼を与えられた意味は、「何ら答の存しない、しかもまさにそれがかくも力をもって答を要求するが故に答の存しない問を提出する」ところにある。

科学は「個別者」の問題を顧みない。そして従来の理性の哲学、観念論の哲学もまたこの問題を解決するに無能力である。然るに悲劇の哲学はかかる個別者の問題に情熱を集中する。「個人の自身の倫理的現実が唯一の現実である」というキェルケゴールの語はまた悲劇の哲学の思想を言い現わすものである。かくの如き現実はシェストフによれば地下室の人間にほかならない。「目的は次の一事である、かの洞窟を脱すること、法則、原理、自明が人間を支配せる魔法にかかった国――『健全な』『普通の』人間の『理想的な』国を脱することである。地下室の人間は最も不幸な、最も悲惨な、最も不利益な存在である。しかしながら『普通の』人間、即ち同様の地下室に住みながら地下室が地下室であることを知らず、彼の生活が真の、最高の生活であり、彼の知識が最も完全な知識であり、彼の善が絶対の善であり、彼が万物のアルファでオメガ、初で終であると信ずる人間――かくの如き人間は地下室の国では自分がホメロス的哄笑を喚び起すのである。」地下室の人間というものが人間の本来の存在可能性である。

二

シェストフの悲劇の哲学は人間をその日常性から彼の本来の存在可能性たる地下室の人間へ連れて帰ろうとする。ハイデッガーが、人間は死への配慮において世界におけるその非本来的な存在から本来の倫理的実存の自覚に到らねばならぬ、と考えるのと、この点、軌を一にするといってよい。ただシェストフはその心理が一層複雑で、そしてヒステリカルといってもよい鋭さをもっている。このようなところがかえって今日のインテリゲンチャに迎えられる所以《ゆえん》でもあろう。しかし彼の論理は意外に単純ではないかと思う。彼が突っ放したところでひとを突放すのはそれほどのことでないかも知れない。またそこではニイチェが非難したようなリテラーテントゥム(文士風)が、少し目に付くのも気懸りである。けれども「徴候性」の濃厚な点において彼の書物は確かに魅力をもっている。その内面性の深さ、その論理のディアレクティッシュな点に至っては、彼はもとよりキェルケゴールの如きに及ばないと思う。

地下室の人間はエクセントリックではないか、と恐らくひとはいうであろう。しかしながら人間とは本来エクセントリックになり得る存在である。プレッスナーという学者は、人間的生を植物的生や動物的生と比較して、その根本的特徴としてエクセントリシティ(離心性)ということを述べている。普通に考えられるところでは、すべて生命あるものは一の「存在的中心」であるという規定を有する。それはつねに自己自身を限定し、みずから自己の空間的時間的統一を形成し、その周囲に対して抵抗の中心、反応の中心をなしている。この存在的中心の周囲が環境と呼ばれ、環境は逆にかような生命統一に作用し、影響を与える。人間的生命もまたかくの如きものである。けれども人間はただそれだけでない、人間は世界に対して距離をもつことができる。いな、人間は、実にそのような存在的中心たる自己を離れて、自己に対しても距離の関係に立つことができる。

即ち人間は存在的に単に中心的であるのでなく、かえってエクセントリック(離心的)である。人間存在のかくの如きエクセントリシティは客体から主体への超越を意味するであろう。人間はその離心性において世界の上に、従って有の上に立っているのでなく、無の上に立たされているといわねばならぬ。もとより彼は客体的には世界のうちにあって一の存在的中心をなしている。しかし離心的な、主体へ超越したものとしては無の上に立たされているのである。分り易くいえば、人間は単に世界のものでなく、かえって世界において異郷人である。「人生は旅」であるという、あの感情の如きも、人間存在の離心性を現わす意識である。人間は異郷人として彼が世界のうちにあるのは出て来てあるのである。出て来たものとして自分が出て来るものと考えるとき、このもとは無である。我々は既に、いわば宿命的に世界のうちへ出て来てしまっている。何故に我々は世界のうちへ出て来なければならないのであるか、まさに我々が無の上に立たされているがためにほかならない。地下室の人間とは、このような問において自己が無の上に立たされていることを自覚させられた、エクセントリックな人間である。エクセントリックになり得るということが人間の特徴であり、それ故にこそ、古来あのようにしばしば中庸《ちゅうよう》ということ、ほどほどにということが日常性の道徳として力説されねばならなかったのである。シェストフは地下室の人間が何よりもこのような中庸を否定することを繰返し述べている。

人間存在のエクセントリシティは単に知的な意味に、即ち人間は主観として客観たる世界に対して距離の関係に立ち、これについて客観的な知識を得ることができるという意味にのみ解されてはならない。もちろん、人間が離心的でないならば、人間は自己をも含めての世界についての客観的な知識を得ることもできぬ。しかしエクセントリシティは人間の全存在にかかわることである。そこで人間にはまた根源的にニイチェのいわゆる「距離のパトス」が属している。古代ギリシア人がヒュブリス(驕《おご》り)といったものもかくの如きものと解され得よう。ニイチェの超人はこのような距離のパトスから生れた。しかしながら人間存在の離心性は人間の力と共に人間の無力をも語るものである。その離心性のために、彼にとっては生きるということは周囲と忘我的にもしくは脱我的に融合して生きることであり得ず、生は生を処するということであるように余儀なくされている。彼は生でありながら、生を生きなければならぬ。彼は自己があるものに初めてなさなければならぬ。「生ける生」ということが無意味な同語反復でなく、また「より多くの生」に対する要求が感ぜられるのもそのためである。然るにこのように生である人間が生を初めて得なければならぬということは、彼の生の根本的な窮迫を意味している。窮迫は単に外的生活の窮乏でなく、内面的な窮迫であり、彼が無の上に立たされていることに基づく。あらゆる人間的欲望はかかる根本的な窮迫によって担われるが故に、或る無限性、即ち決して満たされることがないという性質をもっている。言い換えれば、人間的欲望はデモーニッシュである。デモーニッシュなものとは無限性あるいは絶対性の性質を帯びた感性的なもののことである。然るにまた人間にとって生は生を処するということであるところから、人間は根本的に技術的である。技術的ということは単に工学的の意味にのみ考えられてはならないのであって、人間はその極めて原始的な欲望ですらつねに技術的にもしくは技巧的に満足させようと求める。そこから人間的生はデカダンスに陥る性質をもおのずから内在せしめている。すべてこれらのことは人間存在のエクセントリシティに基づくと考えられる。人間のこの性質は彼の力と同時に無力を現わす。悲劇的人間が如何にこのような無力と力との交錯を経験せるかを我々はシェストフにおいて、特にニイチェにおいて見ることができる。

ところで人間がエクセントリックであるということ、その客体的な「存在的中心」から離れるということは、人間が主体的にその「存在論的中心」ともいうべきものを定立せねばならぬということ、またこれを定立する自由を有するということを意味している。彼が周囲の社会と調和して生活している間はその必要は感ぜられないであろう。なぜならそのとき彼が主体的に定立すべき「存在論的中心」は世界における彼の「存在的中心」に相応していわば自然的に定められているからである。このような場合人間はエクセントリックでない。彼の生活は平衡と調和を有し、死の不安も顕わになることがない。これに反して彼自身と周囲の社会との間に矛盾が感ぜられるとき、彼の右の如き自然的な中心は失われ、不安は彼のものとなる。不安が社会的に規定される方面のあることは明かである。この不安において彼が主体的に自己の立っているところを自覚するとき、彼がもと無の上に立たされていることが顕わになる。中心は如何にして新たに限定されるであろうか。

このとき問題は、シェストフがそのチェーホフ論を名付けたように、「無からの創造」とならねばならぬ。然るに無が単なる必然性であるならば創造ということもあり得ないであろう。地下室の人間が突き当った無はしばしば「運命」といわれている。そして運命は普通に必然性の別名の如く考えられている。けれども必然性と考えらるべきはかえって、世界、人間がそのうちに投げ出されている世界である。世界ももとより運命と見られ得るが、それは外的運命であり、このような「必然性」に対して本来の運命、無は、かえって「可能性」であり、「自由」である。シェストフもそのように考えている。「人間は自由でないというのでなく、かえって彼らは世の中で何よりも、自由を恐れる、それだから彼らはまた『認識』を求め、それだから彼らは『間違のない』、争われない権威、言い換えれば、彼らがすべて一緒になって崇拝することのできるような権威を必要とする。」しかし無は可能性であるといっても、それは単に非現実的であるのでなく、かえってそれに対しては現実が非現実的で、外的運命が偶然的とも見られるような可能性である。

「可能性はそれ故にあらゆる範疇《はんちゅう》のうち最も困難な範疇である。」とキェルケゴールは書いている。我々は無の弁証法的性質を理解せねばならぬ。無が死であることは確かである。しかしそれがただ死であるならば、それが自由であり、可能性であるとはいい得ないであろう。無はまた生である。無は我々が死に、また生れるところである。我々は死ぬべく生れ、生るべく死ぬ。シェストフが日常的な時間とは次元を異《こと》にすると考えた時間はそのようなところである。無からの創造はかくの如き弁証法の上に立たねばならぬ。

無からの創造の出発点は何よりも新しい倫理の確立でなければならぬ。我々が「存在論的中心」の定立というのもこのことである。このことは世界へ出て行くことの意味の確立にほかならない。我々は既に、無自覚に、世界へ出て来てしまっている。エクセントリックになって、地下室の人間として自覚することは、「世界へ出て行くことの意味」を考え、新たに「決心」して世界へ出て行くためでなければならぬ。ドストイェフスキーにおいてはなおこのような倫理が確立されていない。シェストフは書いている、「ドストイェフスキーは、『行為する』ためには、彼の第二の眼を、すべての他の人間的感情及び我々の理性とも調和する普通の人間的な眼に従属させねばならなかった。」しかしながら行為することはいつでも第二の眼を第一の眼に「従属」させることであろうか。ドストイェフスキーが「従属」させたのは、彼に新しい倫理の確立がなかったためである。シェストフは、「十九世紀の人間は、主に無性格な人間即ち行為する人間――主に制限された存在であるように道徳的に義務付けられざるを得ず、また義務付けられている。」というドストイェフスキーの地下室の人間の語を感激をもって引いている。しかしながら何故にすべての行為する人間は「無性格な」「制限された」存在でなければならないのであるか。「二十世紀の人間」は別のことを考えてはならないのであろうか。問題は新しい倫理を確立すること、世界へ出て行くことの意味が確立され、それによって「行為する人間」の新しいタイプが創造されることである。この人間は現実と妥協することなく、地下室の人間のように激しく現実に対して憤怒し、抗議するであろうし、しかも彼は現実を現実的に克服し得るために科学や理性によって武装されているであろう。しかしながら無からの創造は決して容易なことでない。「可能性はあらゆる範疇のうち最も困難な範疇である。」必然性と可能性との綜合としての「現実性」に達すること――無からの創造はそこに初めて成就される――は更に困難である。

冬を越す蕾

中条百合子

一九三四(昭和九)年十二月、『文芸』に発表。満州事変後に思想弾圧が強化されるなかで、昭和八年二月に小林多喜二は築地署で拷問虐殺された。同年六月には長く獄中にあった共産党最高指導者佐野学、鍋山貞親《なべやまさだちか》が転向を表明。翌九年三月にはナルプ(日本プロレタリア作家同盟)が解散、プロレタリア文学の退潮は決定的なものとなった。こうした状況のなかで九年五月には中野重治も転向、村山知義の転向小説「白夜」が発表された。八月には立野信之の「友情」が発表。いく度も捕らえられながら非転向を押しとおした中条百合子は、彼らの転向を「何か腑に落ちず、居心地わるい心持を与えられるものがあ」り、「くちおしい気がする」との感懐を吐露し、大宅壮一(「転向讃美者とその罵倒者」)、杉山平助(「転向作家論」)などのこの時期の転向小説をめぐる論議へ疑義を呈した。底本には初出誌を用い、『宮本百合子全集』第七巻(一九五一年、河出書房)によって伏字を埋めたが、字数のあわない箇所もある。

中条百合子(一八九九―一九五一) 小説家。昭和七年に宮本顕治と結婚し、十二年より宮本百合子の筆名を使用。小説「貧しき人々の群」「伸子」「播州平野」「道標」など。

十一月号の『改造』と『文芸』とのある記事を前後して読んで、私は何か一つの大きい力をもったシムフォニーを聴いた時のような感情の熱い波立ちを覚えた。『文芸』で、大宅壮一氏が「転向讃美者とその罵倒者」という論文を書いている一方、カール・ラデックがこの八月第一回全聯邦ソヴェート作家大会で行った報告演説が、「プロレタリア芸術の課題」という見出しで飜訳されて『改造』にのっている。

二つの論文は、互に縺《もつ》れ合い、響きあってその底に段々と高まる光った歴史的現実の音波を脈打たせているという印象を、私の心に与えたのであった。

今年の夏の末ごろのことであった。ある友達が私の痺《しび》れている脚に電気療法をしながら

「どうもこの頃は弱るよ。転向なんぞした奴だからというのを口実に、…………〔執筆を〕ことわる人間が出来て来て……」

といって述懐した。そのときも、私は様々な意味で動的な人の心持の推移がそこに反映している実例として、それを感じた。

中村武羅夫《むらお》氏や岡田三郎氏によって、いわゆる転向作家に対するボイコットが宣言せられたとき、私は、ふとその友達の話を思い出したのであった。そして誰の目にも明らかなように、反動的な動機から呈出されている両氏のいい前のかげに隠されているもの

に対して、むしろ注意をひかれたのであった。何故ならば、もし一般の感情がひと頃のように、プロレタリア作家の間でさえいわゆる転向しない者は間抜けのように見られていたままの弛緩《しかん》し切った状態であったならば、両氏は、転向作家ボイコット提唱を可能にする社会的感情の拠《よ》りどころを、現実の中に摑《つか》むことは出来なかったであろうから。また、転向が否定的な意味をもって、一般の問題となって来るからには、当然他の半面に立つものとして、…………〔抵抗をつづけている者たちの、〕この社会における存在が…………〔、再び見直〕され、かつそれに対する評価は…………〔、ひところとちがって来ている〕ことを暗示しているのではないであろうか。私はそれらの錯綜を興味ふかく思ったのであった。

この二、三カ月は月評につれて小林・室生両氏をはじめ、二宮尊徳について書く武者小路氏まで、この問題にふれている。『新潮』の杉山平助氏の論文『文芸』の大宅氏の論文を熱心に読んだのは、恐らく私ひとりではなかったであろうと思う。二人の筆者は、いわゆる転向の問題賛否それぞれの見解を今日の現象の上にとりあげ、内容の分類をも行い、問題の見かたを我々に示した。

そもそも転向作家に対してその行為を…………批判し得るのは、…………………〔抵抗しつづけている者だけである〕という結論に至るらしい大宅氏の意見は、もっともであると頷《うなず》かれた。

転向という文字が今日のような内容をふくんで流布《るふ》するようになったのは正確には去年の初夏以来であり、プロレタリア文学運動との関連で実践的な内容をもつようになったのは特に今年に入って、………、………………………となって〔プロレタリア文学者・戯曲家その他の屈伏があらわれて〕からのことであると思われる。基本的に、如何なるものから、どう転向したかということを明確に批判し得………、…………〔ないの〕であり、文学運動の面についてこれを問題としてとりあげるとすれば、ブルジョア文学の中においてではなく、問題の本質はプロレタリア文学の問題であるというのも、正当な理解であると考えた。

大宅氏は、かつてのプロレタリア評論家たちが、この問題を自身の問題として真面目《まじめ》にとりあげず、転向謳歌者の驥尾《きび》に附している態度を慨歎している。杉山氏は硬骨に、そういう態度に対する軽蔑をその文章の中に示しているのである。

プロレタリア文学の運動は、昨今、非常に意味ぶかい第二次的な発展的……〔時〕期に入っているということは、広い目で見ると、逆に大宅、杉山両氏によって摘発された元の指導的評論家の退転という事実そのものの裡《うち》にも察しられるように思う。急激なテンポで進む情勢は、階級的文学をもひどい勢で推しつつある。現在は、タイプとして新しいプロレタリア文学の活動家がまだ全貌を現すところまで成熟せず、健康な伝統と影響とは、勤労大衆の裡に文学的に未熟なものとして保有されている。いろいろな雑誌に対する読者からのこまかい反応を観察することによって、その事実は確信されるのである。

ところで、転向作家についての諸家の意見は、ある特殊な動機をもつもの以外に、大体雅量と常識とをもって対する態度であるが、どの文章の中にも二つの共通した点が、強調されてあった。それは、これまでいわゆる転向に関しての作品を発表した幾人かの作者たちが、その作品の中で肝心なものであるはずの転向の過程と、それ以后の思想的傾向を明らかにしていないということである。

いつからとなく私の心に生じている疑問と探究心とは、これらの注意によって一層磨かれるのを感じる。本当に、文学における才能や作家としての閲歴のある村山、藤森、中野、貴司その他の人々が、自他ともに大きい……………経験の中から、どうして人の心を深くうち、歴史というものをまざまざ髣髴《ほうふつ》せしめるような作をしないのであろうか。

先頃立野信之が「友情」という小説を書いた。それを村山が評した言葉のうちに、主人公の態度を全運動との繋りにおいて批判していない点が不足であるという意味のことがあったのを覚えている。けれども、村山も自身のことになると、転向しても立派な小説が書ける。だがそれには「あらゆる弱点をすっかり自己の前にさらけ出し切ってしまわなければ駄目なのだ」「赤裸々生一本のものとして現実に向い、文学に向って行かなければ駄目なのだ」と、どちらかといえば主観的なものごしで良心を吐露している。そして、過去の運動がその段階において犯していたある点の機械的誤謬を指摘することで今日の自分がプロレタリア作家として存在し得る意義を不自由そうに解明しているのである。（作家的再出発）

プロレタリア文学運動が成熟すればするほどその裾は幅広く、襞《ひだ》は多いものとなって前進して行くであろうから、元より私は自分をもこめる様々の作家がそれぞれの可能性の上に立って、たっぷり仕事をやってゆき、その質を高めてゆくことを自然であると信じている。

もっとも正直な打ちあけ話をすると、私はある初歩的な時期、一つの疑問をもったことがある。それは、どうしてプロレタリア文学運動の中では、一例をあげれば職場でのストライキが高潮に達した時にあぶなっかしい幹部として監視をつけられたというような話のある人や、…………〔左翼の政治的〕活動から自発的に後退の形をとって来たような人が、その出身や経験を評価され、堂々と通用しているのであろうかと、怪訝《けげん》に思った時代があった。そのような素朴な、歴史を見ない誤った至上主義的理解からは、幸《さいわい》久しい以前に高められているのであるが、やはり転向作家のことは、プロレタリア文学の発展の上に、個人的であると共に普遍な問題を含んでいると思うのである。

実際の場合について見れば、なるほど転退は一人一人の事情によって、それぞれのやり方で個人的になされたであろう。けれども私は、杉山氏のように「村山はそんな立派な人物ではなかった」から止むを得ないという風にいっただけでは十分自身に向っても納得出来かねるのである。

「白夜」は、作者が客観的情勢の否定的な暗さとともに自身の性格の暗さを摘出しようと試みた点で、ある評価をうけた。それ故、「再出発」についての文章の中でも、村山は知ってか知らずか、特に自身の曝露《ばくろ》ということを強くいっているらしく思われるのであるけれども、個人的な性格解剖の限度内で、いかほど自身の暗さを露出しても、プロレタリア文学の大局に、果して幾何《いくばく》のプラスであろうか。

更に進んでよしんば、自身の弱点のすべてを、インテリゲンツィアの小市民性によるものと結論し糾弾《きゅうだん》したとしても、現実の本質は摑《つか》まれたという感じを、私たちに与えないであろうと思う。

私たちの切に知りたいのは、性格にそのような動揺する暗さ明るさをもったインテリゲンツィアの一団がその青年期のある時にいろいろの矛盾を背負ったまま階級的移行をしたのは、歴史のどのような必然によるものであったのか。そして、それから十年にわたる彼らの活動は、どんな歴史的特色をもっていたが故に今日の困難な情勢の下に彼らが……〔挫折〕しなければならぬよう、その内的矛盾を激化したのか。

そのいきさつが知りたいのである。ヨーロッパに比べると二十年余もおくれてイデオロギー的に大衆化するや直《ただち》に複雑多岐……………〔な暴力にさら〕されなければならなかった日本の若いマルクス主義の…………〔活動家たち〕と、転向の問題とは骨肉的な関係で結ばれていると思う。運動が合法的……〔擡頭〕をした時代に階級的移行をしたインテリゲンツィアが、文学上の名声という特殊性もあって未だ十分自分らを階級人として捏ね直し切らぬうちに情勢は進んで、客観的にはそれらの人々が既に一つ前の時代のタイプとなり、その破綻《はたん》が転向という形態で、今日現れて来ている。

従って、問題はいわゆる転向したプロレタリア作家たちの良心の上にだけかかっているのではない。我々皆の上に、大衆の上に問題となる。何故なら、私たちすべては、何らかの形で今日そのようなものとしての切り口を見せている歴史をうけつがなければならず、しかもそこから健やかに…………〔な革命的教訓を〕最大の可能において引き出して来なければならないのであるから。

率直に感想をのべると、私には村山や中野の語の中に、何か腑《ふ》に落ちず、居心地《いごこち》わるい心持を与えられるものがある。あのようにいい頭といわれる頭をもっていて、自分たちが転向するようになった気持が自分にもよく分らないといってそれを押すのは、事情もあろうが何故なのであろう。杉山氏のように皮肉にだけ私には思うことが出来ない。細かいこと筋のとおったことは分らないが、とにかく…………得だという点だけには悟りが早かったのだという意地わるい言葉が、通用するのであろうか？　私はくちおしい気がするのである。

谷崎潤一郎氏が「春琴抄」を書いて、世評高かった頃、その作品を読み、私はある人から見たら恐らく野蛮といわれるであろう一つの考えにとらわれた。それは、谷崎氏のように精力的な作家でも、日本の作家は初老前后になれば落つくさきはやっぱりここかというある失望である。

佐藤春夫氏、谷崎潤一郎氏は深いきずなによって結ばれている二人の作家であるが、作家としての性質は違った二つのものであると思っていた。谷崎氏が盛《さかん》に、日本の文学に構成力が薄弱であることを不満とし、自身の抱負を文章によって述べていた頃の脂のきつい押し、あるいは初期の作品が内包していた旺盛な生活力と、「春琴抄」が示しているいわゆる完成の本質とを比べて見て、私は大谷崎という名で呼ばれる一人のすぐれた作家をさえ、文学の手法や傾向をとおして支配している日本の封建性の根づよさに、新たな反省を呼びおこされたのであった。

ブルジョア・インテリゲンツィアの作家でもロマン・ローランやジイドが、老いて益々叡智と洞察とを広め、恐れを克服し、人生の真理に肉迫して行っているに対照して、日本の大作家は、壮年期の終りにもう「描写など面倒くさくなり」知的発展においては勇気を失い隠居をしてしまうのは、（窪川の言葉を借りれば）自我の喪失に陥《おちい》るのはどういうものであろう。日本でいう大作家の風格というものの内容は、古い文人時代の内容から、社会性においてそう大して新しくなっていると思われないのである。あのような文学的発足をした谷崎氏にあってそうであるとすればその他の日本の代表的ブルジョア作家が、果してどの程度にインテリゲンツィアとして今日の封建性に対する筋骨の剛《つよ》さを実践力として備えているか、疑わしいと思う。

大宅氏は、『文芸』の論文で腹立たしげな口ぶりをもって「日本の文化全体を支配している安価な適応性の一つ」として転向の風に颯爽と……〔反抗する〕プロレタリア作家の見えないことを痛憤している。階級……〔的立場のはっきりした〕人物が、今日、加藤勘十が見得を切っているような風には……〔ふるまえない。そういう〕情勢であるからこそ、謂《い》わばかつて個人的な作家的自負で立っていた時代のプロレタリア作家が、心理的支柱を見失って転落する必然が在るのではなかろうか。

それにしろ、日本のインテリゲンツィアは特殊な歴史的重荷をもっていることは争えない事実であると思う。資本主義発達のテムポ早い歴史は、日本のインテリゲンツィアに敏捷な適応性を賦与《ふよ》していると同時に、勤労大衆の日常生活を極めて低い水準にとどめている封建……〔的圧力そのもの〕がインテリゲンツィアの精神にもきびしく暗黙の作用を及ぼしている。

中途半端に蔕《へた》からくさって落ちた自由主義の歴史に煩わされて、日本のインテリゲンツィアは、十九世紀初頭の政治的変転を経たフランスのインテリゲンツィアとは同じでない。対立する力に対して人間の理性の到達点を静に、しかし強固に守り徹し、その任務を歴史の推進のために光栄あるものと感じ得る知識人らしい知識人さえも日本においては数が少いのである。

無理がとおれば道理がひっこむ、といういろは歌留多の悲しい昔ながらの物わかりよさが、感傷を伴った受動性屈伏性として急進的な大衆の胸の底にも微妙な形で寄生している。プロレタリア作家が腹の中でその虫にたかられている実証は、「白夜」その他同じ傾向の作品の調子に反響している。

もし、各々の主人公をして事そこに到らざるを得ないようにした錯綜また……配置された紛糾、困迷等を描き出して、せめては悲劇的なものにまで作品を緊張させ得たら、人は何かの形で今日の現実に…………………〔暴威をふるう権力〕の害悪について真面目な沈思に誘われたであろうと思う。けれども、これらの作者たちはいい合わせたように現実のその面は抉出《けっしゅつ》せず、自身の側だけを、ああ、こうと、取上げ、その関係において中心を自分一箇の弱さ暗さにうつし、結局、傷心風な鎮魂歌をうたってしまっている。動揺のモメントが……〔共産主義や進歩的な文化運動へ〕の批判や個性の再吟味にあるという近代知識人的な自覚は、その実もう一重奥のところでは土下座をしている憫然《びんぜん》なものの姿と計らず合致していると思うのである。

私がさっき村山や中野に連関してくちおしいといったことの中には、私たちの……〔現実〕として負わされているこの………、〔革命的〕階級性以前の自己の弱さ、自分ながら自分の分別の妥協なさに堪えかねるようなところに彼らがうちまけている、それがくちおしいという意味もふくんでいるのである。

大体転向作家の問題は、勤労大衆とインテリゲンツィアに対し、急進的分子に対する不信と軽蔑の気分を…………、……〔抱かせるために〕巧に……………〔利用されている〕と思う。大衆の進歩的な感情を少なからず幻滅させ、部分的にはそれを嫌厭の感情にかえた。その責任は自覚されなければならないと思う。舟橋聖一氏の昨今提唱する文学に於けるリベラリズムの根源は、そういう反動的憎悪と報復的アナーキーの危険の上にたっているのを見て、私はつよくそのことを考えるのである。

ロシア文学史は、どの時代をとって見ても面白いが、私はこの間その中でも感銘ふかい一節を読んだ。ちょうどロシアにマルクス主義が入った一八九〇年代の初めに、ロシアの二十県に大饑饉が起ったことがあった。八〇年代の農奴制度の偽瞞《ぎまん》的な廃止やその後に引つづいて起った動揺に対して行われた……〔弾圧〕のために消極的になっていた急進的な若い分子は、この饑饉…………〔の惨状の現実をモメント〕として民衆の悲惨の問題を再びとりあげて立った。ゴーリキイがまだ二十一才ぐらいでニージュニイで自殺しそこなった前後のことである。初期のマルクシストをふくむ急進的インテリゲンツィアは、饑饉地方に出かけて行って、その救護や闘争のために全力的援助をした。饑饉が終るとコレラが蔓延《まんえん》し、……〔一揆〕があちらこちらで起ったが、この時、怒った大衆の標的とされたのは、誰あろう共に飢えて疫病と闘った急進的知識人と医者とであった。

このからくりに采配をふったのは、…………〔ツァーの〕有名…………〔な警視総監〕である大官ボベドノスツェフであった。そして、この奸策を白日の下に明らかにしたのは、勿論ボベドノスツェフではなく、足を掬《すく》われた后、立ち上った……………………〔ロシアのマルキシスト〕たちであった。

私は日本のプロレタリア文学史の中でも今日の様々な現象がやはりそのような視角から明らかにされる時のあることを想像して、尽きぬ興味を覚えるのである。

一九三四、一一、六。

純粋小説論

横光利一

一九三五(昭和一〇)年四月、『改造』に発表。プロレタリア文学が退潮して以降、既成作家が復活し、新しい文芸雑誌が創刊されるなど、「文芸復興」と呼ばれる気運が高まった。しかし表面の「復興」のかげに「純文学」の危機がひそんでいることを看取した横光は「純文学にして通俗小説」である「純粋小説」を目指すことを提唱。「純粋小説」という用語はジイドが唱えたものであり、横光はジイドの「贋金づくり」からも大きな示唆を受けている。本論は、みずから「寝園」などの新聞小説を執筆し、「通俗小説」の要素を取り入れることの必要性を痛感していた横光の「長編制作に関するノート」であり、当時の文壇のあらゆる問題を広く包摂し、実作者として制作への覚悟を語ったものである。が、その反響は大きなものがあり、いわゆる「純粋小説論争」へと発展。川端康成の「『純粋小説論』の反響」がこれを整理しながら細説しているが、川端もいうように本論には「論旨の明らかでない点、云い足りぬ点」も多い。底本には初出誌を用いた。

横光利一(一八九八—一九四七) 小説家。川端康成らと『文芸時代』を創刊し、「新感覚派」の旗手として活躍。小説「日輪」「上海」「機械」「紋章」「旅愁」など。

もし文芸復興というべきことがあるものなら、純文学にして通俗小説、このこと以外に、文芸復興は絶対に有り得ない、と今も私は思っている。私がこのように書けば、文学について錬達の人であるなら、もうこの上私の何事の附加なくとも、直ちに通じるはずの言葉である。しかし、私はこの言葉の誤解を少くするために、少し書いてみようと思う。

今の文壇の中から、真の純粋小説がもし起り得るとするなら、それは通俗小説の中から現れるであろう、とこのように書いた達識の眼光を持っていた人物は、河上徹太郎氏である。次に、通俗小説と純文芸とを何故に分けたのか、別けたのが間違いだといった大通は、幸田露伴氏である。次に、もし日本の代表作家を誰か一人あげよと外人から迫られたら、自分は菊池寛をあげるといった高邁な批評家は、小林秀雄氏である。今日の行き詰った純文学に於て、以上のような名言が文学に何の影響も与えずに、素通りして来たのは、どうした理由であろうかと、もう一度考え直してみなければ、純文学は衰滅するより最早やいかんともなし難い、とこのように思った私は、この正月の五日の『読売新聞』へ、純文学にして通俗小説の一文を書いた。私の文章は、ただ以上の人々の尻馬に乗ったままで、何ら独創的な見解があったわけではない。しかし、今は、達識の文学者の中では、私のいったような言葉は定説とさえなっているのであるが、言葉の意味は、さまざまな誤解をまねいたようであった。

今の文学の種類には、純文学と、芸術文学と、純粋小説と大衆文学と、通俗小説と、およそ五つの概念が巴となって乱れているが、最も高級な文学は、純文学でもなければ、芸術文学でもない。それは純粋小説である。しかし、日本の文壇には、その一番高級な純粋小説というものは、諸家の言のごとく、殆ど一つも現れていないと思う。純粋小説の一つも現れていない純文学や芸術文学が、いかに盛んになろうと、衰滅しようと、実はどうでも良いのであって、激しくいうなら、純粋文学が現れないような純文学や芸術文学なら、むしろ滅んでしまう方が良いであろうといわれても、何とも返答に困る方が、真実のことである。

それなら、いったい純粋小説とはいかなるものかということになるのだが、この難しい問題の前には、通俗小説と純文学の相違を、出来る限り明瞭にしなければならぬ関所がある。人々は、この最初の関所で間誤間誤《まごまご》してしまって、ここ以上には通ろうとしないのが、現状であるが、それでは一層ややこしくなる純粋小説の説明など、手のつけようがなくなって、誰もそのまま捨ててしまい、今は手放しの形であるのはもっともといわねばならぬ。しかし、考えてみれば、純文学の衰弱は、何といっても純粋小説の現れないということにあるのであるから、文壇全体の眼が、純粋小説に向って開かれたら、恐らく急流のごとき勢いで純文学が発展し、真の文芸復興もそのとき初めて、完成されるにちがいないと、このように思った私は、危険とは知りつつ、その手段として、純文学にして通俗小説の意見を数行書いてみたのである。

いったい純文学と通俗小説との相違については、今までさまざまな人が考えたが、結局のところ、意見は二つである。純文学とは偶然を廃すること、今一つは、純文学とは通俗小説のように感傷性のないこと、とこれ以外に私はまだ見ていない。しかし、偶然とは何か、感傷とは何か、となると、その言葉の内容は簡単に説明されるものではなく、従ってその説明も、私はまだ一つも見たことも聞いたこともないのであるが、しかし、事がこの最初で面倒になると、必ず、そんなことは勘で分るではないかと人々はいう。少し難しい言葉を使う人は、偶然のことを、一時性といい、偶然の反対の必然性のことを、日常性といっているが、感傷となると、これこそ勘で分らなければ、分らない。先ずあるなら、一般妥当と認められる理智の批判に耐え得られぬもの、とでも解するより今のところ仕方もない。

私はこのような概念の詮索から始めるのは、面倒なので、通俗小説と純文学とを一つにしたもの、このものこそ今後の文学だといったのであるが、誤解を招いた責任は、私も持たねばならぬ。けれども、私の犯したこの冒険をせずして、純文学の概念に移ることは、容易ならぬ事業である。私はこの概念を明瞭にするためにここに「罪と罰」を引こう。ドストエフスキイの「罪と罰」という小説を、今私は読みつつあるところだが、この小説には、通俗小説の概念の根柢をなすところの、偶然(一時性)ということが、実に最初から多いのである。思わぬ人物が、その小説の中で、どうしても是非その場合に出現しなければ、役に立たぬと思うとき、あつらえ向きに、ひょこりと現れ、しかも、不意に唐突なことばかりをやるという風の、一見世人の妥当な理智の批判に耐え得ぬような、いわゆる感傷性を備えた現れ方をして、われわれ読者を喜ばす。先ずどこからいっても、通俗小説の二大要素である偶然と感傷性とを多分に含んでいる。そうであるにもかかわらず、これこそ純文学よりも一層高級な、純粋小説の範ともいわるべき優れた作品であると、何人にも思わせるのである。また同じ作者の「悪霊」にしてもそうであり、トルストイの「戦争と平和」にしても、スタンダール、バルザック、これらの大作家の作品にも、偶然性がなかなかに多い。それなら、これらはみな通俗小説ではないかといえば、実はその通り私は通俗小説だと思う。しかし、それが単に通俗小説であるばかりではなく、純文学にして、しかも純粋小説であるという定評のある原因は、それらの作品に、一般妥当とされる理智の批判に耐え得て来た思想性と、それに適当したリアリティがあるからだ。

　私は通俗小説にして純文学が、作者にとって、一番困難なものだと『読売』で書いたが、ここに偶然性と感傷性との持つリアリティの何ものよりも難事な表現の問題が、横わっていると思う。純粋小説論の難儀さも、ここから最初に始って来るのだが、いったい純粋小説に於ける偶然(一時性もしくは特種性)というものは、その小説の構造の大部分であるところの、日常性(必然性もしくは普遍性)の集中から、当然起って来るある特種な運動の奇形部であるか、あるいは、その偶然の起る可能が、その偶然の起ったがために、一層それまでの日常性を強度にするかどちらかである。この二つの中の一つを脱《のが》れて偶然が作中に現れるなら、そこに現れた偶然はたちまち感傷に変化してしまう。このため、偶然の持つリアリティというものほど、表現するに困難なものはない。しかも、日常生活に於ける感動というものは、この偶然に一番多くあるのである。ところが、わが国の純文学は、一番生活に感動を与える偶然を取り捨てたり、そこを避けたりして、生活に懐疑と倦怠と疲労と無力さとをばかり与える日常性をのみ撰択して、これこそリアリズムだと、レッテルを張り廻して来たのである。勿論、私はこれらの日常性をのみ撰択することを、悪リアリズムだとは思わないが、自己身辺の日常経験のみを書きつらねることが、何よりの真実の表現だと、素朴実在論的な考えから撰択した日常性の表現ばかりを、リアリズムとして来たのであるから、まして作中の偶然などにぶつかると、たちまちこれを通俗小説と呼ぶがごとき、感傷性さえ持つにいたったのである。

けれども、これが通俗小説となると、日常性も偶然性もあったものではない。そのときに最も好都合な事件を、矢庭《やにわ》に何らの理由も必然性もなくくっつけ、変化と色彩とで読者を釣り歩いて行く感傷を用いるのであるが、しかし、何といっても、ここには自己身辺の経験事実をのみ書きつらねることはなく、いかに安手であろうと、創造がある。事、創造である限り、自己身辺の記事より高度だと、いえばいえる議論の出る可能性があるのみならず、何より強みの生活の感動があるのだから、通俗小説に圧倒せられた純文学の衰亡は必然的なことだと思う。純文学の作家にして、心あるものなら、これを復興させようと努力することは、何の不思議もないのであるが、それを自身の足場の薄弱さをさえ立て直そうともせずに、大衆文学通俗文学の撲滅を叫んだとて、何事にもなり得ない。そこで最も文芸復興の手段として、私は純粋小説論の一端を書いたのだが、文学に於ける能動精神も、浪曼主義も、ここから発足しなければ、いったいいかなる能動主義の立場をとり、浪曼主義の立場を取ろうとするのか、足場がぐらぐらしていては、恐らくどのような文学主張も、水泡に帰するにちがいあるまい。

しかし、文学作品を一層高度のものたらしめ、文芸復興の足場を造るためには、最早や純文学では無力であるから、これを純粋小説たらしめる努力をしなければならぬとなると、またさらに第二の難関が生じて来る。それは短篇小説では、純粋小説は書けぬということだ。先ず一例を上げて、通俗小説の持つ何よりの武器たるところの、感動の根源をなす偶然と感傷とについていうなら、この偶然と感傷とに、純粋小説としての高度の必然性を与えるためにさえ、中島健蔵氏のいわれる表現と生活との間に潜んだ例の多くの、「深淵」を渡らねばならぬ。しかも、その深淵は、ただに表現と生活との中間のみにある深淵とは限らず、生活に於ける人間の深淵と、それを表現した場合に於ける深淵と、三重に複合して来るのであってみれば、小量の短篇では、よほどの大天才といえども、純粋小説を書くということは不可能なことになって来る。なおその上に、純粋小説としての思想の肉化を企てねば、高貴な現代文学が望めないとするなら、なおさら、百枚や二百枚の短篇ではどうするわけにもいかない。

しかし、ここで、一度小説というものの、生い立ちを考えて見るべき用が起って来る。私は純粋小説は、今までの純文学の作品を高めることではなく、今までの通俗小説を高めたものだと思う方が強いのであるが、しかし、それも一概にそのようにはいい切れないところがあるので、純文学にして通俗小説というような、一番に誤解される代りに、聡明な人には直ちに理解せられるいい方をしてみたのだけれども、それはさておき、近代小説の生成というものは、その昔、物語を書こうとした意志と、日記を書きつけようとした意志とが、別々に成長して来て、裁判の方法がつかなくなったところへもって、物語を書くことこそ文学だとして来て迷わなかった創造的な精神が、通俗小説となって発展し、その反対の日記を書く随筆趣味が、純文学となって、自己身辺の事実のみまめまめしく書きつけ、これこそ物語にうつつをぬかすがごとき野鄙《やひ》な文学ではないと高くとまり、最も肝要な可能の世界の創造ということを忘れてしまって、文体まで日記随筆の文体のみを、われわれに残してくれたのである。ここに、若い純文学者の心的革命が当然起らずにはいられぬ原因がひそんでいて、純文学の正統は日記文学か、それとも通俗小説か、そのどちらであろうかという疑問が起って来た。リアリズムと浪曼主義の問題の根柢も、実はここにあって、私などは初めから浪曼主義の立場を守り、小説は可能の世界の創造でなければ、純粋小説とはなり得ないと思う方であるのだが、しかし、純文学が、物語を書こうとするこの通俗小説の精神を失わずに、一方日記文学の文体や精神をとり入れようとしているうちに、いつの間にか、その健康な小説の精神は徐々として、事実の報告のみにリアリティを見出すという錯覚に落ち込んで来たのである。この病勢は、さながら季節の推移のように、根強く襲って来ていたために、物語を構成する小説本来の本格的なリアリズムの発展を、いちじるしく遅らせてしまった。そうして、文学者たちは、純文学の衰微がどこに原因していたかを探り始めて、最後に気附いたことは、通俗小説を軽蔑して来た自身の低俗さに思いあたらねばならなくなったのであるが、そのときには、最早遅い。身中には自意識の過剰という、どうにも始末のつかぬ現代的特長の新しい自我の襲来を受けて、立ち上ることが不可能になっていた。このとき、文学を本道にひき上げる運動が、諸々方々から起って来たのは、理由なきことではあるまい。文芸復興は、まだこれからなのである。

文芸を復興させねばならぬと説く主張をさまざま私は眺めて来たが、具体的な説はまだ見たことがなかった。文芸を復興させる精神の問題は、今ここで触れずに他日にゆずるが、本年に這入《はい》って旺《さか》んになった能動精神といい、浪曼主義というのも、いい出さねばおられぬ多くの原因の潜んでいることは、何人も認めねばなるまい。しかし、これらの主張も皆それらは純粋小説論の後から起るべき問題であって、今、純粋小説を等閑にして文学としての能動主義も浪曼主義も、意味をなさぬと思う。その理由は、前にも述べた現代的特長であるところの、智識階級の自意識過剰の問題が横《よこたわ》っているからであるが、いったい、浪曼主義といい、能動主義をいう人々で、一番に解決困難な自意識の問題を取り扱った人々を、かつて私は見たことがない。この難問に何らかの態度を決めずに、どのような浪曼主義や、能動主義を主張しようとするのであろうか、疑問は誰にも残らざるを得ないのだ。一例をいえば、ここ三、四年来巻き起って来ていた心理の問題にしても、道徳の問題にしても、理智の問題にしても、すべてが智識階級最後の、しかも一番重要な問題ばかりであったのだが、浪曼主義も能動主義も、これらの問題から切り放れて、簡単に進行出来るものなら、それらは茶番にすぎまい。恐らく、今後いくらかの時間をへて必ず起って来るにちがいない真の浪曼主義や能動主義の文学は、心理主義の中から起って来るか、真理主義としての実証主義の中からか、個人道徳の追求の中から起って来るか、理知主義の中から起って来るか、どちらかにちがいあるまいと思うが、それがそうではなくて、ただどうしようもない感傷主義の中から、起って来たかのように見誤られる浪曼主義や、能動主義なら、むしろ消えるがために泡立ち上った前ぶれと見られても、仕方がないのである。わが国に現れた文学運動の最初は、いつもそのような運命に出逢っているのだ。多分、今現れている能動主義も、今後起って来る浪曼主義の運動の中へ、一つに溶け込む運命的な剰余を当然持っていると見られるが、その浪曼主義にしてからが、法則主義への適合と、法則への反抗との、二つに分裂している状態であってみれば、いずれも実証主義への介意から出発した挙動と見ても、さし閊《つか》えはないであろう。けれども、それはともかく、浪曼主義である以上は、何らかの意味に於ける旧リアリズムへの反抗であり、新しいリアリズムの創造であるべきはずだ。メルヘン的な青い花の開花は、逃げ口上の諦念主義と変化しても、悪政治の強力なときとしては致し方もあるまいが、しかし、いずれも新しいリアリズムの創造であるからは、法則に反抗した実証主義としての新しい浪曼主義が、シェストフの思想となって流れて来た昨今の文壇面では、それと必然的に関聯する自意識の整理方法として必ずいまに起って来る新浪曼主義に転ぜずにはおられまい。能動主義も、作家が何かせずにはいられない衝動主義と見えても、我ら何をなすべきかを探索する精神であってみれば、知識階級を釘付けにした道徳と理智との抗争問題の起点となるべき、自意識の整理に向わなければ、恐らく何事も今はなし得られるものでもない。純粋小説の問題はこのようなときに、それらの表現形式として、当然現れねばならぬ新しいリアリズムの問題である。今、諸々の文学機関に現れている通俗小説と純文学との問題は、すべて純粋小説論であることはさして不思議ではないのである。

　中島健蔵氏の通俗小説と純文学の説論、阿部知二氏の純文学の普及化問題、深田久弥氏の純文学の拡大論、川端康成氏の文壇改革論、広津和郎氏、久米正雄氏、木《き》村《むら》毅《き》氏、上司《かみつかさ》小剣《しょうけん》氏、大仏次郎《おさらぎじろう》氏、等の通俗小説の高級化説、岡田三郎氏の二元論、豊田三郎氏の俗化論、これらはすべて、私の見たところでは、純粋小説論であるが、それらの人々は、すべて実際的な見地に立って、それぞれの立場から、純粋小説を書くために起る共通した利益にならぬ苦痛を取り除く主張であると見ても、さし閊えはないのである。それらは通俗小説を書けというのでは勿論ない。現代の日本文学を、少くとも第一流の世界小説に近づける高級化論であって、先ず通俗への合同低下の企画と思い間違える低俗との、戦いとなって現れて来たのである。そうして、今はこの問題の通過なくして、文芸復興のどこから着手すべきものか私は知らない。恐らく、この現れは困難多岐な道をとることと思うが、作家共通の苦痛を除くためには、是非とも緊急なことであって、それなればこそ異口同音の説が形を変えて湧き興って来たと見るべきで、私は新人として現れるものなら、主義流派はともかくも少くとも純粋小説をもって現れなければ意義がないと思うばかりでなく、旧人といえども、純粋小説に関心なくして、今後の成長打開の道はあるまいと思う。

ここで少し私は自分の純粋小説論を簡単に書いてみたい。今までのべて来たところの事は、誰にでも通じることであったが、以下書くことは、現代小説を書こうと試みた人でなければ、興味のない部分に触れると思う。――今までの日本の純文学に現れた小説というものは、作者が、おのれひとり物事を考えていると思って、生活している小説である。少くとも、もしそれが作者でなければ、その作中に現れたある一人物ばかりが、自分こそ物事を考えていると人々に思わす小説であって、多くの人々がめいめい勝手に物事を考えているという世間の事実には、盲目同然であった。もしこのようなときに、眼に見えた世間の人物も、それぞれ自分同様に、勝手気儘《きまま》に思うだけは思って生活しているものだと分って来ると、突然、今までの純文学の行き方が、どんなに狭小なものであったかということに気づいて来るのである。もしそれに気がつけば、早や、日記文学の延長の日本的記述リアリズムでは、一人の人物のいくらかの心理と活動とには役には立とうが大部分の人間の役には立たなくなるのである。前にものべたように、人々が、めいめい勝手に物事を考えていることが事実であり、作中に現れた幾人かの人物も、同様に自分一人のようには物事を思うものでないと作者が気附いたとき、それなら、ただ一人よりいない作者は、いったいいかなるリアリズムを用いたら良いのであろうか。このとき、作者は、万難を切りぬけて、ともかく一応は幾人もの人間と顔を合せ、そうして、それらの人物の思うところのある部分をある関連に於てとらえ、これを作者の思想と均衡させつつ、中心に向って集中して行かねばならぬ。このような小説構造の最困難な中で、一番作者に役立つものは、それは観察でもなければ、霊感でもなく、想像力でもない。スタイルという音符ばかりのものである。しかし、この音符を連ねる力は、ただ一つ作者の思想である。思想といっても、この思想を抽象的なものに考えたり、公式主義的な思考と考えるようなものには、アランのいったように思想の何ものをも摑《つか》めないにちがいはないが、登場人物各人の尽《ことごと》くの思う内部を、一人の作者が尽く一人で摑むことなど不可能事であってみれば、何事か作者の企画に走《は》せ参ずる人物の廻転面の集合が、作者の内部と相関関係を保って進行しなければならぬ。このときその進行過程が初めて思想というある時間になる。けれども、ここに、近代小説にとっては、ただそればかりでは赦《ゆる》されぬ面倒な怪物が、新しく発見せられて来たのである。その怪物は現実に於て、着々有力な事実となり、今までの心理を崩し、道徳《モラル》を崩し、理知を破り、感情を歪《ゆが》め、しかもそれらの混乱が新しい現実となって世間を動かして来た。それは自意識という不安な精神だ。この「自分を見る自分」という新しい存在物としての人称が生じてからは、すでに役に立たなくなった古いリアリズムでは、一層役に立たなくなって来たのは、いうまでもないことだが、不便はそれのみにはあらずして、この人々の内面を支配している強力な自意識の表現の場合に、いくらかでも真実に近づけてリアリティを与えようとするなら、作家はも早や、いかなる方法かで、自身の操作に適合した四人称の発明工夫をしない限り、表現の方法はないのである。もうこのようになれば、どんな風に藻痒《もが》こうと、短篇では作家はただ死ぬばかりだ。純粋小説論の起って来たのは、すべてがここの不安に源を発していると思う。「すべて美しきものを」と浪曼主義者はいう。しかし、現代のように、一人の人間が人としての眼と、個人としての眼と、その個人を見る眼と、三様の眼を持って出現し始め、そうしてなおかつ作者としての眼さえ持った上に、しかもただ一途《いちず》に頼んだ道徳や理智までが再び分解せられた今になって、何が美しきものであろうか。われわれの最大の美しい関心事は、人間活動の中の最も高い部分に位置する道徳と理知とを見脱《みのが》して、どこにも美しさを求めることが出来ぬ。「われら何をなすべきか」と能動主義者はいう。しかし、いかに分らぬとはいえ、近代個人の道徳と理知との探索を見捨てて、われら何をなすべきであるのか。けれども、ここに作家の楽しみが新しく生れて来たのである。それはわれわれには、四人称の設定の自由が赦されているということだ。純粋小説はこの四人称を設定して、新しく人物を動かし進める可能の世界を実現していくことだ。まだ何人も企てぬ自由の天地にリアリティを与えることだ。新しい浪曼主義は、ここから出発しなければ、創造は不可能である。しかも、ただ単に創造に関する事ばかりではない。どんなに着実非情な実証主義者といえども、法則愛玩の理由を、おのれの理知と道徳とのいずれからの愛玩とも決定を与えぬ限り、人としての眼も、個人としての自分の眼も、自分を見る自分の眼も、容赦なくふらつくのだ。私はこの眼のふらつかぬものを、まだそんなに見たことがない。いったい、われわれの眼は、理知と道徳の前まで来ると、何《な》ぜふらつくのであろう。純粋小説の内容は、このふらつく眼の、どこを眼ざしてふらつくか、何が故にふらつくかを索《さぐ》ることだ。これが純粋小説の思想であり、そうして、最高の美しきものの創造である。も早やここに来れば、通俗小説とか、純文学とか、これらの馬鹿馬鹿しい有名無実の議論は、万事何事でもない。

しかし、純粋小説に関して、なお細い説明をつけようとすれば、ここにまた次の新しい技術の問題が現れて来なければならぬ。それは自然の中に現れる人物(人間)というものは、どこからどこまでが小説的人物であるかという、残しておいたまことに厄介《やっかい》な解釈である。純粋小説論は哲学とここの所で一致して進むべきものと思うが、しかし同時にここから、技術の問題として、袂《たもと》を分けて進まねばならぬ。私は話意を明瞭にするために、前からのべて来たところをしばらく重複させねばならぬが、いったい、人間は存在しているだけでは人間ではない。それが行為をし、思考をする。このとき、人間にリアリティを与える最も強力なものは、人間の行為と思考の中間の何ものであろうかと思い煩う技術精神に、作者は決定を与えなければならぬ。しかも、一人の人間に於ける行為と思考との中間とは、何者であろうか。この一番に重要な、一番に不明確な「場所」に、ある何ものかと混合して、人としての眼と、個人としての眼と、その個人を見る眼とが意識となって横っている。そうして、行為と思考とは、様々なこれらの複眼的な意識に支配を受けて活動するが、このような介在物に、人間の行為と思考とが別たれて活動するものなら、外部にいる他人からは、一人の人間の活動の本態は分り得るものではない。それ故に、人は人間の行為を観察しただけでは、近代人の道徳も分明せず、思考を追求しただけでは、思考という理知と、行為の連結力も、洞察することは出来ないのである。そのうえに、一層難事なものがまたここにひかえている。それは思考の起る根元の先験ということだが、実証主義者は、今はこれを認めるものもないとすれば、それなら、感情をもこめた一切の人間の日常性というこの思考と行為との中間を縛《つな》ぐところの、行為でもなく思考でもない聯態は、すべて偶然によって支配せられるものと見なければならぬ。しかし、それが偶然の支配ではなくて、必然性の支配であると思わなければ、人間活動として最も重要な、日常性について説明がつかぬばかりではない、日常性なるものさえがあり得ないと思わねばならぬのである。これは明らかに間違いである。

　こうなれば、作家が人間を書くとは、どんなことをいうのであろうか。純粋小説論の結論は、所詮ここへ来なければ落ちつかぬのである。しかし、人間を書き、それの活動にリアリティを与えねばならぬとなれば、いかなる作家といえども、この難渋困難な場合に触れずに、一行たりとも筆は動かぬ。すなわち、人間を書くということは、先ず人間のどこからどこまでを書くかという問題である。すでにのべたように、人間の外部に現れた行為だけでは、人間ではなく、内部の思考のみにても人間でないなら、その外部と内部との中間に、最も重心を置かねばならぬのは、これは作家必然の態度であろう。けれども、その中間の重心に、自意識という介在物があって、人間の外部と内部とを引き裂いているかのごとき働きをなしつつ、あたかも人間の活動をしてそれが全く偶然的に、突発的に起って来るかのごとき観を呈せしめている近代人というものは、まことに通俗小説内に於ける偶然の頻発と同様に、われわれにとって興味溢れたものなのである。しかも、ただ一人にしてその多くの偶然を持っている人間が、二人以上現れて活動する世の中であってみれば、さらにそれらの偶然の集合は大偶然となって、日常いたる所にひしめき合っているのである。これが近代人の日常性であり必然性であるが、このようにして、人間活動の真に迫れば迫るほど、人間の活動というものは、実に瞠目《どうもく》するほど通俗的な何物かで満ちているとすれば、この不思議な秘密と事実を、世界の一流の大作家は見逃がすはずはないのである。しかも彼らは、この通俗的な人間の面白さを、その面白さのままに近づけて真実に書けば書くほど、通俗ではなくなったのだ。そうして、このとき、卑怯な低劣さでもって、この通俗を通俗として恐れ、その真実であり必然である人間性の通俗から遠ざかれば遠ざかるに従って、その意志とは反対に通俗になっているという逆説的な人間描法の魔術に落ち込んだ感傷家が、われわれ日本の純文学の作家であったのだ。この感傷の中から一流小説の生れる理由がない。しかし、も早やこの感傷は赦されぬのだ。われわれは真の通俗を廃しなければならぬ。そのためには、何より人間活動の通俗を恐れぬ精神が必要なのだ。純粋小説は、この断乎とした実証主義的な作家精神から生れねばならぬと思う。

私は目下現れているさまざまな文学問題に触れつつ廻り道をして純粋小説に関する覚書を書きすすめて来たが、人間をいかに書くかという最後の項には、触れることをやめよう。これは作家各自の秘密と手腕に属することであり、いい得られることでもない。ただここでは、私は、自分の試みた作品、「上海」、「寝園」、「紋章」、「時計」、「花花」、「盛装」、「天使」、これらの長篇制作に関するノートを書きつけたような結果になったが、他の人々も今後旺んに純粋小説論を書かれることを希望したい。今はこのことに関する意見の交換が、何より必要なときだと思う。そのために、作家は延び上り成長するべきときである。浪曼主義者も、能動主義者も、共にこの問題について今しばらく考えられたい。行動主義と自由主義についてては、その前に飛び越すわけには行かぬ民族の問題があるから、今は一先ずこれにはペンをつつしもう。今日本がヨーロッパと同一の位置にいるとは私には思えないからだ。私はヨーロッパの理知が、亜細亜《アジア》の感情や位置の中で、どこまで共通の線となって貫き得られるものかという限界を、前から考えてみたが、まだ今は我国のマルキシズムさえが、外部から見れば一種の国粋主義のごとき観さえ帯びている時代である。転向して来た作家評論家の行為も何となく一番自然に無理なく見えるのも、原因はここにあるのだ。これらの人の行為は、内部からばかり見るものではなく、外部からも見なければ、自然や人間に忠実な見方とはいえないと思う。日本人の思想運用の限界が、これで一般文人に判明してしまった以上は、日本の真の意味の現実が初めて人々の面前に生じて来たのと同様であるのだから、いままであまりに考えられなかった民族について考える時機も、いよいよ来たのだと。私に今一番外国の文人の中で興味深く思うのは、ヴァレリイとヂイドであるが、ヂイドの転向に反して、ヴァレリイの動かぬのは、ただ単に思想実践力の両者の相違とばかりには思えない。一人は分ったから動き、一人は分ったから動かぬのか、あるいは、一人は分らぬから動き、他は分らぬから動かぬか、そのどちらかであろう。しかし、分り、分らぬとは、どこが違うか誰も定めたのではない。ただ私には、亜細亜のことは自分は知らぬから、いわないだけだといったヴァレリイの言葉が、一番に私の胸を打つ。ところが、わが国の文人は、亜細亜のことよりヨーロッパの事の方をよく知っているのである。日本文学の伝統とは、フランス文学であり、ロシア文学だ。もうこの上、日本から日本人としての純粋小説が現れなければ、むしろ作家は筆を折るに如《し》くはあるまい。近ごろ、英国では十八世紀の通俗小説家として通っていたトムジョーンズの作品が、純粋小説として英国文壇で復活して来たらしいが、我国の通俗小説の中にも、念入りに験《しら》べたなら、あるいは純粋小説があるのかもしれない。このごろ私はスタンダールの「パルムの僧院」を贈られたので読んでいるが、これは純粋小説の見本ともいうべきものだ。この作者は「赤と黒と」を書いているとき、すでにトムジョーンズの作品を読みつつ書いたといわれただけあって、この「パルム」も原色を多分に用いた大通俗小説である。もし日本の文壇にこの小説が現れたら、直ちに通俗小説として一蹴《いっしゅう》せられるにちがいあるまい。純文学を救うものは、純文学ではなく、通俗小説を救うものも、絶対に通俗小説ではない。等しく純粋小説に向って両道から攻略して行けば、必ず結果は良くなるに定《きま》っていると思う。純粋小説の社会性というような問題は他に適当な人が論じられるであろうから、私は今はこれには触れないが、しかし、純粋小説は可能不可能の問題ではない。ただ作家がこれを実行するかしないかの問題だけで、それをせずにはおられぬときだと思う事が、肝腎だと思う。

トルストイについて

正宗白鳥

一九三六(昭和一一)年一月十一日および十二日、『読売新聞』に発表。『トルストイ未発表日記・一九一〇年』(昭和一〇・一二)を読んで白鳥は、死の直前にトルストイが家出したのは「人生に対する抽象的煩悶」のためではなく、「妻君を怖がって逃げた」のであると述べた。白鳥は実生活を赤裸々に再現した日記に「人生の真相」を見たのだが、そうした自然主義的な捉え方を小林秀雄が「作家の顔」で「偉人英雄に、われら月並みなる人間の顔を見附けて喜ぶ趣味」と批判。「思想と実生活論争」に発展した。前年に「私小説論」を発表していた小林は、実生活から生まれた思想が実生活を乗り越えていくところにこそ思想の「力」を見ていた。こうした小林に対し白鳥が「文芸時評　抽象的煩悶」で反論、小林は「思想と実生活」で再批判した。つづいて白鳥が「文芸時評　思想と新生活」を執筆、小林が「文学者の思想と実生活」を発表してこの論争を終息した。「偉人英雄」を偶像視しない白鳥の醒めた眼差しによって書かれたのが本論である。底本には初出誌を用いた。

正宗白鳥(一八七九―一九六二)本名忠夫。小説家、劇作家、評論家。小説「何処へ」「入江のほとり」「今年の秋」、評論集『作家論』『自然主義盛衰史』『内村鑑三』など。

上

この頃、西洋の文人の日記、書翰集《しょかんしゅう》の類《たぐ》いの日本訳が頻繁《ひんぱん》に出版されるが、どれも面白い。これらのものは小説や戯曲よりも飜訳がたやすく、原文の意味がかなりよく移されているらしく、従って気軽に読めていい。『アミエルの日記』『ルナールの日記』『ジイドの日記抄』など、西欧の文人の心境を伺うために、日本の文学者は一読すべきものだと思われるが、なかにも、トルストイの最後の日記は、私に取っては殊《こと》に感銘の深いものであった。多年私の心に宿っていて、何かにつけて思い出されるトルストイを知るためには、見逃すべからざる文献である。『一九一〇年』と題された、未発表のトルストイの日記だが、文学アカデミアにより、精細を極めた註釈が施されているので、『春秋』を『左氏伝』で読み、『古事記』を『古事記伝』で読むように、明快である。

ジイドの日記のうちにこういう感想が洩らされているが、これは我々も大いに考うべきことである。曰く「芸術家としてのトルストイの断念は、その創造力の凋落《ちょうらく》によって説明される。もし彼にしてなお新しきアンナ・カレニナの如きを裡《うち》に抱いていたとしたら、彼のドゥホボール教徒に対する関心はもっと少かったであろうし、芸術を誹謗することもなかったであろうと思われる。……既に『復活』が著しい凋落を示していた。彼が衰頽《すいたい》の作品をもっと外に示さなかったとて、何人がこれを悔むであろうか。今日社会問題が私の思想を占めているのは、創造の魔神が退いたからである。これらの問題も、創造の魔神が既に敗退したのでないなら、席を占めることは出来ないのである」

日本の文壇では、ジイドが社会問題に身を入れだしたことに対して敬意を寄せて、日本の文学者もその態度に倣《なら》えと論ずるものが多いが、いずくんぞ知らん、ジイド自身は、社会問題を云々《うんぬん》するのは、創作力の衰えたためだと賢明な反省をしているのだ。私は、二葉亭が、「文学は男子一代の事業となすに足らず」といった壮語も、実は彼《か》れが創作力の不足を自認したあまりの悲痛の言葉であろうと、以前から思っている。自由自在に筆が運んだら、そんなことをいう暇もなかったであろう。

だが、トルストイについていうと、晩年に及んで芸術の創作力は衰えたにしても、人生探求の意欲は壮烈であった。無抵抗主義を唱えながら、何ものにも屈しない戦闘力を固持していた。原始的基督教《キリスト》に帰依しながら、人間の悩みからやすやすと脱却するような安価な心境に座していなかった。「尊敬するトルストイよ……その生命を個々の人間、そして全人類に捧げよ。……無一文の乞食となって町から町へ忍び歩け。……たとえ家庭に於ける近親の人々を斥《しりぞ》けることは出来なくとも、自分自身というものを斥けよ」というある大学学生の手紙に対し、トルストイは、「感動した」と、日記に書いている。

そして、「御忠告通りにすることは、自分が衷心《ちゅうしん》から考えていることであるが、今まで多くの理由のために実行出来なかった」と返事をしたそうだが、多くの理由という所に人間生存の複雑性が潜んでいる。衷心から考えていることでも実行出来ないのは、トルストイに於いてさえこれを見るのである。

最晩年のトルストイに見られる生存の煩《わずら》わしさは、その老妻との関係であったが、今度出版された日記によると、その間の事情が、委曲《いきょく》を尽して現わされているので、トルストイの小説を読むにもました感興を私は覚えたのである。さまざまな女性を生けるが如く描いたトルストイであるが、事実は小説よりも奇であり、事実は小説よりも深刻である。この大文豪も、女性というものは男性に取って、こんなに大なる悩みであるかということを、創作力の旺盛であった壮年期に洞察し得ないで、八十歳という頽齢期《たいれいき》に及んで、痛烈に体験したのである。

下

曲亭馬琴《きょくていばきん》の日記では、老妻との深刻なもつれを叙したあたりが、読者の心を動かすのであるが、トルストイの「最終の日記」では、老妻のヒステリックな言行のために一日として安き日はなかったのである。臨終間際《まぎわ》まで日記を記しているのは、彼れが生れながらの文学者であって、日々の見聞感想を筆にしないではいられないためであったが、普通の日記(人に読まれても差支《さしつか》えないもの)の外に、「自分一人のための日記」を別に書いておいたなんかは、彼れが八十を越しても、自己反省の強く、文学者本能の強かったことをよく証明している。東洋の文人なら、老境に入ると、きっと、型の如き漢詩和歌俳句を試みるであろうのに、トルストイの日記には、そんな生《なま》やさしい風流趣味は片《へん》影《えい》も留めていない。

「自分一人の日記」は、秘しかくしに隠して、時には、長靴の底にまで忍ばせておいたのに、それまでも妻君に見つけられたりしたのだ。晩年のトルストイほどに世界的の偉人となると、その一言一行も傍人から見のがされないので、妻君をはじめ、息子も娘も、接近している崇拝者も、訪問客も、すべての人々が、日々のトルストイの言行を洩れなく観察し、自分自分の頭で批判して、日記などの形に於いて詳しく書き留めるのだから、偉人たるまた煩いかなと思われるが、それら親近者の記録が、トルストイの簡単な日記の生ける註釈となって、私などに大なる教えを垂れることになったのだ。

トルストイ夫人の強烈なる愛憎、強烈なる非常識の嫉妬《しっと》心を、ヒステリーの結果との み解し去るのは、この日記を読み得たものでないと私は思う。トルストイが一切の遺稿の処分、著作権拋棄《ほうき》の実現をも依託したチェルトコフに対する夫人の嫉妬。八十を過ぎたトルストイとチェルトコフ(妻子まである壮年者)との間に変態的色慾関係ありと確信しているような法外の嫉妬心に於いて、私は、突詰《つきつ》めた人間心理の究極を見られるように思う。自分一家を無財産の悲境に陥《おと》し入れようとする著作権抛棄行為に左袒《さたん》し、家族に秘密に実行権を所有せんとしているチェルトコフに対する憎悪憤懣《ふんまん》の思い——すなわち、トルストイの一生の精神的労作の結晶たる著作を、自由に支配せんとするチェルトコフは、トルストイの肉体をも奪わんとする人間のように、トルストイの妻君の心に映ずるに至るのは徹底した心理の自然の径路のように思われる。精神を奪うのは、精神の宿る肉体を奪うのと同様なので、それが常人では理窟でそう思うだけなのだが、神経がヒステリックに磨《と》ぎ澄まされたトルストイ夫人の目には、それが現実の姿として映じて、傍目《はため》には異様に見えるような嫉妬心を起すに至ったのである。

「夫は心身共に弱り、自分自身の意志を失い、すべてチェルトコフの影響下にあり、彼れのみを恐れている」という、妻君の観察は、必ずしもヒステリー女の妄想とはいえまい。傍人は皆夫人を狂女あつかいし、トルストイを気の毒に思っているが、夫を見るは妻に如《し》かず、夫人の方が傍の健全な人々よりもかえってよく晩年のトルストイの心をよく洞察していたのではあるまいか。

廿五年前、トルストイが家出して、田舎の停車場で病死した報道が日本に伝《つたわ》った時、人生に対する抽象的煩悶《はんもん》に堪えず、救済を求めるための旅に上ったという表面的事実を、日本の文壇人はそのままに信じて、甘ったれた感動を起したりしたのだが、実際は妻君を怖《こわ》がって逃げたのであった。人生救済の本家のように世界の識者に信頼されていたトルストイが、山の神を恐れ世を恐れ、おどおどと家を抜け出て、孤往独邁《こおうどくまい》の旅に出て、ついに野垂《のた》れ死《じに》した径路を日記で熟読すると、悲壮でもあり滑稽でもあり、人生の真相鏡《かがみ》に掛けて見る如くである。ああ、我が敬愛するトルストイ翁《おう》!

閏二月二九日

中野重治

一九三六(昭和一一)年四月、『新潮』に発表。文頭に記された「一昨日の真夜なか遠くで聞えた」銃声とは、二・二六事件である。本論は、こうした昭和史の方向を決定づけた重大な事件を背景に、小林秀雄「再び文芸時評に就いて」(『改造』昭和一〇・三)、横光利一「文芸雑感」(『読売新聞』昭和一一・一・九、一〇)などに触れ、あたかもファシズムの台頭に呼応するかのように「反論理的な」言説を繰り返すふたりを手厳しく批判し、混沌とする時代状況のなかに「社会的論理の糸」を手繰ろうとしたものである。これに対して、小林は「中野重治君へ」(『東京朝日新聞』昭和一一・四・二、三)で、中野の自分に対する批判が当たらず、ともに「批評的言語の混乱」という「日本の近代文化の特殊」によって傷ついてきたのだという。しかし中野は「文学における新官僚主義」(『新潮』昭和一二・三)で、「民衆煽情ということでますます露骨になって来た」小林を徹底的に糾弾した。一般に「中野重治・小林秀雄論争」と呼ばれる。底本には初出誌を用いた。

中野重治(一九〇二―七九)小説家、評論家、詩人。日本プロレタリア芸術連盟に参加、マルクス主義文学運動を展開。小説「村の家」「歌のわかれ」「むらぎも」など。

私は銃声には割りに慣れている。私は戸山の原近くに住んでいる。しかしそれも条件つきでだ。一昨日の真夜なか遠くで聞えたやつには注意を引かれた。昨日はラッパの鳴るのと出発の合図らしい万歳の叫びとを聞いた。しばらくして大地をたたくといったようなタンクの行進する音も聞いた。月末で金をつくるために市中へ出ようとしていると、虎の門の方から電話で出るなといって来た。しばらくして雪の五――六尺もつもった家に病気で寝ている父から手紙を受け取って一同無事である旨《むね》の電報を打った。父は母と二人っきりで大雪の降る地方に住んでいるが、この間の大雪で「座敷が落ちた」ということだ。虎の門から電話をかけてよこした人間は一向かえらない。帰るはずの人間が帰らないので私は三度も四度も電話で問い合わせた。その都度《つど》お話し中である。すっかり夜になって、予定より四――五時間も遅れてその人間はかえって来た。山王ホテルあたりの状況は、そこを通りぬけて来た人間の口から話されて、ある程度眼に見えるように頭に考えられた。林房雄は自ら国士を以て任じているがどんなふうに考えてるだろうか？　特にその「進歩的作家恃《たの》むに足らず、プロレタリヤ作家あるのみ。」という立場に立って……？

日本の文学世界は混沌《こんとん》としてるように見えるけれども、それを貫く社会的論理の糸は途絶《とだ》えてはいない。見失われることはあろうが、カオスのなかからも糸口は拾い上げられるのだ。そして社会生活の論理の糸は文学批評の論理の糸を一層弾力あるものとしずにはいないと思う。

横光利一や小林秀雄は小説と批評との世界で論理的なものをこき下ろそうと努力している。横光や小林は、たまたま非論理に落ちこんだというのでなく、反論理的なのであり、反論理的であることを仕事の根本として主張している。彼らは身振り入りで聞き慣れぬ言葉をばら撒《ま》いているが、それは論理を失ったものの最後のもがきとしてしか受取れぬ。「僕は時々、今日の批評的言語の混乱について茫然と考え込んでしまう事がある。例えば自分の文芸時評集が仏訳されたらどうだろう。空想してさえ身の毛もよだつ事である。大袈裟《おおげさ》な事を、というなかれ。仏訳されたらというのが大袈裟なだけである。空想の話しは置くとして、実物を見ようじゃないか。例えば『行動』の二月号に、「作家生活革新座談会」というものがある。無論これはほんの一例で僕が出席している座談会でもいい、つまり批評的言語の化物染《ばけものじ》みた混乱の露骨な見本として文芸座談会なぞは、最も示唆《しさ》に富むのである。」と小林秀雄は書いているが、座談会で言葉が混乱することは絶対には避けがたいことだろう。問題はむしろ、批評家が筆を取って「書いた」際の批評における言葉の混乱だ。そして小林秀雄などは力《つと》めてこの混乱をつくり出そうとして努力している。横光利一などはこの混乱を直そうとする傾向を防ごうとして力んでいる。

横光や小林の傾向は愚かなエピゴーネンを生み出している。私はこの頃何人かの大学生と会って話したが、そのうちの一人がしきりに「観念の鬼」ということをいっていた。「観念の鬼」ということがよく分らないので私は説明してもらったが、聞いているとそれは「一般に説明され得るもの」のようにしか思われなかった。しかし本人は一般的な形にまで高めて説明することを極力避けていた。観念の鬼に責められて苦しいといっているこの大学生そのものが、実は観念の鬼にすがりついて、一般的な形で説明されることによって鬼が鬼でなくなることを一所懸命恐れている訣《わけ》だった。こういう新しい文学的エピゴーネンは、生活から生まれた考えや思想を言葉にするまではいいが、言葉にした途端にそれを鬼として化石させて、それを恐れることでセンチメンタルな遊戯《ゆうぎ》に耽《ふけ》ってるのに過ぎないのが困るのだ。「あらゆる思想は実生活から生れる。しかし生れて育った思想が遂に実生活に訣別《けつべつ》する時が来なかったならば、およそ思想というものに何の力があるか。」という小林秀雄の言葉はそれを証拠立てている。実生活から生まれて育った思想が「遂に実生活に訣別する」というのはどういうことか分らないが——そして分らない言い廻わしでなしには小林は何一ついえない。彼は意識してシニスムに努力して来たと自分で書いているが、それを意識して努力しているシニスムの人は、さきの大学生同様、またイロニスムを看板にあげたイロニスムの人同様、そのままシニックの人の別の意味「傲慢無恥《ごうまんむち》の人」となるだけだ——とにかく分るところだけを見ると、実生活から別れて行った思想だけが大思想であって、さしずめ小林などは大思想家ということになりそうになる。

「僕はこう思っている。もし作家が彼の思想を人に訊《たず》ねられたら、その作品を示すだろう。では批評家がその思想を示せと言われたらその批評的作品を示すべきではないか。批評的作品を読まなくても、彼の思想はわかっているというが如き批評家があるとすれば、そんなものは思想とは言えぬ、彼はただ批評の方法を心得ているに過ぎぬのである。もし作家に現実を眺めて、人間典型を自在に夢みる事が許されているなら、批評家も文学を検討して自由に作家の人間像を夢みていいはずだ。作家の旺盛な製作力が自然の模倣を越えるように、豊富な批評精神は可能性の世界に働いていいはずだ。それとも必然性の世界に跼蹐《きょくせき》して、方法の奴隷と化する事が、批評家本来の面目とでもいうのであろうか。」(小林秀雄)

しかし林房雄の「青年」、横光利一の「紋章」、広津和郎の「風雨強かるべし」、里見弴の「安城家の兄弟」、あるいはシェストフの「悲劇の哲学」、最近のトルストイの「一九一〇の日記」、やはり最近のフロオベルの「ジョルジュ・サンドへの書簡」についての彼の批評は何を仕出かしているか？　あるものは知ったか振りの逃げ口上だけで、根本批評といえるようなものは何一つない。（しかし些末《さまつ》な点で相手の弱点であるところへは、わが身は棚に上げて置いて抜け眼なく噛みついている。）「安城家の兄弟」では最もぶざまに匙《さじ》を投げている。（しかしそれを、おれには作者の気持ちがすっかり分っているのだ。そのためかえって何もいえぬのだという身振りで投げている。）「自在に夢みる」だの、「自由に作家の人間像を夢みる」だのといっている批評家当人は、「可能性の世界」と「必然性の世界」との初歩的な解釈さえ「心得」てはいない。

「僕もまた矯激な説をなそうとは思わぬ。説たる以上矯激は常に或る薄弱を意味するからだ。僕はただ強い疑惑を抱く。何故に作家のリアリズムは社会の進歩なるものを冷笑してはいけないのか。作家のリアリズムとは社会の進歩に対する作家の復讐ではないのか。復讐の自覚ではないのか。人間文化の持つ強烈な一種のアイロニイではないのか。現存するあらゆる愚劣、不幸、苦痛を、未来の故に是認することを肯《がえん》ぜぬリアリズム精神の上に、果して社会の進歩が築かれ得るか。」

こういう「可能性の世界」で「自在に夢み」ている批評家が、フロオベルの手紙を楯《たて》に取って（しかしこのフロオベルの「ジョルジュ・サンドへの書簡」中村光夫訳は私も非常に立派な本だと思う。）「クロワッセは癩病院と同じくらい僕から遠い。ただ確かなのは、僕がそっちの方に歩いて行くのを感じている事だ。」と書ける以上、薄弱なために矯激となるしかない説について言訳する必要なんかもともとないのである。

「殊《こと》に若い時代のものにとっては、論理の立ち得る個所では、話すこと書くことが、役に立たなくなって来た。これは近来の、一番時代的特色をなすことだと思う。」と横光は書いている、「つまり、いい換えると、新しい時代の土俵は、論理の立ち得るような安穏《あんのん》な所には、なくなって来たのである。新聞や雑誌に満ちている問題の、どこ一つをとり上げて考えてみても、論理の立たぬ箇所ばかりだ。元来問題というもので、論理の立つ所に立った問題は、昔から問題にならぬ。」

「昔から」問題は常に論理の立つところに立った。心理あるいは多くの心理の混合として立った場合もそれを切りさくメスにはこと欠かなかった。問題は、「新聞や雑誌に満ちている問題の、どこ一つをとり上げて考えてみても」横光の「論理の立たぬ箇所ばかりだ。」という点にあるのだ。しかし文芸懇話会の問題について、ジイドの転向問題について、ブルジェ批評について、小林同様、「倣うに非常に容易なるところ」、「あまりに明白なこと」を避けて通らねばならぬ人間に対して、問題がすべて「論理の立たぬ箇所」にもし立たなかったとしたらそれこそ不思議だろう。あらゆる問題は論理の立ち得る「危険な箇所に」立ってるのだ。反論理主義者はそれを避けたいとあせっている。

論理そのもの、小林のいわゆる「解析」する論理を怖れているのだ。「日本人は曖昧《あいまい》で通じる特別な感覚を、たしかに外人よりは多く持っていると見える。」という横光は、彼自身の論理の喪失《そうしつ》と反論理主義へのずりこみとを、日本人のカンのよさで大目に見てくれと持ちかけることで、実は彼の仕事の本質の論理的追跡を避けようと努力しているのに過ぎない。ジイドのブルジェ批評にことよせた彼の言葉などは滑稽《こっけい》というものになるのだろう。

「先日死んだフランス第一の作家ポール・ブルジェを批評して、ヂッドは次のような意味のことをいっている。

『ブルジェを読んで、世界の最高峰の作家の、ゲーテやセルバンテスと比較するとき、われわれはいかにブルジェを貧しく感じることであろうか。ブルジェは真面目《まじめ》である。しかし、ゲーテや、セルバンテスは厳粛《げんしゅく》である。ブルジェの真面目さの、厳粛にまで至らぬつまらなさは、機智のないことだ。真面目はつまらぬ。』

このような言葉を、もし誰か、日本の作家がいった場合、どんなに人々から笑われることだろう。しかし、フランスでは、この大胆な批評が公然と許され、通っているのだ。」

ブルジェの真面目さは、真面目くささというやつで、ゲーテやセルバンテスに比べるまでもなく、その点では小さなフィリップに比べてさえつまらぬのだ。彼の道徳家振り、カトリックへ行ってからの最も俗悪な信仰主義は、ちょうど「小林秀雄氏の作業は現代智的作業の最も優秀なものの一つである。」という横光の大仰《おおぎょう》な言い方同様、大上段に振り上げられた卑俗さ、最もいまわしい攻撃的な卑俗さに過ぎないのだ。「このような言葉を、もし誰か、日本の作家がいった場合、どんなに人々から笑われることだろう」？「人々から笑われる」のがいやさに、横光的卑俗さを指摘する人が出ぬようにと望むのは果敢《はか》ない願いである。そういう願いは、真面目くさった願いではあり得ても厳粛な願いではあり得ない。

林房雄によれば、横光や小林は「進歩的自由主義作家」ということになっている。林がどういう意味で彼らをそう名づけたものか私は知らないが、彼らの仕事、特にこの頃の彼らの仕事はそういう名づけ方からはおよそ遠いものだと思う。彼らが政治上ファッシズムに立っているとは私は信じない。しかしある作家がどういう政党に属し、どういう政治思想体系の上に立っているかということで、その作家の作家としての進歩性・反動性を直接はかることは出来ない。文学の仕事での彼らの行き方は、彼らの政治的意見がどうであるにしろ、それとの矛盾において、あるいはそれとの順調な統一において、まっすぐに反動的である。反動的というのは、「社会主義が」「資本主義の行過ぎに反抗し、その意味において反動的」であるという阿部次郎の言葉とは反対に、こう書くことで阿部の勤めた役割の性質そのものの意味で私はいってるのだ。

彼らの小説、批評、それから文学世界に起ったあれこれの事件についての身のふり方などすべてを通して、彼らの文学的実践は全体として反論理主義、反合理主義として特徴づけられる。彼らは理性的なもの、理性的に考え行動することにそのことに食ってかかっている。しかしこのことが本質上理性的には出来ないことであるために、彼らはやたらとヒステリックにわめいている。国民生活という規模で合理主義を「心得」ることの出来なかったわが国民の一部、なまけ者の文学青年と一部の文学者たちとがそれを崇《あが》め奉って拝んでいる。こういう反合理主義は、ことの理非曲直を問わぬ、むしろそれを問おうとすることとそのことに対する鎮圧としての切りすて御免、問答無用、理性的に理由づけられぬ暴力支配の文学的・文学理論的反映にすぎない。私はイタリヤのことは知らないが、何年か前からのドイツ文化の支配的潮流について考えることは適切であると思う。ドイツその他のファシストたちの手で出来た「褐色の本」を待《ま》つまでもなく、ヒトラー政府自身の手になるものについて見て十分明瞭である。

これらの伊達者《だてもの》として現れた田舎者(わるい意味での)に比べれば、今なお山出しのような自然主義生えぬきの作家たちの方がずっとハイカラである。つまり彼らの方が、民衆的でもあり、合理的でもあり、進歩的でもある。こういう出鱈目《でたらめ》な、反論理主義的な（横光利一の言葉にすると「心理の勝った」）傾向に対して私は戦って行きたいと思う。彼らが手妻《てづま》使いのように言葉を混乱さして、のらくらものの文学青年だけでなく一人前の作家たちまでが部分的にしろ手妻にひっかかって、わけの分からぬ心得顔をしようと稽古している有様を見ると、わけの分かるもの、論理的に辿《たど》れるもの、論証されるもの、「常識的」なものをさえ私はかかげたい。独断と逆説とによる卑俗さをロココ的なものかのように振りまわすこの伊達者たちは、外国の作家、特にフランス作家たちを引き合いに出したがっているが、フランス近代文学の伝統はそういうものの克服の上に立っている。アンシクロペヂストたちや幾何学《きかがく》におけるデカルトはこの伊達者連中に穢《けが》されるにはあまりに叡智《えいち》に充ちている。日本文学は自分が伸びるためには、これらの伊達者のビラビラを草鞋《わらじ》でとりのけねばなるまい。（二月二九日）

描写のうしろに寝てゐられない

高見　順

一九三六(昭和一一)年五月、『新潮』に発表。かつて平面描写を唱えた田山花袋が「作者はあくまでかげにかくれている」(『近代の小説』)ことを主張したように、近代小説は対象をありのままに描くという客観描写によってリアリティを確保してきた。しかし、高見順はその客観性を補完する読者の共感性はおろか、社会の共有認識自体の崩壊を指摘、作者が十九世紀以来の素朴なリアリズム描写に安住することへの懐疑を表明した。そして、このような描写への不信感は、みずからの最初の長篇小説「故旧忘れ得べき」で採用した手法のように、作者が前面に登場し、「八方破れ」に自己の内面を吐瀉する饒舌な説話体という新たな形式を生み出した。それはプロレタリア文学崩壊後の混迷した時代状況や自己喪失に陥った知識青年の虚無感を反映しており、自虐的な語りを逆手にとって、危機にさらされた自我を回復し、現実と対決しようとする試みでもあった。高見ばかりか、石川淳や太宰治などもこの時期に独創的な説話体小説を書いている。底本には初出誌を用いた。

高見順(一九〇七―六五)本名高間芳雄。小説家。左翼活動による検挙、転向を経験。小説「如何なる星の下に」「いやな感じ」、評論『昭和文学盛衰史』など。

自然描写はかなわん

と、『文学界』の時評のなかで言ったところ、とんでもない暴言だと、翌月の「座談会」で川端康成氏に叱られた。私がなにかハッタリを言ったみたいな感じになってしまった。川端氏も読まれたにちがいない、フロオベルの「ジョルジュ・サンドへの書簡」のなかに次のような文字がある。「貴方《あなた》はスイスを御存じですからそのお話をしても仕方がないし、またもし私が此処《ここ》で死ぬほど退屈しているといったら、軽蔑なさるでしょう。（中略）どっちにしろ死ぬほど退屈でしょう。私は自然人ではありません。歴史のない土地というものは分らないのです。私はヴァティカンの博物館のためには氷河を全部くれてやるでしょう。」（中村光夫氏訳。二八五頁より）既にフロオベルの時分から、文学は人間的歴史を背負っていない自然に対して、かなわん気持であった。と、読みとることは、とんでもない事であろうか。勿論、このフロオベルの書簡が示唆する文学的問題は、直接的には、そんなところにないであろう。これは『文学界』同人の間で問題になり、どうやら未解決のままお流れになったらしい「生活と文学」ということに、直接、関係のあるものである。島木健作氏が「文学」するためには「生活」しなければといったのに対し、林房雄氏は、作家には書く生活以外に「生活」はないんだといった。

小林秀雄氏は両方正しいというヤケな軍配を挙げたが正しいといえば両方正しい。しかし、まちがっているといえば、両方まちがっているといわなくてはならない。土台両人はちっとも組み合ってなどいないのであって、お互にソッポを向いて力んでいるのだから勝負のつけようはない。

世界は誰のためにあるんだ

行司はそう叫んで、両人をもう一度仕切りの姿勢に戻さなくちゃならなかったのだ。前記フロオベルの言葉は、世界は作家のためにあると言っているのに他《ほか》ならない。世界は作家のための博物館に過ぎない。作家が書きたいとおもいまた書くことのできるものごとだけを具合よくおさめている博物館。スイスの氷河——自然のごときは作家には無用の存在だから、いつだってくれてやる。フロオベルが悪《あ》しき「文学の鬼」にとらわれた偏執的瞬間の暴言だとおもう。即ち、世界は作家だけのためのものではない。作家は世界を作家として、そして同時に作家としてでなく見なくてはならないだろう。世界は人間のためにあるんだ。人間として見、おどろき、「生活」しなくてはいけないであろう。島木健作氏の反省を、こう解するとそれは正しいと思う。しかしその反省は、作家を書く生活からなにもよそへ追いたてるものではない。作家には書く生活以外に「生活」はないんだという林房雄氏のストップの手は、その意味で正しい。けれど、それがフロオベル流の偏執にまで行ってしまうと、どうかとせねばなるまい。正しくないということでは、島木氏が作家を作家生活の外へおいたてる退去命令と同じである。――フロオベルの言葉は直接的には、そうしたことを示唆するものであろうが、それと違った意味での自然への愛想づかしもあるようだ。自然を有情化する詩文の稚《おさな》さから袖を分った散文小説の進歩が、作家の興味をして自然より人間の方に注がせたのはもっともなことだ。それはともかく、私の与えられた問題は「小説に於ける描写について」で、自然描写のことではなかった。柄にない談議だが、描写ということを、少しもっともらしい顔して考えて見る。おもうに、

描写は文学に於ける民主主義

である。客観的存在である以上、どんなケチなもの、どんなヤクザなものであろうと、平等の市民権を有するというのが、描写のたてまえである。近代デモクラシーの産物である小説が、なにかというと、描写、描写と言ったのは故なきに非ず、描写こそは小説に於けるデモクラシーの旗であった。民主主義的精神の集中的表現であったのだ。田山花袋一派の自然主義作家が描写万能を唱え、なんでもかんでも描写だと言ったのも、な

るほどと首肯《うなずか》れるのである。――私は私の今の気持として自然描写はどうもかなわんと言ったのだが、描写一般に対してそういう気持である訳ではない。そうなったら小説は読めないしまた書けない。しかし描写に対する今日的な懐疑がどうもひそかにある事を否定はできない。それは描写を事象の視覚化とし、映画という極めて直接的な奴を引合いにだしてのことではない。なるほど事象の客観的描写力の点では、見させる前に先ず読ませる作用の介在する小説(考えることなくしては見ることのできない宿命を負った小説)は、見させるだけでもう見させている映画に到底かないッこはない。小説に於ける自然描写は私の頭にちッともはいってこないのだが、映画の自然描写は殊《こと》の外《ほか》すきであって、私はその美しさを非常に楽しめる。が、ヤヤコシイ心理描写などになってくると、映画は誠に非力でしかない。即ち私は、映画と小説の優劣などという浅墓《あさはか》な論議に足ぶみしてはいられない。私の描写への懐疑は、また、文学における民主主義的精神に対する「進歩的」な揚棄といった公式的なところから発しているのでもない。描写は、――大きなことを言うようだが、近代の科学文明が文学のなかに齎《もた》らした光明である。文学のなかに点《とも》された電燈みたいなもので、今更、電燈を否定できないし、ここまできて否定したら、もともこもなくすることになるだろう。私の疑いは、描写の前に約束されたた

客観的共感性への不信

のような所から出ているのである。描写は文学にあらわれた科学であり、客観性といったことがそもそも科学の齎らしたものである。客観的共感性に不信が抱かれるといっても、非科学的な原始文学へふたたび小説を戻そうというのでもなければ、今更また戻せるものでもない。私は説話形式に縋《すが》った今日の小説の傾向を、それは文学の原始へ退歩しつつある一種のデカダンではないかと、反省することがしばしばある。説話すなわち「物語る」という事は勿論描写の反対を行ったものではなくまた行けるものでもなく、今日の説話はそのうちに描写をふくんだものである。つまり描写にのみ終始縋って書けない心許《こころもと》なさが、物語る熱ッぽさを必要とするのであろう。たとえば、白いものを白いと突ッ放しては書けないのだ。白いものを一様に白いとするかどうか、その社会的共感性に、安心がならない。あるいは黒いとするかもしれない分裂が、今の世の中には渦巻いている。作家は黒白をつけるのが与えられた任務であるが、その任務の遂行は、客観性のうしろに作家が安心して隠れられる描写だけをもってしては既に果し得ないのではないか。白いということを説き物語るためだけにも、作家も登場せねばならぬのではないか。作家は作品のうしろに、枕を高くして寝ているという訳にもういかなくなった。

作品中を右往左往して、奔命につとめねばならなくなった。十九世紀的小説形式そのものへの懐疑がすでに擡頭してきているのも、こうした事情からであろう。十九世紀的な客観小説の伝統なり約束なりに不満が生じた以上は、小説というものの核心である描写も平和を失ったのである。つまり文学以前の分裂が、文学をちぢにひきさいているのだ。

日本への回帰

我が独り歌へるうた

萩原朔太郎

一九三七(昭和一二)年十二月、『いのち』に発表。大正六年の『月に吠える』、大正十二年の『青猫』によって、近代人の孤独で不安な内面を、病的なまでに繊細な感性とたぐい稀な鋭い言語感覚で表象し、日本の近代抒情詩を完成させた朔太郎は、昭和九年の『氷島』において虚無と漂泊の荒寥たる世界を表現した。それには妻が二児を残したまま出奔するといった私生活上の反映もあるが、その根底には近代日本において自己がついに「エトランゼ」(異邦人)でしかなく、また海の向こうの「蜃気楼」として幾多の幻想を育んだ西洋からも「エトランゼ」でしかないという寂寥とした孤独な認識がある。本論に引かれた「我れは何物をも喪失せず／また一切を失ひ尽せり」という詩句は、『氷島』に収められた「乃木坂倶楽部」中のもの。これらの詩篇を書きつつ、『郷愁の詩人与謝蕪村』では「家郷《ハイマート》」への思いを託したが、本論を執筆したころから急速に日本的な伝統へと回帰していった。底本には『萩原朔太郎全集』第十巻(一九七五、筑摩書房)を用いた。

萩原朔太郎(一八八六—一九四二)　詩人。詩集『純情小曲集』、詩論『詩の原理』、アフォリズム集『新しき欲情』、評論集『詩人の使命』『無からの抗争』など。

1

少し以前まで、西洋は僕らにとっての故郷であった。昔浦島の子がその魂の故郷を求めようとして、海の向うに竜宮をイメージしたように、僕らもまた海の向うに、西洋という蜃気楼《しんきろう》をイメージした。だがその蜃気楼は、今日もはや僕らの幻想から消えてしまった。あの五層六層の大玻璃《はり》宮に不夜城の灯が燈る「西洋の図」は、かつての遠い僕らにとって、鹿鳴館を出入する馬車の轢蹄《れきてい》と共に、青春の詩を歌わせた文明開化の幻燈だった。だが今では、その幻燈に見た夢の市街が、現実の東京に出現され、僕らはそのネオンサインの中を彷徨している。そしてしかも、かつてあった昔の日より、少しも楽しいとは思わないのだ。僕らの蜃気楼は消えてしまった。そこで浦島の子と同じように、この半世紀にわたる旅行の後で、一つの小さな玉手箱を土産として、僕らは今その「現実の故郷」に帰って来た。そして蓋を開けた一瞬時に、忽然《こつぜん》として祖国二千余年の昔にかえり、我れ人共に白髪の人と化したことに驚いてるのだ。

2

明治以来の日本は、ほとんど超人的な努力をもって、死物狂いに西欧文明を勉強した。

だがその勉強も努力も、おそらく自発的動機から出たものではない。それはペルリの黒船に脅かされ、西洋の武器と科学によって、危うく白人から侵害されようとした日本人が、東洋の一孤島を守るために、止むなく自衛上からしたことだった。聡明にも日本人は、敵の武器をもって敵と戦う術を学んだ。（支那人や印度人は、その東洋的自尊心に禍され、夷狄《いてき》を学ばなかったことで侵略された。）それ故に日本人は、未来もし西洋文明を自家に所得し、軍備や産業のすべてにわたって、白人の諸強国と対抗しうるようになった時には、忽然としてその西洋崇拝の迷夢から醒め、自家の民族的自覚にかえるであろうと、ヘルンの小泉八雲が今から三十年も前に予言している。そしてこの詩人の予言が、昭和の日本に於て、漸く現実されて来たのである。

明治の初年、東京横浜間に最初の汽車が開通した時、政府の公告にもかかわらず、民衆の乗客がほとんどなかった。牛乳を飲むことさえも、異人臭くなると言って嫌った当時の人々は、すべての文明開化的の利器に対して、漠然たる恐怖と嫌悪の情をもってたからである。明治政府の苦心は、かかる攘夷《じょうい》的頑迷固陋《がんめいころう》の大衆を、いかにして新しく指導すべきかと言うことだった。伊藤博文らの政府大官が、自ら率先して鹿鳴館にダンスを踊り、身をもって西洋心酔の範を示したことも、当時の国情止むを得ざることであった。自ら西洋文化に心酔することなくして、いかにしてそれを熱心に学ぶことが出来ようか。過去僅か半世紀の間に、日本が西洋数百年間の文明を学得したのは、世界の奇蹟として万人の驚嘆するところであるが、この奇蹟を生んだ原動力が、実に鹿鳴館のダンスにあり、国をあげて陶酔した、文明開化への西洋崇拝熱にあったことを知らねばならぬ。

しかしその西洋心酔の真最中にも、日本は治外法権を撤廃し、条約改正を行い、朝鮮の不義を糺弾《きゅうだん》し、あくまで民族的自主の国家意識を失わなかった。即ち八雲が観察した如く、日本人の西洋崇拝熱は、西洋に隷属するための努力でなくして、逆に西洋と対抗し、西洋と戦うための努力であった。そして遂に支那を破り、露西亜と戦い、今日事実上に於て世界列強の一位に伍した。もはや我々は、すくなくとも国防の自衛上では、学ぶだけの者は自家に学んだ。そこで初めて人々は長い間の西洋心酔から覚醒し、漸く自己の文化について反省して来た。つまり言えば我々は、七十年にわたる「国家的非常時」の外遊から、漸く初めて解放され、自分の家郷に帰省することが出来たのである。

だがしかし、僕らはあまりに長い間外遊していた。そして今家郷に帰った時、既に昔の面影はなく、軒は朽ち、庭は荒れ、日本的なる何物の形見さえもなく、すべてが失われているのを見て驚くのである。僕らは昔の記憶をたどりながら、かかる荒廃した土地の隅々から、かつてあった、「日本的なるもの」の実体を探そうとして、当もなく侘しげに徘徊しているところの、世にも悲しい漂泊者の群なのである。

かつて「西洋の図」を心に画き、海の向うに蜃気楼のユートピアを夢みていた時、僕らの胸は希望に充ち、青春の熱意に充ち溢れていた。だがその蜃気楼が幻滅した今、僕らの住むべき真の家郷は、世界の隅々を捜し廻って、結局やはり祖国の日本より外にはない。しかもその家郷には幻滅した西洋の図が、その拙劣な模写の形で、汽車を走らし、電車を走らし、至る所に俗悪なビルヂングを建立しているのである。僕らは一切の物を喪失した。しかしながらまた僕らが伝統の日本人で、まさしく僕らの血管中に、祖先二千余年の歴史が脈搏しているというほど、疑いのない事実はないのだ。そしてまたその限りに、僕らは何物をも喪失してはいないのである。

　我れは何物をも喪失せず
　また一切を失ひ尽せり

と僕はかつて或る抒情詩の中で歌った。まことに今日、文化の崩壊した虚無の中から、僕らの詩人が歌うべき一つの歌は、かかる二律反則によって節奏された、ニヒルの漂泊者の歌でしかない。AはAにあらず。Aは非Aにあらず、という弁証論の公式は、今日の日本に於て、まさしく詩人の生活する情緒の中に、韻律のリリシズムとして生きてるのだ。

3

僕らは西洋的なる知性を経て、日本的なものの探求に帰って来た。その巡歴の日は寒くして悲しかった。なぜなら西洋的なるインテリジェンスは、大衆的にも、文壇的にも、この国の風土に根づくことがなかったから。僕らは異端者として待遇され、エトランゼとして生活して来た。しかも今、日本的なるものへの批判と関心を持つ多くの人は、不思議にも皆この「異端者」とエトランゼの一群なのだ。或る皮肉な見解者は、この現象を目してインテリの敗北だと言い、僕らの戦いに於ける「卑怯な退却」だと宣言する。しかしながら僕らは、かつて一度も退却したことはなかったのだ。逆に僕らは、敵の重囲を突いて盲滅法に突進した。そしてやっと脱出に成功した時、虚無の空漠たる平野に出たのだ。今、此所《ここ》には何物の影像もない。雲と空と、そして自分の地上の影と、飢えた孤独の心があるばかりだ。

西洋的なる知性は、ついにこの国に於て敗北せねばならないだろうか。ついにその最後の日に、僕らは「虚無」と衝突せねばならないだろうか。否々。僕らはあえてその二ヒルを蹂躙しよう。むしろ西洋的なる知性の故に、僕らは新日本を創設することの使命を感ずる。明治の若い詩人群や、明治のロマンチックな政治家たちが、銀座煉瓦街の新東京を徘徊しながら、青白い瓦斯燈の下に夢見たことは、実にただ一つのイデー——西洋的知性《インテリジェンス》の習得——ということではなかったろうか。なぜならそれこそ、あらゆる文明開化のエスプリであり、新日本の世界的新興を意味するところの、新しき美と生命との母音であるから。過去に我らは、支那から多くの抽象的言語を学び、事物をその具象以上に、観念化することの知性を学んだ。そしてこの新しいインテリジェンスで、万古無比なる唐の壮麗な文化を摂取し、白鳳天平の大美術と、奈良飛鳥の雄健な抒情詩を生んだのである。今や再度我々は、西洋からの知性によって、日本の失われた青春を回復し、古の大唐に代るべき、日本の世界的新文化を建設しようと意志しているのだ。

現実は虚無である。今の日本には何物もない。一切の文化は喪失されてる。だが僕らの知性人は、かかる虚妄の中に抗争しながら、未来の建設に向って這いあがってくる。僕らは絶対者の意志である。悩みつつ、嘆きつつ、悲しみつつ、そしてなお、最も絶望的に失望しながら、しかもなお前進への意志を捨てないのだ。過去に僕らは、知性人である故に孤独であり、西洋的である故にエトランゼだった。そして今日、祖国への批判と関心とを持つことから、一層また切実なヂレンマに逢着して、二重に救いがたく悩んでいるのだ。孤独と寂寥とは、この国に生まれた知性人の、永遠に避けがたい運命なのだ。

日本的なものへの回帰！　それは僕らの詩人にとって、よるべなき魂の悲しい漂泊者の歌を意味するのだ。誰れか軍隊の凱歌と共に、勇ましい進軍喇叭《ラッパ》で歌われようか。かの声を大きくして、僕らに国粋主義の号令をかけるものよ。暫らく我が静かなる周囲を去れ。

文明開化の論理の終焉について

保田与重郎

一九三九(昭和一四)年一月、『コギト』に発表。近代日本を欧米の植民地とみなす保田は、欧米思潮を「飜訳と編輯がえ」によって「附焼刃」することは「植民地の知性」にすぎないと述べ、近代日本の「文明開化の論理」を否定。それは昭和十二年七月の盧溝橋事件を契機にはじめられた日中戦争を、欧米の「国際論理」に対する被植民地による戦いとみなすことに呼応した宣言でもあった。マルクス主義文学を「文明開化の論理」の最終段階と指弾しつつ、同時に保田は、昭和八年の小林多喜二の虐殺と佐野・鍋山の転向声明以来量産された転向文学や国策に便乗した日本主義的な文学も「文明開化の論理」の残滓として批判。昭和十三年九月に従軍作家が派遣されるなど、従来の「附焼刃」では通用しない状況が到来していることを強調した。ドイツ・ロマン派の影響を多分に受けた保田は本論で、永遠に到達不可能な「イロニーとしての日本」という「現実」をよりどころに、「文明開化の論理の終焉」という「没落への情熱」を謳いあげた。底本には初出誌を用いた。

保田与重郎(一九一〇―八一)批評家。雑誌『コギト』『日本浪曼派』の中心的な存在として活躍。評論集『日本の橋』『戴冠詩人の御一人者』『後鳥羽院』『万葉集の精神』など。

この数年間の文学の動き方は、大へん興味があった。それは合理から合理を追うてある型を出られぬ「知性」がどんな形で同一の堕落形式をくりかえすかを知る一つの標本的実例である。己の頽廃《たいはい》の形式さえ予想した文学運動があったとすれば、日本浪曼派の文学運動などその一つである。この驚くべき意識過剰の文学運動は、従って、今日からいっても、旧時代の没落を飾る最後のものとして充分なデカダンスである。日本浪曼派の一つの主張であった「没落への情熱」と、「日本のイロニー」(あるいはイロニーとしての日本は)、前者がイデーであり、後者が現実であったからこの現実の造型に於て、過剰な知性の行使中、一般の頽廃の形式をも予想せねばならなかったのである。そうして日本浪曼派のその意味の積極性は恐らく、後世の史家の認めるものとなるであろう。

今日は文学と共に文学者が堕落したのは困るのである。没落への情熱をもたなかった作家が堕落したのである。そういうところから近頃の頽廃が一般的なものとしてみだされた。一様に左翼化し、また一様に日本主義化したとき、何か滑稽な文学者の堕落が、ないはずがないからである。客観的に安易な日本主義化が、「日本主義」の頽廃の印象を与えるのは当然である。しかし「日本」は、永遠から永遠へ、日本の国土と民の中に存在し、我らの血の中に流れる。それは頽廃も没落も知らない。太陽は昇天も落日も知らなかったのである。

しかし、日本主義頽廃の警告は誰に向って発せられているか、私はそれをも知らないのである。日本左翼文学は、明快活潑に附焼刃《つけやきば》を公認し、また要求した一つの進歩的文学運動である。この文学史的興味は恐らくその時代の作家の性格と心理の研究にあるように思われる。それはあるいは日本的性格の一つの現《あら》われかもしれない。ある存在する何かを言外に信頼し、不動のものを無意識にもった生活のうむ文学生活的信条があったからかもしれない。恐らく意識せぬまでに頑固な「日本人」の上に、共産主義が寄生していたものでもあろうか。一種の商法の如き実生活の様式としてである。(その文学論が徹頭徹尾の附焼刃主義だったように)そういうとき、転向はやすやす行われた。日本の彼らの文学が一歩牢獄の洗礼をうけたとき、その附焼刃のはぐれ方から、人はどういう生き方をすべきかという問題に文学テーマは変ってしまった。しかし内的な問題としてはたとえ附焼刃でも、己の不意の指をきずつける、人の肌の一重ぐらいはきる、新しい紙さえ指の皮をきり、新しいペンは少しの血を流す武器の用をするのである。

このマルクス主義的作品の生れた生活観が作家頽廃の一因でありまた一結果であった。その時人々は現実世界のマルクス主義的な要求をする情勢と原因を知って、若干旧来の文章小説作法に不安を感じたはずである。それに応じてマルクス主義は、公然と明快に附焼刃文学論を流布《るふ》した、ある種の作家に、それは生活的に魅力ある蘇生の安易な術であった。恐らくマルクス主義的現実に於て、その現実を知った「知性」は、旧来小説作法では何もなし得ない不安を思ったからである。日本に於て「知性」はこうしてあらわれた、「知性」が小説をよみ従って「知性」が小説をかくのである。

やがて時代は変転して、今日の日本主義となったのである。この現実もまた明らかに旧来小説作法の不能を教える。旧来小説作法ではこの大なる現実が描かれぬのである。

この考え方は当然のことである。そうして同じ考え方がマルクス主義文学時代にあったことも当然であるが、当時の論理から導かれた現実が大部分に於て「知性」の観念的現実であったのに対し、今日の「現実」は新しい論理をもつ実在的現実である。そうしてマルクス主義文学は、ある種の知性(それは生きた大衆としての「階級」でない)の垣の内にあったが、今日の文学は大衆の生きた街道の外に投げだされているのである。今日の現実をうつすべき文学は、もうマルクスの主義の文芸の日に於けるような、一種の垣の内の温床にいたわられず、またその文学の内包する現実も、マルクス主義文芸に於ける如く整理された知性的現実でない。

しかしマルクス主義文芸時代に附焼刃文芸論によって転身を敢行した職業文士は、今日の日に、日本主義を附焼刃しようとする。これは日本の危機があきらかに余裕をもつ証拠である、また日本の戦時が無限の余裕をもつ証拠である。そうして日本の検察弾正の当局もまたこの附焼刃を奨励する。しかしそのことが文学の頽廃となったことは、前後の時代の差による。今日の偉大の証拠である。

日本の文明開化の最後の段階はマルクス主義文芸であった。マルクス主義文芸運動が、明治以降の文明開化史の最後段階であったのだ。そういう意味では、日本浪曼派は、史的には、この段階の結論であり、それは次の曙への夜の橋であったともいえるのである。

だからして日本浪曼派的思考の橋を準備せずして、今日日本主義化した文学と文士が、ひっきょう政策文学化することによって開化論理の没落にさらにだめを押すのもまた当然である。今日のある種日本主義文芸の頽廃はマルクス主義文芸と同一のゆき方であり、この頽廃の結果、文学は時代の後方へおきさられてしまうことであろう。マルクス主義文芸が知性の保身術であった如く、今日は国策に便乗することによって、多くの保身術が敢行されているのである。今日の日本主義の頽廃は以前のマルクス主義の頽廃と同一面と同一方法によっている。もう文学は、新感覚派を最後にして失われてしまっているのである。その文学的才能からいえば、その時代以後は存在しない。我々のゼネレーションを表現する天才の文学は、その詩的有羞感が過剰になり大率それらの時代の「小説」を破壊する表情によって成立するかないしすべての小説のもつ有羞感を失った大小説として恥しらずな弁舌に成立している。そのあるものは小説を成立させない、あるものは批評を樹立させない、有羞の心はそういう形で働き、一様に己が悶々《もんもん》の情をいたわっている有様である。現実の閉塞のまえに、破壊が一方的に働くにすぎない、そのときまことらしく建設をいうものは多く附焼刃の植民地文芸であった。今日の日本で一等知性の称讃にあうものは、この植民地文芸である。植民地の文芸である。「知性」が植民地の知性にすぎぬからである。日本の一流の外観をもつ大小説と大批評は、みな植民地文芸の一族である。それらの唯一の美徳は生活力の豊富さである。

日本の知性がある意味で植民地の知性であった。それは文明開化史を概観せずとも、鷗外や漱石の地位と気概を見ずともわかることである。日本の植民地文学的性質は、大正末期に完成されたのである。

今日日本主義という、これは日本の文化の国際情勢から考えられたときの日本主義であろう。その点でマルクス主義と背腹の思考でなければならない。マルクス主義は、文明開化主義の終末現象に他ならぬからである。それは意識しなかった論理上のデカダンスの一つである。しかもこの日本主義をいう日に、日本の過去数十年の文化の知性には、または文化の論理には文明開化の論理以外にないのを知るのである。例えば日本の自覚を押しつめて、日本国風の復古開花を宣言し、その革新を始めた明治の日本人、鉄幹と子規にあるものさえ、文明開化の論理に他ならない。日本の独自の文化の論理は、長い開国期の期間の日本の国際情勢を反映して成立の余地がなかったのである。そうして日本文化は、英米の植民地に他ならなかったのである。

こういう日本文化の植民地性に対し日本のまことの知性はつねに反撥と不平不満のみを味《あじわ》っていたことであろう。そういう日本の知性の象徴的な信頼対象として存在したものが天心の院展派の芸術家である。また西田博士であり、紀平博士であり、あるいは鷗外であり漱石であり藤村である。日本の真の大衆は、これらの志を蔵した和洋合作品の存在を時好によって選択し、そのある者を選んでは、そこに外国の大砲をもってきてもびくともせぬ国風の影像をうちたてていたのである。私はそれらの人々の存在のあり方を、日本の支え人と呼ぶのである。それは日本の文明開化時代の必要であった。

しかし今日の日本の文化は、これらの偉大な存在によって、国民が己の形ない希望と信頼に変貌していた事情を、一つの能動と進守にまで転化せしめその形を定めねばならなくなった。

日本の大衆は新しい皇国の現実を大陸にうちたて、一切の現実をそれに表現した。この現実を描く論理は文明開化の論理では間にあいにくい。また日本の大衆は新しい革新を要求している、明治以来の革新の論理がすべて文明開化の論理であったのに対し、こんどの変革の論理は、文明開化と全然反対の発想をする論理であることを漠然と知っているのである。そうしてそのあるものは固陋の鎖国主義と「知性」派によって断ぜられたのである。この現実に即応し得ない旧来の植民地文化的「知性」のもつナンセンスの一つの表現である。日本の文化の現実は、この二つの形で、旧来文章の発想法を揚棄せねばならぬ日に臨んでいる。

文明開化時代に於ては、活潑な附焼刃が、むしろ必要であった。文明開化の論理はこの附焼刃でよかったのである。マルクス主義文芸も充分それで成立したのである。しかし今日の日本の現実とその文化の国際情勢に対応して、なおマルクス主義時代からの附焼刃でゆこうとすることはもう不可能である。

文明開化の論理は、飜訳と編輯がえである。この「技術」によって、充分そのいわゆる日本的現実に適応する方法をも作りうる。飜訳は、たとえば何がしのことばを、絶対君主制と訳しても、あるいは時勢によって党派性と飜訳してもよい。

編輯がえはトルストイからキリスト教を抹殺したり、キリスト教とあるところを共産主義とかきかえるのである。日本の文芸評論では大たい、私共が現にここでしているように、トルストイとかカントとかゲーテとかいう名をもってきて、立派らしく見せるのである。そうするとある種の「知性」は、その下らぬ評論を、トルストイやゲーテが保証しているような錯覚を起す――これは文芸に於ける事大主義であり、また官僚主義である。日本のマルクス主義も従って恐れるにたりない存在であった、それらは日本の良心の一つの実利的堕落にすぎず、その論理は文明開化の官僚の論理の一変型にすぎなかったのである。この文芸の官僚主義は、西田博士と田辺博士時代までは寡《すくな》いが、それ以後の岩波ヂャーナリストが作り、マルクス主義が、この大正的風潮を最大限に利用し流布した。この風潮の根拠は、(文芸上の官僚主義の根拠は)日本の知性が大正時代に入って、はっきりと植民地化したことと、もう一つでは説者の臆病の固定化(安定の反映としての臆病)に原因する。この臆病を、今日の文芸革新論者は重視せよ。一切の日本主義頽敗が、この臆病を生む文芸上の官僚主義に起原することを。しかもこの臆病の原因は、文明開化論理のもつものである。文明開化論理に対する過去の反対者のもった変屈さは思いあまるものがあるほどである。漱石の大文学は、つねに一種の形式の自己破壊をふくんで、洋の東西の大小説のもつ小説の形式をもたないのである。

文明開化の終焉を宣言した日本浪曼派の自讃は、そのイロニー観による。(独逸《ドイツ》の浪曼派時代のドイツ国情を、ここで人々は一応考えてほしい)しかし日本の文明開化の論理もまた、日本の自覚した詩人と思想家によって克服を始められたのでなく、日本の個人でなく、日本の大衆が始めたのである。日本の志士たちは生命に対するデカダンスを自覚して事を始めたのである。生命への執着が本能正態なら、彼らは献身によって、生きるいのちのさびしさを、一つのデカダンスとする情熱をもっていたのである。日本の文化を革新する地盤は、満洲の風雲とそのころの帝都の革新運動から始った。我々の生物的本能は、この革新に不快を味ったのである。文明開化の論理のもつ臆病さはこのデカダンスへの情熱を驚き怖れたのである。

大正期の文化文物のすべての成立する因由であり、また文芸の発想であるものが、すべて「臆病」である。外に出る文章でなく、内攻する文章である。決意の表現でなく、条件のいい方である。彼らは理論の統一整合を専《もっぱ》ら関心し、現実のもつ矛盾と混沌の表現に極めて臆病である。その文化のイデーに於ては、詩人と英雄の存在は認められなかったのである。いわゆる人間的価値という尺度、そのイデオロギーは、官僚的な仮縫の方法であった。その「臆病」には懐疑と矛盾の直率の表理はないのである。「臆病」はそれらの表現とは異った官僚的統制の表現をとるのであった。

しかも日本文化の革新の狼火《のろし》は、日本の自覚という文化的意味をもって、日本の生きる力の表現として大陸にあがったのである。しかし日本のもつ変革的精神が、日本の父祖の理念にまで遡《さかのぼ》り、神籬に於て祈られたイデーにまでたちかえるまえに、再び官僚的精神の論理の中で弄《もてあそ》ばされねばならなかった。マルクス主義時代までを支配していた文明開化の論理は日本の一切の支配的知性（知性はよかれあしかれ支配的性格をもっている)から清算されていなかった。彼らは同じ論理による転向理論を要求したのである。日本は、日本の理念の偉大な日に臨んで、その日の論理を知らないのである。これは悲しむべきことである。不幸なことである。

だが漠然として日本の転換を感じた一部の有識階級によって、始めて日本主義の方向がめざされた。それは文明開化の論理のもつ進歩主義と、修身主義に対する反対としてのデカダンスの発見とその没落への情熱としてである。(日本浪曼派)

日本の修身主義(日本の教育の主義)は、文明開化の日の論理の倫理化であった。それは日本の文明開化を守るための倫理であった。日本の生んだ唯一の論理と倫理である。その修身によって成立する文学が、近年の風潮であった。マルクス主義が弾圧されたのちその系統の作家はそれを手工業化するところに職場を求めたのである。

けれども日本の「自由主義」作家の多くは、支那事変の一年を経過するまで、なおかつ日本の現実の圧力のまえに己の職場の伝承の改革を遅々としてためらっていたのである。昭和十三年四月、日本の文壇教養はなお事変に対して白眼するの余裕があった。しかし九月日本政府の従軍作家派遣によって、文壇と学芸は一切に変化した。そうして文学はあきらかに消失した。即ち作家は旧来の表現を戦場に失ったまま新しいものをもたない。「臆病」を表現するにふさわしい心理文学的文章はこの大きい現実をうつす方法でない。ただ大小説の作家は、その恥を知らない文章の内容の若干を官許の修身――大日本青年会風イデオロギーにかきかえることによって、(それは何にでもかきかえやすい雄弁調のみから成立した大きい形を見せた小説だった)政策文学に転身した。日本主義の代りに御用文芸が、国策に便乗するという命目で出現せねばならないこととなった。そうして日本主義の頽廃が開始されたのである。

日本主義に理論がないという、「知性」の輿論に驚いた支配者は、かつて自由主義マルクス主義であった理論家に対し、その理論の「編輯がえ」と「飜訳がえ」と、再「モンタージュ」を求め、それらの「理論家」たちはその職業の新しい分野に従事した。この「知性」の輿論は、これらの理論家の作った輿論であった。日本の大衆のイデーと現実が文明開化の論理に対する破棄宣告を行為によって与えたとき日本の支配者は文明開化の論理によるその現実の組織を始めたのである。驚くべきナンセンスである。日本の支配的「知性」はこの今日の日本の理念と現実がなおかつ文明開化の延長と見るのである。しかし文学の方ではもう明らかにその表現技術を失ったと告白している。

これは日本の文壇の組織分子が、依然として日本に於て最高に鋭敏な理性と批評のセンスの持主であり、日本の職業思想家にはるかに勝る理性と批判の持主であることを証明したのである。私はこれらの感覚のもつ叡智を、改めて尊重する。

今日我々が長年営々として建設した教養の体系を、その文明開化期の国際状勢を反映する論理のゆえに一様に放棄せねばならぬことは、一つには、精神的打撃である。ある者にとっては職業的打撃である。しかも日本の今日の国際的に己を表現した地位は、明らかに新しい論理を要求している。それは植民地のものであってはならない。(我々はただその論理の植民地的文明開化の論理なるゆえに、あの大陸の新運動を粉砕せねばならなかったのである) また受身の開化論理であってはならない。

もはや文明開化論理によると日本主義理論の建設は、ある種の書店と職業的思想家の救済策にすぎないのである。共産主義の誇大視によって作られる新しい開化理論はナンセンスである。理論の編輯がえで始められる新日本主義は、恐らく日本の現実に即応せぬものである。日本の現実は地図の上でも明らかに、文明開化の論理をはみ出している。それはヨーロッパ人の世界分割の完了によって作られたあの国際論理をうち破っているのである。(いわゆる「知性」はこの分割の承認の上に黙約された功利の純粋さの反映であり、この地盤にたつ抽象である) 新しい日本主義の大思想は、この日に出現するであろう。そうしてその大思想家によって表現される大思想は必要である。新しい大詩人によって表現される日本の詩はまこと必要である。しかし我々の今日に、旧来の「インテリ」の再編輯による新しいような日本主義の組織(編輯とモンタージュ)など少しも必要でない、そういう組織を考える思考法のもっているイデオロギーに附随しその主体をなす官僚主義的な合理と臆病は、今日の日本の反対のものである。ヨーロッパの傘下《さんか》で作られたまとまった矛盾のない官僚的論理のシステムに対し、きょうの日本はその傘の外に出て、雨にうたれるべき論理を必要としている。日本はそのシステム外で矛盾を連続して作りそのシステムを攪乱するのである。

大正文学の何かの惰性であった文学(その文学を中心にして発想された文学)の、その一切の思考法と発想法に対し今日は変革を行わねばならぬのである。今日では文明開化の論理による日本主義再建が、当事者本人の国策便乗の志の如何にかかわらず、日本の障害となる。もう一歩進んで旧来小説作法を不安する必要があるが、獅子の喰い残しをねらう詩人志願者は別である。しばしば近代日本には二流中三流中の一位をねらう人が多かったようである。

錯乱の論理

花田清輝

一九四〇(昭和一五)年三月、『文化組織』に発表。急進的なファシストであった中野正剛が主宰する東方会の機関誌『東大陸』の編集に従事していた花田は、正剛の弟秀人らとともに「文化再出発の会」を結成。『文化組織』はその機関誌。本論を収録した『自明の理』は昭和十六年七月に「文化再出発の会」から「魚鱗叢書Ⅰ」として刊行、戦後には『錯乱の論理』と改題のうえ、真善美社から再刊された。花田は本論で、動的な現実そのものを認識せずにいたずらに細分化する「心理主義的芸術」を「形式論理」の産物として批判。二年前に発表された「日本的人間」でも浅野晃を取りあげつつ、新日本主義者が陥っている「形式論理」を剔抉してみせた。本論の初稿にあたる「心理と論理」(昭和一二・一二)では、「現実の全体性」は「弁証法」によってこそ捉えうるという花田の持論がより明確に記されていた。レトリックによってカモフラージュされた本論で花田は、現実そのものを見ようとしない同時代への批評を企てたのである。底本には初出誌を用いた。

花田清輝(一九〇九―七四)評論家、小説家、劇作家。戦後の前衛芸術運動を推進。評論集『復興期の精神』『アヴァンギャルド芸術』、小説集『鳥獣戯話』『室町小説集』など。

一

たしかに、一種異様な心理的眩暈が若い世代に属する知識人のむれを支配している。それは断崖から顚落《てんらく》する時だとか、何かはげしい物理的な衝撃をうけた場合だとか、あるいはまた、水に溺れる際に我々の経験するであろうような錯乱に似ている。否、一言にしていえば、おそらくそれは、死の瞬間、我々の味うであろうような、まったく新しい心の状態に似ている。

心理は解体し、散乱し、バラバラになって崩壊してしまう。しかし、それと同時に、飛び散る心理の断片を再び取り集め、元通りに堅固な、一つの形を与えようとする必死の努力が生れる。この遠心的な力と、求心的な力との闘争が、いわば白熱の状態に達する時、苦痛にみちた心理的眩暈が、不意に我々をおそうのである。

いかにもかかる錯乱の存在することは疑問の余地がない。死は、個人にたいしてと同様に、社会にたいしても訪れる。そうして、死の瞬間、社会もまた、まったく新しい心の状態に陥るのだ。今日、世の知識人らを捉えている心理的眩暈は正にかかるものにほかならぬ。とはいえ、この新しい心の状態を正確に物語ることは、なんと困難な仕事であろう。錯乱は錯乱である。それは伝え難い。

かくて現代の伝説によって、知識人の心理は近寄りがたいものとして神秘化され、もしもこれを了解しようと試みるならば、我々の平凡な論理的思考は、あたかも魔術のごときもののために爆裂するのではないか、という危懼《きく》をいだかせられるほどである。

この伝説は、一方において、独占資本に将棋の駒のようにあやつられ、社会的地位の喪失に絶えずくるしめられている、無力な知識人の傷つけられた自尊心にとってまことに心地よく、かれらの自己韜晦《とうかい》に認可をあたえ拍車をかける。さらにまたこれは、他方において、ほろびゆく社会の支持者にとってもまことに魅力がある。かれらは、知識人が心理の泥沼に永遠の訣別を告げ、逞しい意欲をもって新しい社会の誕生のために行動するようになることを最もおそれている。したがって、神秘化はつねにかれらによって歓迎される。心理に誑《たぶら》かされている知識人の存在は、あるいはまた誑された心理をもつ知識人の存在は、いずれにせよ結構なことである。

それかあらぬか、一群のイデオローグは、心理の非合理性の絶対化に憂身をやつす。スポットライトのそそがれている狭小な意識界と、その周囲にひろがっている広大な暗黒の無意識界との対照だとか、知識の過剰から生れる精緻な夢と粗野な現実との乖離《かいり》だとか、リビドーだとか、幼年時代の印象だとか、およそ社会的＝歴史的見地を忘れた、たわいもない無数の説を列挙し、錯乱の必然である所以を強調する。まるでかれらの言葉を聞いていると、錯乱しないやつは、馬鹿か、よほど鈍感な人間で、知識人としての資格がないかのようだ。

そこで、一度も心理的眩暈を経験した事のないものまでが、わざと呂律《ろれつ》のまわらぬ文句をつかって自己を語りはじめる。我々の心理は複雑であり、不可解であり、論理的には把握できぬものだ、などといい、謎めいた表情を示す。モナリザの微笑は神秘的であるかも知れぬ。しかし、モナリザの真似をしてハックスリのいわゆる「真正面からみたペン立て」のような口つきをする世の女たちは、もはやユーモラスな存在以外のなにものでもない。とはいえ、これもまた、今日の錯乱の一形式にはちがいない。おそろしく危険な冗談だ。如何となれば、狂気と佯狂《ようきよう》とはなかなか容易に判別できるものではなく、しかも後者は往々にしていつか前者に転化してしまうものだからだ。

狂人が論理を拒絶する。いかにもありそうなことである。しかし、はたしてそうか。拒絶するとみえるのは、我々が論理の使用法を心得ぬためではないのか。むしろ我々の方が狂気に眩惑され、恐怖を感じて、論理を放棄しているためではないのか。狂気のくるしさを知らぬ人には、想像することができまいが、事実、狂人ほど論理を求めているものはない。論理を嫌悪するどころか、日夜、論理の力に縋《すが》ろうとして、悪戦苦闘しているのである。地獄には地獄の法律がある。錯乱には錯乱の論理がある。かかる錯乱の論理を把握しないで、どうして狂人の論理の錯乱を笑うことができようか。ましてかれを正気にかえすことができようか。論理は、いたるところに潜んでいる。

二

我々が、その正体を明らかにしたいと望んでいる論理は、芸術の世界においても、直ちにその姿を現すであろう。心理の神秘化は、芸術の領域において、特に氾濫しているようだ。大衆にとって「ハイブラウ」の芸術がきわめて難解であり、むしろ無縁である原因のひとつは、たしかにここに胚胎しているにちがいない。

我々の眼前には、さまざまな「前衛的」作品が山と積まれている。それは何だか得体の知れぬ壊れものの堆積ででもあるかのようだ。それは奇怪で、気取っていて、舌っ足らずで、若干狡猾で、しばしば大袈裟で、沈鬱であるかと思えば、底抜けに陽気である。一言にしていえば狂気じみているのだ。論理的でもなければ道徳的でもない。否、論理や道徳を殊に侮蔑しているかのごとくである。

とはいえ、このがらくたの山に、一種不思議な新しい美しさがないとはいえぬ。何か思いつめたような、息せききった美しさがないとはいえぬ。それは狂気の美しさであろうか。頽廃の美しさであろうか。所詮、心理の泥沼に咲いた仇花《あだはな》の美しさであろうか。

この美しさは今日の大衆にはわからぬ。しかし、何故わからぬのか。我々はメーリングと共に、新しい社会の担い手である大衆にたいして、次のような無慈悲な審判を下すべきであろうか。「かれらの趣味は、つねに甚しく論理ならびに道徳によってくもらされている。言葉を代えて哲学的にいえば、このことは、認識能力ならびに欲求能力が強く緊張される場合には美的判断力はつねに混迷のなかに追いやられるということを意味する」と。

この著しくカントの影響をうけている見解は、それが人間能力を機械的に切離して観察している点において、もちろん承認し難い。認識能力ならびに欲求能力が強く緊張されればされるほど、研ぎすまされてくるような美的判断力でないならば、そういう「純粋な」美的判断力は、実は美的判断力でもなんでもない。のみならず、もしも右の言葉が真実を語っているものとすれば、大衆の芸術は、かれらが新しい社会の建設のために立ち働いているかぎり、つねに低い水準にとどまっていなければならぬ、ということになる。これが間違っていることはいうまでもない。しかし、特に今これを引用した所以《ゆえん》は、当面の問題である心理主義的芸術の分析にあたって、我々の足をすくわれがちな陥《かん》穽《せい》が、ここに明瞭な形でしめされていると思うからである。

これまで、かかる芸術にたいする攻撃も、これにたいする応戦も、つねにメーリング的意味において行われてきたのであった。議論というものの愚劣な性格は、それがいつも独白に終始するという点にある。すなわち、一方が心理主義における論理ならびに道徳の貧困ということをあげて攻撃すれば、他方は大衆の洗練された趣味の欠除を嘲笑するという風に。そこには論争が生長し、実りゆたかな収穫をもたらすに必要な、共通の地盤というものがなかった。

すでにそれは当初から、問題の提起の仕方においてあやまっていたということができる。神秘化には、論理の貧困どころか、精妙な論理の駆使がみられる。道徳の抹殺どころか強力な道徳的主張がある。かかる自明の事実について懐疑的であるならば、埃りを払って、諸君がスコラ哲学の一冊を読まれんことを。

薄暗い書斎の大きな樫のテーブルの上で、幾多の中世紀の学者たちは、偏執狂的な綿密さをもって、かれらの神秘的な思想に関する厖大な著述に耽けった。その錯乱した表現に、はたして論理がなかったか。はたして道徳がなかったか。

現象だけをとってみると、今日は大へん中世紀に似ている。そうして、論理は、いまもなお形而上学と抱合ったまま、かつて封建政治に奉仕したように、いまでは金融寡頭政治に奉仕している。さらにまた、寄生的金利生活者的道徳が、いまでは大衆と同様に、盛大に飯をくうこともできぬくせに、なお過去の特権的地位を忘れかねている、混乱した知識人の頭にそそぎこまれている。心理主義的芸術の大部分が、かかる論理と道徳とによって規定されていることはいうまでもない。

三

心理主義的芸術は、没落するものの悲劇的心理を、かかる心理によって駆使される論理によって、表現したものにほかならぬ。芸術的方法としてのかかる論理は、この場合、いうまでもなく形式論理である。錯乱の論理の性格をつかむためには、形式論理にたいする十分な再検討が必要である。それは水に溺れようとするもののつかむ藁《わら》だ。かかる時、藁はもはや藁ではない。

もちろん、心理の神秘化は、現実回避の意図をもって、あるいは現実歪曲の意図をもって不正直な芸術家によって行われる場合もある。しかし、おそれるところなく現実と取組み、あくまで正確に現実を表現しようという意図をもちながら、やはり心理の神秘化に終る芸術家もある。前者は、わからせまいとするからわからぬ。後者は、わからせようとすればするほどわからぬ。それは芸術的方法のもつ本来的な性格のためである。一方が現実を欺瞞《ぎまん》する武器として使用する形式論理を、他方は現実への肉迫の武器としてとり上げるのだ。「複雑な」知識人の心理的現実に、芸術的表現をあたえるために。

結果的にのみみれば、両者は類似性をもつかも知れぬ。しかし、いうまでもなく、今の我々にとって形式論理が意味をもつとすれば、それは後者の場合だけである。いかにもその芸術的表現は、クレーペリン学派の術語をもって特徴づけてみれば、有名な「支離滅裂《ツェルファーレンハイト》」が該当するでもあろう。とはいえ、これらの芸術家は早発性痴呆症患者ではないのであって、単に心理的影像に圧倒されているにすぎぬ。

　とうてい表現し得ないほど「複雑な」現実に直面して、これらの芸術家は、現実の全体的内的関聯が傷つけられるにせよ、とにかくこの現実を解体し、分析し、これから抽出することによって、その変幻つねなき姿を定著しようと試みる。これは芸術自身のもつ形象性可塑性の要求に忠実であろうとする結果であって、現実の全体性を全体のままにしておいたのでは、その全体性はついに表現されぬからである。かかる方法が、形式論理的方法であることはいうまでもないが、ここに形式論理の芸術とつながり得る連結点、芸術的方法として、それのもつ積極的役割を見出すことができる。

　この場合の形式論理は、現実の全体性の表現をおそれて、これを神秘化し、これを陰《いん》蔽《ぺい》するために用いられる形而上学的方法としてではなく、むしろ実証科学的方法として取扱われる必要がある。かくて形式論理は、それなくしては、まったく表現されなかったであろう新しい心理の表現に役立つ。そうして、心理主義的芸術の傑作を生むのだ。

もちろん形式論理は、その本来的な性格によって、現実の構造における内的関聯を切り離つので、結局、神秘的な表現しかあたえ得ないが、切りはなたれた断片の並列的な表現においては正しく現実的でもあり、具体的でもある効果をあたえ得る。したがって、その表現は、時間的であるよりも、むしろ空間的である。

近頃、論理的思考はすでに時代遅れであり、新しい芸術家は「絵画的思考」によらなければならぬ、というような主張が見うけられたが、この「絵画的思考」とは、或る天気清朗の日に忽然と天から降ってきたものではなく、実は人間の考え方として最も古い「形式論理的思考」の異名であり、形而上学から浄められた、それのもつ実証性の強調とみられる時はじめて意味がある。

とはいえ、我々は形式論理的方法にのみ依頼する芸術家が、たとえその意図に反してではあろうとも、必然におかす神秘化の危険を忘れてはならぬ。この神秘化の性格が、形式論理のもつ方法上の欠陥から流れ出たものである以上、故意になされる神秘化に比し、いっそうの警戒を要する。砕かれた現実の断片の魅力は意外に大きく、これらの断片を堆積して行けば、いつか現実の全体性が得られるかのごとき錯覚をおこさせる。

四

形式論理の諸法則は、自同律に還元される。そうして、この自同律ほど、自明であるとともに、また神秘的なものはあるまい。ヘーゲルはいう。

「この法則は証明され得ないものであるとはいえ、各々の意識がこの法則にしたがって働くということ、かつ経験の示すところでは、意識がこの法則を聞くや否や直ちにこれに同意する、ということを人が主張するならば、この有名無実な学校式経験にたいしては、つぎのような普遍的経験を対立させなければならぬ。すなわち、いかなる意識もこの法則にしたがって思惟したり、表象を構成したり、語ったりするものはなく、ひとつの存在といえども、それがいかなる種類のものであれ、この法則にしたがって存在しているものはない。この規範的な真理法則に従がう表現(遊星は遊星である、磁気は磁気である、精神は精神である)を愚かなものと見なすことは正しい。普遍的経験がそうなのだから」

なるほど、ものはつねに何らかの仕方でAでもあり、非Aでもある。あらゆるものは矛盾にみちており、不断に変化しつつある。心理主義的な芸術家はそれを知らないではない。否、かれらはそれを知りすぎるほど知っているのだ。論理的なものがつねに歴史的なものであり、生産技術の未発達な時代において形式論理が栄え、十九世紀にはいり、資本主義的産業技術が発展するとともに、もはやそれが昨日の王座から追われてしまったものであるという事実に間違いのないかぎり、いやでも現代の知識人は形式論理的思惟の虚妄を痛感させられている。いわんや歴史の転形期にのぞみ、風波はげしき階級分化の過程に生き、自己の動揺する心理を持ち扱いかねているかれらである。

とはいえ、表現するということは別なことだ。心理的変化と、そのすべての動揺にたいして、できるだけ完全な表現をあたえるためには、これをひとまずその相対的安定性と普遍性において認識しなければならぬ。差別性を抽象して、対象をそれ自身と同一のものとして捉えなければならぬ。ここにおいて形式論理が再び登場する。

芸術家にとって、かかる時、遊星が遊星であり、磁気が磁気であり、精神が精神であり、我々が我々であるということは、なんと有難いことであろう。すべてが明晰であり、正確であり、単純であり、これまで定かでなかった事物が、その形式主義的凝固性において把握される。たとえそれが、引きさかれた現実の姿にすぎなくとも、表現し得るということは大したことだ。かくてヘーゲルのいわゆる「ダイヤモンドのごとき同一性」が、完全にかれらを魅惑してしまう。そうして、定著された事物の姿もさることながら「AはAである」という法則のもつ不思議な迫力、きわめて当然であり、無意味なほど白々しい、この法則の愚かな表情が、いかにも意味あり気に、神秘的なものにみえはじめる。

これは、いったい、どういうことであろうか。いかにも表現された心理はバラバラなものではあった。しかし、論理をあやつって、かかる表現を試みた芸術家の心理は、いうまでもなく、あくまで生きた関聯をもった、瞬時もうごいてやまないものであった。否、そのうごきのあまりの神速さ故に、かれは形式論理をとり上げもしたのだが、いつかその論理の奇妙な力は、逆にかれ自身の心理的発展を痲痺させてしまう。いわば、かれはこれまで心理と論理とのくるしい均衡の上に生きてきたのに、いつか均衡はやぶれ、論理は心理の上に君臨しはじめる。表現する心理は、表現された心理に、おそろしく似てくる。一言にしていえば、かれは錯乱する。

あらゆる聯関は絶ち切られ、発展はとどめられ、ニイベルンゲンの物語さながらに、みるものすべてが化石する。時として、はげしく痙攣するものがないではない。しかし、再び死のような静寂が戻ってくる。ものは、ハッキリとした形を具えて位置している。しかし、なんらの脈絡もない。それはそれとしてあるだけだ。独立している。

以来、形式論理は、いたずらに現実の細部に滲透するにとどまり、ますます明瞭な輪廓をもって事物を表現するが、単に独立の印象を独立に描き出すにすぎず、芸術家を袋小路に追い詰め、底知れぬ孤独地獄に追い落す。

心理の断片に眼をうばわれ、これを次々に表現することによって、芸術家は、その一つ一つの表現に完了を夢みるのだが、連絡もなく、有機的統一もみられぬそれらの表現に、どうして完了が見出されようか。かれの表現は孤立している。もしもそこに美しさがあるとすれば、それはまとまらぬもののもつ美しさであり、永久に静止しているもののもつ美しさである。表現ばかりではない。かれもまた孤立している。かれは未完成の芸術家であり、自己の生活を把握し得ず、社会に向って働きかける力をもたぬ。もしも芸術家としてのかれに学ぶべきものがあるとすれば、それは、現実を表現しようとするかれの熱意と、形式論理をギリギリの最後の一線まで追及し、その機能を極度に発揮させようとした、かれの芸術的方法とであろう。ともあれ、そこには屍臭《ししゅう》をはなつ美があり、敗北の教訓がある。

五

自明の超剋《ちょうこく》は、いつの時代にも必要だ。しかし、かつて人々の考えたように、自明なものと神秘的なものとは、ちがったものではない。AはAである、という法則に呪縛された魔圏のこちら側には、白日のひかりがただよい、一切の確実なもの、争い得ぬもの、明白なものが存在し、その向う側には、謎めいたもの、定かならぬもの、どよめくものが、闇につつまれてあるのではない。

夜の神秘は、すでに問題ではない。最も解きがたいものは真昼の神秘だ。究極の答がそこにある。しかし、はたしてそれは究極の答であろうか。この答はいつか問に変貌しているのではあるまいか。まことに物問いたげなまなざしで、謎めいた微笑を口かどにたたえながら、答は我々をじっと見詰めているのである。あきらかに、それはさらに何かをたずねている。だが人々は答える術《すべ》を知らぬ。

とはいえ、次の瞬間、その答を眺めつづけていると、もはや物問いたげなまなざしも、謎めいた微笑も、どこにも見あたらぬ。跡かたもなく消え去っている。答はやはり答である。その表情は、依然としてつめたく硬《こわ》ばっている。では、ほんの今しがた、たしかに見たと思った、まなざしも微笑も、気のせいであったのか。とりすました顔つきが、何故か底知れぬものをひそめているかのように不安をそそる。それはあるがままにあるのだ、その底にはなんにもありはしないのだ、と、そう思い込もうとすればするほど、動かぬ相手の表情が、ますますこちらを不安にするのだ。まだしも物問いたげなまなざし、謎めいた微笑のある方が、たとえそれが何を意味しているかわからぬにせよ、不安の度が少い。答は今となっては、まったく答を予想せぬ問なのだ。いっそう正確にいうなら、それは問を予想せぬ問である。

諸君の恋人が、諸君にとって単純なものに割り切られ、かれまたはかの女の心のからくりには、何ひとつ神秘なものはないと諸君が考えている時、ふとかれらの示すまなざしや微笑に、堪えがたく不安になるようなことはないか。おそらくそれは放心のあらわれにちがいないのだが、まるで前にいる諸君の存在を無視したような、かれらのひややかな、それでいて意味あり気な表情を眺めて、見なれた顔の背後に何か読みとりがたい謎を発見し、愕然とすることはないか。いちばん不思議なことは、その表情がたしかに諸君あっての表情であり、諸君のみちびき出した表情にちがいないということだ。

「かれらが自身のうちに発見したと信じているものはこれだ。……かれらのうちに実際におこっていることはこれだ」

「ドルジェル伯の舞踏会」を批評しながら、モリヤックは、右のようにラディゲの小説家的技術を方式づけた。この技術の中には、心理主義的芸術家の以って範とすべき、論理の心理にたいする適用の、一切の秘密が隠されている。ラディゲの心理小説が、その主題の古めかしさにもかかわらず、なお我々を感動させる所以は、文学の最「前衛」の中に育てられ、しかも誰よりも古典的であったこの天才が、沈着な手つきで、整然とあやつる論理の素晴らしさにある。かれは悠々と人間的な言葉をもって語る。そこには神秘化の影すらなく、健康なかれの知性のかがやきと、繊細なかれの感性のひらめきとの、稀有な統一がうかがわれる。

もちろん、これは小説の技術上の問題としてのみ受けとられてはならぬ。知識人は「かれらが自身のうちに発見したと信じているもの」と「かれらのうちに実際におこっていること」との深刻な相違を、仮借するところなく認識する技術の修得を、社会的＝歴史的な意味において強いられているのだ。そのためには、眼は内部にたいしてのみならず、つねに外部にむかって放たれていなければならぬ。ラディゲの論理とは何か。筆者は故意に弁証法については一言も触れなかった。

「近代」への疑惑

中村光夫

一九四二(昭和一七)年十月、『文学界』に発表。この年の『文学界』は九月、十月にわたって「近代の超克」をテーマとした特集をおこなった。計九本の論文を載せ、十月号には小林秀雄、亀井勝一郎、林房雄、鈴木成高ら十三名の出席者による「文化綜合会議」と題された座談会を掲載。諸論文は座談会へ向けてあらかじめ執筆されたものだが、本論のみは座談会の後に書かれたものである。翌年、創元社から刊行された単行本『近代の超克』に所収された河上徹太郎の「「近代の超克」結語」には、この会議が「開戦一年の間の知的戦慄のうちに作られたもの」であり、現代知識人における「日本人の血」と「西欧知性」の、血みどろの戦いの記録だったとある。しかし戦後、「近代の超克」は思想戦の一翼を担ったものとして批判された。座談会中でほとんど発言しなかった中村は、「近代の超克」という会議のテーマ設定自体に疑義を呈し、西欧文化移入による知識人の混乱状況にこそ眼を向けるべきであると論じている。底本には初出誌を用いた。

中村光夫(一九一一—八八) 本名木庭《こば》一郎。批評家、劇作家、小説家。評論『風俗小説論』『谷崎潤一郎論』『志賀直哉論』、評伝『二葉亭四迷伝』、小説「贋の偶像」など。

「近代の超克」――この課題には何となく僕らに解ったような解らぬような曖昧《あいまい》なところがあるのではなかろうか。それが概念として意味するところは大体呑込めるにしても、この言葉が僕らにとってどういう現実的な意味を持つか、いいかえればその内容が僕らの実際の思いとどういう点で繋《つな》がるのか、こういう疑問はこの――少くも我国では――耳馴れぬ新語を一瞥《いちべつ》したとき、おそらく誰の胸にも湧くのではなかろうか。

これまで我国で普通に考えられていたように近代的という言葉を西洋的という意味と同一視し、西欧の没落と日本の自覚という風に問題を樹《た》てれば事は簡単である。しかしもしもそういう粗雑な概念で事を済ますつもりならば何もこうした新語を持ち出すに当らぬはずである。西洋を否定するに西洋の概念を借りてくるのなどはそれ自身すでに不見識な矛盾であろう。現代文化の課題を「近代の超克」という言葉で表現したのはほかならぬ現代西欧の一部の思想家たちだからである。

とにかく僕に一番気にかかるのはこの課題の持つ強い観念性である。いいかえればこの「近代の超克」という言葉が、おそらく現代ヨーロッパ人に響いたに違いない強い実感と明瞭な内容をもって僕らの胸に響くかということである。

ヨーロッパにおいていわゆる近代精神の萌芽が最初に明瞭に形造られたのをルネッサンス時代とすれば、それは十九世紀の爛熟《らんじゅく》にいたるまで少くも五世紀を経ている。そしていわゆる近代史の特色をなす、多くの文化現象は、宗教改革にしろ、フランス革命にしろ、または産業革命にせよ、すべて彼らに固有の精神の性向の所産であり、いわばそれらはいずれも彼らにとっては巨大な社会的規模で行われたひとつの人間精神の実験であり、その結果はたとえ如何ようなものであろうと、彼らにとっては本当の意味で自業自得のものである。したがって彼らは近代の帰結から、どのように苦い幻滅を味わおうと、その近代という時代を実際に生き抜いて来たという事実に疑いはないわけである。彼らが近代という人間精神上の或る秩序(または無秩序)を否定するとき、それは彼ら自らがその秩序(または無秩序)を果てまで生きて見たという確信を前提としている。彼らがもはや近代からは何も期待し得ぬというとき、彼らの絶望はその対象についておよそ試み得るすべてのことをやり抜いて来たという自信と隣り合わせなはずである。

ところで翻って考えれば、僕らは「近代」というものに対してこういういわば生活そのものに根ざした健康な絶望乃至は自信を持ち得るであろうか。「近代」とは僕らの精神にそれほど手応えのある実体であろうか。少くも僕はこうした疑問についてまず考えざるを得ないのである。

江戸時代を一種独特な近代社会と考えれば格別、明治以後における我国のいわゆる近代文化現象のすべてに通ずる特色はまず何より底の浅い借物であったという点ではなかろうか。明治以後の我国は西洋の影響によって近代化したとは、多くの歴史家の説く常識である。だがこのいわゆる近代とはそれが外国からの慌しい移植であるという点ですでにヨーロッパのそれとは全く性格を異にするはずである。いわば近代とはヨーロッパにおいては少くも国産品であったに対し、我国ではまず何より輸入品であった。そしてこの輸入品としての性格が我国の「近代」のもっとも大きな特色をなして来たのではなかろうか。我国において明治以来慌しく生起した雑多な近代文化現象はすべてその内容においては観念的であり、社会的影響の点では表面的に止まったのではないか。そしてこのことが僕らにとって弱点であるかまたは強みであるかという問題はしばらく措《お》き、ともかくここに我国のいわゆる近代文化のすべてに通ずる一番の特色があるとすれば、こうした我国に独自な「近代」の性格を無視して「近代の超克」を語るのは、少くも僕らにとっては無意味な観念的遊戯にすぎまい。すでに我国においては「近代」そのものが輸入品である以上この問題は一般に輸入文化の問題を離れてあり得ない。更に具体的にいえば、僕らは明治以来西洋の文化をどのような形で受け入れて来たか。この激しい外来文明の移入によって、単に僕らの生活のみでなく、僕らの精神がどういう変化を蒙《こうむ》って来たか。ここに少くも僕らの実際に反省すべき課題があるのではなかろうか。たとえこの複雑な難問の解決が僕らの手に余るものであろうとも。

何故ならこれこそ世界中でまさしく僕らにしか起らなかった事件であり、また僕らの実際に生きている問題だからである。

西洋文明の我国にもたらした功罪は今やかましく論じられている問題である。そしてかつて浅薄な西洋崇拝論が横行しているように、現在では安易な西洋否定論が俗耳《ぞくじ》には受けているようである。しかも明治以来我国が西洋から蒙った影響という問題は単にこれを口先で否定してしまえばすむような生易《なまやさ》しい事柄なのであろうか。それは或る意味で僕らの生活様式の根柢にまで深く食い込んでいるのではなかろうか。西洋の影響は今日では最早僕らがそれと意識しないほど僕らの日常茶飯事の間に見出されるのである。

たとえば今僕は電燈の下で万年筆を使っているが、この二つは考えて見れば西洋から這入《はい》って来たものである。また洋服とか靴などはいうまでもなく、今日の和服を仕立てる布地などもスフや人絹は勿論、機械織の綿布や絹はこれを自由に彩色する染料とともに西洋の技術で造られたものであろう。

こう考えて来ると、僕らが平素何気なく使っている多くの品物のなかで、その着想、材料、製造の工程などのいずれかのうちで西洋の影響を蒙らぬものを見出すのがかえって困難なほどである。

単に品物だけではない。今年は特に盛んであったといわれる海水浴なども、それがひとつの風俗となったのは西洋の影響だといってよい。若い娘が海水着ひとつで砂浜を闊《かっ》歩《ぽ》するなどという風景はとにかく昔の日本にはなかったことである。

その他今では僕らの社会生活に不可欠な要素となっている電車、汽車、自動車、または電信電話郵便などはいずれも西洋からの輸入品である。更に気付いて見れば僕らが平素出入れしている小銭の形まで、紙幣の兌換制度に伴って西洋からとり入れられたものである。

こう書くと或る人々はいうであろう、なるほどこれらの物は始めは西洋から輸入されたに違いないが、今ではそれは人々が西洋のものだなどと思わぬほど日本化してしまっている。すでに国民が十分それに親しんでいる以上、今更その身許《みもと》を洗う必要はないではないか、と。

だが僕は反対にこう考える。今日僕らがそれを西洋のものと気付かぬのは、それだけ西洋の影響が深く僕らの生活に浸み透っているからだと。現代の社会生活が汽車や郵便や電話などなしには考えられぬのは、つまり僕らの生活がこれらの事物によって或る根本的な変化を蒙ったことの証左ではなかろうか。

とまれ現代日本人の生活はその風俗においても、政治経済の上でも、または文化の領域でも、ほとんど明治以前の俤《おもかげ》を止めぬといってよい。そしてこの驚くべき生活様式の革命が、維新の開国以来わずか八十年、長命な人の一生にも当らぬ短い期間に成就されたということに我国のいわゆる「近代」の最も著るしい特色があるのではなかろうか。世界中のどこの国が何時の時代にこのように激しくまた慌しい変化を経験したであろうか。この点でそれは西洋の影響によって起ったものであるにしろ西洋自身にも類例のない変化であった。西洋が西洋を模倣して変化するはずはない。そして近代とはさきに述べたようにすべて彼ら自身の精神の胎内から生れたものであった。

むろんこうした外国文明の急速な吸収は明治以来の我国の生存上絶対の必要事であった。そして今日の我国の目醒《めざま》しい国運の進展は少くも僕らの先人がこのために費した努力を無視しては考えられぬものであろう。西欧文明の巧みな採用による我国運の急速な擡頭は人種的自負に満ちたヨーロッパ人自身が奇蹟と呼んで称讃するに躊躇《ちゅうちょ》しないところである。そして現在の我国はその国力においては如何なる外国にも劣らぬ資格を備えている。

「欧米先進国」の「富強」を我国に移植することを願った明治時代の先覚者たちも、おそらく彼らの理想がこれほど速かに達成されるとは思いもかけなかったであろう。

だがこの「奇蹟」は果してその背後にどれだけの犠牲を払って得られたか。この必要によって強制された急激な生活様式の変転が僕らの精神をどのような混乱に導いたか、いわばこうした無慈悲な時代の要求は、それに已むを得ず適合して生きた精神をどのように歪《ゆが》めたか。おそらくここに我国の「近代」が僕らに提出するもっとも切実な問題があるのではなかろうか。

これまで我国において近代的という言葉は大体西洋的というのと同じ意味に用いられて来た。そしてこの曖昧《あいまい》な社会通念が、なお僕らの意識を根強く支配しているのは、それが大体次のような二つの事実を現実の根拠とするためであろう。

そのひとつは我国においては「近代的」と見られる文化現象はすべて西洋からの移入品であったということであり、いまひとつは僕らが「西洋」のうちにただ「近代」をしか見なかったということである。いうまでもなく近代性は現代ヨーロッパ文化の著るしい特色であるにしろ、それは結局文化の一様相であって、そのすべてではない。日本が長い歴史を持つように、ヨーロッパの諸国はいずれも古い国である。ソクラテスは孔子と大体同時代の人であり、西欧の思想の歴史は東洋と同じく古いのである。そしてこの悠久な伝統はおそらく儒教の感化が僕らにおけると同様に、現代ヨーロッパ文化の血液に脈々と流れている。ギリシャにせよ、ローマにせよ、またはキリスト教にせよ、遠い過去において西欧の形成に役立った諸要素はいずれも現代におけるヨーロッパ人の精神を型造る生きた実体である。

ではこの単純な事実が何故我国では一般に常識化され難いのであるか。「西欧」を「近代」の同義語と見る浅薄な謬見が、何故人々の心に根強く巣食っているのであるか。たとえば文化の領域においても、僕らは何故ヨーロッパについてその古さも理解せず、そのいわゆる新しさを追う狂態を繰り返して来たのであるか。今日僕らの常識化したヨーロッパ観に、何故こういう重大な遠近法の誤差が生じたのであろうか。

この原因を究《きわ》めるためには、僕らは明治以来いわゆる西洋文明をいかなる形で受入れて来たかについて振り返って見る必要があろう。

およそ或る国の文化が外国文化の急激な流入乃至は感化を蒙《こうむ》るのは、大体二つの場合に分けて考えられるであろう。ひとつはその国が外国から征服されたときと、他は逆に外国を征服したときとである。そして明治以来の我国の西洋文化の輸入がいずれに近い条件の下に行われたかといえば、残念ながら前者に近かったのではなかろうか。

さきに述べたように開国当初の我国にとって欧米文明の輸入は死活の問題であったが、外国文化摂取の問題がこのように切迫詰《せつぱ》った形で国民の前に提出されたことこそ、当時の我国の存立そのものが如何に深い危機に臨んでいたかを端的に語るものであろう。幕末の我国に開国を促した直接の動機は「黒船」の威嚇であった。そしてこの西洋の圧迫に対峙《たいじ》して国家としての生存を全うするためにまず武力や経済力の点で彼らに対等の力を持つのが何よりの急務であった。

明治時代の西洋文明の輸入はすべてこの根本的必要の線に沿って行われた。すなわち我国民が西洋からまず学び取ったものは大砲であり、蒸汽船であり、汽車であり、紡織機であり、更にこれを運転するための工場であり、銀行であり会社であった。いわば当時の西欧はあたかも十九世紀後半の実用化された科学文明によって我国民を威嚇し眩惑《げんわく》した。当時の西洋文明の移入とは極言すればその根本において機械の輸入とこれを運転する技術の習得にすぎなかった。そしてあたかも人々に魔術めいて映った目新しい数々の科学的技術の所産は、その優秀な実用性によって、否応なく国民の生活様式の革命を促した。行燈《あんどん》はランプに駆逐され、ランプはまた瓦斯《ガス》燈によって代られた。当時の人々にとって西洋文明とはまず何より、機械とこれを運用するに適した社会の謂《いい》であった。当時の識者が我国の現状を「欧米先進国」に比して遠く及ばぬと感じたのはまさにこの点においてであった。そしてこうした西洋観はその時代の我国が国家としての生存上急速に満たす必要のあった欠陥を補う上には適切なものであったに違いないにしろ、それ自身として見れば浅薄であり、また一面的であることを免れなかった。

むろん当時にあっても西洋文明について単にその「外形」のみを理解するに止まらず、その「精神」をも理解すべしという議論は盛んに行われた。しかし当時の人々の興味を惹《ひ》いた西欧の「精神」とは主としてその「富強」を生む原因となった「人民独立の気象」であり、または近代産業の生育に適合した政治組織の観念にすぎなかった。

いわば明治時代の我国民は(少数の先覚者を別とすれば)すべて、「科学文明——物質文化——即西洋」という一種の偏光プリズムを通してヨーロッパを見た。そしてこのプリズムを仕掛けたものは国家の必要であった。したがってこうした強大な現実的根拠を持つ西洋観がその一面性にかかわらず——あるいはまさにその一面性のゆえに——ひとつの絶大な力を持つ社会的風潮を生む母胎となったのはもとより当然のことであった。西欧のいわゆる物質文明の疑い得ぬ優秀性はそのまま他の文化のあらゆる部門においても西洋への軽信を生んだ。そしてこの軽信はその対象への理解が浅薄であったに比例して熱烈なものであった。ここに生れたいわゆる文明開化の風潮は、単に世相として見ればば今日ではすでに過去の出来事であるが、それが我国民の精神に植えつけた一種抜き難い偏向は、現代の僕らの周囲にもなお感ぜられるのではなかろうか。

さきに僕は西欧文化の移入は明治開国当初の我国にとって死活問題であり、そうした課題を我国に強いたのは、当時の西欧科学文明の優秀な実用性であったと書いたが、この二つは結局同じことである。何故なら、もし或る国の文化がその実用性において圧倒的に他より優れていなかったら、その文化の輸入が他国にとって生存上の必要となるはずはないからである。

この意味においても明治時代の西洋文化輸入が実用化された科学文明を主流としたのはもとより当然の成行であった。だが国内に鉄道が開け、海上には汽船の便が生れ、電線が山野を横断し、ランプが瓦斯燈から電燈に変り、鉄道馬車に変って市街を電車が走るといったような現象は、当時の人々が考えたように単純に「文明」と信じてよいのであろうか。それは僕らの生活にとってひとつの変化であるにしろ、人間生活の「進歩」と見てよいのであろうか。更に具体的にいえばこうした実用品の輸入によって僕らはヨーロッパから科学をとり入れたと考えてよいのであろうか。

科学とはいうまでもなく人間の精神の一機能であり、知性により自然を認識する一方法である。したがってこれは元来が長い伝統を持つ厳格な智的訓練の所産であり、またその本質において芸術と同じく人間精神の無償の活動であるはずである。科学の実生活への応用は、たとえそれがどのように驚くべき結果を生じようと常に科学自体にとってはひとつの結果であり、目的ではあり得ない。この無償性は芸術における と同様に科学にとってもその本質をなす生命であろう。芸術の功利性の強調がともすれば芸術の堕落を招き易いように、科学が単にその有用性のみから社会に重んじられるのは、ある意味で真の科学者にとって不幸な事態であろう。この点から考えれば、科学の実用化が驚くべき勢で促進された十九世紀以後のヨーロッパに、ダ・ヴィンチやゲーテのような天才が跡を絶ったのは、おそらく決して偶然の暗合ではないのである。

したがってまず実用品の威圧に伴って輸入されたヨーロッパの「科学」が我国でどのように受取られたかはいうまでもなく明かであろう。極言すればそれはすでに科学ではなく、既成の科学的知識の集積にすぎなかった。いわばこの実用品を使用する必要上、僕らの父祖に強いられたのは、真の科学者の作業とはおよそ反対な出来合いの知識乃至は技術の習得であった。そして彼らの多くはそこで習得した知識を本当に消化してその上に自分の考えを築く余裕すら与えられなかった。機械はその性質上絶え間ない改良と発明の好餌《こうじ》であり、それらの本場はヨーロッパから応接の遑《いとま》のない新知識として無数に我国にもたらされた。いわば当時の我国は少くも観念の上では絶えず西洋の「新知識」に征服されて来た。下手に自分でものを考えるより西洋の「進歩」した知識を借りて進む方が早道であった。そしていわゆる学者とは西洋の新しい知識を出来合いのまま素早く輸入する問屋にすぎぬ者が大多数であった。

むろんこうした方法はおそらく機械文明の移入に関しては、もっとも労少くしてかつ功の多い早道であろう。だがここに醸成された一種慌しいかつ安易な精神の習癖は、このような形で行われた「科学」の移入が当時の欧洲文化輸入の枢軸をなした結果、或る抗い難い時代の風潮として、他の文化の領域にも無意識のうちに深く浸透しこれを支配するに至ったのではなかろうか。そしてここにさきに述べた意味での文明開化の時潮の本質があると同時に、また或る意味で西欧文化の移入が我国民の精神に及ぼした最大の害悪があったと僕は信じている。

出来合いの知識をあまりむやみと詰め込まれれば、僕らの頭脳はそれだけ自分でものを考える能力を喪《うしな》わざるを得ない。物識りの博学者が得て貧弱な思想家にすぎぬのは個人の実例としては何時の時代また何処の国にも無数に見出されるところであろう。

だがこうした一種の精神上の不具が広く一般の時代の病弊として生じた点に、これまで我国が西洋文化移入のために強いられて来た最も大きな犠牲があるのではなかろうか。

政治や経済の領域において西洋の知識があらゆる急激な改革の原動力であった時、文化の他の領野に対しても「西洋」が或る象徴化された優越性を以って臨んだのは当然の成行きであった。哲学の領域においても文学の領野でも西洋の「新知識」は「新時代」に生きる者に必須の条件とされた。

むろん当時の我国にとって西洋自体がひとつの巨大な新発見であったとすれば、そこに新たな知識の糧を求めることに何ら不健全な事情があったわけはない。しかし問題はここに移入された知識の質である。話を簡単にするために極端ないい方をすれば、僕らは西洋の文学や思想を、あたかも汽船や電信機と同様に、ただ僕らにだけ目新しい出来合いの品物のように受取って来たのではないであろうか。文学の上でも当時の作家が外国文学の作品からは強い影響を受けながら、それを書いた西欧の作家の生きた姿を本当に究めた人がほとんどいないように、思想の上でも当時の学者が西洋から受入れた新思想とは単に西欧の哲学者の学説や体系についての知識にすぎなかったのではなかろうか。そして外国の作品を要領よく模倣した者が新文学の選手と見られたように、西洋哲学の巧みな解説者が哲学者乃至は思想家として通用した。いわば文学の領域では外国の作品がすぐに役立つお手本として読まれたように、思想の領域でも思想についての知識が思想の代用品として行われた。

むろん僕は明治時代の文学者や思想家の仕事がすべてこうした馬鹿げた事柄に費されて来たなどというのではない。当時の優れた文学者や思想家は皆この奇怪な時勢の流れに反抗した人であった。しかし今僕がここに述べたような事柄はひとつの時代の風潮としては確かに存在したのではなかろうか。そしてこの風潮を軽蔑したにせよ利用したにせよ、すべての人々は多少ともこうした時代の勢いに押し流されることも免れなかったのではなかろうか。

文学についての知識をどれほど積み重ねようと、それだけでは決して文学は生れないように、思想についての知識はたとえどれほど広くかつ深くとも、それだけでは思想家を生むに足りぬはずである。或る思想についての知識を持つとは、これを理解すること、即ちその生きた意味を本当に捕えることとさえ同じでない。また更にその意味を僕らが実際に生きることによって確めたとき、始めて僕らは或る思想を自分のものにしたといい得るであろう。

そしてここに思想の人間に影響する真の姿があるとすれば明治以来の我国の文学思想における西洋の影響の浅薄さは自ら明かなはずである。

すなわち当時の社会を支配した西洋崇拝というよりむしろ西洋恐怖の風潮のお蔭で、そこに輸入された外国の文学または思想は単なる生硬な知識の形ですら社会から過大な流通価値を与えられたため、かえって我国の土壌に根を下す余裕を与えられなかった。或る思想が輸入され、一渡り流行して消化される暇もなく忘れられて行くと、これと代って別の思想が更にまた「新知識」として輸入された。そしてこの思想もまた単に目新しい知識である間だけ歓迎され、やがて忘れられるのは前の思想と同じであった。

その結果、文学は絶えず新式の機械でも輸入するように、海外の新意匠を求めて転々し哲学は、自分の思想を持たぬ多くの「哲学者」を生んだだけであった。「新しい舶来者に対して敏捷に魅惑され、気ぜわしく動かされるのは、明治以来の日本の特有性である。」と正宗白鳥氏はいう。

明治大正時代の我国は普通西洋文明消化の時代であったといわれている。だがそれは内面から見れば、急激に強制された応接の暇ない西洋文化の輸入のために、僕らの精神が消化不良を起した時代であったのではなかろうか。漱石は「それから」の代助の口を藉《か》りて当時の日本を「牛と競争する蛙」に譬え、「もう君、腹が裂けるよ」と書いている。

紙数が尽きたので、結論を急ぐと、以上述べて来たような事柄を僕はただ過去の世相とのみ見ているのではない。明治大正は僕らの生れ育って来た時代であり、あらゆる文化の遺産がそうであるように、僕らにもまた前時代の文化の都合のよい限定相続は許されまい。

最近数年来、我国力の昂揚につれて、国民の文化的自覚を促す声もまた盛であるが、長年にわたる外来文化の圧迫によって無意識のうちに醸成されて来た精神の畸形は、単なるジャーナリズムの風潮の交替などによっては決して癒されぬほど根深いのではなかろうか。むしろ反対に時勢の表面的な動きに「気ぜわしく」適合することにのみ汲々として、自分でものを考える習慣を失った精神の持主は次第にその数を増す傾きさえあるのではなかろうか。古典の復活を説き、歴史と伝統を説く人々の間にもこういう精神の不具者は数多く見出されるのである。いわば彼らはかつて西洋を担いだと同じような調子で我国の古典を担いでいる。少くも一国民の文化的自覚というような真剣な事業がこうしたお手軽な精神の作業によって成しとげられるとは僕には信じられないのである。おそらくあらゆる点で現在社会の母胎であった明治の文明開化政策は、今その楯の反面で僕らの身に報って来ているのである。

そしてここに僕らの実際に生きている「近代」の悲しい正体があるとすれば、この精神の危機を僕らのまず闘うべき身内の敵として判《は》っきりと意識することに、その超克の着実な第一歩があろう。

西洋の特殊な影響によってこうした混乱に陥ったことが、まさしく僕らの責任であるとすれば、今更西洋文化を排斥して見たところでこの病弊の根本は救われまい。

反対に明治以来の我国の経て来た文化的混乱が、主として西欧と日本との間に存した力の不均衡とそれに歪められた不充分な西洋理解に基くとすれば、この不均衡が見事に恢復され、僕らがその「気ぜわしい」圧迫をもはや感じない現代こそ、本当に西洋を理解する好機なのではなかろうか。

僕らがある物や人に対する徒《いたず》らな心酔や畏怖《いふ》から完全に逃れるのはただその対象の本当の姿を判っきり見極めたときである。これは個人の成熟の論理であるとともに、一国の文化の成熟の辿《たど》るべき現実の過程でもあろう。

江戸人の発想法について

石川　淳

一九四三(昭和一八)年三月、『思想』に発表。フランス象徴主義文学や大正末期以来のアナーキズムを存分に吸収した石川淳は三十六歳で処女作「佳人」を発表。つづいて「葦手」「普賢」といった小説を発表したが、昭和十三年の「マルスの歌」は反戦思想のかどで発禁処分を受けた。本論で「無名人格」「読人不知」としての「狂名」が強調されているのも、言論が統制された第二次世界大戦下で精神の自由を保持しようとした石川淳の自己韜晦と無縁ではなく、後年みずから「江戸留学」と称したように時流に抗する姿勢を維持した。また本論では天明狂歌が古今集や唐詩選を「俳諧化」した「やつし」であることが論じられるが、それは作者自身の創作方法を想起させる。聖書伝説をふまえて戦後風俗を描き出した「黄金伝説」は石川淳による聖書の「やつし」にほかならない。古典を安易に称揚する戦時下の日本主義と一線を画した本論は、あくまで「俗化」にこだわり、戦後「無頼派」にくくられた石川淳その人を垣間見させる。底本には初出誌を用いた。

石川淳(一八九九—一九八七)小説家、評論家。夷斎と号した。小説「焼跡のイエス」「紫苑物語」「至福千年」「狂風記」、評論集『森鷗外』『文学大概』『夷斎筆談』など。

佐久間の下女は箔附のちぢれ髪

裏に来てきけばをととひ象に乗り

お竹大日如来のことは民俗学のはうではどんなふうに扱ふのか知らない。某寺の聖の話とか、流しもとの飯粒を大切にする話とかがこれに関係づけられてゐる模様である。しかし、この風変りな如来縁起が市民生活の歴史の中でいかなる関係物に依つて支へられてゐるにしろ、前もつて能の江口といふものが与へられてゐなかつたとすれば、すなはち江口に於て作品化された通俗西行噺が先行してゐなかつたとすれば、江戸の佐久間某の下女が大日如来に化けるといふ趣向は発明されなかつたらう。江口の名が白象に乗つて普賢菩薩と現じたといふ伝承は前代から見残されて来た夢のやうなものだが、江戸人はその夢を解いて、生活上の現実を以てこれに対応させつつ、そこにまた新たなる夢を見直すことを知つてゐた。そして、かういふ操作が極めてすらすらと行はれてしまふので、それがかれらの生得の智慧のはたらきであること、同時に生活の秘術でもあることを、江戸人みづから知らなかつた。後世が作為の跡しか受け取らなかつたとすれば、当の江戸人はそのとほり駄洒落さと答へてけろりとしてゐるであらうが、実は後世がむざむざとかれらの智慧にだまされてゐるやうなものである。お竹大日如来の場合には、文学のはうではたまたま川柳の担当になつてゐるので、後世の文芸批評家はなるべくこれを安っぽく踏み倒すことに依って自家の見識を示さうとする。われわれはその見識の高下を知らない。

箔附のちぢれ髪といふ。表の意味は明かに仏菩薩の髪形のことをいってゐる。しかし、箔附のとは、れっきとした、極めつきの、例のあれさ、といふ意味でもある。すると、ちぢれ髪とは何か。按ずるに、ちぢれ髪の女は情が濃いといふ俗説を踏まへてゐるのだらう。ここで「こなたも名におふ色好みの、家にはさしも埋木の、人知れぬことのみ多き宿に」といふ江口の本文を思ひ出しておいてよい。江戸の隠語に、来る者を拒まない女のことを、医者の慣用薬にたとへて、枇杷葉湯といふ。お竹はけだし枇杷葉湯なのだらう。お竹とは必ずしも佐久間家の婢にはかぎるまい。市井の諸家の台所に多くの可憐なるお竹がゐて、おそらくは時に町内の若者を済度することを辞さなかつたのだらう。すなはち見立江口の君である。おろかな、たわいない、弱い女人はここにまで突き落されたかと見るまに、一転して後シテの出となる。台所は「世をいとふ人とし聞けば仮の宿に心とむなと思ふばかりぞ」といふ仮の宿である。また「惜しむこそ惜しまぬ仮の宿」である。既にして、お竹は「これまでなりや帰るとて」白象に乗つた遠い菩薩像であつた。その姿の消えた後に、裏に来て安否をとふものは、必ずや曾て済度を蒙つた町内の若者の一人なのだらう。臆測を逞しくすれば、この相手方もまた一所不住の浮かれもの、見立西行といふこころいきでもあらうか。

江口の君をおもかげにしたこのお竹の説話から、何らかの思想を抽象しようとするのは愚に似てゐる。仏説の縁起観がはたらいてゐるといつただけでは説明にもなるまい。けだし、江戸人にあつては、思想を分析する思弁よりも、それを俗化する操作のはうが速かつたからである。かれらにとつて、象徴が対応しないやうな思想は無きにひとしかつた。かれらが時に無思想と見られがちである所以だらう。げんに、お竹説話に於て、われわれはそこに二重の操作しか見ない。一面は江口こそ歴史上の実在で、お竹こそ生活上の象徴であるやうな転換の仕掛に係る。また一面は眼をひらけばお竹、眼をとぢれば大日如来といふやうな変相の仕掛に係る。いはば、お竹すなはちやつし大日如来である。またお竹説話すなはちやつし仏説縁起観である。そして、この仮定が忽然と生活上に立てられた時、それは歴史上の現実たる江口説話に依つてとうの昔に証明済といつたあんばいで、とたんに梃でもうごかない。さつそく筆まめな学者先生がお竹の実話を随筆に書いたり、慾ばりの香具師《やし》がお竹の遺物を小屋掛で見せたりする。江戸に於ける俗化といふ言葉は右体の次第から離れたところではたちまち意味を失ふだらう。またやつしといふ思想はおなじ言葉のやつしといふ操作と不可分であるところにはじめて活機を得るだらう。このやつしといふ操作を、文学上一般に何と呼ぶべきか。これを俳諧化と呼ぶことの不当ならざるべきことを思ふ。

一般に、江戸の市井に継起した文学の方法を貫いてゐるものはこの俳諧化といふ操作である。およそ江戸文学といふ精神上の仕事は後世のいかなる研究法をも戸惑ひさせるやうな出来工合になつてゐる。何やら近代ふうの文学論で律気に割り切らうとすると、つるりと辷つて小馬鹿廻しにされる。研究家が近代だと思ひこんでゐるものよりも、江戸のはうが近代と呼ぶに当つてゐるからだらう。考証から這ひこんでも、好事からまぎれこんでも、八幡の藪知らずでうすぼんやりとする。考証家の博捜よりも、文学の影の逃げるはうが速いからだらう。また好事家の生酔よりも、江戸作者の意識のはうが高いからだらう。この奇怪なる文学の性質を窺ふためには、あらかじめ立てるすべての仮定はどこかではぐらかされることになるのかも知れないが、しかもなほ方法の変通に関する仮定を立てておくことの便利なる所以を思はざるを得ない。しばらく精神を天井に上げ思想を縁の下に押しこんでおいて、はなはだ人をあざむきやすい操作のはうを見ることにする。

川柳の末技といへども、なほ俗俳諧たる雰囲気の匂ひをとどめてゐる。しかし、川柳の場合では、俳諧の要素が低地の塵に散乱してしまつたていたらくで、これを文学の網に掬ひ上げようとしても結縁がうすいだらう。江戸の俳諧といへば、芭蕉の正風とその延長(ちなみに延長とは下落といふことを矯飾していふ語である)のほかには、俳諧の運動の自在神通について何ものをも見まいとするのが後世の窮屈な常識らしい。そして、この常識は川柳と併せて漫然と狂歌をも貶してゐるらしい。衣冠を見てその人を見ないやうなものだらう。また菽麦《しゆくばく》を見てその別を知らないやうなものだらう。俳諧の転換の奇法は必ずしも江戸の芭蕉から京都の蕪村へといふ尋常五十三次の路程のみを辿ってはゐない。別に江戸の市井にこれを承けるものがあって、文学様式上の新発明を以て起ってゐる。すなはち、天明狂歌のことをいふ。

狂歌の何たるかを論ずるのはともかくとして、ここではただ天明狂歌がそれ以前の狂歌ともまたそれ以後の狂歌ともまったく品物がちがふといふことを記しておくにとどめる。江戸初期に上方に起り江戸に転じた狂歌の歴史のことをいふ人は、おほむねまづその先祖さがしからはじめて、万葉集の戯笑歌、古今集の俳諧歌、有心、無心、柿の本、栗の本の別などとかぞへて来て、それらとの続柄を案じわづらった末に、ぼんやり暁月坊あたりから話の糸口を引き出すことになってゐる。しかし、仮に狂歌の意義と系譜とについて定説の従ふべきものが立てられたとしても、それは天明狂歌といふ文学運動の性質について何事をも語らないだらう。けだし、天明狂歌は江戸初期の上方狂歌江戸狂歌をも含む前代の諸派に対し、操作に於て意味を異にしてゐるからである。

狂歌には本歌取といふ操作がある。どういふものか、本歌取にはあまり秀作がない。たとへば、これも駄作の例になるが、万載狂歌集、山手白人、柏餅、なら坂やこの手にもちし柏もちうらおもてよりさすりてぞくふ。かういふ操作は何も天明の発明ではない。げんに、同じ集に、雄長老、いつはりのある世なりけり神無月貧乏神は身をもはなれぬ。本歌取とは、すなはち古歌の俳諧化である。そして、この操作は天明以前にもあつた。また狂歌は家集撰集を出すことも既にそれ以前に行はれてゐた。しかし、一首の端ではなくて、或る狂歌集そのものが本歌取であるやうな、いひかへれば古の歌集の俳諧化であるやうな例がどこにあるか。言葉の繰廻しの末ではなくて、歌調歌格に於て某の古歌集に対応してゐるやうな狂歌集がどこにあるか。天明以前には一つもないだらう。天明に至つて、万載狂歌集(撰者四方赤良すなはち蜀山)といふ狂歌撰集のあらはれるに当つて、われわれは初めてこれを見る。では、万載狂歌集が歌調歌格に於て対応してゐるところの古歌の撰集とは何か。たしかに、わたしはここで蜀山菅江橘洲等の作例を挙げて当該古歌撰集と比較論証しなくてはならないはずだが、今その余白がない。やむを得ず証明を省略して、性急に結論をいふ。それは古今集にほかならない。万載狂歌集は古今集の俳諧化である。一般に、日本の歌(ただに狂歌にはかぎらず)の歴史の上で、天明狂歌とは古今集の精神の転換的運動である。

ところで、江戸狂歌の歴史の上で、天明狂歌とは、前代の未得卜養らの狂歌あるひは上方の貞柳行風らの狂歌の、自然の発展と見るべきだらうか。わたしはまた性急にその決して然らざるべきことをいふ。ここに、元禄から享保にかけて、はなはだ意味深長な江戸狂歌の空白時代がある。この空白時代の謎は一見解きがたきに似るかも知れない。しかし、天明狂歌の俳諧性の何たるかを暁《さと》れば、この謎のたちまち解き易きを知るだらう。天明以前、江戸には周知のごとく俳諧史上の一大椿事が起つてゐる。元禄の芭蕉の発明に係る俳諧の連歌である。(一句立の発句といふ可憐なる短詩のことは取り上げるに及ばない。)芭蕉詩の運動は堂上派の連歌の俳諧化といふ操作の上に立ちつつ、おどろくべき斬新清爽な芸術境を打開してゐる。この椿事を前代に承けて、俳諧の運動が天明の新事件を突発させるに至つたのはむしろ必然のことに属するだらう。元禄の俳諧を正とし雅とすれば、天明の狂歌は俳諧の奇にして俗なるものに当る。芭蕉から蜀山に至る運動の筋道は決して俳諧の下落ではなくて、その俗化である。下落は蕉風の亜流の側にあつた。俗化といふ言葉の正当な意味に於て、江戸俳諧の俗化とは、流行が芭蕉の発句から其角の発句に移つたといふことではなくて、性質が猿蓑から万載狂歌集に変つたといふことである。これが俳諧の論理である。

天明狂歌がそれ以前のいかなる狂歌とも性質を異にしてゐるやうに、天明狂歌師はそれ以前のすべての狂歌師と作者的人格に於て必ずしも同じではない。狂歌師はみな狂名をもつてゐる。これは天明でもその前後でも変りがない。ただ天明に至つて狂名の意味の一変してゐるのを見る。曾て狂歌師の狂名は一般文人の雅号俳諧師の俳名とおなじく、その名の中に作者が存在してゐた。すなはち、有名人格であつた。しかるに、天明狂歌師はその狂名の中に不在である。すなはち、無名人格である。いひかへれば、読人不知といふことにほかならない。曾て芭蕉俳諧の連歌は、世界が出来上つた時、作者の名を忘れさせた。今、万載狂歌集は作者が名を抛棄することから世界を築き上げてゐる。狂名がふざけてゐると、ひつぱたいてみても、作者はそこにゐない。この簡単な事実を説明するためには、複雑きはまる天命狂歌師の列伝を本に書かなくてはならないだらう。たとへば、天明狂歌に於ける蜀山の位置は元禄の俳諧に於ける芭蕉のそれに当り、また万載狂歌集の撰者たるかれの位置は古今集の撰者たる貫之のそれに当るべきだが、しかも蜀山といふ存在はみづから現象化するといふ仕方に依つて芭蕉貫之といふ存在を俳諧化してゐるやうなものである。

明治以後、遥かなる芭蕉俳諧の連歌からわづかに卑近なる一句立の発句を抜き取ることしか知らないやうな、通俗鑑賞法が世に行はれてゐるていである。たぶん、人間と仕事しか見ようとしない毛唐人の文学観伝来のさもしい量見だらう。証拠を見たうへでなくては神を信じないといふものの態度に似てゐる。この鑑賞法の眼鏡を以て天明の狂文学の場に臨んだとすれば、必ずや満目空白にして何ものをも見とどけられないだらう。けだし、天明狂歌は仕事ではなくて運動であり、天明狂歌師は人格ではなくて仮託だからである。しかし、後世の見そこなひこそ昔日の風狂詩人どもの思ふ壺にちがひない。かれらをして我事成れりと草葉のかげでほくそゑましめることになる。みすみす敵の術中に陥るとは、このことである。

ここに一挿話がある。文化の初め頃、さきに蜀山から判者をゆづられた鹿都部真顔はおぞましくも狂歌が古今集の俳諧歌から出たものといひ立てて、わざわざこれを俳諧歌と改称し、もつぱら姿態をつくり点料をむさぼることをたくらんだ。文政以後狂歌と狂歌師との相場ががつたり下落したことの俑を作つたものだらう。作者みづから狂歌の必ずかくあるべきことを規定し、狂名の中におのれの貧弱な全存在を露出するや、たちまち放曠自在の世界は消え失せて、あとにはただ安つぽい人間と劣等な品物だけが居残ることになつたとは、天明狂歌の微妙な性質につき消息の一端をつたへてゐる。人が俳諧の何たるかを窺ほうとする時、芭蕉俳諧の連歌といふ正統の文学系のみを観測するに止まるよりも、併せて天明狂歌といふ危険きはまる文学系をも観測したはうがより近似的な値を得るに至るべきことを思ふ。

天明狂歌はそれ以前の江戸上方の雑俳を呑んでゐるとともに、芭蕉に依つて切断された元禄以前の正系俳諧の主たる要素をも食つてゐるかのごとくである。主たる要素とは、俳諧といふ言葉が元来意味するところの滑稽の謂である。しかし、天明の新発明に係る世界、たとへば万載狂歌集が人にうつたへて来るものはただに滑稽的抒情のみではない。これを展望すれば、そぞろにかなしい。いはば出来上つた世界の外に身を置いてゐるところの、不逞にして遺瀬ない読人不知の風狂詩人らの宿命は必ずしも人の頤を解くものではなからう。この世界が俳諧的操作のうへで遠く古今集の精神を踏まへてゐることは前に述べた。ここに古今集を拉し来つた所以は現実の地盤でこれを支持するものの存すべき事情があつたのだらう。按ずるに、江戸俗間の古典文学教養にして、その常識に於て市井に流れ、その抒情に於て人心にひびいてゐたのは、古今集に如くものがなかつたのだらう。当時の江戸人の生活のはうを除外していへば、ここにもまた万載狂歌集の成立すべき拠りどころがあつた。

江戸俗間の文学教養のことでは、古今集のほかに挙げるべきものが一つある。唐詩選である。但し唐詩そのものへの理解ではなくて、唐詩選といふ本への昵懇である。そして、この本を日本流の訓み方で吟ずるところの情操である。この現実の昵懇と情操とを踏まへつつ、はたせるかな、蜀山銅脈を宗とする狂詩の発明が起つてゐる。しばらく天明狂歌と並べて天明狂詩と呼んでおく。今狂詩の源流を探って、十訓抄、閑口後来客、含陰先達儒あたりを引合に出すにも及ぶまい。もし詩意の風狂に似るものを求めるとすれば、たとへば倭漢朗詠集、上巻秋、源順の女郎花のごときをもかぞへることができるかも知れない。しかし、天明狂詩の風骨を感得するためには、必ずしも先祖さがしを要さないといふこと、またそれが文政以後明治初年に亙る狂詩の流行とは他人の空似ぐらゐの続柄しかもたないといふことは、なほさきに述べた天明狂歌に於ける形勢と相似てゐる。絮説《じょせつ》をはぶく所以である。

天明狂詩の風骨は唐詩選の諺解《げんかい》、すなはちこれを俳諧化するといふ操作の中に潜んでゐる。一例を示せば、四方山人、五明楼贈雛妓、花扇連襟夜入床、五明送客大門傍、楽遊雛妓如相問、一片執心在玉章がある。これが王昌齢、芙蓉楼送辛漸、寒雨連江夜入呉、平明送客楚山孤、洛陽親友如相問、一片冰心在玉壺を踏まへてゐることは一見して明かだらう。いはば本歌取に対して本詩取とも呼ぶべき操作に属する。しかも、その本詩を踏まへることはただに操作上の関係に於てのみではあるまい。一は唐人別離の情の悲愴なるもの、一は粋人遊里の情の嫋々《じょうじょう》たるもの、詩意たちまち逆転しつつ、相対して奇怪である。当時の江戸人はこれを見て、必ずや操作の妙に感じ、詩意の変におどろき、陽に蜀山詩に笑ひ陰に昌齢詩に泣いて、思はずひやりとさせられたのだらう。かういふ交渉から離れたところでは、天明狂詩の鑑賞法はぐらつくだらう。もし作者が内に士人の気節清操を秘める底の人物でなくてはよく外に戯詠に遊びがたいといつたとすれば、言強くして反つて心を失ふの憾みがあるかも知れない。しかし、姿の見えない作者の影がいつか享受者の心に忍びこんで来てゐるところに、ひやりとさせられる所以があるのだといへば、まんざら言葉の綾ではないかも知れない。狂詩作者でその技巧のあるひは蜀山を凌ぐものは少くないだらう。たとへば半可山人の妙は世これを称する。なるほど半可山人の忠臣蔵十一段は斯道の眉目ではあらう。しかし、これは遥かに銅脈先生の婢女行の後塵を拝するもので、あまり高く買へない。漫然と出来ばえがうまいまづいといふ鑑賞法では、おそらく天明の江戸人の心に於ける切実な鑑賞法の原型から相去ること遠くなつて行くだらう。狂詩の功は発明を以て論ずる。大和言葉に依る狂歌とはちがつて、本筋の漢詩を作ることさへどうせ唐人の借物なのだから、仮託の狂詩に至つては、技巧論に深入りしては狐に化かされるだらう。

江戸の俗間に於ける唐詩選の流行について、ここに一証がある。京伝の洒落本繁千話の中に、半可通が青楼の名代部屋で待ちぼうけをくはされてゐる条を見る。枕頭に小屛風があつて、それに何やら字が書いてある。長信宮中草、年年愁処生、時侵珠履跡、不使玉階行といふ二十箇の四角な字である。半可通は得々としてこれをでたらめに訓《よ》む。

たとへば転句と結句とを、時ニムニヤ〳〵ノ跡、使ヲ呼バズニ二階へ行クダラウといふ訓み方である。これまた唐詩選の諺解の一種に類するだらう。ところで、この条は明かに読者の笑を待ちうけてゐる。そのためには、あらかじめ読者側に笑ふ用意のあるべきことが予想されてゐるはずだらう。すなはち、当時の洒落本の読者はこの二十箇の四角な字が崔国輔、長信草の五絶であることを先刻承知でゐたのだらう。またかれらはつとに漢成帝と班婕妤との故事をも知つてゐて、作者が待ちぼうけの半可通に配するに漢宮の婦女閨怨のおもかげを以てしつつ題詩の場面に適切なるものを措いた趣向に、あつと感服したのだらう。もし一般読者側にこれを笑ふ用意が予想されてゐなかつたとすれば、京伝ほどの訣《わけ》知りの作者がわざわざ読者に恥をかかせるやうな四角な字をもてあそぶはずはあるまい。

右に、わたしはゆくりなく洒落本のことをいひ、また遊里のことをいつた。実はわたしの意中にひそかに考へるところがあつて、さらに洒落本から人情本に亙らうとしてゐる。ひそかに考へるところとは、江戸作者の究極の発明たる遊里の観念に関してゐる。お竹大日如来の説話から特製の遊里の観念に至るまでの筋道には、江戸人の発想法の発展があるやうに窺はれる。他日の機会に書く。

配給された「自由」

河上徹太郎

一九四五(昭和二〇)年十月二十六日および二十七日、『東京新聞』に発表。敗戦後の日本は自由を享受できるようになったが、河上はそれを「配給された自由」と呼び、与えられた「言論の自由」のもとで戦争責任者に復讐するよりも、文化人はひとまず自分の仕事に帰り、文化自体のなかに真の自由を得る道を模索するべきであると主張。中野重治は『展望』創刊号(昭和二一・一)の「冬に入る」で、たしかにこの自由は日本国民が革命でかちえたものでなく、敗戦によって外側から与えられたものであるが、かえってそうした歴史的事実のうちに「「配給された自由」と称《よ》ぶこと」を許さない「内面的権威」があると批判。『わが戦後文学史』の巻頭で平野謙は、「「配給された自由」という「気がきいているようにみえる」「言いまわし」のうちに、中野重治は敗戦にまでいたる日本国民全体の犠牲をわきに押しやろうとする気配を感じたにちがいない」と指摘。のちの林達夫「新しき幕開き」、中村光夫「占領下の文学」にもつながる問題である。底本には初出紙を用いた。

河上徹太郎(一九〇二―一八〇)評論家。中原中也、大岡昇平らと『白痴群』を創刊。評論集『自然と純粋』『事実の世紀』『日本のアウトサイダー』など。

（上）

八月十六日以来、わが国民は、思いがけず、見馴《みな》れぬ配給品にありついて戸惑《とまど》いしている。――飢《うえ》た我々に「自由」という糧が配給されたのだ。

これによって我々の飢餓《きが》が癒《い》やされるであろうというのは、正しく間違いのない理論である。しかし此の理論の間違いなさと、実際に飢餓が解消するということは、これまた別のことである。何故なら要するに「自由」とは我々の到達すべき結果の状態をいうのであり、今はそれが手段としてあてがわれているのだからだ。

私は今更不ざまな戦時中の政治の死屍《しし》に鞭《むち》つ興味を持たぬ。その頃「自由主義を撲滅《ぼくめつ》せよ」というスローガンの下に、彼らの頭の悪い観念論に同化し得ぬ風潮を味噌も糞も一しょくたに葬ろうとしたのに対し、今更「自由」の旗印の下に共同戦線を張って復讐《ふくしゅう》をすることは、これまた、反撃の相手と同じく捉われたことであり、目標の不明確なことであり、志の低劣なことである。

しかし自由も配給品の一つとして結構珍重《ちんちょう》されている。元来配給品というものは、手近に代替物が得られ難いこと、糧としての価値が全然無価値ではないこと、決して純粋ではなくて栄養分の若干ある数種の雑穀の混ぜ物であること、などを不可欠の要素としているが、「自由」もまた此の性格を欠いていない。人気があり、重宝がられる所以《ゆえん》だ。どんぐりの栄養価を持った衛生無害な政治家や思想家が輩出するわけである。

しかも今の場合、此の自由がまた舶来と来ている。舶来品も食物なら口から腹へ通せば先ず間違いないのだが、自由の対象が思想であれ制度であれ、それが翻訳され方策化される間に、ついその真意が逸脱してしまう。

一例を挙げよう。普選もよろしいし、婦選も望ましい制度であろう。しかし問題はかくして獲《え》た民意から間違のない輿論を形作りそれを如何に正しく合理的な政治力と化するかにある。その訓練なくして大選挙区制と比例代表の得失を論じても無駄だ。

といって私は或る種の人々の如く、頭ごなしに日本の民衆は無智であり、政治性が貧困であるとするものではない。「泣く子と地頭には勝てぬ」という俚諺《りげん》から、日本民衆の政治に対する封建的盲従と諦観をのみ結論する者は、真に日本を知らぬものである。この諺は半面に政治に対する民衆の嘲笑的な無関心を含んでいる。誰が「泣く子」に至上の権力を感じていようか？　かかる政治からの超脱が日本人の弱点でもあり、美点でもある。此の洒脱さ故に我が国民は此の未曾有の敗戦の下に、外人には無気味な冷静さを以て、徹底した自然的生活に沈潜していられるのである。

或は此の敗戦を戦争責任者の失敗と怨《うら》むより、いわば天災の一種と観ずるのが、佯《いつわ》らざるわが国民の良識に近い。かかる時、専ら戦争責任者へのヒステリックな憤懣を喚き立てることが、「言論の自由」だとすれば、民意は必ずしも言論の自由の中にはないかも知れぬことになる。

（下）

自由主義とは元来思想的な立場をいえばアンデパンダンの側にあり、オーソドクスに反抗するものの謂《いい》である。然《しか》るにわが国の自由主義者とは、左翼華《はなや》かなりし頃温健な中庸派で、性格的には退嬰的《たいえいてき》なものが多かった。今時代が二度転回して彼らが急に此の危機時代の指導者として迎えられても、積極性は期待出来ぬことは勿論である。それにこの際国際的には当り障りのない文化主義を担ぎ出せば間違いないというので、此の自由主義的文化主義が時代の前面に押し出されて来た訳《わけ》だ。

しかし、現在日本は戦時中よりも増して乗るか、反《そ》るかの危機にある。大体政治上の文化主義というものは、内容の文化の実質は二の次にして、形だけ整えた政治のカムフラージや政治の代用品であり乃至政治の威を藉《か》りた文化の張り子の虎である。それが如何に愚劣なものであるかは、戦時中厭《いや》というほど我々は見て来たはずだ、それを今内容だけ反対のものにすげかえて再びやって見ようというおざなりは決して許さるべきではない。

今やあらゆる文化による政治工作、文化団体、文化事業の解消すべき時である。文化は一と先ず文化自体に返って己が身についた身上を総決算して見るべきだ。作家は書斎に、画家はアトリエに、一応帰らねばならぬ。そして己が能力の限界と可能性を再検討して出直さねばならぬ。自らの武力で買い被って痛い目に遭《あ》ったわが国の非運を、再び文化の上で繰返すべきではない。今のように文化界がお調子に乗っている危険は、いくら警告しても足りない。

政治、軍事、経済すべての面で手足をもがれたわが国の唯一のホープは文化である。その文化がこれでは、忽ち対外的に見透かされて、救いのない四等国に堕するであろう。

文化の自由とは囚《とら》われざる批評精神を持つこと以外にない。この意味で文化人は一応対社会的立場や政治的陣営を去って自分に返って出直さねばならない。現在の危機に文化人の運命は必ず孤独だ。それを恐れる人は真の文化人ではない。我々の眼前には泥沼の如き混沌《こんとん》たる深い霧が立て籠《こ》めているがしかしこの霧を消散する手段を講ずることは文化の任務ではない。従来の政治的文化主義の錯覚はそこにある。文化の力は、如何に濃い霧でも、それを透して彼方に見える強烈な光と自ら化することだ。

今頻りにいわれている文化日本の再建ということと、現下に展開された世相とを考え合せて見るにどうやら日本は二十数年前の私の青年時代に似た風潮に一と先ず辿《たど》りつこうとしているものらしい。それは一方に左翼の峻厳なイデオロギーが叫ばれ、他方にはスポーツや映画やアメリカニズムの近代生活が風靡し、そして思想界一般は混沌たる自由主義の支配下にあったものだ。しかし当時にあってはともあれそれらが何らかの必然性を以て自然に追求されていたのが、今では人為的、後天的にかかる状態を設定しようとしているのだ。

だから今日の文化は、現実の理想からも絶望からも等しく我々の眼を覆い、そういう宙ぶらりんの状態に我々を繋ぎとめる軽業を狙っているようなものだ。文化の諸条件だけ具えた合成酒を創《つく》るようなものである。我々はそんな甘い救に惑わず、真剣に孤独のうちに悩まねば、真の自由は獲られないのである。

堕落論

坂口安吾

一九四六(昭和二一)年四月、『新潮』に発表。「生きよ堕ちよ」という呼びかけは、戦時中の抑圧からの解放と自我の再生とを渇望していた大衆に衝撃を与え、同年六月の小説「白痴」とともに安吾を戦後文壇の旗手に押し上げた。「天皇制」や「武士道」といった既成制度や価値観から「堕落」することによって、人間は自分自身を発見、救済すべきであり、歴史もまた「堕落」からはじめられるべきとしながらも、人間が制度や道徳を再生産せずにはいられない脆弱な存在であることが語られる。こうした発想は、戦前の「日本文化私観」「青春論」などから培ってきたもので、安吾文学に一貫するテーマであるが、敗戦後の混乱への直接的な反映という側面をもっており、その欲望肯定の論調は「肉体文学」とも揶揄された。が、当時十九歳でこれを読んだ奥野健男は、「戦争期の倫理や観念やタブーから一挙に自由にしてくれ、新しい生き方を示してくれた」「魂の終戦宣言」(『坂口安吾』)だったと、その鮮烈な衝撃について語っている。底本には初出誌を用いた。

坂口安吾(一九〇六―五五)本名炳五《へいご》。小説家。戦後、太宰治、石川淳らとともに無頼派と称される。小説「風博士」「桜の森の満開の下」「不連続殺人事件」など。

半年のうちに世相は変った。醜《しこ》の御楯《みたて》といでたつ我は。大君のへにこそ死なめかへりみはせじ。若者たちは花と散ったが、同じ彼らが生き残って闇屋となる。もゝとせの命ねがはじいつの日か御楯とゆかん君とちぎりて。けなげな心情で男を送った女たちも半年の月日のうちに夫君の位牌にぬかずくことも事務的になるばかりであろうし、やがて新たな面影を胸に宿すのも遠い日のことではない。人間が変ったのではない。人間は元来そういうものであり、変ったのは世相の上皮だけのことだ。

昔、四十七士の助命を排して処刑を断行した理由の一つは、彼らが生きながらえて生き恥をさらし折角の名を汚す者が現れてはいけないという老婆心であったそうな。現代の法律にこんな人情は存在しない。けれども人の心情には多分にこの傾向が残っており、美しいものを美しいままで終らせたいということは一般的な心情の一つのようだ。十数年前だかに童貞処女のまま愛の一生を終らせようと大磯のどこかで心中した学生と娘があったが世人の同情は大きかったし、私自身も、数年前に私と極めて親しかった姪の一人が二十一の年に自殺したとき、美しいうちに死んでくれて良かったような気がした。一見清楚な娘であったが、壊れそうな危なさがあり真逆様に地獄へ堕ちる不安を感じさせるところがあって、その一生を正視するに堪えないような気がしていたからであった。

この戦争中、文士は未亡人の恋愛を書くことを禁じられていた。戦争未亡人を挑発堕落させてはいけないという軍人政治家の魂胆《こんたん》で彼女たちに使徒の余生を送らせようと欲していたのであろう。軍人たちの悪徳に対する理解力は敏感であって、彼らは女心の変り易さを知らなかったわけではなく、知りすぎていたので、こういう禁止項目を案出に及んだまでであった。

いったいが日本の武人は古来婦女子の心情を知らないと言われているが、これは皮相の見解で、彼らの案出した武士道という武骨千万な法則は人間の弱点に対する防壁がその最大の意味であった。

武士は仇討のために草の根を分け乞食となっても足跡を追いまくらねばならないというのであるが、真に復讐の情熱をもって仇敵の足跡を追いつめた忠臣孝子があったであろうか。彼らの知っていたのは仇討の法則と法則に規定された名誉だけで、元来日本人は最も憎悪心の少いまた永続しない国民であり、昨日の敵は今日の友という楽天性が実際の偽らぬ心情であろう。昨日の敵と妥協否《いな》肝胆相照すのは日常茶飯事であり、仇敵なるが故に一そう肝胆相照らし、忽ち二君に仕えたがるし、昨日の敵にも仕えたがる。生きて捕虜の恥を受けるべからず、というが、こういう規定がないと日本人を戦闘にかりたてるのは不可能なので、我々は規約に従順であるが、我々の偽らぬ心情は規約と逆なものである。日本戦史は武士道の戦史よりも権謀術数の戦史であり、歴史の証明にまつよりも自我の本心を見つめることによって歴史のカラクリを知り得るであろう。今日の軍人政治家が未亡人の恋愛に就いて執筆を禁じた如く、古の武人は武士道によって自らのまた部下たちの弱点を抑える必要があった。

小林秀雄は政治家のタイプを独創をもたずただ管理し支配する人種と称しているが、必ずしもそうではないようだ。政治家の大多数は常にそうであるけれども、少数の天才は管理や支配の方法に独創をもち、それが凡庸な政治家の規範となって個々の時代、個々の政治を貫く一つの歴史の形で巨大な生き者の意志を示している。政治の場合に於て、歴史は個をつなぎ合せたものではなく、個を没入せしめた別個の巨大な生物となって誕生し、歴史の姿に於て政治もまた巨大な独創を行っているのである。この戦争をやった者は誰であるか。東条であり軍部であるか。そうでもあるが、しかしまた、日本を貫く巨大な生物、歴史のぬきさしならぬ意志であったに相違ない。日本人は歴史の前ではただ運命に従順な子供であったにすぎない。政治家によし独創はなくとも、政治は歴史の姿に於て独創をもち、意欲をもち、やむべからざる歩調をもって大海の波の如くに歩いて行く。何人が武士道を案出したか。これもまた歴史の独創、または嗅覚であったであろう。歴史は常に人間を嗅ぎだしている。そして武士道は人性や本能に対する禁止条項であるために非人間的、反人性的なものであるが、その人性や本能に対する洞察の結果である点に於ては全く人間的なものである。

私は天皇制に就いても、極めて日本的な(従ってあるいは独創的な)政治的作品を見るのである。天皇制は天皇によって生みだされたものではない。天皇は時に自ら陰謀を起したこともあるけれども、概して何もしておらず、その陰謀は常に成功のためしがなく、島流しとなったり、山奥へ逃げたり、そして結局常に政治的理由によってその存立を認められてきた。社会的に忘れた時にすら政治的に担ぎだされてくるのであって、その存立の政治的理由はいわば政治家たちの嗅覚によるもので、彼らは日本人の性癖を洞察し、その性癖の中に天皇制を発見していた。それは天皇家に限るものではない。代り得るものならば、孔子家でも釈迦家でもレーニン家でも構わなかった。ただ代り得なかっただけである。

すくなくとも日本の政治家たち(貴族や武士)は自己の永遠の隆盛(それは永遠ではなかったが、彼らは永遠を夢みたであろう)を約束する手段として絶対君主の必要を嗅ぎつけていた。平安時代の藤原氏は天皇の擁立を自分勝手にやりながら、自分が天皇の下位であるのを疑りもしなかったし、迷惑にも思っていなかった。天皇の存在によって御家騒動の処理をやり、弟は兄をやりこめ、兄は父をやっつける。彼らは本能的な実質主義者であり、自分の一生が愉しければ良かったし、そのくせ朝儀を盛大にして天皇を拝賀する奇妙な形式が大好きで、満足していた。天皇を拝むことが、自分自身の威厳を示し、また、自ら威厳を感じる手段でもあったのである。

我々にとっては実際馬鹿げたことだ。我々は靖国神社の下を電車が曲るたびに頭を下げさせられる馬鹿らしさには閉口したが、ある種の人々にとっては、そうすることによってしか自分を感じることが出来ないので、我々は靖国神社に就いてはその馬鹿らしさを笑うけれども、外の事柄に就いて、同じような馬鹿げたことを自分自身でやっている。そして自分の馬鹿らしさには気づかないだけのことだ。宮本武蔵は一乗下り松の果し場へ急ぐ途中、八幡様の前を通りかかって思わず拝みかけて思いとどまったというが、吾《われ》神仏をたのまずという彼の教訓は、この自らの性癖に発しまた向けられた悔恨深い言葉であり、我々は自発的にはずいぶん馬鹿げたものを拝み、ただそれを意識しないというだけのことだ。道学先生は教壇で先ず書物をおしいただくが、彼はそのことに自分の威厳と自分自身の存在すらも感じているのであろう。そして我々も何かにつけて似たことをやっている。

日本人の如く権謀術数を事とする国民には権謀術数のためにも大義名分のためにも天皇が必要で、個々の政治家は必ずしもその必要を感じていなくとも、歴史的な嗅覚に於て彼らはその必要を感じるよりも自らのいる現実を疑ることがなかったのだ。秀吉は聚《じゅ》楽《らく》に行幸を仰いで自ら盛儀に泣いていたが、自分の威厳をそれによって感じると同時に、宇宙の神をそこに見ていた。これは秀吉の場合であって、他の政治家の場合ではないが、権謀術数がたとえば悪魔の手段にしても、悪魔が幼児の如くに神を拝むことも必ずしも不思議ではない。どのような矛盾も有り得るのである。

要するに天皇制というものも武士道と同種のもので、女心は変り易いから「節婦は二夫に見《まみ》えず」という、禁止自体は非人間的、反人性的であるけれども、洞察の真理に於て人間的であることと同様に、天皇制自体は真理ではなく、また、自然でもないが、そこに至る歴史的な発見や洞察に於て軽々しく否定しがたい深刻な意味を含んでおり、ただ表面的な真理や自然法則だけでは割り切れない。

まったく美しいものを美しいままで終らせたいなどと希《ねが》うことは小さな人情で、私の姪の場合にしたところで、自殺などせず生きぬきそして地獄に堕《お》ちて暗黒の曠野をさまようことを希うべきであるかも知れぬ。現に私自身が自分に課した文学の道とはかかる曠野の流浪であるが、それにもかかわらず美しいものを美しいままで終らせたいという小さな希いを消し去るわけにも行かぬ。未完の美は美ではない。その当然堕ちるべき地獄での遍歴に淪落自体が美でありうる時に始めて美とよびうるのかも知れないが、二十の処女をわざわざ六十の老醜の姿の上で常に見つめなければならぬのか。これは私には分らない。私は二十の美女を好む。

死んでしまえば身も蓋もないというが、果してどういうものであろうか。敗戦して、結局気の毒なのは戦歿した英霊たちだ、という考え方も私は素直に肯定することができない。けれども、六十すぎた将軍たちがなお生に恋々として法廷にひかれることを思うと、何が人生の魅力であるか、私には皆目分らず、しかし恐らく私自身も、もしも私が六十の将軍であったならやはり生に恋々として法廷にひかれるであろうと想像せざるを得ないので、私は生という奇怪な力にただ茫然たるばかりである。私は二十の美女を好むが老将軍もまた二十の美女を好んでいるのか。そして戦歿の英霊が気の毒なのも二十の美女を好む意味に於てであるか。そのように姿の明確なものなら、私は安心することもできるし、そこから一途に二十の美女を追っかける信念すらも持ちうるのだが、生きることは、もっとわけの分らぬものだ。

私は血を見ることが非常に嫌いで、いつか私の眼前で自動車が衝突したとき、私はクルリと振向いて逃げだしていた。けれども私は偉大な破壊が好きであった。私は爆弾や焼夷弾に戦《おのの》きながら、狂暴な破壊に劇《はげ》しく亢奮《こうふん》していたが、それにもかかわらず、このときほど人間を愛しなつかしんでいた時はないような思いがする。

私は疎開をすすめまたすすんで田舎の住宅を提供しようと申出てくれた数人の親切を

しりぞけて東京にふみとどまっていた。大井広介の焼跡の防空壕を最後の拠点にするつもりで、そして九州へ疎開する大井広介と別れたときは東京からあらゆる友達を失った時でもあったが、やがて敵が上陸し四辺に重砲弾の炸裂するさなかにその防空壕に息をひそめている私自身を想像して、私はその運命を甘受し待ち構える気持になっていたのである。私は死ぬかも知れぬと思っていたが、より多く生きることを確信していたに相違ない。しかし廃墟に生き残り、何か抱負を持っていたかといえば、私はただ生き残ること以外の何の目算もなかったのだ。予想し得ぬ新世界への不思議な再生、その好奇心は私の一生の最も新鮮なものであり、その奇怪な鮮度に対する代償としても東京にとどまることを賭ける必要があるという奇妙な呪文《じゅもん》に憑《つ》かれていたというだけであった。そのくせ私は臆病で、昭和二十年の四月四日という日、私は始めて四周に二時間にわたる爆撃を経験したのだが、頭上の照明弾で昼のように明るくなった、そのときちょうど上京していた次兄が防空壕の中から焼夷弾かと訊いた、いや照明弾が落ちてくるのだと答えようとした私は一応腹に力を入れた上でないと声が全然でないという状態を知った。また、当時日本映画社の嘱託だった私は銀座が爆撃された直後、編隊の来襲を銀座の日映の屋上で迎えたが、五階の建物の上に塔があり、この上に三台のカメラが据えてある。空襲警報になると路上、窓、屋上、銀座からあらゆる人の姿が消え、屋上の高射砲陣地すらも掩壕に隠れて人影はなく、ただ天地に露出する人の姿は日映屋上の十名ほどの一団のみであった。先ず石川島に焼夷弾の雨がふり、次の編隊が真上へくる。私は足の力が抜け去ることを意識した。煙草をくわえてカメラを編隊に向けている憎々しいほど落着いたカメラマンの姿に驚嘆したのであった。

けれども私は偉大な破壊を愛していた。運命に従順な人間の姿は奇妙に美しいものである。麹町《こうじまち》のあらゆる大邸宅が嘘のように消え失せて余燼をたてており、上品な父と娘がたった一つの赤皮のトランクをはさんで濠端《ほりばた》の緑草の上に坐っている。片側に余燼をあげる茫々たる廃墟がなければ、平和なピクニックと全く変るところがない。ここも消え失せて茫々ただ余燼をたてている道玄坂では、坂の中途にどうやら爆撃のものではなく自動車にひき殺されたと思われる死体が倒れており、一枚のトタンがかぶせてある。かたわらに銃剣の兵隊が立っていた。行く者、帰る者、罹災者たちの蜿蜒《えんえん》たる流れがまことにただ無心の流れの如くに死体をすりぬけて行き交い、路上の鮮血にも気づく者すらおらず、たまさか気づく者があっても、捨てられた紙屑を見るほどの関心しか示さない。米人たちは終戦直後の日本人は虚脱し放心していると言ったが、爆撃直後の罹災者たちの行進は虚脱や放心と種類の違った驚くべき充満と重量をもつ無心であり、素直な運命の子供であった。笑っているのは常に十五、六、十六、七の娘たちであった。彼女らの笑顔は爽やかだった。焼跡をほじくりかえして焼けたバケツへ掘りだした瀬戸物を入れていたり、わずかばかりの荷物の張番をして路上に日向ぼっこをしていたり、この年頃の娘たちは未来の夢でいっぱいで現実などは苦にならないのであろうか、それとも高い虚栄心のためであろうか。私は焼野原に娘たちの笑顔を探すのがたのしみであった。

あの偉大な破壊の下では、運命はあったが、堕落はなかった。無心であったが、充満していた。猛火をくぐって逃げのびてきた人たちは燃えかけている家のそばに群がって寒さの暖をとっており、同じ火に必死に消火につとめている人々から一尺離れているだけで全然別の世界にいるのであった。偉大な破壊、その驚くべき愛情。偉大な運命、その驚くべき愛情。それに比べれば、敗戦の表情はただの堕落にすぎない。

だが、堕落ということの驚くべき平凡さや平凡な当然さに比べると、あのすさまじい偉大な破壊の愛情や運命に従順な人間たちの美しさも、泡沫のような虚しい幻影にすぎないという気持がする。

徳川幕府の思想は四十七士を殺すことによって永遠の義士たらしめようとしたのだが、四十七名の堕落のみは防ぎ得たにしたところで、人間自体が常に義士から凡俗へまた地獄へ転落しつづけていることを防ぎうるよしもない。節婦は二夫に見えず、忠臣は二君に仕えず、と規約を制定してみても人間の転落は防ぎ得ず、よしんば処女を刺し殺してその純潔を保たしめることに成功しても、堕落の平凡な跫音《あしおと》、ただ打ちよせる波のようなその当然な跫音に気づくとき、人為の卑小さ、人為によって保ち得た処女の純潔の卑小さなどは泡沫の如き虚しい幻像にすぎないことを見出さずにいられない。

特攻隊の勇士はただ幻影であるにすぎず、人間の歴史は闇屋となるところから始るのではないのか。未亡人が使徒たることも幻影にすぎず、新たな面影を宿すところから人間の歴史が始まるのではないのか。そしてあるいは天皇もただ幻影であるにすぎず、ただの人間になるところから真実の天皇の歴史が始まるのかも知れない。

歴史という生き物の巨大さと同様に人間自体も驚くほど巨大だ。生きるということは実に唯一の不思議である。六十七十の将軍たちが切腹もせず轡《くつわ》を並べて法廷にひかれるなどとは終戦によって発見された壮観な人間図であり、日本は負け、そして武士道は亡びたが、堕落という真実の母胎によって始めて人間が誕生したのだ。生きよ堕《お》ちよ、その正当な手順の外に、真に人間を救い得る便利な近道が有りうるだろうか。私はハラキリを好まない。昔、松永弾正という老獪《ろうかい》陰鬱な陰謀家は信長に追いつめられて仕方なく城を枕に討死したが、死ぬ直前に毎日の習慣通り延命の灸をすえ、それから鉄砲を顔に押し当て顔を打ち砕いて死んだ。そのときは七十をすぎていたが、人前で平気で女と戯れる悪どい男であった。この男の死に方には同感するが、私はハラキリは好きではない。

私は戦《おのの》きながら、しかし、惚《ほ》れ惚《ぼ》れとその美しさに見とれていたのだ。私は考える必要がなかった。そこには美しいものがあるばかりで、人間がなかったからだ。実際、泥棒すらもいなかった。近頃の東京は暗いというが、戦争中は真の闇で、そのくせどんな深夜でもオイハギなどの心配はなく、暗闇の深夜を歩き、戸締なしで眠っていたのだ。戦争中の日本は嘘のような理想郷で、ただ虚しい美しさが咲きあふれていた。それは人間の真実の美しさではない。そしてもし我々が考えることを忘れるなら、これほど気楽なそして壮観な見世物はないだろう。たとえ爆弾の絶えざる恐怖があるにしても、考えることがない限り、人は常に気楽であり、ただ惚れ惚れと見とれておれば良かったのだ。私は一人の馬鹿であった。最も無邪気に戦争と遊び戯れていた。

終戦後、我々はあらゆる自由を許されたが、人はあらゆる自由を許されたとき、自らの不可解な限定とその不自由さに気づくであろう。人間は永遠に自由では有り得ない。なぜなら人間は生きており、また、死なねばならず、そして人間は考えるからだ。政治上の改革は一日にして行われるが、人間の変化はそうは行かない。遠くギリシャに発見され確立の一歩を踏みだした人性が、今日、どれほどの変化を示しているであろうか。

人間。戦争がどんなすさまじい破壊と運命をもって向うにしても人間自体をどう為しうるものでもない。戦争は終った。特攻隊の勇士はすでに闇屋となり、未亡人はすでに新たな面影によって胸をふくらませているではないか。人間は変りはしない。ただ人間へ戻ってきたのだ。人間は堕落する。義士も聖女も堕落する。それを防ぐことはできないし、防ぐことによって人を救うことはできない。人間は生き、人間は堕ちる。そのこと以外の中に人間を救う便利な近道はない。

戦争に負けたから堕ちるのではないのだ。人間だから堕ちるのであり、生きているから堕ちるだけだ。だが人間は永遠に堕ちぬくことはできないだろう。なぜなら人間の心は苦難に対して鋼鉄の如くでは有り得ない。人間は可憐であり脆弱であり、それ故愚かなものであるが、堕ちぬくためには弱すぎる。人間は結局処女を刺殺せずにはいられず、武士道をあみださずにはいられず、天皇を担ぎださずにはいられなくなるであろう。だが他人の処女でなしに自分自身の処女を刺殺し、自分自身の武士道、自分自身の天皇をあみだすためには、人は正しく堕ちる道を堕ちきることが必要なのだ。そして人の如くに日本もまた堕ちることが必要であろう。堕ちる道を堕ちきることによって、自分自身を発見し、救わなければならない。政治による救いなどは上皮だけの愚にもつかない物である。

(一九四六・三・一七)

ひとつの反措定

平野　謙

一九四六(昭和二一)年四・五月合併号の『新生活』に発表。昭和二十一年四月の『人間』における座談会「文学者の責務」で文学者の戦争責任の問題が論じられた際、平野は杉本良吉や鹿地亘らの亡命左翼知識人を戦争に反対した例と見なすことに疑義を呈し、本論でも再説。平野の本意は、政治による人間性の蔑視を批判することで、政治を最優先した戦前のマルクス主義文学運動が敗退せざるをえなかったこと、そしてその誤りを自覚せずに現在それを再び復活させようとする動きへの批判である。マルクス主義に挺身した小林多喜二も軍国主義に加担した火野葦平も、ともに時代の犠牲者と見る「成熟した文学的肉眼」が必要と説いた。これに対して中野重治が「批評の人間性」を書いて、「非人間的な想像と下司なかんぐりとを土台」にした論であると猛烈な反論を展開。その後、『近代文学』対『新日本文学』の様相も示しながら、多くの文学者を巻き込んで、いわゆる「政治と文学論争」へと発展していった。底本には初出誌を用いた。

平野謙(一九〇七—七八) 本名朗《あきら》。批評家。本多秋五、荒正人、埴谷雄高らと『近代文学』を創刊。評論集『知識人の文学』『島崎藤村』『芸術と実生活』など。

あれは何年の暮れだったろうか。私はちょうど冨山房の前あたりで岡田嘉子とすれちがったことがある。

まだ歳暮の福引きがあったころで、神田の鈴蘭どおりは福引き店などで賑わしく粧われていた。いまだに映画とかシネマなどと発音するより活動と言う方がなじみふかい私ではあるが、岡田嘉子の顔はさすがスクリーンで見覚えていた。ほんものの彼女は、意外に小柄な女だったが、天然色だけに、映画でみるよりずっと綺麗だった。

間もなく、中村屋の二階で食事をしている彼女をまた私は見かけた。前よりゆっくり翫賞《がんしょう》でき、もう相当の年だろうに、メーキアップのうまいせいか、ほとんど可愛らしいと言ってもいい彼女の様子に、私は感心した。二度とも伴れらしい人はいなかった。

その岡田嘉子が杉本良吉と手に手を携え、樺太から越境したという新聞記事を読んだとき、思わず私はびっくり仰天した。

あんな小柄な活動の女優が、ソヴェート領までつっ走らねばならなかった大胆不敵さが、私には腑に落ちなかったのだ。杉本良吉については直接何も知らない。ただ一度、彼が演出担当した芝居の稽古を見学したとき、色白の美丈夫というような印象を受けただけだ。あの事件が発表されると、築地小劇場の表廊下には、彼の所属する劇団の名において、除名処分にした声明書が麗々しく掲げられ、私のまわりの友人たちは、うまくやりやがったという表情で、ソ聯に渡った杉本を羨望するような評定をひそひそ交わしていた。しかし、私にはあの事件全体がなにか納得しがたいものに思えてならなかった。岡田はおそらく杉本に惚れぬいていたのだろう。そして、愛人の囁くがままに、越境というような「思想的」行動にまで身をゆだねたのだろう。

『モロッコ』の最後で、ディトリッヒ扮するところの酒場の女(?)が灼《や》けつく沙漠にサンダルを抜ぎすて、男の跡を追っていった心意気を地でゆくような純情と冒険が、一瞬あの小柄な年増女優の胸にも火をともしたかしれない。とすれば、彼女もまたチェホフ描くところの『可愛いい女』のひとりにほかならぬ。

しかし、問題は岡田嘉子が「可愛いい女」かどうかにあるのではない。ひとりの左翼的演劇人が映画女優を同伴することによって、まんまと当局の眼をかすめ、越境しおおせた点にある。杉本も岡田を愛していたかしれぬ。愛する女の芸術的天賦をより成長させるため、ソヴェートへ渡らせたいと衷心から希ったのかもしれない。

これはあの事件にする一番善意な解釈なのだが、そのような解釈自体が、なんとあの『モロッコ』の最後にも似た通俗的な甘ったれ根性にみちみちていることか。どんなセリフで杉本が岡田をくどきおとしたかに思いいたれば、おそらく男性的駆けひきと左翼的言辞とにあざなわれたその口説の中味が、いかに健全な人生を無視した奇怪至極なものだったかは明らかだろう。もはや彼らには劇と現実との区別さえ見喪われていたかしれぬ。

無論私は、杉本良吉がどのような理想に憑かれ、あるいはゆきづまりに直面して、ソヴェート潜入を決意するにいたったかを知らない。私にハッキリしていることは、杉本がその目的達成のためにひとりの小柄な可愛げな年増女優を利用したという一事実にすぎぬ。だが、このささやかな事実が一番大切なのだ。

由来、目的のためには手段をえらばぬという点に政治の特徴がある。単に在来の政治だけではない、プロレタリア的な政策にあっても、ハウス・キーパーというような「制度」の採用された一時期があった。（越境事件の奇怪さも遠くそこに淵源する）。今日文学に携わるものが、とにかく政治はもう御免だよと放言しがちだとしても、あながちにとがめらるべきではない。ことに文学・芸術に関しては、目的に向って歩一歩とにじり寄る過程そのものがいわば目的自体なのだ。そこには手段と目的というような乖離現象はみじんも許されぬ。

つまり、手段そのものから逆に実現さるべき目的自身が検討されねばならぬのだ。杉本良吉がいかに悲壮な理想を抱いていたにせよ、その理想実現のためになまみの一女性を踏み台にしたという一点において、その高遠なるべき理想全体が、きびしい批判にさらされねばなるまい。

私があの越境事件を奇怪なものと断じたい所以《ゆえん》である。余談ながら——真船豊にあの事件に取材した戯曲があったと記憶している。また、牧逸馬とその妻君を主人公としたドラマもたしかあったはずだ。それらの戯曲の出来ばえはいろんな制約のために香ばしいものではなかったが、執拗な人性探究を念願する真船豊のいかにも戯曲家らしいその著眼点に敬服した覚えがある。

——私に与えられた題目は文芸時評なのだが、私は時評子としての責務を忘れているわけではない。ただ私は越境事件ということとふりた昔ばなしを語ることで、文学者の戦争責任という今日の緊喫な主題のなかに、出来ればひとつの反措定を提出したいと希ったまでである。

先頃『人間』主催にかかる座談会に私は出席し、文学者の戦争責任について喋りあったのである。話題の都合で、誰が一番戦争責任から完全に免れ得ているかという問題から、杉本良吉や鹿地亘の名前が出された。果して彼らこそロマン・ローランやトーマス・マンにも比すべき光栄ある亡命者であるかどうかと。

新聞の報ずるところによれば、鹿地亘は近く重慶から帰国するとのことである。おそらく杉本良吉も遠からず帰ってくることだろう。野坂参三の場合と同じように、ジャーナリズムは彼らをも国民的英雄にまつりあげるかしれぬ。事実、彼らはその名に値する辛苦艱難もなめたことだろう。

しかし、帰国する彼らが今後文学・芸術の領域に主として活躍するとすれば(それが望ましいことであるが)、単純に国民的英雄にまつりあげることとは反対に、彼らが亡命せざるを得なかった複雑な事情と当時の情勢にまで遡って、その文学的意味を闡明《せんめい》することこそ、彼らを芸術家として遇する唯一の途だろう。なぜこのようなことを故《こと》ら《さ》今日発言するかと言えば、文学者の戦争責任というテーマとプロレタリア文学運動の功罪ならびにその転向問題とは、ほとんど不可分のものとして、文学界全体の自己批判に打ちこむべき大きなくさびと信ずるからにほかならぬ。たとえば、おそらく火野葦平の戦争犯罪的摘発は免れがたいところだろうが、『麦と兵隊』を書いた当時の火野が、一青年作家としていかに初々しい柔軟な心情を抱いていたかは、中山省三郎に宛てた当時の書簡に明瞭である。小林多喜二の生涯がさまざまな偏向と誤謬とを孕んだプロレタリア文学運動のもっとも忠実な実践者たることから生じた時代的犠牲を意味していたとちょうどうらはらに、『麦と兵隊』に出発した火野葦平の文学活動もまた侵略戦争遂行の凄まじい波に流された一個の時代的犠牲ではなかったか。誤解を惧《おそ》れずに言えば、小林多喜二と火野葦平とを表裏一体と眺め得るような成熟した文学的肉眼こそ、混沌たる現在の文学界には必要なのだ。

追放令G項該当の大綱も発表された今日、その個人審査の結果もおいおい明らかとなるだろうが、それはあくまで政治的措置にとどまる。文学者自身の手になる戦争責任の文学的意味づけは、今後の永きにわたる自己批判を基盤として、解明されねばならぬ。そのような自己批判に包摂さるべき一視点として、私は以上のような反措定を提出したいと思うものである。

一匹と九十九匹と

――ひとつの反時代的考察――

福田恆存

一九四七(昭和二二)年三月、『思索』に発表。文学者の戦争責任の問題に端を発した、『近代文学』の平野謙、荒正人らと『新日本文学』の中野重治らとの論争は、局外的な立場からの発言もあり、いわゆる「政治と文学論争」へと発展していった。「人間の名において」(『新潮』昭二二・二)でプロレタリア文学のうちに「人間性に対する徹底的な侮辱」を見いだし、「一種の義憤」に胸をしめつけられたという福田は、本論においてもこの論争に枠組みを借りながら、自己の論理を展開。本論ではルカ伝中の比喩に拠りながら、「政治である以上、そこにはかならず失せたる一匹が残存する」ことを指摘し、その「失せたる一匹」の救いにこそ文学の本領があることを主張。こうした発想をD・H・ロレンスの「集団的自我」と「個人的自我」という「黙示録論《アポカリプス》」からのことばに借りたというが、戦時中にすでに翻訳が済んでいた「黙示録論」は、戦後になって白水社から『現代人は愛しうるか』というタイトルで刊行された。底本には初出誌を用いた。

福田恆存(一九一二―九四) 評論家、劇作家、翻訳家。評論集『作家の態度』『近代の宿命』『平衡感覚』、戯曲「キティ颱風」、翻訳『シェイクスピア全集』など。

一

今日、ぼくたちは混乱のたゞなかにゐる。といつてぼくはなにも敗戦後の現象的なさわがしさをいつてゐるのではない。有能な政治や思想的な啓蒙が解決しうる困難は知性にまかしておけばいゝ。ぼくたちのおちいつてゐる真の混乱は日本の近代とともにはじまつた。そしてこの七十年、ぼくたちはつねに混乱の季節のうちに生きてきたのであり、それ以外のものを知つてはゐない。混乱こそがぼくたちの生をやしなつてきた糧であり、それゆゑにぼくたちはぼくたちをとりまく風景が混乱のそれであることすら感覚しえないありさまである。今日もしあたらしい時代がひらかれようとするならば、まづこの混乱をたゞし、この混乱をあきらめることからはじまらねばならぬ。いや、いまはなによりも混乱そのものに気づくことがたいせつである。現代におけるあらゆる現象的なさわがしさは、この混乱に無感覚であることから生じてゐる。

たれもかれもがおのれの立場を固執してゆづらない。それは思想や信念のたしかさからきてゐるのではなく、むしろその逆であり、思想をもちえぬがゆゑに、眼前の事象にとらはれてうごきがとれぬのである。ひとびとのかたくなさはひとへに事実のかたくなさにすぎない。ある立場や見解と他の立場や見解とが相争ふやうにみえても、じつさいそれらの立場や見解の底にあるひとつの現実と他の現実とがぶつかりあつてゐるだけのことである。今日どこを見ても、思想の片鱗すらみとめられぬ。存在するのは思想ではなく、したがつて人間ではなく、たゞ事実の断片のみである。

論争に参与するのは知性である。思想は論争しない。ひとつの思想はそれ自身において完成し閉ぢられたものであり、なんら他からの補強や修正を必要とするものではない。ひとりの人間の肉体がさうであるやうに、思想もまた弱点は弱点としておのれを完成する。ところが論争はつねにいづれかの側に正邪、適不適の判定を予想するものである。はじめから決著を度外視して論争はなりたゝぬ。ひとびとは論争においておのれの接触面しかみることができない。論争するものもこの共通の場においてしかものをいへぬ。この接触面において出あつた二つの思想は、論争が深いりすればするほど、おのれの思想たる性格を脱落してゆく。かれらは自分がどこからやつてきたか、その発生の地盤をわすれてしまふのである。しかも論争にやぶれたものは相手の論理の正しさに手も足も出なくなりながら、なほ心のどこかでおのれの正当を主張するものを感じてゐる。このさいかれのなすべきもつとも賢明な方法は、まづ論争からしりぞき、自己の深奥にかへつてそこから出なほすことをおいて他にない。が、ひとびとはそれをしない。あくまで接触面に拘泥し、論理に固執して、なんとか相手をうちまかさうとこゝろみる。それがおほくのひとびとをゆがめられた権力慾にかりたて、たがひにおのれをたて他を否定してはゞからしめぬのである。

他者を否定しなければなりたゝぬ自己といふやうなものをぼくははじめから信じてゐない。ぼくたちの苦しまねばならぬのは自己を自己そのものとして存在せしめることでなければならぬ。この苦闘に思想が参与する。もしそこに犠牲がいるとすれば、それは自己そのものであつて、他人の存在をおびやかすことは許されぬ。ひとびとの考へることで容易に決著のつくこと、一の正しさが他の誤謬を証明するやうなもの、それらはことごとくつまらぬものである。思想史は無数の矛盾撞著にみちみちてゐる。気のはやい思索家はそのことを自己の懐疑思想の動機とする。が、これほどばからしいことはない。ぼくは相反する思想にみたされた二千年の哲学史を、その矛盾のゆゑに信ずるのである。それらはたがひに矛盾するものであるがゆゑに思想であり、思想であるがゆゑに今日まで残つてゐる。そのときそのときに決著され解決されてきたものは、半世紀のいのちを保つことすらめづらしい。

すでにあきらかであらう――ぼくのいふ今日の混乱とは、容易に決著のつかぬ問題をたゞちに決著しようとすることから、といふよりは、決済のできぬ問題を決済の可能な場で考へることから生じたものである。近代日本の焦燥はあらゆることを処理し決著しようとしてきた。決著のできぬことをそのまゝ放置したのならばまだしもであるが、ぼくたちの目的は問題そのものにはなく、たゞその決著にあつたのであり、したがつてあらゆる問題をむりにも決著できるものとしてあつかつてきたのである。いまだぼくたちはその病弊から脱しきつてはゐない。いや、その混乱は今日その頂点をきはめたかにみえる。ぼくたちにとつていまもつとも必要なことは自分自身にかへることである。ぼくたちの思惟が他人の思惟とくひちがふとき、あるひは現実の抵抗を感ずるとき、ぼくたちのなさねばならぬことは、それらを性急にくみふせようとあせることではなく、まづ自己の発生の地盤を見いだすことである。僕はさういふことによつてたんなる敗北主義を意味してゐるのではない。僕のおそれるのは問題の決著への拘泥が自己を限定し抑圧することであり、さらにその結果は決著そのものさへほんたうにはもちきたらされぬといふことである。なぜなら限定し抑圧された自己はそのまゝ圧死したものでない以上、いつかかならずそのむりな決著に謀反し、その解決をくつがへすであらう。

二

僕たちはながい混乱の季節のなかにあつて、政治のことばで文学を語る習慣をすつかり身につけてしまつてゐる。ひとびとはいまだにこの混乱に気づかうとしない。のみならずぼくたちの文学の宿命的な薄弱さが政治意識の貧困からきてゐるといふ常識は、ひとびとをしてこの混乱から脱却させるよりも、むしろ混乱のうへに混乱をかさねる結果を招来せしめてゐる。

由来、ぼくたちの人生観を妙にあつさりとわかりやすいものにするひとつの危険な俗論があり、この俗論には知識人や思想家も案外たやすくまゐつてきたものである。といふのは人生がひとつの目的を有し、人間活動のあらゆる分野がそれぞれの分野においてこの目的にむかつてうごいてゐるといふ考へである。このやうな歴史の合目的性を意識し愛好することは、いはゞ知識人の標識でもあり特権でもあつた。なにもぼくはそのことを否定しようといふのではない。が、なんとかしてこの目的を意識のうへにのぼせ、それを眼前ににらんでゐないと、自己の存在と活動との根拠に不安を感じてやまぬといふことになれば、それは知識人の弱さであり、知性のもつ本能的な恐怖感にほかならない。この意味において現代に欠如してゐるものは知性ではなく、むしろ知性が現代の混乱をおそれ混乱を増大してゐるのである。

人々の愛好する方式によれば、文学も美術もおなじ美神につかへるものであり、哲学も科学も芸術もおなじ人生の目的にむかつてそのいとなみをつゞけるものなのである。政治家の目的と文学者の目的とはおなじであり、ともに人間の解放と幸福とのためにたゝかふ戦士である。このやうな考へかたは政治家をして容易に文学者の仕事を理解せしめ、文学者をしてしごく単純に政治家のしごとを理解せしめ、のみならずなにものも生産することを知らない学生をしてすらあらゆる文化領域のいとなみを理解せしめるがゆゑに、自己の人生観を一日もはやくまとめておきたいひとびとによつて好まれてきた。

が、ぼくたちはあらゆる文化価値を享受しうるとしても、その創造のいとなみを、その由つてきたるところをかならずしも理解しえぬのみならず、またそれを理解する必要はない。その理解する必要のないことをはつきりさうといひきらぬために——知らぬ世界を知らぬまゝに放置する寛容さのないために、ひとびとは知らなければならぬ自己を知りえず、自己のいとなみを完全にはたすことができないのである。のみならず、たがひに相手のいとなみを理解しようとし、また理解したとおもひこむ習慣が、相手をおのれの理解のうちに閉ぢこめてしまひ、その完全ないとなみを妨げる。政治は政治のことばで文学を理解しようとして文学を殺し、文学は文学のことばで政治を理解しようとして政治を殺してしまふ。ぼくたちがぼくたちの近代をかへりみるばあひ今日のあひことばになつてゐる政治と文学との乖離といふことも、この意味においてふたゝび考へなほされねばならない。

ぼくはひとつの前提から出発する——政治と文学とは本来相反する方向にむかふべき

ものであり、たがひにその混同を排しなければならない。そこに共通の目的があるかどうか、またあるとすればそれはなんであるか、そのやうなことを規定する努力はおよそくだらぬことである――ぼくたちがおなじ社会のうちに棲息し、ひとつかまのめしを食つてゐるかぎりは。ぼくはこの連帯感を信ずるがゆゑに、安んじて文学と政治とを反撥せしめてはゞからぬのである。こゝにぼくは文学者として政治に反撥する。政治がきらひだからでもなく、政治を軽蔑するからでもない。政治に対する僕の反撥は政治の否定を意味するものではない。それは政治の充全な自己発揮を前提としてゐる。また僕の反撥は悪しき政治にむけられるものではない。善き政治に、ないしは善き政治への意図にむけられるものである――もちろんぼくも善き政治のおこなはれるのをねがふことにおいて人後におちるものではなく、にもかゝはらずこれに反撥するのである。

ぼくは――ぼく自身の性格は政治の酷薄さにたへられない。その酷薄さを是認するにもかゝはらず――いや、それを是認するがゆゑにたへられないのである。さういふぼくの眼にプロレタリア革命の理論は苛酷きはまりないものとして映じ、さらに戦争中の政治の指導原理はなんともがまんならぬものでしかなかつた。かうしてぼくはものごゝろづいてから現在にいたるまでたえず政治の脅威を身に感じてきたのである。が、その間、僕はそれをおそれて孤独に閉ぢこもりはしなかつた。僕はそのやうな孤立への偏向をみづから警戒してゐたし、孤立が自分のためになにものかを生むものとは信じてゐなかった。ぼくはむしろ自分の力の可能な範囲内で政治的、社会的にふるまつてきた。といふのは、政治のことばで文学を語る危険をおそれたと同様に、文学のことばで政治を語る愚劣をおそれたからにほかならない。知性や行動によつて解決のつく問題を思想や個性の場で考へ、それをいたづらにうごきのとれぬものと化すあやまちを避けたかつたからである。

ぼくはぼく自身の内部において政治と文学とを截然と区別するやうにつとめてきた。その十年あまりのあひだ、かうしたぼくの心をつねに領してゐたひとつの言葉がある。「なんぢらのうちたれか、百匹の羊をもたんに、もしその一匹を失はば、九十九匹を野におき、失せたるものを見いだすまではたづねざらんや。」(ルカ伝第十五章)はじめてこのイエスのことばにぶつかつたとき、ぼくはその比喩の意味を正当に解釈しえずして、しかもその深さを直観した。もちろん正統派の解釈は蕩児の帰宅と同様に、一度も罪を犯したことのないものよりも罪を犯してふたゝび神のもとにもどつてきたものにより大きな愛情をもつて対するクリスト者の態度を説いたものとしてゐる。たしかにルカ伝第十五章はなほそのあとにかう綴つてゐる——「つひに見いださば、喜びてこれをおのが肩にかけ、家に帰りてその友と隣人とを呼びあつめていはん、『われとともに喜べ、失せたるわが羊を見いだせり』われなんぢらに告ぐ、かくのごとく、悔い改むるひとりの罪人のためには、悔い改めの必要なき九十九人の正しきものにもまさりて天に喜びあるべし。」

　が、天の存在を信じることのできぬぼくはこの比喩をぼくなりに現代ふうに解釈してゐたのである。この言葉こそ政治と文学との差異をおそらく人類最初に感取した精神のそれであると、ぼくはさうおもひこんでしまったのである。かれは政治の意図が「九十九人の正しきもの」のうへにあることを知ってゐたのに相違ない。かれはそこに政治の力を信ずるとともにその限界をも見てゐた。なぜならかれの眼は執拗に「ひとりの罪人」のうへに注がれてゐたからにほかならぬ。九十九匹を救へても、残りの一匹においてその無力を暴露するならば、政治とはいったいなにものであるか——イエスはさう反問してゐる。かれの比喩をとほして、ぼくはぼく自身のおもひのどこにあるか、やうやくにしてその所在をたしかめえたのである。ぼくもまた「九十九匹を野におき、失せたるもの」にかゝづらはざるをえない人間のひとりである。もし文学も——いや、文学にしてなほこの失せたる一匹を無視するとしたならば、その一匹はいったいなにによって救はれようか。

　善き政治はおのれの限界を意識して、失せたる一匹の救ひを文学に期待する。が、悪しき政治は文学を動員しておのれにつかへしめ、文学者にもまた一匹の無視を強要する。しかもこの犠牲は大多数と進歩との名分のもとにおこなはれるのである。くりかへしていふが、ぼくは文学の名において政治の罪悪を摘発しようとするものではない。ぼくは政治の限界を承知のうへでその意図をみとめる。現実が政治を必要としてゐるのである。が、それはあくまで必要とする範囲内で必要としてゐるにすぎない。革命を意図する政治はそのかぎりにおいて正しい。また国民を戦争にかりやる政治も、ときにそのかぎりにおいて正しい。しかし善き政治であれ悪しき政治であれ、それが政治である以上、そこにはかならず失せたる一匹が残存する。文学者たるものはおのれ自身のうちにこの一匹の失意と疑惑と苦痛と迷ひとを体感してゐなければならない。

この一匹の救ひにかれは一切か無かを賭けてゐるのである。なぜなら政治の見のがした一匹を救ひとることができたならば、かれはすべてを救ふことができるのである。こゝに「ひとりの罪人」はかれにとつてたんなるひとりではない。かれはこのひとりをとほして全人間をみつめてゐる。善き文学と悪しき文学との別は、この一匹をどこに見いだすかによつてきまるのである。一流の文学はつねにそれを九十九匹のそとに見てきた。が二流、三流の文学はこの一匹をたづねて九十九匹のあひだをうろついてゐる。なるほど政治の頽廃期においては、その悪しき政治によつて救はれるのは十匹か二十匹の少数にすぎない。それゆゑに迷へる最後の一匹もまた残余の八十匹か九十匹のうちにまぎれてゐる。ひとびとは悪しき政治に見すてられた九十匹に目くらみ、真に迷へる一匹の所在を見うしなふ。これをよく識別しうるものはすぐれた精神のみである。なぜなら、かれは自分自身のうちにその一匹の所在を感じてゐるがゆゑに、これを他のもののうちに見うしなふはずがない。

近代日本の文学が弱体であつたとしても、その原因を政治意識の稀薄に帰することはできない。もちろんそのやうな反省はそのかぎりにおいて正しいものであり、それを否定しようとはおもはぬ。が、ぼくたちの反省がその程度でとゞまつてゐるかぎり、ぼくはその結果を信じえない。政治のことばで文学を語る混乱とはそのことなのである。それはいかに正しい立言であつても、それだけでは反省とはなりえぬ。それは「美しい」を「きれい」と解釈する虎の巻流のいひなほしにすぎない。そこからはなにも生れてはこないであらう。ぼくの知りうるかぎり、ぼくたちの文学の薄弱さは、失せたる一匹を自己のうちの最後のぎりぎりのところで見てゐなかつた——いや、そこまで純粋におひこまれることを知らなかつた国民の悲しさであつた。しかもぼくたちの作家のひとりひとりはそれぞれ自己の最後の地点でたゝかつてゐたのである。その意味において近代日本の文学は世界のどこに出しても恥づかしくない一流の作家の手によつてなつた。が、かれらの下降しえた自己のうちの最後の地点は、彼らに関するかぎり最後のものでありながら、なほよく人間性の底をついてはゐなかつた。なぜであるか——いふまでもない、悪しき政治がそれ自身の負ふべき負荷を文学に負はせてゐたからである。政治が十匹の責任しか負ひえぬとすれば、文学は残りの九十匹を背負ひこまねばならず、しかもぼくたちの先達はこれを最後の一匹としてあつかはざるをえなかつた。その一匹が不純なものたらざるをえず、この意味においてぼくたちの近代はそのほとんどことごとくを抹殺しても惜しくはない五流の文学しかもちえなかつたのである。

たしかにぼくのことばは矛盾してゐる。が、なぜそのやうに考へてはいけないのか——ひとびとは肯定しなければ否定せずにゐられず、否定しなければ肯定せずにゐられぬのであらうか。ぼくはぼく自身の現実を二律背反のうちにとらへるがゆゑに、人間世界を二元論によつて理解するのである。ぼくにとつて、真理は窮極において一元に帰一することがない。あらゆる事象の本質に、矛盾対立して永遠に平行のまゝに存在する二元を見るのである。この対立を消去して一元を見いださうとするひとびとの性急さが、ぼくにはふしぎに見えてしかたないのである。ひとは二律背反をふくむ彼自身の人格の統一を信じてゐないのだらうか。もし信じてゐるならば、なにをこのうへ知性による矛盾の解決を求むることがあらうか。矛盾を放置してかへりみず、矛盾をそのまゝあらはにしてしかもののいへぬぼくは、この矛盾をいちおう解決した形において述べる科学にいさゝかの関心ももちえない。

しかし現代人のもつとも愛好するものがその科学である。ひとびとはすべての事物を――人間とその生活とをさへ、学問の対象と化さうと欲する。こゝに知性が常識の倉からよびいだされる。が、はたして知性は事物を認識しうるであらうか。それはたかだか現象を整理して仮説をたててみるにすぎぬのではなからうか――なんのために――いふまでもなくぼくたちが外界により正しく適応することによつて、ぼくたちの生活をより快適にするために。それゆゑに――その効用性のためにのみ、科学の仮説はその権利を主張しうる。そしてそれ以上の権利を要求する資格はない。したがつて仮説は、またその仮説をくみたてる知性の方法はけつして真理とはなんの関係ももつてはゐない。知性は生活の便宜的手段であつて、それ以上のものではない。

が、あらゆる人間のいとなみがさうであるやうに、学問はその効用性から出発してみづからの自律性を要求し、それ自身を権威づけようとする。こゝでもぼくはけじめをたてることの必要を痛感する。科学は効用性に出発し、あくまで効用性にとゞまるものであり、したがつてその仮説の真偽は外界への適応の可不可によつてきまるものである以上、それは徹頭徹尾合理性に終始せねばならず、いかなる微細な点においても矛盾は許されぬ。が、人間の文化価値のすべてを科学の対象にせねば気がすまぬとすれば、それは知性の越権といふべきか、それとも知識人的事大主義といふべきか、いづれにしろ自己を信じえぬ薄弱な精神の所為とせねばならぬ。ことわつておくが、ぼくは素朴な不可知論にひとびとを煽動しようとしてゐるのではない。こゝでもぼくは実在の可知と不可知とをはじめからきめてかゝらねば気の安まらぬ習慣をさげすむものである。ぼくはたゞ現実をみつめてゐるだけでことたりる。そして現実はあきらかに合理の領域と不合理の領域とを同時に並存せしめてゐる。とすれば、現実を認識するといふことは、この二つの領域の矛盾を矛盾のまゝに把握することでしかあるまい。この地点からさきにおいて、ぼくは科学の無力をいはざるをえぬ。

ぼくはなんのためにこのやうなまはりみちをしたのか——つまりは政治と文学との混同をさけたいといふおなじその心からにほかならない。政治も政治学もぼくたちが外界に適応しようとするために用ゐる生活の便宜的手段であり、その意味において科学と同様に常識のうへにたつてゐる。が、文学はまた文学について語ることはつひに学として なりたちえぬ。今日までいくたびか文学の合理性と効用性とを証明しようとするおろかな企てがこゝろみられ、そのたびに失敗してきたが、ひとびとはいまなほそれをあきらめようとはしない。いや、現代の流行は近代日本の歴史を反省するといふ名目によつて、ますますその風潮を強めようとしてゐるかにみえる。とすれば、神がゝり的非合理の跋扈に代るに合理主義の専横を見るといふだけのことにすぎない。知性の解決しうる領域において知性を廃棄することが神秘主義なのであつて、知性の力およばぬところにぼくたちは男らしく知性を放棄すべきなのである――知性の力およばぬ領域の存在を信ずるかぎりは。

そしてまた知性の力およばぬ領域などといふものの存在を信じないとするならば――それもよい、ぼくは敵ながらあつぱれいさぎよい態度としてこれをみとめるにやぶさかではない――が、それならば、そのひとは文学に背をむけるべきである。いや、ぼくは少々結論を急ぎすぎた。たとへ知性過信をみづから宣言しようとも、もしかれの作品がすぐれてゐるならば、その作品はかれの唯一の頼みの綱にした知性を裏切つて、かれの人間全体を合理と非合理との矛盾対立のまゝに統一し完成したものとして露呈してゐるのに相違なく、かれの言説いかんにかゝはらず、かれはかれ自身のうちに見うしなはれた一匹の羊をもつてゐるのである。が、ぼくはひるがへつてふたゝびかれに疑惑をいだく――それならばなぜかれは自分のうちに見うしなはれた一匹の存在を告白しないのか。かれがそれを正直に告白せぬかぎり、文学の領域に政治がしのびいり、事態はますます紛糾するであらう。

三

ぼくがいままで述べてきた文学と政治との対立の底には、じつは個人と社会との対立がひそんでゐるのである。こゝでもひとびとはものごとを一元的に考へたがり、個人の側にか社会の側にか軍配をあげようとこゝろみてきた。そして現代の風潮は、その左翼と右翼とのいづれを問はず、社会の名において個人を抹殺しようともくろんでゐる。ゆゑに個人の名において社会に抗議するものは、反動か時代錯誤のレッテルをはられる。こゝに僕の反時代的考察がなりたつ。が、それは反時代的、反語的ではあつても、けつして反動ではありえない。もし反動といふことばのそのやうな使ひかたが許されるならば、むしろそれは反対の立場にかぶせられるべきものであらう。ぼくは相手を否定せんと企ててゐるのではなく、たゞおのれの扼殺される危険を感じてゐるのにすぎない。

失せたる一匹の無視せられることはなにも現代にかぎつたことではない。が、それはつねにやむをえざる悪としてみとめられてきたのであつて、今日のごとく大義名分をもつてその抹殺を正当化した時代は他になかつた。それは一時の便法ではなく、永遠の真理として肯定されようとしてゐる。いや、現代はその一匹の失はれることすらみとめようとはしない。社会はその框のそとに一匹の残余すらもつはずのないものとして規定せられる。個人は社会的なものをとほして以外に、それ自身の価値を、それ自身の世界をもつことを許されない。社会は個人をその残余としてみとめず、矛盾対立するものとして拒否するのである。だが、矛盾対立するものはなぜ存在してはいけないのか。いや、そのことよりも、個人はこのみづからの危機に際会してなぜ抗議しないのか。

ぼくがこの数年間たえず感じてきた脅威は、ミリタリズムそのものでもなければナショナリズムそのものでもなかつた——それはそれらの背後にひそむ個人抹殺の暴力であり、その意味においてボルシェヴィズムにも通ずるものであつた。しかしかうして戦争中にぼく自身の感じてゐた危機にぼくはどう抗議してよいか途方にくれた。反戦的言動がたゞちにぼくの恐怖をとりのぞいてくれるものとはうそにも信じられなかつたのである。ぼくの敵は賢明にも煙幕を張つてゐた。このときぼくは——ぼくのわづかになしえたことといへば、ロレンスの「黙示録論《アポカリプス》」を訳出することにすぎなかつた。が、その出版はつひに許可されなかつた。ぼくはぼくたちの同人雑誌にその解説を書いて、せめてもの鬱をはらした。

しかし今世紀における個人の敗退はいつたいなにを意味するものであらうか。それはいかなる原因によるものであらうか。いふまでもない。ぼくたちが個人の存在権にひけめを感じるやうになつた原因は、前世紀における個人の勝利そのもののうちに見いだされねばならぬのである。個人が社会から離反し、社会的価値に対する個人的価値の優位性を信じ、一が他を蔑視否定したこと、そのことのうちに個人の不安とうしろめたさとが胚胎した。いかなる点においても社会とつながらず、いかなる点においても社会的価値と通じてゐない個人といふものを考へるならば、それが、現代における社会的なるものの攻勢に対して、その個人的価値の暴力的抹殺に対して、なんら抗弁すべき拠りどころをもたなかつたといふのも当然であらう。もちろん現世紀にはいつても個人の側から孤独な精神がいくたびか反撃をこゝろみてはきた。が、ふしぎなことに、その反撃のうちにひそかにみづからの代弁者を見てゐた知識階級がつひにこれを支持しようとはしなかつた。ぼくはそのことのうちに忌まはしい卑劣と臆病とをしかみとめることができない。

たとへばジッドの「ソヴェト紀行」についても、知識階級はまづ自分たちのものわかりよさを示さうとつとめる。で、彼らのなしたことはといへば、ジッドのコムミュニズム転向に関して前世紀個人主義の限界を看取することであり、かれの観察に猜疑の眼をむけ、したがつて政治の善き意図と善き名分とのもとにおこなはれる過失を一時のゆきすぎとして寛容に黙認しようとすることであつた。かれらのなによりもおそれたことは、歴史の必然性について、新時代の思想とそのこゝろみとについて、自分たちの無理解を表明することであり、そしてまたかれらの神でもある知性に刃むかふことであつた。このやうなかれらの恐怖はたしかにいはれなきことではない。かれらは自己のうちになんら恃むにたるものをもつてゐなかつた。社会との聯関を失つたかれらは自分たちが社会に役だつ存在であるといふ自信もまた失つてゐた。そして社会に役だつ自己といふこの前提なしに、かれらはいかなる自己主張をもなしえず、現世紀の不法な個人抹殺に対して沈黙する以外に道がなかつたわけである。かくしてかれらはかれら自身の代弁者にすら冷淡と疑惑をもつて対するよりほかはなかつた。

ぼくは戦争中における日本の知識階級や文学者たちの戦争協力をこの意味においてしか理解しえない。ミリタリズムが彼らの気にいつたわけではない。帝国主義に彼らが讃同したわけでもない。たゞかれらはそれらに抗弁するだけの根拠を自己のうちにもたなかつたまでである。もちろんファシズムの狂熱と虚妄とを一挙にうちやぶるより優位の世界観をかれらが知らなかつたはずもなからう――にもかゝはらず、かれらの内部に棲む薄弱な個人を捲きこんだのは戦争の現実であつて、一片のファシズム理論などではなかつた。この現実に彼らの個人が足をさらはれたといふ意味において、ぼくは戦争中の知識階級の狂態を一時期前のコムミュニズムの流行と同一視するのになんのさはりも感じない。その当時にあつても彼らの眼を奪つたものはコムミュニズムそのものであるよりは現実の力であり、その反面に彼らの自我の空虚さであつた。そして右翼と左翼との別を問はず、その背後にある社会的価値に対する個人の劣等意識こそ、今日もまたぼくの眼に看過しえぬ大きな問題として映じてゐるのにほかならない。

ひとびとはあらゆる個人的価値の底にエゴイズムを見、それゆゑに個人は社会のまへに羞恥する。が、現実を見るがいい――社会正義といふ観念の流行にもかゝはらず、現実は醜悪な自我の赤裸々な闘争場裡となつてゐるではないか。いや、なほ悪いことに、あらゆる社会正義の裏口からエゴイズムがそつとひとしれずしのびこんでくる。当然である――いかに抑圧しようとしてもけつして消滅しきれぬ自我であり、それゆゑに大通りの通行禁止にあつてみれば、裏口にまはるよりほかに手はなかつたといふわけである。ぼくがもつともおそれるのはそのことにほかならない。社会正義の名によりひとびとが蛇蝎のごとく忌み憎んだエゴイズムとは、かくして社会正義それ自身の専横のもちきたらした当然の帰結にほかならぬのである。現代のオプティミズムは政治意識と社会意識とを強調してゐるが――それはそのかぎりにおいて正当な主張であるとしても――このさいひとびとの脳裡にある図式は、いさゝかの私心も野望もなき個人といふものの集合のうへに成りたつてゐる。たしかにかれらの世界観は知性の科学によつて空想的ユートピアに堕することをまぬかれてはゐよう。が、個人の秘密を看過したことにおいて、個人が小宇宙であるといふ古めかしい箴言を一片のほぐとして葬りさつたことにおいて、さらに社会意識といふものによつて個人を完全に包摂しうると考へたことにおいて、まさに空想的、観念的なユートピアの域をいでぬものであらう。

　しかし文学者や知識階級の過去における政治意識、社会意識の欠如を指摘し、かれらにその正しい把握をすゝめることは、たしかに健全な主張である。なぜなら、かれらが今日まで政治と社会とに対する関心をもたなかつたことが、政治に対して文学を、社会に対して個人を押しだす自信をもたしめなかつたからである。政治と社会とに対する正当な関心があるとすれば——さういふ正しい関心と意識とをもつた個人であるならば、個人の抹殺に対して抗議するのになんの羞恥もうしろめたさもいらぬではないか。いや、羞恥や体裁の問題ではない、今日、個人は生か死かの問題に当面してゐるのである。今日の知識階級は、かれらが知識階級としての権利と義務とを抛棄せぬかぎり、なにものにかへても個人の存在権を擁護しなければならない。もしこの役割をのがれてこの混乱期をのりきらうとねがふならば、後代はおそらくぼくたちを非難してやまぬであらう——しかも皮肉なことに、ぼくたちがより広い意味において政治的、社会的視野をもちえず、時代の歴史的必然性を見ぬきえなかつたといふかどによつて。

　ぼくたちはエゴイズムのために個人を羞恥してゐる。が、エゴイズムは個人の責任ではない。エゴイズムがときに醜悪な表情をとるとしても、それはあくまで社会正義に逐ひこまれて窮した個人のすがたにほかならぬ。とすれば、罪は個人をさういふ窮状に逐ひこんだ社会正義の側に帰せられねばならない。僕はつまらぬ詭弁を弄してゐるのではない。現在、戦争の性格が問題にされ、その帝国主義的野望が批判されてゐるにもかゝはらず、たとへそれが侵略戦争であつたにしろ、その末期において国民の大部分が反軍的、反戦的気分におちいつていつたのは、けつしてこの戦ひが邪悪なものであるといふ知的批判からいでたものではなく、たんに自分たちの生活と生命とがおびやかされてゐるといふエゴイズムから生れたものであるといふ単純な事実が見のがされてゐる。が、ぼくたちはこの単純な事実をはつきり見てとらねばならぬ。この事実によつて僕たちの理解しうることは、一億の民衆のひとりひとりを忠良な臣民であり、無私の愛国者であり、隣人のためには自己の安逸をすててかへりみない愛他的な理想国民であると考へた軍人の頭脳の計りうべからざる愚かさであらう。そしてさういふ彼らの頭脳を支配してゐた観念こそは国家正義であり、それが個人を抹殺したのである――しかも彼らは彼らの国家正義のかげに権力慾の満足がかくされてゐたことすら気づかなかつたか、それとも気づかぬふりをよそほつてゐた。

さらに、このやうな名分のうしろでじつはエゴイズムとの相剋がおこなはれてゐた事実を忘却したかのやうに、たゞ戦争の性格を論じ、敗戦によつてその邪悪の勢力の倒れたことをよろこび、当時のまことに個人的な心理的事実を無視してしまふこと、そのことのうちにふたゝび——今度は国家正義ではないが——社会正義の無批判的な信仰が復活するのである。いまや、かうしてひとびとはぼくたちのひとりひとりが善良なる社会人であるといふ想定のもとに、いや、さういふ強要のもとに現実の苦難を切りぬけようとしてゐるかにみえる。これこそ観念論的オプティミズムといはずしてなんであらうか。そしてこのオプティミズムをしていつそう悪質なものたらしめてゐる実状として、ぼくたちは社会正義のうらにもまたエゴイズムの支柱を見のがしえぬのである。もちろん社会正義への情熱をすべてエゴイズムの一語をもつて蔽ふことは許されぬし、たとへエゴイズムであるにしろ、それが社会的福祉にむかつてゐる以上とやかくいふべきすぢあひのものではないといふ論拠もなりたつのであらうが、じつはそこに危険がありはしないか。なぜなら、人々は、そのやうな論理の煙幕をはることによつて、人間の論理といふものがエゴイズムの満足を考へられずにはなにごともなしえぬ動物であるといふ事実に眼をそらしてゐるからである。社会正義がエゴイズムに支へられてゐること、それはそれでいゝが、それでゐてその事実を自覚し是認しないといふことになれば、事態は許しがたいものとならうし、わざはひはほとんど収拾しがたいものとなるであらう。

四

ふたゝび、誤解をさけるためにことはつておくが、僕は文学者が政治意識をもたなくてはならぬとかなんとか、さういふ場でものをいつてゐるのではない。政治と文化との一致、社会と個人との融合といふことがぼくたちの理想であること——そのことはあたかも水を得るために水素と酸素との化合を必要とするといふことほど、すでに懐疑の余地のない厳然たる事実である。問題はその方法である。その理想を招来するための政治や文学の在りかた、社会や個人の在りかたが問題なのである。ぼくは両者の完全な一致を夢見るがゆゑに、その截然たる区別を主張する。乖離でもなく、相互否定でもない。両者がそれぞれ他の存在と方法とを是認し尊重してのうへで、それぞれの場にゐることをねがふのである。それを僕はたゞ文学者として、文学の立場からいつたにすぎず、また今日のさかんな政治季節を考慮にいれていつたのにすぎない。

文学は阿片である——この二十世紀においては宗教以上に阿片である。阿片であることに文学はなんで自卑を感ずることがあらうか。現代のぼくたちの文学をかへりみるがいゝ——阿片といふことがたとへ文学の謙遜であるにしても、その阿片たる役割すらはたしえぬもののいかにおほきことか。阿片がその中毒患者の苦痛を救ひうるやうに、はたして今日の文学はなにものを救つてゐるのであらうか。所詮は他の代用品によつても救ひうる人間をしか救つてゐないではないか。とすれば、そのやうな文学は阿片の汚名をのがれたとしても、またより下級な代名詞を与へられるだけのことにすぎない――曰く、碁、将棋、麻雀、ラジオ、新聞、なほ少々高級なものになつたところで哲学、倫理学、社会学、心理学、精神分析学……。こゝでもぼくはそれらに対する文学の優位をいふほど幼稚ではない――たゞ持場の相違に注意を求めるだけにすぎぬ。文学は――すくなくともその理想は、ぼくたちのうちの個人に対して、百匹のうちの失はれたる一匹に対して、一服の阿片たる役割をはたすことにある。

　政治のその目的達成をまへにして――そしてぼくはそれがますます九十九匹のためにその善意を働かさんことを祈つてやまず、ぼくの日常生活においてもその夢をわすれたくないものであるが――それがさうであればあるほど、ぼくたちは見うしなはれたる一匹のゆくへをたづねて歩かねばならぬであらう。いや、その一匹はどこにでもゐる――永遠に支配されることしか知らぬ民衆がそれである。さらにもつと身近に――あらゆる人間の心のうちに。そしてみづからがその一匹であり、みづからのうちにその一匹を所有するもののみが、文学者の名にあたひするのである。

　かれのみはなにものにも欺かれない――政治にも、社会にも、科学にも、知性にも、進歩にも、善意にも。その意味において、阿片の常用者であり、またその供給者であるかれは、阿片でしか救はれぬ一匹の存在にこだはる一介のペシミストでしかない。その彼のペシミズムがいかなる世の政治も最後の一匹を見のがすであらうことを見ぬいてゐるのだが、にもかゝはらず阿片を提供しようといふ心において、それによつて百匹の救はれることを信じる心において、かれはまた底ぬけのオプティミストでもあらう。そのかれのオプティミズムが九十九匹に専念する政治の道を是認するのにほかならない。このかれのペシミズムとオプティミズムとの二律背反は、じつはぼくたち人間のうちにひそむ個人的自我と集団的自我との矛盾をそのまゝ容認し、相互肯定によつて生かさうとするところになりたつのである。唾棄すべき観念論的オプティミズムとは、この矛盾をいづれの側へか論理的に一元化しようとするこゝろみを意味する。

ぼくにこのペシミスティック・オプティミズムをはつきり自覚させたものが、ロレンスであつた。ぼくはこの文章においてかれの「黙示録論」を紹介するつもりで筆をとつたのであるが、そこまでいたらずして終つた。が、ぼくはぼく自身の言葉で語りたかつたし、すでにその目的をはたしてゐる。ロレンスについてはまた別の機会に語りたい。

（四六・一一・三〇）

肉体が人間である

田村泰次郎

一九四七(昭和二二)年五月、『群像』に発表。ジョイスやヴァレリーの影響を受けた作家兼批評家だった田村は、昭和十五年に陸軍に応召され北中国を転戦。昭和二十一年二月に帰国したのち、日本軍の捕虜になった中国人女性と日本軍兵士の恋愛を物語った「肉体の悪魔」(昭和二一・九)や、有楽町を舞台に敗戦後のパンパンを活写した「肉体の門」(昭和二二・三)などによって「肉体文学」の旗手とみなされるようになった。本論で述べられているる「肉体」を基盤としない「思想」への不信は田村自身の戦場体験に裏打ちされた主張だったが、同時にそれは織田作之助「可能性の文学」(昭和二一・一二)や坂口安吾「肉体自体が思考する」(昭和二一・一一)などと歩調を合わせたものでもあった。折しも敗戦後に占領下にあった日本は「性の解放」を謳歌していた。戦時を想起させる「思想」の否定と「エロ」としての「肉体」の肯定は、ストリップ・ショーやカストリ雑誌などに象徴される戦後の世相を反映したものでもあった。底本には初出誌を用いた。

田村泰次郎(一九一一―八三)　小説家。小説「春婦伝」「蝗」、評論集『肉体の文学』など。

私の「肉体の悪魔」について、ある批評家が「この作品には思想がない」と指摘していた。最近書いた「肉体の門」についても、批評家は同じ批評を下すにちがいない。その批評を見たとき、私は近代の日本人の「思想」というものの考え方を、改めて考えさせられた。私にはその批評家のいう「思想」というものが、どういうものを指しているのか、大体わかるような気がする。近代の日本人はそういうものを「思想」と呼んできて、そのことは敗戦後の今日も依然としてかわらないのである。そういう「思想」は戦時中はどっかに影をひそめていたのだが、敗戦となると、自分こそ日本軍閥打倒の立役者だったような顔つきをして、またのさばりだしてきている。

そういう「思想」から見て、私の小説は「思想のない小説」らしいのである。けれども、私は民族を戦争の惨禍から救うことになんの力の足しにもならなかったような「思想」は、いまではちっとも信用していない。信用していないどころか、そんないい加減な上すべりの、おっちょこちょいの「思想」には、腹立たしさと憎しみさえ覚えている。だから、そういう「思想」的立場から私の小説には「思想がない」といわれることは、むしろ光栄である。

私は思想というものを、自分の肉体だと考えている。自分の肉体そのもの以外に、どこにも思想というものはないと思っている。従って、私は自分の肉体性が、まだ十分作品行動として具体化されていないということで、私の小説はまだ十分に思想的でないとは自覚しているが、まったく「思想がない」とは考えていない。私は自分の肉体をどこまでも追求することで、思想を探求することが出来ると思っている。いや、自分の肉体を考えずに、思想というものの存立さえも、私には考えられない。

私はこの戦争の期間を通じて、肉体を忘れた「思想」が、正常の軌道を踏みはずしたような民族の動きに対して、なんの抑制も、抵抗もなし得なかったのを見た。また長い野戦の生活で、私はもっともらしい「思想」や、えらそうな「思想」をかかげている日本人が、獣になるのを体験した。私もその獣の一匹であった。私は戦場で、幾度日本民族の「思想」の無力さに悲憤の涙にかきくれながら、日本人であることの宿命をなげいたことであろう。私は、既成の「思想」なるものが、私たちの肉体となんのつながりもなく、そしてまた、私たちの肉体の生理に対して、なんの権威もないものであることを、いやというほど知らされた。復員してからも同じことだ。これまでの「思想」が、今日のこのヤミと、強盗と、売春と、飢餓の日本を、すこしでもよくしたろうか。ところが、既成の「思想」は相変らず旧態依然たるお説教と、脅かしとを、私たちの前にくりひろげているだけである。けれども、もはや私たちは誰も「思想」を信じない。

今日、「思想」は頭から私たちを、ただ威嚇して押えようとしているだけである。日本民族のなかでは、「思想」は強権的色彩を帯んだ専制政治を、長いあいだつづけてきたが、いまや肉体はそれに対してあきらかに反逆しようとしている。「思想」への不信は徹底的である。私たちは、いまやみずからの肉体以外のなにものも信じない。肉体だけが真実である。肉体の苦痛、肉体の欲望、肉体の怒り、肉体の陶酔、肉体の惑乱、肉体の眠り、――これらのことだけが真実である。これらのことがあることによって、私たちははじめて自分が生きていることを自覚するのだ。

肉体はいまや、一せいに蜂起した「不逞の徒」に似ている。肉体が、蓆旗《むしろ》やプラカァドを押し立て、銅鑼《どら》を鳴らして、「思想」にむかって攻め寄せているのが、今日の現実ではないか。飢えた寡婦は子に食わさんがために、街にみずからの肉をひさいでいる。踊り場のダンサアと熱海へ遠出をしたいために、強盗をはたらく若者がある。強姦をして、片っぱしから女を締め殺す「紳士」がある。メリケン粉を阿片《アヘン》だと嘘ついて、五万円に売りつけ、ばれそうになって相手を射殺する学生がある。浮浪児と野良犬とは巷にあふれ、かっぱらいをし、ゴミ溜をあさっている。肉体は疼《うず》き、喚声をあげ、ぶっつかりあって、血が流れ、火花が飛んでいる。これが肉体の「思想」に対する全面的不信のあらわれでなくてなんであろう。

私は肉体の生理こそ、最も強烈にして唯一の人間的営為であることを、骨身に徹して知った。人間のどんな考えも、肉体を基盤にしなければ、頼りにならないものであることを、私は信じる。肉体こそ、すべてだ。三十七歳の私の肉体が、それを確信している。私は肉体から出たものでない一切の「思想」を、一切の考え方を、絶対に信じない。

そういう意味で、肉体の探求の徹底、肉体の解放の徹底を、私は念願する。一体、肉体とはなんであるか、このもっとも根本的な問題を探求することを、日本人はおこたっていた。日本人は人間を構成する基本的条件である肉体の問題について、あまりに偏狭に考えすぎてきた。そんな問題に没頭することを、下卑ているように考える習慣もあった。封建主義によって利用されてきた儒教の影響もあったし、また日本人が菜食民族であったためでもあろう。実際、これまでの日本民族の肉体的慾望は肉食民族にくらべてすくなかったにちがいない。けれども、近代に於いては私たちの生活様式も国際的になり、それにつれて食物などもかわってきたため、私たちの肉体内容にも大きな変化がもたらされている。私はそういう肉体の声に素直に耳をかたむけようと思うのだ。さいわい、私は七年にわたる銃火の生活で、元来よくない記憶力にまた一段と磨きをかけてきたし、がさつな起居の間に論理的にものを考えることからも遠ざかっていたために、まるで生れ直した赤ん坊のように、自分の肉体のカンだけでしか、ものを考えられない状態なのだから、その点はあつらえむきである。

敗戦によって、日本人の自信や、いままで持っていた「思想」は、いちどきに崩れ去ってしまった。肉体を基盤としない「思想」のなんという脆《もろ》さ。それだのに、日本人は焼跡にまたこりずに一夜づくりのバラックを建て、畳を持ちこんで、そのなかにあぐらをかいて、また独断にみちた太平楽をならべたてようとしている。自分だけは敗戦の責任のなかったようなことをいいたてるのが、近頃流行っているが、それで他人の眼はごまかすことが出来ても、果して自分の魂をごまかすことが出来るであろうか。私はこんな時代に混乱しないような「思想」を、思想とは思わない。こんな時代に論理的にものをいう人間を信用しない。深夜、ひそかに敗戦の悲惨を嚙みしめ、みずからの肉体をひき裂き、心臓をつかみだして、壁に叩きつけたい寂しさと、かなしさに号泣しないような魂を、私は絶対に信用しない。

　私たちはなぜこんな大戦争を計画し、なぜ負けたのだろうか。原因はいろいろあるにちがいない。けれども、私は肉体をはなれた私たちの「思想」こそ、その重大な原因の一つだと思う。肉体の上に立たない人間性が、なんの力があるだろうか。肉体の意味を知ることは、人間の意味を知ることだ。最近、内務省ではエロを取締るという。いわゆる「思想」家たちのなかにも、頽廃文学に対して、ある程度の役人の干渉があることを支持するようなことをいっている者がある。私はこんなことは反対だ。頽廃ということが、今日の日本人の現実を意味するようなものならば、まだ頽廃文学というのは出ていない。今日の現実をどぎつく表現したものであるならば、むしろ健康だと私は思うのだが、そういう小説はまだあまりあらわれていないようだ。私はそんな小説が、もっとどんどんあらわれねばならぬと思う。今日の日本人は正直に敗戦国民らしい現実をくりひろげているが、「思想」家や、小説家はいっこうに敗戦国の思想家や、小説家らしくない。日本の「思想」家や、小説家は、救い難い慢性的なウソつきである。それはあまりに慢性的であるために、自分がウソつきであるかどうかということさえ、自分で気づかないのである。第一、敗戦の自覚さえないようだ。もっと敗けた国の文学らしく、もっと混乱し、もっとめちゃくちゃになり、もっとエロになり、もっとハメをはずさなければならない。敗けた国だからそうなるのが当然のはずで、そうならないのはどこかにごまかしがある証拠である。敗戦の厳粛な事実を骨身に徹して自覚せず、きれいごとに口をぬぐい頬かむりをしてやりすごそうという、スリみたいな小ずるいたくらみを持っているから、そうなるのだ。

私は役人がエロを取締るのは絶対反対だ。そんなものは人民にまかせておくべきだ。人民の肉体が解決する問題である。私は敗戦を契機に、この千載一遇の機会をのがさずに、ここで日本人の肉体をうんと肥らせなければならないと思う。エロなどというものを包容して、なお余裕綽々《しゃくしゃく》たる肉体を、日本人が是非持たなければならない。そして、その肉体を基盤として、その上に壮大堅牢な人間性をつくりあげなければならない。

そういう肉体の深く、ひろい基盤の上にこそ、はじめて図太い、日本的感傷の範囲をつきぬけた逞ましい、いまの常識ではいやらしいような「人間」を、日本民族のなかに確立することが出来るのである。そういう「人間」こそ、私は本当に思想のある人間だと考えるのだ。その「人間」を基盤に、はじめて自由で世界的な文化が建設出来るのだと信じるのだが、あんまり話がうまく論理的にいきすぎるから、そこまでは考えなくてもよさそうだ。

とにかく、私たちは人間らしい人間にならなければいけない。そのためには、人間を構成する基本的条件である肉体を自由に解放し、これまでの肉体をしばっていたいろんな制約を解いて、赤ん坊のように自然に呼吸づかせ、それを探求しなければならない。それをすることで、本当の人間とはどんなものか、それがわかるにちがいない。お互いにもう猫をかむり、ウソをつくのはやめよう。敗戦国の小説家らしく、私は激動する現実の波浪のなかに謙虚に脅え、みずからもまた激動しつづけたい。

横光利一弔辞

川端康成

一九四八(昭和二三)年二月、『人間』に「横光利一」として発表。横光利一は昭和二十二年十二月三十日に亡くなり、翌年一月三日に告別式がおこなわれた。その折に読まれた弔辞である。川端と横光は大正十年、菊池寛の家で出会って以来、『文芸時代』を創刊するなど、昭和文学確立のためにともに戦い、つねに並称されつづけてきた僚友である。日本の敗戦と同時に、渾身の力を込めて書きついできた長編「旅愁」を未完成のままに逝った横光の死は、またひとつの時代の区切りを強く意識させるものだった。川端の横光を悼む言葉は二重に深い悲しみをたたえ、沈痛きわまりない。戦前にすぐれた文芸時評家であった川端は、また多くの弔辞を書いているが、この弔辞はひとつの批評たりうるものであった。「僕は日本の山河を魂として君の後を生きてゆく」という川端は、戦後まもなくして書かれた「哀愁」(昭和二二・一〇)において「敗戦後の私は日本古来の悲しみのなかに帰ってゆくばかりである」ともいっている。底本には『川端康成全集』第三十四巻(一九八二、新潮社)を用いた。

川端康成(一八九九―一九七二)　小説家。一九六八年にノーベル文学賞を受賞。小説「伊豆の踊子」「浅草紅団」「雪国」「千羽鶴」「山の音」「眠れる美女」など。

横光君

ここに君とも、まことに君とも、生と死とに別れる時に遭《あ》った。君を敬慕し哀惜する人々は、君のなきがらを前にして、僕に長生きせよと言う。これも君が情愛の声と僕の骨に沁《し》みる。国破れてこのかた一入《ひとしお》木枯にさらされる僕の骨は、君という支えさえ奪われて、寒天に砕けるようである。

君の骨もまた国破れて砕けたものである。このたびの戦争が、殊《こと》に敗亡が、いかに君の心身を痛め傷つけたか。僕らは無言のうちに新《あら》たな同情を通わせ合い、再び行路《こうろ》を見まもり合っていたが、君は東方の象徴の星のように卒《にわか》に光焔を発して落ちた。君は日本人として剛直であり、素樸《そぼく》であり、誠実であったからだ。君は正立し、予言し、信仰しようとしたからだ。

君の名に傍《そ》えて僕の名の呼ばれる習わしも、かえりみればすでに二十五年を越えた。君の作家生涯のほとんど最初から最後まで続いた。その年月、君は常に僕の心の無二の友人であったばかりでなく、菊池さんと共に僕の二人の恩人であった。恩人としての顔を君は見せたためしはなかったが、喜びにつけ悲しみにつけ、君の徳が僕を霑《うるお》すのをひそかに僕は感じた。その恩頼は君の死によって絶えるものではない。僕は君を愛戴する人々の心にとまり、後の人々も君の文学につれて僕を伝えてくれることは最早《もはや》疑いなく、僕は君と生きた縁を幸とする。生きている僕は所詮《しょせん》君の死をまことには知りがたいが、君の文学は永く生き、それに随って僕の亡びぬ時もやがて来るであろうか。

君の業績閲歴を今君に対《むか》って言うには僕はさびし過ぎる。ただ僕の安佚《あんいつ》の歩みが、あるいは君に嶮難を攀《よ》じさせる一つの無形の鞭《むち》とはならなかったかと、君が孤高に仆《たお》れた今、遥かな憂えと悔いとへ僕を誘う。君と僕との文学は著しく異《ことな》って現れたけれども、君の生来は僕とさほど離れた人ではなく、君の生れつかぬものが僕に恵まれているわけではなかった。君は時に僕を羨《うらや》んでいた。僕が君の古里に安居して、君を他郷に追放した匂もないではなかった。開発者として遍歴者としての君の便りのなかに、僕は君の懐郷の調べも聞いていた。なつかしい、あたたかい、ういういしい人の、高い雅《みや》びの歌も聞いていた。感覚、心理、思索、そのような触手を閃《ひら》めかせて霊智の切線を描きながら、しかし君は東方の自然の慈悲に足を濡《ぬ》らしていた。君の目差《まなざし》は痛ましく清いばかりでなく、大らかに和《なご》んでもいて、東方の無をも望み、東方の死をも窺《うかが》っていた。

君は日輪の出現の初めから問題の人、毀誉褒貶《きよほうへん》の嵐に立ち、検討と解剖とを八方より受けつつ、流派を興し、時代を劃《かく》し、歴史を成したが、かえってそういう人が宿命の誤解と訛伝《かでん》とは君もまぬがれず、君の孤影をいよいよ深めて、君を魂の秘密の底に沈めていった。西方と戦った新しい東方の受難者、東方の伝統の新しい悲劇の先駆者、君はそのような宿命を負い、天に微笑を浮かべて去った。君は終始頭《こうべ》を上げて正面に立ち、鋭角を進んだが、野望も覇図も君が本性ではなく、君は稚純敦厚の性、謹廉温慈の人、生涯土の落ちぬ璞《あらたま》であった。君の仁沢が多く後進を育《はぐく》み、君の高風が広く世人にわたり、君が文学者として稀に浄潔和暖の生を貫いたのは、また君の作品中の精神の試案であり設計であるような若干にも、清冽の泉に稲妻立ち、高韻の詩に天の産声《うぶごえ》あったのは、君の人の美しさであった。これは君のなき後も僕の生の限り僕を導く。

君に遺された僕のさびしさは君が知ってくれるであろう。君と最後に会った時、生死の境にたゆたうような君の目差の無限のなつかしさに、僕は生きて二度とほかでめぐりあえるであろうか。さびしさの分る齢《よわい》を迎えたころ、最もさびしい事は来るものとみえる。年来の友人の次々と去りゆくにつれて僕の生も消えてゆくのをどうとも出来ないとは、なんという事なのであろうか。また今日、文学の真中の柱ともいうべき君を、この国の天寒く年暮るる波濤《はとう》の中に仆す我らの傷手《いたで》は大きいが、ただもう知友の愛の集まりを柩《ひつぎ》とした君の霊に、雨過ぎて洗える如き山の姿を祈って、僕の弔辞とするほかはないであろうか。

横光君

僕は日本の山河を魂として君の後を生きてゆく。幸い君の遺族に後の憂えはない。

昭和二十三年一月三日

重症者の兇器

三島由紀夫

一九四八(昭和二三)年三月、『人間』に発表。「新しい文学主張」という特集に寄せられた一篇。戦後批評を担ったのは、戦争とファシズムからの解放を「第二の青春」(荒正人)と捉えた三十代と、かつて解体を余儀なくされたプロレタリア文学を民主主義文学として復活させようとした四十代であった。三十代の評論家が四十代の旧左翼人に抱いた不信感は、「政治と文学論争」など多くの論議を惹起させたものの、戦前にマルクス主義の洗礼を受け、戦争という「暗い谷間」を耐えた両世代は、戦後を可能性に満ちた時代として迎えることができた。が、三島ら二十代は戦争を原体験として否応なくうけいれ、孤絶した極限世界で「いかに美しく死ぬか」という命題を生きねばならなかった特異な世代である。このような生と死をめぐる緊張感、充足感が失われた敗戦後、三島は戦中に培ったみずからの美学や文学理念を「兇器」に仮託することを表明。以後、三島文学はこうした背理と寓意に満ちた美意識に貫かれることになる。底本には初出誌を用いた。

三島由紀夫(一九二五—七〇) 本名平岡公威《きみたけ》。小説家、劇作家。市ヶ谷自衛隊駐屯地で割腹自殺。小説「仮面の告白」「禁色」「金閣寺」「豊饒の海」、戯曲「鹿鳴館」など。

われわれの年代の者はいたるところで珍奇な獣でも見るような目つきで眺められている。私の同年代から強盗諸君の大多数が出ていることを私は誇りとするが、こういう一種意地のわるいそれでいてつつましやかな誇りの感情というものは他の世代の人には通ぜぬらしい。みだりに通じてくれては困るのである。

しかし、いつか通じる時が来る。サナトリウムに、今までいたどの患者よりも重症の患者が入院してくる。すると今までいたあらゆる患者の自尊心は、五体の健全な人間がさわがしくそこへ入って来るのを見ることによってよりも、はるかに甚だしく傷つけられる。かくしてかれらは一人一人のもっていた病気の虚栄心を、一転、健康の虚栄心に切りかえる。俺はお前より毎日二分づつ熱が高いよと自慢していた男が、その日から、俺はお前より毎日二分づつ熱が低いよと言い出した男に負けるのである。こういう価値の転換は、あの重症者を無視するための非常手段としてたしかに意味のあることである。彼らは安心して死を嘲けるようになる。しかし万が一、第一の重症者が医者の誤診であって、一週間もするとぴんぴんして退院してしまったら、あとはどうなることだろう。

精神の世界では、こんなありえないような事件が屢〻起るのである。そして寓話的な説明を台無しにしてしまうのがおちである。

われわれの年代——この奇怪な重症者——は、幸いにしてまだサナトリウムに入院してはいない。しかし私の直感にして誤りがないならば、サナトリウム内部では、既に無敵の重症者(リラダンの常套句に見るごとく、「もっと良い」ということは「良い」ということの敵であるから)の入院が噂され、この不吉な予測におびえて、早くも徐々に価値の転換が行われだしているようである。暗黙の約束による転換であれば、明示の約束よりずっと確実に実行されること疑いない。とはいえ、賢明な彼らのうちの一人でも、来るべき第一の重症者が、入院一週間後、第一の健康者として誰よりもはやく退院してゆく成行を、予見することができようか。

若い世代は、代々、その特有な時代病を看板にして次々と登場して来たのであった。彼らは一生のうちには必ず癒《なお》って行った。(と言っても、カルシュウムの摂取で病竈《びょうそう》を固めてしまっただけのことだが。)しかしここに不治の病を持った一世代が登場したとしたら、事態はおそらく今までの繰り返しではすまないだろう。その不治の病の名は「健康」と言うのであった。

一例をあげよう。たとえば私はこの年代の一人としてこういう論理を持っている。

『苦悩は人間を殺すか? ——否。

思想的煩悶は人間を殺すか? ——否。

悲哀は人間を殺すか? ——否。

人間を殺すものは古今東西唯一つ〈死〉があるだけである。こう考えると人生は簡単明瞭なものになってしまう。この簡単明瞭な人生を、私は一生かかって信じたいのだ。』私は私自身、これを「健康」の論理だと感じるのだ。この論理には、あるいは逃避の、あるいは自己放棄の影が見られるかもしれない。それにしてもこの性急な「否」に、自己の病の不治を頑《かたく》なに信じた者の、快癒《かいゆ》の喜びを決して知らない者の、或るいたましい平明な思考がひそむのを人は見ないか？

戦争は私たちが小学生の時からはじまっていた。新聞というものは戦争の記事しか載っていないものと思っていたので、ある朝学校へ行って「アベのオサダ！　アベのオサダ！」と皆がさわいでいるのをきいても何のことかわからなかった。中学へ入ると匆々《そうそう》、教練の時間が二倍になった。そのうちに、ゲートルを巻かなければ校門をくぐれないようになった。銃剣術も日課の一つであった。成長しきらないわれわれの声帯から、あの銃剣を突き出すときの「ギヤッ」という掛声が発せられても、嗜虐的《しぎゃくてき》であるべき「ギヤッ」が青くさい被虐的な「ギヤッ」になってしまうので、校庭には異様な凄惨な雰囲気がただよった。

これから見ても、われわれの世代を「傷ついた世代」と呼ぶことは誤りである。虚無のどす黒い膿《うみ》をしたたらす傷口が精神の上に与えられるためには、もうすこし退屈な時代に生きなければならない。退屈がなければ、心の傷痍は存在しない。戦争は決して私たちに精神の傷を与えはしなかった。

のみならず私たちの皮膚を強靭《きょうじん》にした。面《つら》の皮もだが、おしなべて私たちの皮膚だけを強靭にした。傷つかぬ魂が強靭な皮膚に包まれているのである。不死身に似ている。縁日の見世物に出てくる行者のように、胸や手足に刀を刺しても血が流れない。些細な傷にも血を流す人々は、われわれを冷血漢と罵《ののし》りながら、決して自殺が出来ない不死身の不幸についていては考えてみようともしない。「生の不安」という慰めをもたぬこの魂の珍妙な不幸を理会しない。

——私は自分の文学の存在理由ともいうべきものをたづねるために、この一文を書きはじめたのではなかったか。しかしすでにその半ばを、私は自分の年代の釈明に費して来た。それは私が、文学が環境の産物であるという学説を遵奉《じゅんぼう》しているためではない。ただ何らかの意味で私たちが、成長期をその中に送った戦争時代から、時代に擬すべき私たちの兇器をつくりだして来たということを言いたかったのだ。丁度若き強盗諸君が、今の商売の元手であるピストルを、軍隊からかっさらって来たように。そして彼らが自分たちの生活をこの一挺のピストルに託しているように、私たちも亦、私たち自身の文学をこの不法の兇器に託する他はないだろうから。盗人にも三分の理ということは、盗人が七分の背理を三分の理で覆おうとする切実な努力を、つまりはじめから十分の理をもっている人間の与り知らない哀切な努力を意味している。それはまた、秩序への、倫理への、平静への、盗人たけだけしい哀切な憧れを意味する。

先頃ある批評家が、私が文学というものを生活から離れた別のものとしてはっきり高く考えていることを指摘した。私は喜んでその指摘をうべなう。しかしそれはそれとして、「芸術」というあの気恥かしい言葉を、とりわけ作家・批評家にとってはタブウであるらしいあの言葉を、臆面もなくしゃあしゃあと素面《しらふ》で口にするという芸当は、われわれ面の皮の厚い世代が草始することになるだろう。作家は含羞から、批評家は世故から、芸術だの芸術家だのという言葉をたやすく口にしなかった。彼らは素朴な観念というものが人を裸かにすることを怖れるあまり、却ってその裏を搔いて、素朴な観念ほど人間の本然の裸身を偽るものはないという教説を流布させた。「芸術」とは人類がその具象化された精神活動に、それに用いられた『手』を記念するために与えた最も素朴な観念である。しかしこの言葉がタブウになると、それは「生」とか「生活」とか「社会」とか「思想」とかいうさまざまな言替《いいかえ》の言葉で代置された。これらの言葉で人は裸かになりえたか。なりえない。何故なら彼らはこれらの言葉が、この場合、代置としてのみ意味を持たしめられていることに気附いていないのだから。それに気附きつつそれに依った真の選ばれた個性は、日本ではわずかに二、三を数えるのみである。

私はそのような選ばれた人々のみが歩みうる道に自分がふさわしいとする自信をもたない。だから傷かない魂と強靭な皮膚の力を借りて、「芸術」というこの素朴な観念を信じ、それをいわゆる「生活」よりも一段と高所に置く。だからまた、芸術とは私にとって私の自我の他者である。私は人の噂をするように芸術の名を呼ぶ。それというのも、人が自分を語ろうとして嘘の泥沼に踏込んでゆき、人の噂や悪口をいうはづみに却って赤裸々な自己を露呈することのあるあの精神の逆作用を逆用して、自我を語らんがために他者としての芸術の名を呼びつづけるのだ。これは、西洋中世のお伽噺《とぎばなし》で、魔法使を射殺するには彼自身の姿を狙っては甲斐《かい》なく、彼より二、三歩離れた林檎《りんご》の樹を狙うとき必ず彼の体に矢を射込むことができるという秘伝の模倣でもあるのである。——端的に言えば、私はこう考える。(きはめて素朴に考えたい。)生活よりも高次なものとして考えられた文学のみが、生活の真の意味を明かにしてくれるのだ、と。

こうして文学も芸術も私にとっては一つの比喩であり、またアレゴリイなのであった。そこまで言ってしまっては身も蓋もなくなるようなものだが、それは言わせる時代の方が悪いのである。解説を批評とまちがえ、祖述を文学精神ととりちがえているこの仮装舞踏会めいた奇妙な一時期は、一方また大小さまざまの彫刻展覧会で賑わっていて、そこでは丈余の大彫刻の裏側にかならず秘密の梯子がかけてあって、「批評家は御随意にお上り下さい」というラテン語が刻んであるのである。ラテン語が読めるのは批評家だけだから一般大衆が上る気づかいはないが、うっかりこの梯子をかけておくのを忘れたり、梯子なんかかけるものかと意地を張ったり、もっともよくないのは、人が這い上る心配がないように青銅の表面をツルツルに磨きをかけたりしてある意地わるな彫刻は、「ははあ、おびんづるが紛れ込んだな」と誤解されても仕方がない。彼はむしろ、彼一人の手でこんなに磨きあげた彫刻が、幾千幾万の無智にして無垢・迷信ぶかくして愛すべき民衆の手で磨きあげられたおびんづるに間違えられたことを、(この幸運にして名誉ある誤解を)、神および彼自身に感謝すればよいのである。

滅亡について

武田泰淳

一九四八(昭和二三)年四月、『花』に発表。武田自身が本論と「無感覚なボタン」というエッセイについて、「私の小説の発想は、ほとんどこの二つの文章に要約されている」(「作家と作品」)と述べているように、本論には武田の「発想」の根幹が示されている。浄土宗の僧侶の家に生まれた武田は中国文学を学び、評論家の竹内好らと中国文学研究会を結成。日中戦争勃発後に輜重兵《しちょうへい》として中国に派遣され、さらに昭和十九年からは中日文化協会の一員として上海に渡り、敗戦をむかえた。上海での敗戦体験が色濃く反映された本論で武田は、日本の敗戦は決して「滅亡」ではなかったと述べる。世界の「滅亡」という「全的滅亡」から見れば、それは「部分的滅亡」でしかない。日本の敗戦を「滅亡」とみなすことは一片の感傷にすぎないのだ。武田は『司馬遷』(昭和一八・四)で「世界全体」を「記録」した司馬遷を論じることで戦時中の日本中心主義を相対化したが、本論でも日本の「平家物語的な詠嘆」は司馬遷的な視点からしりぞけられている。底本には初出誌を用いた。

武田泰淳(一九一二―七六) 小説家。小説「才子佳人」「蝮のすゑ」「風媒花」「ひかりごけ」「富士」、評論集『人間・文学・歴史』『みる・きく・かんがえる』など。

近代の文学者の念頭には、どこかに「滅亡」という文字が、あるいは滅亡についてのおそれが、また滅亡への予感、滅亡者への哀感がこびりついているように思われる。昔から悲劇は、何らかの形で滅亡について、物語るものが多かったが、近代ではそれについて物語らないでも、その匂いのただよって来る作品が増しているような気がする。しかもこれはひとり文学のみにかぎられてはいない。

このような想いにとらわれたがるのは、もとより終戦が敗戦であり、戦争停止がそのまま敗滅のどんづまりであった日本の現実に、おそれをなした私の精神薄弱のいたすところにはちがいないけれども、やはり「滅亡」という文字に心がひかれ、卑劣であり、懦弱《だじゃく》であるとは知りつつ、麻酔薬でも服用するように、この二字を胸に浮べて、そこから物を考えるくせが、少しずつ習慣と化している。そしてそんなきわめて個人的な、かつ徹底した思索の欠けた、あやふやな敗戦心理は、私自身の場合、決して川端康成氏が言い切った、あの「末期の眼」ほど澄み透ったものではなく、俗物俗念に濁ったまま、生きられるだけ生きようとの意地きたなさに結びついているのだが、それにしても、時たま滅亡を使用して、われとわが身をおどろかし、ゆすぶり、そのあとで沈思させるのが一つの楽しみとなっている現在、世界の文学にこうした暗い影を無理にも見出そうとするのは、致し方のないところであろう。

私たちは、映画館の平和な闇の中に腰をおろして、火山の爆発による、古い古いポンペイ最後の日や、石造の大厦高楼がみるみる頭上から落ちかかり、足もとの土地がギリギリと開いて人を呑むサンフランシスコの地震を、こころよげに眺めることができる。大ダムの決潰や、ハリケーンの暴威を見とどけて帰る。インディアンや土人や、土匪の群がおびただしく、虫の如く殲滅《せんめつ》せしめられる場面を喜んで見物する。メロドラマばかりではない。スターリングラードの攻防戦に、白雪の上に塁々たる独露両国人の凍りついた屍《しかばね》の光景も白煙銃撃とともに、両腕をしばりあげられたドイツの戦犯の上半身がグイと前に倒れる瞬間まで、まざまざと見ることができる。それは見ることができるのではなくて、私たちがそれを見るのである。それを見るのはなかなか見させられるのではない。私たちが敢て、それを見るのである。

このように、自分の身体を安全な椅子にまかせて、大きな滅亡、鋭い滅亡のあたえる感覚をゆっくり味わうのは、近代人にあたえられた特権なのかもしれないが、映画館以外の場所でも、この習慣が流行しているとすれば、私が「滅亡について」語るのも、あまり偏っていないのかもしれない。むしろ私が時代おくれなのだ。私自身の近代化されない、平家物語的な咏嘆が、このようなテーマにこだわっているまに、滅亡はいくらでも進行するし、それに熱狂し、打ち興ずる近代人が、平気で生存して行くのである。

私個人の経験でも、死んでもかまわない、と放言しても、やはり死にたくはない。自分自身に関するかぎり、不吉の予言より、少しは吉の方がよい。幸福などあるまいと考えても、全くの不幸はおそろしいのである。滅亡を考え、悲惨を予感するのは、深刻であり、哲学的であるから、深刻であり哲学的であるために、ことさらこのような思念に溺れようとはするが、それでいて滅亡悲惨はどんな小さなものでも、顔面のカスリきず、腹中の蛔虫まで気にかかるのである。それでいて、ともすればこの不吉な言葉にふれたがるのは何故だろうか。それを目撃し、それに直面したがる、この映画見物者的な状態は何であろうか。

終戦後二、三日はまだ南京路の群集の怒号や、バンドの旗のひらめきなどに気をとられて、敗戦が身について来なかったが、フランス租界にはなれ暮している友人を訪ね、その苦しげな表情、どんなに無心でいようとしてもつい歪《ゆが》んで来る表情に顔つきあわせて見ると次第に自分の内臓の動きが、一つ一つ耳にしみて来るほど、空虚なしずけさに沈み込まぬわけにはいかなかった。

ドイツ系ユダヤ女と同棲している友人のアパートは、ロシア人や中国人ばかりなので、勝利を祝ってか隣の部屋部屋では朝から賑《にぎやか》なレコードをかけている。アメリカの飛行機が青黒い胴体を見せながら、何回も何回も頭上に舞いおりてくる。その爆音が近づく度、下の緑の芝生では、金髪の少年少女が楽しげに叫びながら、空を見上げて旗をふる。その部屋からすぐ向うに見える十数階のアパートの窓々はみな開かれ、ぜいたくな室内の家具の間から、はなやかな服装をした各国の男女たちが、手やハンケチをふるのが手にとるようにわかる。爆竹の音、歓声、その他色めきたった異国の街の空気が私たちの胸の空虚なしずけさを包囲している。

神経質に部屋を歩きまわっていたドイツ女は「悪い月よ。早く去れ」と英語で言う。私と友人は気まずそうに顔見合わすばかりである。悪い月が去っても、悪い日々が、悪い年々が来るであろう。月日は悪くなくなっても、我々の悪さはかわらないであろう。何故ならば今や我々は罪人であるからだ。世界によって裁かれる罪人であるからだ。その意識に反撥するため、私たちは苦笑し、から元気をつける。そして、歓喜の祝典からのけものにされたどうしが、冷いしずけさ、すべての日常的な正しさを見失った自分たちだけのしずけさの裡《うち》に、何とかすがりつく観念を考えている。するとポカリと浮び上って来たのは「滅亡」という言葉であった。

おごれる英雄、さかえた国々、文化をはな咲かせた大都会が亡び、消え去った歴史的現象を次から次へと想いうかべる。聖書をひらき、黙示録の世界破滅のくだりを読む。「史記」をひらいては、春秋戦国の国々が、滅亡して行く冷酷な、わずか数百字の短い記録を読む。あらゆる悲惨、あらゆる地獄を想像し、想起する。すべての倫理、すべての正義を手軽に吸収し、音もなく存在している巨大な海綿のようなもの。すべての人間の生死を、まるで無神経に眺めている神の皮肉な笑いのようなもの。それら私の現在の屈辱、衰弱を忘れ去らしめるほど強烈な滅亡の形式を、むりやり考え出してはそれを味わった。そうすると、少しは気がしずまるのであった。

「滅亡は私たちだけの運命ではない。生存するすべてのものにある。世界の国々はかつて滅亡した。世界の人種もかつて滅亡した。これら多くの国々を滅亡させた国々。多くの人種を滅亡させた人種も、やがては滅亡するであろう。滅亡は決して咏嘆すべき個人的悲惨事ではない。もっと物理的な、もっと世界の空間法則にしたがった正確な事実である。星の運行や、植物の成長と全く同様な、正確きわまりなく、くりかえされる事実にすぎない。世界という、この大きな構成物は、人間の個体が植物や動物の個体たちの生命をうばい、それを噛みくだきのみくだし、消化して自分の営養を摂《と》るように、ある民族、ある国家を滅亡させては、自分を維持する営養をとるものである。

戦争によってある国が滅亡し消滅するのは、世界という生物の肉体のちょっとした消化作用であり、月経現象であり、あくびでさえある。世界の胎内で数個あるいは数十個の民族が争い、消滅しあうのは、世界にとっては、血液の循環をよくするための内臓運動にすぎない。この運動がなくなれば、世界そのものが衰弱し、死滅せねばならぬのかもしれない。私たち人間は個体保存の本能、それが発達して生れた種族保存の本能のおかげで、このような不吉な真理をいみきらい、またその本能の日常的なはげしさによって、滅亡の普遍性を忘れはててはいるが、しかしそれが存在していることはどうしても否定できない。世界自身は自分の肉体の生理的必要をよく心得ている。それ故、彼にとっては、自分の胎内の個体や民族の消滅は別だん、暗い、陰気くさい現象ではない。(誰が自分の食べた食物が消化するのを悲しむだろうか)むしろきわめて平凡な、ほがらかな、ほとんど意識さえしないいとなみの一つである」

私はこのような身のほど知らぬ、危険な考えを弄《ろう》して、わずかに自分のなぐさめとしていた。それは相撲に負け、百米に負け、カルタに負け、数学で負けた小学生が、ひとり雨天体操場の隅にたたずんで、不健康な眼を血走らせ、元気にあそびたわむれる同級生たちの発散する臭気をかぎながら「チェッ、みんな犬みたいな匂いをさせてやがるくせに」と、自分の発見した子供らしからぬ真理をつぶやくにも似ていたにちがいない。

その時の彼にとっては、したがってまた私にとっては、絶対的な勝利者、絶対的な優者、およそ絶対的なるものの存在が堪えがたいのだ。自分がダメであり、そのダメさが決定され、記録され、仲間の定評になってしまったのに、ダメでないものが存在し、しかもその存在がひろく認められ、その者たちが元気にあそびたわむれていることが堪えがたいのだ。たとえその者たちが、自分の存在に気づき、自分のそばに歩みより、やさしく声をかけてくれたところで、このあわれな小学生はソッポを向き、涙をながすまいと歯をくいしばりながら「チェッ」と舌打ちするだけである。

滅亡を考えるとは、おそらくは、この種のみじめな舌打ちにすぎぬのであろう。それはひねくれであり、羨望《せんぼう》であり、嫉妬《しっと》である。それは平常の用意ではなく、異常の心がわりである。しかしそのような嫉妬、そのような心がわりに、時たまおそわれることなくして一生を終る人はきわめてまれなのではないか。

私自身の場合、かつて自分と同年の双葉山が優勝をつづけている間、心やすらかでなかった記憶がある。彼が日本一であり、不敗の強者であり、しかもソツがなく、堂々としていること、自分と縁のない彼に対して、私はただそのためにのみ嫉妬したものであった。その時の私は、国技館の炎上、双葉山の挫折、つまりは絶対的なるものに、もろき部分、やがて崩れ行くきざしを見たいと、どれほど願ったことであろうか。優勝者、独占者にとっては、ごくわずかの失敗、一歩の退却でも、それは彼の生命の全的滅亡を意味するものであるが故に、私たちは絶対者たちがただ第一等者でなくなることを、ホンのちょっとゆずることを無意識的に希望しているのである。

滅亡の真の意味は、それが全的滅亡であることに在る。それは黙示録に示された如き、硫黄と火と煙と毒獣毒蛇による徹底的滅亡を本質とする。その大きな滅亡にくらべて現実の滅亡が小規模であること、そのことだけが被滅亡者のなぐさめなのである。日本の国土にアトム弾がただ二発だけしか落されなかったこと、そのために生き残っていること、それは日本人の出発の条件なのである。もし数十発であったとすれば、咏嘆も後悔も、民主化も不必要な、無言の土灰だけが残ったであろう。「世界」の眼から見れば、日本のごく部分的な滅亡、したがってそれをまぬがれた残余の生存はたとえば消化しきれないで残っている筋の多い不愉快な食物にあたる物かもしれないのである。しかしこれだけの破滅だけでもそれは日本の歴史日本人の滅亡に関する感覚の歴史にとって全く新しい従来と全く異った「全的滅亡」の相貌を滅亡にあたえることに成功している。

日本の滅亡の歴史のなかで、とりわけもてはやされるのは英雄の滅亡であり、一族の滅亡であるように見うけられる。義経の死や阿部一族の死が、その死のもつ意義によって、文学的に結晶され、悲壮の美のある種の典型をなしている。豪族の滅亡、城廓の廃滅の記録は、谷崎に二つの盲目的物語を創作しめ、戦国の女性の哀切をきわめた運命を、あわれともいたましとも、物語り出さしめている。鷗外の理智や、潤一郎の構想力や、古くは平家物語の琵琶法師の詠嘆は、それぞれ滅亡の意味を自分流に分析し、表現したものにほかならない。これらの作者たちは、いずれも滅亡のはるか後方に、あるいは滅亡と隔絶した心理の中で、これらの滅亡をとりあつかっている。たとい同じ運命を自己に想定したとしても、現にその物語を完成するゆとり、つまりは安定した時間と場所に於て生きていられたのである。亡国の哀歌をうたう者ではなくて、やはり亡国の哀歌をきく側に在ったようである。それは日本の文化人にとって、滅亡がまだまだごく部分的なものであったからにすぎない。彼らは滅亡に対してはいまだ処女であった。処女でないにしても、家庭内に於ての性交だけの経験に守られていたのである。

これにひきくらべ中国は、滅亡に対して、はるかに全的経験が深かったようである。中国は数回の離縁、数回の奸淫によって、複雑な成熟した情欲を育くまれた女体のように見える。中華民族の無抵抗の根源は、この成熟した女体の、男ずれした自信ともいえるのである。彼らの文化が、いかに多くの滅亡が生み出すもの、被滅亡者が考案するもの、いわゆる中国的慧知《けいち》をゆたかにたくわえているか、それは日本人に理解できないほどであろう。

すべての文化、とりわけすべての宗教は、ある存在の滅亡にかかわりを持っている。滅亡からの救い、あるいはむしろ滅亡されたが故に必要な救いを求めて発生したものの如くである。滅亡はそれが部分的滅亡であるかぎり、その個体の一部更新をうながすが、それが全的滅亡に近づくにつれ、ある種の全く未知なるもの、滅亡なくしては化合されなかった新しい原子価を持った輝ける結晶を生ずる場合がある。その個体は、その生じ来たるものの形式、それが生じ来たる時期を自ら指定することはできない。むしろ個体自身の不本意なるがままに、その意志とは無関係に、生れ出ずるが如くである。

しかしながら滅亡が文化を生むとは、滅亡本来の意味から言って不可能である。文化を生む以上、そこに非滅亡たる一線、ごく細いほとんど見別けがたい一線があるにちがいない。今まではたしかにその一線が有った。その一線を世界は、かなり大まかに許していた。しかし、今後、それが許されるであろうか。第二次、第三次と度重なる近代戦争の性格が、滅亡をますます全的滅亡に近づけて行く傾きがある今日、科学はやがて、今までの部分的な、一豪族、一城廓の滅亡から推定される滅亡形式を時代おくれとなすにちがいない。そこにはもっと瞬間的な、突然変異に似た現象が起り得る可能性がある。かつて銃器を持たない部落の土人にとって、銃器を持った異人種による攻撃が、ほとんどその意味を理解するひまもあたえられぬほど、瞬間的な、突如たる滅亡として終ったように、これからの世界は、この部落より遥かに大きな地帯にわたって、目にもとまらぬ全的消滅を行い得るであろう。

そのとき、ヒューマニズムは如何なる陣容を以て、これと相対するであろうか。そして文学は、ヒューマニズムに常に新しい内容をあたえ得た文学は、どのような表情で、この滅亡を迎えるであろうか。ことに処女を失って青ざめた日本の文化人たちは、この見なれぬ「男性」の暴力を、どのようなやさしさ、はげしさ、どのような肉の戦慄《せんりつ》を以て享受するであろうか。

私が終戦後の上海で、世界各国の人々の喜びの声に耳をふたがんばかりにして、滅亡について以上のように想いめぐらしていた頃の緊張は、今ではすっかり、ゆるみ、たるんでしまった。異常な心がわりもいつか、日常の用意にとってかわられた。原稿料のこと、牛肉のねだんのこと、私小説のこと、エゴイズムのことなどを、何の深さもなく、何の未来性もなく、ジャーナリズムの歩調だけの速さで、まちがいのない、手頃のなめらかさで、物憂くとりさばくようになってしまった。だがこれでいいのだろうか。私が滅亡について考えるのを止めるのは、単なるなまけ、臆病、忘れっぽさのなせるわざである。滅亡の持つ深さが、私にとってあまりに深くその本来的な断崖に立って、文化の路をふりかえるときに感ずる目まいに堪えられないからにすぎない。その断崖に立ち、そこに湧きあがる霧や煙の不安に堪えることはフックラした椅子に腰をおろして画面に映ずる危機を楽しむのとは、かなりちがった修業なのであるから。

自己や家族の構成員の生滅について心をわずらわされている私は、せいぜいその生滅に関係のある範囲で、世界戦争を考える程度で、世界という個体の生滅を、永い眼で、大まかに見てとることをしない。世界の持つ数かぎりない滅亡、見わたすかぎりの滅亡、その巨大な時間と空間を忘れている。だが時たま、その滅亡の片鱗にふれると、自分たちとは無縁のものであった、この巨大な時間と空間を瞬間的にとりもどすのである。滅亡を考えることには、このような、より大なるもの、より永きもの、より全体的なるものに思いを致させる作用がふくまれている。

南方伝来の仏典である「本生経」には、仏が出現するための三つの予告が記されている。その第一の予告は滅亡である。それはローカヴューハ(世界群集)という欲界に属する天人たちによって行われる。天人たちは髪を解き乱し、泣面をして涙をぬぐいながら、紅衣を著け、ひどく異様な姿で、人間世界を徘徊する。そして「皆さんこれから十万年経つと、劫《ごう》のはじまりになります。その時、この世界は亡び、大海は乾き、この大地は須弥山《しゅみせん》も共に焼け失せ大梵天に至るまで世界はなくなります。皆さん、慈心を起しなさい。悲心、喜心、捨心を起しなさい」と叫ぶのである。

ここでも滅亡は、常識を越えた時間と空間にわたって、予告されている。「十万年経つと」「須弥山も共に」「大梵天に至るまで」と、紅衣を著けた、異様な天人は叫ぶのである。滅亡の予告は、ローカヴューハに向い、平常の用意をはなれ、非常の心がわりをせよと要求している。大きな慧知の出現するための第一の予告が滅亡であることは滅亡の持っている大きなはたらき大きな契機を示している。

近代主義と民族の問題

竹内　好

一九五一(昭和二六)年九月、『文学』に発表。同号は「日本文学における民族の問題」の特集号。占領を解放と受けとめたことからはじまった戦後は民族主義を抑圧し、近代主義に彩られていた。しかし民族主義はあくまで「外の力」によって倒されたにすぎない。ナショナリズムや民族主義との対決を避けることはみずからの戦争責任を自覚していないことのあらわれであり、ふたたび欧米の「奴隷」としての道を突き進むことになる。昭和二十六年九月のサンフランシスコ講和会議前後から高まった民族への関心をふまえつつ、竹内は、抑圧によって生み出される「民族の意識」を問題化した。本論で提起された問題は、翌年五月に『日本読書新聞』に掲載された竹内と伊藤整の往復書簡「新しき国民文学への道」を契機に、「国民文学論争」に発展。文学者のみならず、国文学者や外国文学者までもが参加した戦後最大級の論争となった。竹内自身の問題意識は論争後も持続し、日本浪漫派などを再考した「近代の超克」(昭和三四・一一)に結実した。底本には初出誌を用いた。

竹内好(一九一〇—七七)評論家、中国文学者。中国文学研究会の中心的存在として武田泰淳らとともに活躍。評論集『魯迅』『現代中国論』『国民文学論』など。

民族の問題が、ふたたび人々の意識にのぼるようになった。最近、歴史学研究会と日本文学協会とが、同じころに開いた大会で、この問題を議題にした。おそらく、昨年ラクノウで開かれた太平洋問題調査会（ＩＰＲ）の会議がアジアのナショナリズムを議題に選んだことが直接影響を与えているのではないかと思うが、ともかく学術団体が民族について考えるようになったのは戦後の新しい時期の展開を暗示するといえる。

これまで、民族の問題は、左右のイデオロギイによって政治的に利用される傾きが強くて、学問の対象としては、むしろ意識的に取り上げることが避けられてきた。右のイデオロギイからの民族主義鼓吹については、近い過去に、にがい経験をなめている。その苦痛が大きいために、戦後にあらわれた左のイデオロギイからの呼びかけに対しても、簡単には動かされない、動かされてはならないという姿勢を示した。敗戦とともに、民族主義は悪であるという観念が支配的になった。民族主義（あるいは民族意識）からの脱却ということが、救いの方向であると考えられた。戦争中、何らかの仕方で、ファシズムの権力に奉仕する民族主義に抵抗してきた人々が、戦後にその抵抗の姿勢のままで発言し出したのだから、そしてその発言が解放感に伴われていたのだから、このことは自然のなりゆきといわなければならない。

少くとも現在の世界において、民族という要素はかなりの比重をもっており、あらゆるイデオロギイ、あるいは文化の問題が、多かれ少かれこの要素を除外しては考えられない、ということは、少し冷静に考えてみれば自明なはずである。ところが戦後の解放感の激しさは、一時はこの自明の観点(あるいは思考の通路)を排除した観があった。有名な文学者で、民族語としての日本語の廃止を唱えた人もあり、今日から見れば乱暴なその発言が、当時は大して奇異な目で見られなかった。人種としての日本人の廃止を唱えた人さえあった。これは極端な理想主義とか空想とかいうより、一種の熱病状態からおこった異常心理というべきだろう。民族の存在そのものが宿命的に悪だと考えられたわけだ。逆にいえば、そう考えざるをえないほど民族主義が人間の自由を奪った、という歴史的事実を証明することにもなる。

戦後におとずれた新しい啓蒙の機運に乗じて、文学の分野でも、おびただしい概説書があらわれた。そのほとんどすべてが、ヨーロッパの近代文学(あるいは現代文学)をモデルにして日本の近代文学の歪《ゆが》みを照らすという方法を取っている。桑原武夫氏とか中村光夫氏のような、その態度の明確なものから、伊藤整氏のようなニュアンスと屈折に富んだものまで、あるいは左の瀬沼茂樹氏から右の中村真一郎氏にいたるまで、段階と色調はさまざまだが、いずれも日本文学の自己主張を捨てている態度は共通している。つまり広い意味での近代主義を立場にしている。したがって、民族という要素は、思考の通路にはいっていない。日本文学の自己主張は、歴史的には、「日本ロマン派」が頂点をなしているが、それが頂点のまま外の力によって押し倒されて、別の抑えられていたものが出てきたのだから、このことは当然といえばいえる。これは現象的には、学問の流派としての「国文学」の衰えたことと同一である。事実、戦後しばらくの間は、「国文学」はほとんど世間から省られない学課になった。

それでは、戦後にあらわれた左のイデオロギイからの提唱は、民族を思考の通路に入れているか、というと、そうではない。「民族の独立」というようなスローガンはあるけれども、その民族は先験的に考えられたものであって、やはり一種の近代主義の範疇《はんちゅう》に属する。自然の生活感情から出てきたものではない。アジアのナショナリズム、とくに中国のそれをモデルにして、日本へ適合させようと試みたものである。したがって、現実との結びつきは欠けている。このことは、日本共産党の文化政策にあらわれている混乱、無理論、機械主義によって判断することができる。たとえば、中国のヤンコの機械的適用がダンスであってみたり、たまたま組合活動を行っているために「文楽」が古典芸術の粋と呼ばれたりする類だ。文学理論の不毛さにいたっては、沙汰のかぎりである。

近代主義は、戦後の空白状態において、ある種の文化的役割りは果したといえる。強権によって抑えられていたものが解放されたのだから、その発言は当然であり、それによって空白の部分が満たされることは必要であった。文学の創造の場でのいくつかの実験も、解放の喜びの表現としてみれば、うなずくことができる。血ぬられた民族主義の悪夢を忘れるためには、民族の存在を捨象した形でものを考えてみることも、いちがいに悪いことでなかったかもしれない。しかし、空白が埋められたときに、その延長上に文化の創造がなされるかというと、少くとも今日までのところ、かなり疑問である。その疑問があればこそ、今日ふたたび民族が問われるようになったのだろう。

マルクス主義者を含めての近代主義者たちは、血ぬられた民族主義をよけて通った。自分を被害者と規定し、ナショナリズムのウルトラ化を自己の責任外の出来事とした。「日本ロマン派」は黙殺された。黙殺することが正しいとされた。しかし、「日本ロマン派」を倒したものは、かれらではなくて、外の力なのである。外の力によって倒されたものを、自分が倒したように、自分の力を過信したことはなかっただろうか。それによって、悪夢は忘れられたかもしれないが、血は洗い清められなかったのではないか。

戦後にあらわれた文学評論の類が、少数の例外を除いて、ほとんどすべて「日本ロマン派」を不問に附している様は、ことに多少でも「日本ロマン派」に関係のあった人までがアリバイ提出にいそがしい様は、ちょっと奇妙である。すでに「日本ロマン派」は滅んでしまったから、いまさら問題とするに当らないと考えているのだろうか。いや、不問に附しているのではない、大いに攻撃している、という反対論が、ことに左翼派から出ると思うが、かれらの攻撃というのは、まともな対決ではない。相手の発生根拠に立ち入って、内在批評を試みたものではない。それのみが敵を倒す唯一の方法である対決をよけた攻撃なのだ。極端にいえば、ザマ見やがれの調子である。これでは相手を否定することはできない。

戦後の近代主義の復活が、「日本ロマン派」のアンチ・テーゼであることは認められるけれども、「日本ロマン派」そのものが近代主義のアンチ・テーゼとして最初は提出されたという歴史的事実を忘れてはならない。どういうアンチ・テーゼかといえば、民族を一つの要素として認めよ、ということであった。のちに民族が、一つの要素でなくて万能になったのは、権力の問題を一応除外して考えるならば、時の勢というものであって、つまり、かれらの主張がアンチ・テーゼとして認められなかったことに由来している。近代主義が民族主義との対決をよけたことが、逆に民族主義を硬化させ、無制約にさせたのである。

この点に関し、最近、高見順氏が注目すべき発言を行っている。(『世界』六月号) 高見氏は、自身の体験を回想して、一つの疑問を提出した。それは、「日本ロマン派」と

「人民文庫」とが、転向という一本の木から出た二つの枝ではないかということだ。当時、「人民文庫」派であった高見氏は、ファシズムへの抵抗の心構えから、「日本ロマン派」に反動のレッテルを貼ることに心せいて「彼らの主張の中の正しい部分を見ようとしなかった」が、このような態度はあやまりであって、そのため抵抗も弱くなり「逃げ腰の抵抗」になったというのだ。

高見氏が「日本ロマン派」の中の正しい部分とよんでいるのは、かれらが「健全な倫理的意識」の把握を日本文学にもとめた、ということを指しているが、これを民族意識に置きかえることもできるのでないかと私は思う。そしてそのかぎりでは、それは適切な発言であったと思う。近代主義へのアンチ・テーゼというのは、その意味だ。

近代主義は、日本文学において、支配的傾向だというのが私の判断である。近代主義とは、いいかえれば、民族を思考の通路に含まぬ、あるいは排除する、ということだ。しかし、この傾向は、日本に近代文学が発生したときに生じたのではない。二葉亭にはあきらかに、二つの要素の相剋《そうこく》が見られる。この相剋はある時期まで続いた。それがなくなって、一方の傾向だけが支配的になったのは、だいたい『白樺』による抽象的自由人の設定の可能が開けて以後だろうと思う。文学史上、近代文学の確立とよばれる歴史的事実をそれは指している。この場合、近代文学の確立とは、二つの要素の相剋の止揚を意味しているのでなく、一方の要素の切り捨てによって行われていることに注意しなければならない。民族は不当に卑められ、抑圧されてしまった。抑圧されたものが反撥の機会をねらうのは自然である。

プロレタリア文学もこの例外ではない。『白樺』の延長から出てきた日本のプロレタリア文学は、階級という新しい要素を輸入することには成功したが、抑圧された民族を救い出すことは念頭になかった。むしろ、民族を抑圧するために階級を利用し、階級を万能化した。抽象的自由人から出発し、それに階級闘争説をあてはめれば、当然そうならざるを得ない。この民族を切り捨てた爪立ちの姿勢にそもそもの無理があったのだ。絶えず背後に気を配らなければ安心できない後《うしろ》めたさがあった。そのため、ひとたび何らかの力作用によって支えが崩れれば、自分の足で立つことができない。無理な姿勢は逆の方向に崩れる。極端な民族主義者が転向者の間から出たのは不思議でない。

文学の創造の根元によこたわる暗いひろがりを、隈なく照らし出すためには、ただ一つの照明だけでは不十分であろう。その不十分さを無視したところに、日本のプロレタリア文学の失敗があった。そしてその失敗を強行させたところに、日本の近代社会の構造的欠陥があったと考えられる。人間を抽象的自由人なり階級人なりと規定することは、それ自体は、段階的に必要な操作であるが、それが具体的の完《まった》き人間像との関連を絶たれて、あたかもそれだけで完全な人間であるかのように自己主張をやり出す性急さから、日本の近代文学のあらゆる流派と共にプロレタリア文学も免れていなかった。一切をすくい取らねばならぬ文学の本来の役割りを忘れて、部分をもって全体を掩《おお》おうとした。見捨てられた暗い片隅から、全き人間性の回復を求める苦痛の叫び声が起るのは当然といわなければならない。

民族は、この暗い片隅に根ざしている。民族の問題は、それが無視されたときに問題となる性質のものである。民族の意識は抑圧によっておこる。たとい、のちにそれが民族主義にまで前進するためには別の力作用が加わるにしても、その発生においては、人間性の回復の要求と無関係ではない。抑圧されなければ表面に姿をあらわさないが、契機としては絶えず存在するのが民族だ。失われた人間性を回復する努力をよけて、一方的な力作用だけで、ねむっている民族意識を永久にねむり続けさせることはできない。

日本ファシズムの権力支配が、この民族意識をねむりから呼びさまし、それをウルトラ・ナショナリズムにまで高めて利用したことについて、その権力支配の機構を弾劾することは必要だが、それによって素朴なナショナリズムの心情までが抑圧されることは正しくない。後者は正当な発言権をもっている。近代主義によって歪められた人間像を本然の姿に満したいという止みがたい欲求に根ざした叫びなのだ。そしてそれこそは、日本以外のアジア諸国の「正しい」ナショナリズムにもつながるものである。この点は、たとえばラティモアのようなアメリカの学者でも認め、太平洋戦争がアジアの復興に刺激を与えたという、逆説的ではあるが、プラスの面も引き出している。

ウルトラ・ナショナリズムから、ウルトラの部分だけを抜き放して弾劾することは無意味である。同時に、ウルトラでないナショナリズムを、対決を通さずに手に入れようとする試みも失敗におわるだろう。アジアのナショナリズム、ことに典型的には中国のそれは、社会革命と緊密に結びついたものであることが指摘されている。しかし日本では、社会革命がナショナリズムを疎外したために、見捨てられたナショナリズムは帝国主義と結びつくしか道がなかったわけである。ナショナリズムは必然にウルトラ化せざるを得なかった。「処女性を失った」(丸山真男)といわれるのは、そのことである。

発生において素朴な民族の心情が、権力支配に利用され、同化されていった悲惨な全経過をたどることなしに、それとの対決をよけて、今日において民族を語ることはできない。「日本ロマン派」は、さかのぼれば啄木へ行き、さらに天心へも子規へも透谷へも行くのである。福沢諭吉だって例外でない。日本の近代文学史におけるナショナリズムの伝統は、隠微な形ではあるが、あきらかに断続しながら存在しているのである。近代主義の支配によって認識を妨げられていただけだ。その埋もれた宝を発掘しようと試みるものがなかったために、「日本ロマン派」の反動を導き出したのである。少くとも歴史的意味においてそうだった。

「日本ロマン派」が、権力への奉仕によって、文学内部での問題処理の態度を捨てたのは、たしかに日本のナショナリズムのためにも不幸なことであった。しかしそれは、戦後に復活した近代主義が、ナショナリズムとの対決を避けることを合理づけるものではない。むしろ、近代主義の復活によって均衡が回復した今こそ、改めてそれがなされるべき時機であろう。それをしないのは、卑怯だ。もしも対決をよける根拠が、単純な進歩主義にあるとすれば、そのような進歩主義は、口さきでいかに革命をとなえようとも、真の革命にとっては敵である。

一方から見ると、ナショナリズムとの対決をよける心理には、戦争責任の自覚の不足があらわれているともいえる。いいかえれば、良心の不足だ。そして良心の不足は、勇気の不足にもとづく。自分を傷けるのがこわいために、血にまみれた民族を忘れようとする。私は日本人だ、と叫ぶことをためらう。しかし、忘れることによって血は清められない。いかにも近代主義は、敗戦の理由を、日本の近代社会と文化の歪みから合理的に説明するだろう。それは説明するだけであって、ふたたび暗黒の力が盛り上ることを防ぎ止める実践的な力にはならない。アンチ・テーゼの提出だけに止って、ジンテーゼを志さないかぎり、相手は完全に否定されたわけではないから、見捨てられた全人間性の回復を目ざす芽がふたたび暗黒の底からふかないとはかぎらない。そしてそれが芽をふけば、構造的基盤が変化していないのだから、かならずウルトラ・ナショナリズムの自己破滅にまで成長することはあきらかである。

たとい「国民文学」というコトバがひとたび汚されたとしても、今日、私たちは国民文学への念願を捨てるわけにいかない。それは階級文学や植民地文学(裏がえせば世界文学)では代置できない、かけがえのない大切なものである。それの実現を目ざさなくて、何のなすべきものがあるだろう。しかし、国民文学は、階級とともに民族をふくんだ全人間性の完全な実現なしには達成されない。民族の伝統に根ざさない革命というものはありえない。全体を救うことが問題なので、都合の悪い部分だけ切り捨てて事をすますわけにはいかない。かつての失敗の体験は貴重だ。手を焼くことをおそれて現実回避を行ってはならない。

「処女性」を失った日本が、それを失わないアジアのナショナリズムに結びつく道は、おそらく非常に打開が困難だろう。ほとんど不可能に近いくらい困難だろう。マジメに考える人ほど(たとえば丸山真男氏や前記の高見順氏)絶望感が濃いのはその証拠だ。しかし絶望に直面したときに、かえって心の平静が得られる。ただ勇気をもて。勇気をもって現実の底にくぐれ。一つだけの光をたよって、救われることを幻想してはならぬ。創造の根元の暗黒が隈なく照らし出されるまで、仕事を休んで安心してはならない。汚れを自分の手で洗わなければならぬ。特効薬はない。一歩一歩、手さぐりで歩きつづけるより仕方がない。中国の近代文学の建設者たちを見たって、絶望に打ちのめされながら、他力にたよらずに、手で土を掘るようにして一歩一歩進んでいるのである。かれらの達成した結果だけを借りてくる虫のいいたくらみは許されない。たといそれで道が開けなかったところで、そのときは民族とともに滅びるだけであって、ドレイ(あるいはドレイの支配者)となって生きながらえるよりは、はるかによいことである。

(叙述が抽象的になったが、同じテーマをやや具体的に扱った『人間』七月号の「ナショナリズムと社会革命」を参照してもらえれば幸です。)

東西文学論(抄)

吉田健一

一九五四(昭和二九)年五月から九月まで『新潮』に連載。本書には第一回の「日本で文学が占めている位置」を抄録。幼少時から青年期までのほとんどを海外で過ごした吉田は、文学作品を「純文学」と「大衆文学」、「戦前派」と「戦後派」などのように区分することで、作品に何らかの思想を見出そうとする「国文学」という概念こそが、日本の近代文学の貧困化を招いたと喝破。それは、過去半世紀にわたって日本の文学を支配してきたものが、いかに「言葉で読むものを魅惑するという文学の根本条件」を無視してきたかということでもあった。プルーストの「失われし時を求めて」とマルドリュスの「千夜一夜」の仏訳と矢田挿雲の「太閤記」を同時に取りあげて、「文学の世界に浸っているという感じ」では同じという発想は、これまでの文壇常識には欠けたものであった。本論で、吉田は巨視的な外国文学の教養をふまえて、「日本的な文学の観念」を世界へひらこうとしたのである。底本には初出誌を用いた。

吉田健一(一九一二―七七)批評家、翻訳家、小説家。父は元宰相の吉田茂。評論集『英国の文学』『ヨオロッパの世紀末』、小説「瓦礫の中」「金沢」など。

（一）

比較文学ということがこの頃言われるようになったが、文学に就て考え始めればそういう名称を知ろうと知るまいと比較文学になる。

現在の世界の機構と同じで、一国だけではやって行けないということなのだろうか。どうも、やって行けるとは思えない。その昔、支那やギリシャでは、文学を通しての他国との交流というものが全くなくても文学はあって、その頃は人間が話す言葉が恐しく美しく響いたのに違いないという気がする。言葉が滅びて文学が残ったのは仕方がないことで、せめて他所《よそ》の国の文学を自分の国のと一緒に考えでもしてポオが言う通り、何か思い掛けないものに突き当ることで言葉に僅かな間でも生命を吹き込む他ない。

自分の国の文学に国文学という別名を附けて切り離して、一足飛びに外国文学の伝統に繋ろうとすることから出発した日本の現代文学の場合は殊にそうである。我々がやっていることを少し誇張して言えば、明治以後の文学者たちが苦心して築き上げた現代の日本語というものさえ残っていれば、そして外国の文学作品を従来通り読むことが出来れば、その明治から今日に至るまでの文学者たちが書いたものが一つ残らず消えてなくなった所で、誰も別に不自由はしないのではないだろうか。

これは書くにしても、文学というものに就て考えるにしてもである。志賀直哉氏の弟子と称する何某氏、あるいは永井荷風、佐藤春夫その他の諸氏を先生にしている何々、某々の諸氏は、少くとも自分の先生がいなかったならば自分はどうしただろうと思うかも知れないが、そんなことは絶対にない。言葉が滅びて文学が残り、言葉は文学の世界でだけ生きているにしても、日本の現代文学では今までの所、残っているのは言葉であって、作品ではない。文学上の影響という意味ではである。

第一、志賀氏その他、鷗外でも、漱石でも、今までの文学者で少しでもましな人間は、誰も日本の現代文学の影響など受けていはしない。何か影響に似たものがあるとすれば、各自がその前にあった文学に反撥したという程度のことだろう。白樺派が自然主義に反撥し、横光利一がプロレタリア文学に反撥したという風にである。それですんだのだから、そこには受け継ぐべき伝統というものがまだ出来ていないということにもなる。

言葉も考え方も違っているという意味では明治以前の日本の文学も一種の外国文学ならば、各自は外国文学に文学というものの正体を探り当てて、あるいは、もし文学があるとすればそこにしかないという漠然とした焦躁に駆り立てられて自分の文体のみならず、その文体の材料に自分が使う言葉まで工夫したのである。二葉亭四迷の「浮雲」と、鷗外の「青年」を比べて見ても、その僅かな間にさえ文学上の表現に堪える日本語というものがどれだけ大きな発達を遂げたかが解る。

普通はこういう場合、国民の生活の伸長が言葉を発達させて、文学者はそれを敏感に受け取って自分の文体を工夫するものなのだが、日本ではそうは行かない。一般の国民がどんなにぞんざいな日本語で満足して来て、現在でもそれを平気で使っているかは、文学作品以外に目に触れる言葉がはっきり示している。現在出ている文芸雑誌の編輯後記さえ一つの型に嵌《はま》っていて、それを破ろうとすれば、編輯者は文学者と同じ苦労をしなければならない。つまり日本では、編輯者は編輯者であって文学者ではないのであり、言葉の世界を開拓して来たのは国民ではなくて、文学者だけなのだと見ていい。

だからなお更、外国文学を抜きにしては、日本の現代文学というものは考えられない。昔の現代文学だけではなくて、今日の現代文学だって大して変りはない。外国文学に感動して、それを言葉に直すのに先輩が作ってくれた言葉が間に合わなければ、普通に使われている日本語は少しも手伝ってくれないから、自分で作り出す他にないのである。アメリカから日本文学の研究に来た若い連中の感想など聞いて見ると、明治以後の日本文学には何もなくて、その中にぽつんと漱石があり、それから芥川竜之介、それから暫くして太宰治がいるという風なことになるらしい。

これは外国人なので何も解らないからではなくて、外国文学流に日本の文学を見れば、そういうことになり兼ねないのである。漱石も芥川竜之介も、別に外国人を目当てに書いたのではないのだから、彼らがした仕事の材料になったものが全く偶然に、例えば簡単に英語に直せる性質のものだったのだと思う。日本の文学者がして来たような仕事は、外国では普通は詩人しかしないのだということが外国人には呑み込めないのである。

太宰治になると、こっちがもう解らない。太宰が日本の文学者がすべき仕事をしたかどうか、勿論、文学者だったには違いないとして、彼がした仕事はそれまでの文学者たちが残した言葉を存分に使い廻すのに止り、後はその言葉の限界に頭を打ち附けていたという感じしかしない。太宰は外国文学を読まなかった。他にも、外国文学の勉強をする代りにただ文学、文学と念仏の代りに唱えて、独自の境地を開いたと称される一派が昔からあるが、太宰はそれでもなかった。

彼はむしろ、もっと勉強することが出来たのに、それほど勉強しなくても文学の世界で仕事をして行けることを発見した、そういう意味では怠けもので文章ばかり旨いこの頃の新進作家と言われる人たちの先駆をなしたのだと思う。つまり、過去の文学者たちの努力によって、日本語は非常に豊富なものになった。しかし彼らにそれだけの努力をさせた外国文学の新鮮味はまだ一向に失われてはいないのであり、文学者がやる仕事を豊富にするために昔と少しも変らず必要なのである。外国との、少くともヨオロッパとの精神的な交流ということが漸く板に附いて来た今日では、昔よりももっと必要であるとも言える。

従って、何某氏が何某氏を先生にして後生大事に抱え込んでいるのは、無理もないということにもなる。それをやって或る一人の文学者の作品に何かしら生きた感情を持ち続けていなければ、後は過去の人間が或る感動を語ろうとした時の気持の二番煎じが活字になって、本棚に積まれているだけだからである。そう思って、その本の一冊を取り上げて見れば、そこには色々なものがあることが解るだろう。しかしそれを発展させようと思って直ぐに突き当るのは、今日でも同じ日本語の壁なのである。

日本の現代文学に傑作があるかどうか考えることは、数で行った方が手っ取り早い。これは何も、日本のものはすべて外国のものに比較しなければ承知出来ない日本人の癖から言っているのではないので、正直に、本当に傑作と称するに足るものがあるのだろうかと思うことがある。しかし外国文学なら、それが英国だろうとフランスだろうと、どこだろうとそんな苦労をすることはない。傑作というのがどういうものかを我々に教えてくれたのが外国文学なのである。

傑作の問題でなくても、例えばこういうことがある。太宰治の作品は確かに恐しく読み易い。それが不思議に感じられるほど、外国文学と比較すると、日本の作品には読み易いものが少いのである。だから太宰の場合、そこが外国的だとも考えられるので、読めるというのが外国の文学作品では最低の基準になっていることを思えば、日本の文学というのは何か妙なものだという気がする。外国文学の中でもやたらに難しいものが日本で好まれるのは、読者がそこに日本文学の俤を求めているのだろうか。

もっとも、語学力の不足で読み難いものが難解だと見られて、それで流行するということもあるのだろう。それからまた、読んで解っても、日本的な文学の観念から言って、これは高級な外国の文学作品だというので無理に難しいことにして頭を搾《しぼ》る人間だって必ずいるに違いない。それからまだある。思想が未熟なのか、あるいは頭が悪いかして、実際に読んで見て読み辛い作品が日本では高級だということになることだってあるのではないだろうか。サルトルはどっちなのか知らないが、いくら読んでみても親しめない。

この読み易いのと難解の比較を始めたら切りがない。「よく考えたことは平明に表現されるものである」という格言があるフランス文学が高級で、難解だと日本で宣伝されるのは、要するにだから、その難解だという部分だけは嘘だということなのである。プルウストのどこが読み難いのか。あんな長たらしい文章がその上に読み難かったら、とにかく、フランスで一流の文学者として迎えられるはずがない。プルウストの文章は我々も一緒にその曲折をずるずると引っ張って行くだけの魅力があって、つまり、読み易いのである。

それだけではない。あの味は一度覚えてしまうと病み附きになって、「失われし時を求めて」の十六冊目の終りまで来るともの足りなく思ったものだった。そしてそれが文学というものなのだと言いたいのだが、そのプルウストの十六冊本があった頃、やはり十六冊本でマルドリュスの「千夜一夜」の仏訳と、十二冊本の矢田挿雲《そううん》氏の「太閤記」があって、例えばプルウストからマルドリュスに行っても、あるいは「太閤記」からプルウストに戻っても、文学の世界に浸っているという感じはどの本の場合でも同じだった。

「本はすべて読んだ」という句に籠められた退屈は、その時に始めて生じる。そしてそれはまた、文学の世界は限りなく拡がっていて、世界中の文学を蔽っているということでもある。しかし、差し障りがあるからなるべく話を昔に持って行くが、日本の自然主義の文学を全部読んで見ても、退屈を感じるのは読み始めた時からのことだとして、果てしなく拡がっている文学の世界を前にして退屈するということはない。そこにあるのは一つの世界ではなくて個々の作品なのであって、「縮図」と「椎の若葉」は結び附かない。

作品に出て来る言葉にしてからがそうである。「私のようなものでもどうかして生きていたい」というのは、引用は正確でないかも知れないが、藤村の何とかいう作品にある言葉であって、藤村の文学に就て何か教えてくれることはあっても、ただそれだけである。

しかし例えば、「ゲルマントの方」の書き出し、Le pépiement matinal des moineaux がどうとかして Françoise という言葉は、極めて自然にアナトオル・フランスの Je vais vous dire ce que me rappelle...... というあの何とかいう本の書き出しと同じフランス文学の、あるいはフランス文学に限らない文学というものの伝統の上に立っていることを感じさせて、同じ聯想の作用によってヴァレリイの entre la coupe et les lèvres...... だとか、comme de mesurer deux longueurs...... だとかいう言葉がそれぞれの背景になっている作品を背負って雑然と頭に浮んで来る。

勿論、これはフランス文学の場合だけのことではない。ジイドが作品の題詞に使っている Quid nunc si fuscus Amyntas? というロオマの詩人の句は、ジイドの作品から切り離す必要がないものなのである。だからこそ比較文学が比較文学ではなくて文学の常道なのであって、エリオットの「荒地」のように、他所の国語で書かれた名句を滅茶苦茶に自分の詩の中に入れる方法も、そういう点では認めてやらなければならない。

矢田挿雲氏の「太閤記」を挙げたが、こういう意味で世界的に文学である日本の文学作品は他にもあるので岡本綺堂の作品も、柴田天馬氏訳の「聊斎志異」も別に日本文学を鑑賞しているのだという思いをさせずに我々を文学の世界に連れ去り、何度繰り返して読んでも飽きない。

もっとも、繰り返して読むというのも程度問題であって、前に言ったマルドリュス訳の「千夜一夜」を読んでいた頃、「彼は王様の手の間にある土地に接吻した」とか、「神の恵みが貴方の上に、また貴方の廻りにあらんことを、おお、信徒達の君主よ」だとか、あるいはもっと複雑な文章がどこにどういう風に出て来るのか解ってしまって、暫く休みにしたが、こういうのは飽きるのではなくて、読んでも仕方なくなるのである。

しかしその文学という言葉に、日本では幾通りの意味があるか解らない。見方によっては、それが文学の観念があやふやである証拠になるが、例えば戦後だと、小説を書いて金儲《かねもう》けするのも文学である。文士と漫画家は地方に行けば名士であって、子供が作家志望であることを親も喜んでくれるらしい。だから、「文学入門」という風な題の本がよく売れるということであるが、買う方が文学作品を読む手引きにする積りなのか、それとも、文士になる近道と勘違いしているのか、そこの所は解らない。

その、文学作品を読む手引きに「文学入門」という題の本を買うのが、もう一つの日本的な文学の観念を現している。文学が何か極めて高級なものであり、専門家の意見を聞いてからでなければうっかり近寄れないという考えで、これには前にも触れたが、こういうつまらない偏見を叩き壊すまでは何度繰り返して言っても足りない。文学の読者までが苦労するのなら文学などない方がいいのに決っている。苦労するのは文学者の方であるはずで、読者までが迷惑するとすれば、それは文学者の怠慢である。もっとも、文体の響きに胸を打たれることがない、文学と縁がない読者は別である。

それから文学の仕事をする人間の方から言うと、文学は芸術であるという考えが今でも相当強いらしい。文学が芸術であるというのは当り前過ぎて、忘れてしまった方がいいことか、でなければ、美学をやっている人間に決めてもらう他ないことか、そのどっちかであって、何れにしても文学者にとっては無用の考えである。画家や彫刻家にしても、自分は芸術家だなどと思ったりするよりも、自分の仕事の勉強をした方がずっと為になる。そしてこれは文学の天才、巨匠、つまり、上の上の方まで通用することなので、それは上の方に行けば今度は芸術などということはどうでもよくなるからである。

それで日本では金儲けする手段の文学と、芸術である文学と、それからこれはその副産物なのだろうと思うが、文学は恐しく難しいものなのだという考えと、だからつまり、書く方の考えと読む方の考えと、その他色々が全部ごちゃ混ぜになっていて、雑文を書いて食っている人間も文学者であり、二、三の完璧な作品を残して死んだ詩人も文学者であって、その詩人が不遇な死に方をしたということから、一方では、文学は血が滲むような修業だと益々固く信じるものが出て来る。

そういう文学に就ての観念の混乱は読者から出版社、ジャアナリズムにも伝わって、その結果はどうかと言うと、外国文学の方が日本の現代文学よりも段違いに面白いということになる。今こそ原書には手が出なくて、人から貰った日本の本ばかり持っているが、その中で本当に取っておきたい本が何冊あるか、この人のものなら何でもと思う人間に至っては、全く数えるほどしかいない。

読んでもつまらないのは、率直に言って、文字通りにつまらなくて心が楽しまないからである。高級ということになっている作品は書いた人間の苦労を見せ付けられるばかりで、興味本位に書かれたはずのものは面白くも何ともない。何れにも、言葉で読むものを魅するという文学の根本条件が欠けていて、だから文学ではないのである。

ところが、同じ定義に従えば、興味本位に書かれたものが面白ければ、それが文学作品であることを疑う人間の方がどうかしているので、外国文学なら探偵小説でも時間がたつのを忘れるのがいくらでもあり、読んでいて勇気が出て来る。

日本の現代文学で読んで勇気が出るものと思って考えて見たら、偶然、小林秀雄氏の

「モオツアルト」が胸に浮んだ。しかしこれが外国ならば小林秀雄氏まで行かなくても、探偵小説でも、ユウモア小説でも、新聞の社説でも、そういうのを探すのに骨を折ることはない。時間がたつのを忘れる程度のことなら、それが文学作品の最低条件、少くとも書く方では読者に対する礼儀としての最低条件と心得ている。経済学の論文の文体がなっていないと言って突っ返される国柄なのだから、その位のことは当り前である。

勿論、好きずきはあるだろうが、これが外国文学ならば、ジョイスが嫌いでも他に読むものはいくらでもあるのだから、別に困ることはない。従ってそれを恥じる必要もない。それで思い出したが、アメリカの探偵小説に、パリに来て気違い病院にほうり込まれた金持がジョイスの「ユリシイズ」を読み耽る所があるが、その場面が何とも滑稽なのは、入れ歯をなくして口が利けないものだから気違い扱いにされている金持の中年男が、「ユリシイズ」にしがみ附いているその取り合せが奇抜なので、実際にアメリカの金持が「ユリシイズ」を読み耽っても少しも可笑《おか》しいことはない。ジョイスにした所で、人に読んでもらうために書いたはずである。

あるいは、人が読んでも読まなくてもこれは芸術作品であるという態度がジョイスにどうかすると感じられることが、彼の最大の欠点であるかも知れない。それにしても、苦労して書いたものは読む方でも苦労して読まなければならないという考えはどういう所から来ているのだろうか。書く方が苦労すれば、それだけそれを読んで得られる楽しみが洗煉された性質のものになってこそ、苦労した甲斐があったというものである。書くのに十年掛ったから、読むのにも十年掛けるということはないだろう。

それにまた、いい作品を書くのと、苦労ということが一種の不可分の関係にあるように考えられても、何だか妙なものである。才能がなければ苦労しなければならないが、それならば苦労しても無駄だし、才能があるものが苦労するのは言わば、女に苦労するのと同じで、どこかに書く楽しみがなくて書いたものを人が読んで楽しむはずがない。だから、日本の現代文学の大部分がつまらないのだとも考えられる。いい作品を書くのには苦労して、それ故に苦労すればするほどいい作が書けるという料簡《りょうけん》から、苦労ばかりの作品が現在でも氾濫している。

勿論、これが日本の現代文学に関するすべてではない。日本語を作るのが今日まで、日本の文学者の最も大きな仕事だったにしても、その努力から我々も離れることが出来なくしてその向うに紛れもない文学の世界を見せてくれたのもいる。日本語で大体何でも言えるように現代の日本語をしたのは鷗外だと思うが、鷗外の作品にはそういう努力を既に終えた日本文学の世界がある。そしてそれ故に彼は岡本綺堂と同じ世界に住み、そこには矢田挿雲氏も柴田天馬氏もいる。梶井基次郎も、井伏鱒二氏もそこにいる。まだ何人かいるかも知れない。そして彼らが優れた文学者であることを我々に教えてくれるのも外国文学なのである。

「文壇」崩壊論

十返 肇

一九五六(昭和三一)年十二月、『中央公論』に発表。本論は、この時期に石原慎太郎「太陽の季節」や深沢七郎「楢山節考」といった無名作家の作品が相次いで文学賞を受賞したことを背景に書かれた。両作品はいずれも従来の文学上の価値観を揺るがす問題作であったことから、批評家の間で物議を醸し、センセーショナルな社会的事件として報じられた。ジャーナリズムにおける商業主義は、中間小説と呼ばれるジャンルを拡大させ、日本の近代文学の主流をなした私小説を衰退させたのみならず、一般社会から切り離され、「文壇」という特殊圏内に生きる作家とその文壇的倫理をも消滅させた。このような現象は、価値観の多様化が進み、特権的存在であることを文学者に許さない戦後社会においては、なかば必然であった。が、十返自身、誰よりも文壇通であったわけで、本論は、日高六郎「文壇とジャーナリズム」(岩波講座『文学』第二巻所収)をきっかけに惹起したいわゆる「文壇ジャーナリズム論争」の帰着点を示すものでもあった。

十返肇(一九一四―六三) 本名一《はじめ》。評論家。文壇上の交遊関係の広さと鋭い作品鑑賞力で批評活動を展開。評論集『贋の季節』『現代文壇人群像』『実感的文学論』など。

一

文壇というものは無くなった——それが今年の「文壇」回顧として私に最も痛切に感じられた印象である。伊藤整のいわゆる逃亡奴隷と仮面紳士によって構成された文壇なる特殊部落は、完全にジャーナリズムの中に崩壊したといえよう。伊藤氏の『小説の方法』は、いまから僅か八年以前に書かれた名著であるが、つぎのような一節は、もはや現代の「文壇」には該当しなくなっているであろう。

「私小説の変態性は、たしかに一面では日本の文芸享受の仕方の特異性によって、生れたとは言わぬまでも強められた。それほど文芸批評は日本ではきびしいのである。作品よりも文壇というギルドの中での生活態度が批評され、作家は絶えずギルドの中での生き方に注意すると共に、その生き方の告白と弁護を作品の内容とせざるを得ないのである。そしてこのたがいに知り合っているギルド生活の実体が文学作品の実体となっているために、作品は常に、身辺雑記であり、身の上話であり、人物の説明抜きが必要な礼儀となっている。(略) そしてこういう風に文壇生活そのものが倫理的思想的修練であり文壇は道場であるため、作品は告白文以上の肉づけを不要とする結果、肉づけの作家谷崎潤一郎は東京に住む事ができなかった。永井荷風は文壇人と交際するに耐えなかった。生活の論理の思考者志賀直哉は文壇の精神的背骨とならねばならなかった。悉く必然である」

なるほど、今日もまだ「人物の説明抜き」で「ギルド内の生活」を身辺雑記風に書いている作家もいないではない。しかし、それはきわめて少数であるばかりでなく、ほとんど現代の文学として問題とされなくなっている。今日の文学は一般的にそういった傾向を揚棄して新たな変貌を示している。それは批評家たちの私小説否定論が、この国の作家たち、ことに若い世代の新作家に徹底した結果ではない。一言でいえば、それを作品内容にしようにも、その「ギルド生活」なるものが生活の実体として無くなったからにほかならない。今日の若い作家たちにも、私小説の書き手たちは必ずしも少くない。いわゆる第三の新人の作品には私小説がかなり多い。しかし、彼らの私小説はかつてのような「文壇」的生活を描いたものではなくなっている。「個人の不確立に始まる文壇ギルドの特殊性」が彼らの生活の中には無いからである。

今日、私たちは文壇という言葉を便宜上なお使用しているが、それはすでに在来の「文壇」を意味してはいない。いま私たちが漠然と文壇なる言葉であらわしているのはジャーナリズムのうちの文学関係方面であるにすぎない。いわば文壇に代ってジャーナリズムが、私たちの「生活の実体」となってきたのである。かつてはジャーナリズムに対して、「文壇」の権威が支配権を有したことがあった。大衆作家である村松梢風の作品が、自分たちと同じ創作欄に発表されるならば、われわれは執筆を拒否すると『中央公論』にたいして芥川竜之介たちが抗議した昔にさかのぼるまでもなく、また川端康成が「文壇の垣」を論じて石坂洋次郎の作品は文壇小説の勘をはずれていると述べた二十年前はさておき、最近まではジャーナリズムとは別個に文壇なるものが微弱ながら存在していたのは確かだ。たとえば、戦後、一聯の戦記文学がジャーナリズムに流行化したり、「流れる星は生きている」とか、「今宵妻となりぬ」などというような小説がベスト・セラーとして喧伝されたり映画化もされたが、これらの作品は「文壇」に認められず、その作家たちも「文壇」人には編成されなかった。文芸雑誌もしたがってこの作家たちに執筆を依頼しなかった。

しかし、現在では、その作品が文学として高く評価されなくても、題材の関係で週刊雑誌のトピックとなったり、映画化されたりすると、すぐに文芸雑誌が執筆を依頼し、作者は「小説家」としてジャーナリズムに待遇され、「文壇作家」の一員として、いわゆる玄人《くろうと》と社会的には同じ圏内の住人となる。もはや、それにたいして抗議する玄人作家はいない。なぜならば抗議すべき地盤としての文壇なるものがなくなったからだ。

『群像』十一月号の「純文学・文壇の必要について」で河上徹太郎は「文壇」の必要

を説いて、「あまり素人《しろうと》になり過ぎている」現在の「文壇」に警告を発しているが、それはつまりは「文壇」がなくなった事実を語っているにほかなるまい。

このような玄人による「文壇」なる特殊社会が喪失した理由はさまざまに挙げられるであろう。誰しもいうようにジャーナリズムの商業主義が強い支配力を作家たちにもつようになったことがその第一には違いないが、私がここで特にあげたいのは、いわゆる文壇小説が今日の芸術としての魅力を失ったことである。魅力を失ったとは、伊藤整のいうように、それが文壇事情を知らない一般読者に興味をもたれなくなったということではない。一般読者からみれば玄人である文芸批評家にとっても、また同じ職業の作家たちにとっても、さらに文学者たろうとしているいわゆる文学青年にとっても、深い感動を与えなくなったということである。大衆文学的な娯楽性がないのは勿論であるが、純文学らしい芸術的な感銘を私たちが最近のどの文壇小説から受けたであろうか。

むろん、毎月発表されるおびただしい小説の中にはいくつかの佳篇もあれば問題作もある。しかし、「佳篇」といい、「問題作」というのも、きわめて低い基準での相対的価値であって、真に私たちの胸に強く激しい感動や衝撃を与えたかと問うならば否と答えざるを得ないであろう。純文学と大衆文学の隔離が次第に問題とならなくなり、直木賞作家も芥川賞作家も、あまり区別がつかなくなったのは、たんに中間小説の隆昌というような現象によるのではなく、純文学が、かつてのような生命の根源にふれる感動も、感嘆してやまないほどの技巧上の巧緻さも、実験の冒険性も失ってしまったからである。大衆文学のもつ娯楽性に代りうるだけの芸術性が認められないのでは、純文学としての存在の意味がまったくないというほかはない。これでは、たとえ未熟稚拙でも、「太陽の季節」の方がまだマシとなるのは当然であろう。

それに、以前は「文壇事情」に興味をもつところの特定の読者をのみ対象として、いわば文壇の機関雑誌でさえあれば目的を果しえた文芸雑誌が、今日では多くの読者を必要とするために、ほかのマス・コミュニケーションと同じように、ジャーナリスティックな編集をしなければならなくなったので、小説作品を商品的に考察せざるを得なくなった。文壇事情への興味でささえられているような身辺雑記小説は、ここでも、いわば最後の牙城においても歓迎されなくなったことが、文壇の存在理由を奪ったとみてよいであろう。

二

文壇を封建的社会と見なし、情実的な徒弟制度の支配する特殊部落として排撃した日高六郎の文壇論を、私や荒正人が反駁したのはつい三年ほど以前である。ここでは、まず文壇というものにたいする観念の大きい相違があったのだ。私や荒氏が「文壇」という名称で擁護したのは、いわば文学的ジャーナリズムの世界であり、日高氏が攻撃したのは古い概念による文壇であって、当時すでにそれはもう殆ど実在していなかったとさえいえよう。その時期がちょうどジャーナリズムにおける川崎長太郎ブームに当っていたのは興味ふかい事実である。「人物の説明抜き」の私小説家川崎長太郎が、ジャーナリズムで、ささやかな流行作家となったのは、私小説がかつてのような精神を賭けた告白の迫力を失い、家庭団欒小説に堕した中で、独身者の自由な行動を、独身者らしく自由に表現したからであった。最近この川崎長太郎が書いた「私小説作家の立場」(『新潮』十月号)によれば尾崎一雄は、「家庭大事という建前から、思っていることをずばりずばりと書くことが出来ぬ」といったそうであるが、妻子に遠慮して思ったことが書けないで書かれた私小説がどうして私たちに深い感動を与える力をもちえようか。現在の私小説の魅力のなさは、作家がこういう精神で書いているところにあり、これでは私小説の意義は完全にないわけだ。私小説の衰弱と文壇の崩壊は決して無関係ではない。私小説を支えてきたものは、「文壇」であった。

文壇という特殊社会は、伊藤整も指摘しているように最初から「一般社会とつながったならば壊滅するはずのものだった」のである。

「彼ら、社会にとってのもっとも危険な分子が、外と交際を持たない小さな集団を作って、好き勝手なことを、彼らのみに通じる合言葉と隠語で、わけのわからないものを書いて発表していることは、社会そのものにとって安全であった。彼らはその破倫な、無謀な生活を記録して発表したが、それは社会全体に届かなかった」

と伊藤氏は書いているが、最近では文学とマス・コミュニケーションとの関係が緊密になり、文学者の存在が社会化され、その書くものが「社会全体に」届くものとならねばならなくなったことが、私小説を文学界の片隅へ押しやることになった。つまり文壇生活を題材にしたような小説では一般的な興味を誘わないから商品性を失い、作家の方でも書く気になれなくなった。作家は外部に題材を求めなければならず、したがってこれまでの文学者のように文壇生活だけを生活の全部としていたのでは作家としての職業を続行できなくなった。すくなくとも「文壇」への関心が生活の中で占める比率は減少してきた。当然、「文壇的交友」は少くなり、文壇的共感も薄弱になって来ざるを得なかったのである。文壇というものが生活の基盤としての意義を失い、ジャーナリズムがそれに取って代ってきた。

更に、文壇を崩壊せしめた社会的事情は、文学が社会人に触れてゆく機関として、活字による方法以外のものが増加してきたことが挙げられるであろう。ラジオもテレビも映画も、一種の文学表現の場となった。すくなくとも文学者がその思想を発表しうる機関となったといいうる。文学者はかつてない多くの人々を対象にして、ものを考えなければならなくなった。かつては「彼らのみに通じる合言葉と隠語」で、「わけのわからぬもの」を書いてさえいればよかった文学者にとって、それは大きい変化であった。したがって、ギルド内部での倫理感で生きてはいられなくなった。

日高六郎は、文壇を論じて、文学者には、「私生活になみはずれた行動があること」を挙げ「家庭をやぶり妻子を放擲《ほうてき》することがゆるされている」と述べたが、大正時代なら知らず、戦後そのような「特権」は文学者にゆるされていない。文学者もまた一般人とひとしく大衆によって裁かれる。いやあるいはその虚名ゆえに、また彼らの書くものが公的機関に発表されるために、ある場合は一般人以上にきびしい批判の対象にさらされなければならない。政治家の公然たる悪徳にくらべて文学者が、いかに手きびしく批判されることか。しかも政治家の悪徳は、つねに国民の犠牲の上にきずかれる。しかし、文学者のそれは、あくまで個人の私生活上の出来事であり、国民の誰に迷惑をかけることでもないのに、批判は政治家の場合よりもきびしい。林房雄が前夫人の自殺によって、いかに社会的な非難を浴びたかは、まだ私たちの記憶になまなましい。

また、これまでの作家は、いわば文壇という道場で倫理的鍛練を受けたものの集りであった。社会的に一人の作家となる以前に無名作家としての生活があった。「苦節十年」などという言葉がいわれたように、彼らは「文壇的雰囲気」の中で先輩友人たちから一般世間の道徳とは違った倫理をふきこまれた。貧乏と病気と女の苦労を体験しなければ一人前の作家にはなれないというような人間修業が真剣に主張され、通念とさえなっていた。

ところが、最近ことにこの一年、そんな苦労など全然もたぬどころか、むしろそのような苦労を軽蔑した若い人たちの作品が商品価値をもって登場し、現代の読者に歓迎されて古い文壇的倫理によって育てられた人々が、いかに嫌厭《けんおん》したところでお構いなしに罷《まか》り通っている。文壇的倫理は完全に敗北したのである。十年も二十年も小説を書いて苦労してきたなどという履歴は、この現象の前にその無能をあらわし、これまで先輩についてで学んできた文学概念など作家となるには、なんらの役に立たないという事実を、今になって、彼らは身をもって痛感しなければならなかった。

私自身は、古い文壇的雰囲気の中で、若年の日を過ごしてきたが、「貧乏と病気と女」の苦労をしなければ一人前の文学者とならぬ、つまり人生がわからないというような観念には絶対に承服できなかった。そんな苦労はごめんだと思っていた。もっとも思いながら結果は、してしまったが、いまでも、そのような人生認識の様式は信じていない。

また同人雑誌を何年も苦労してやってきたなどということが、誇るにたる履歴だとは考えていない。戦前ありがたがられた苦節十年などという観念は、人間をスポイルするだけであった。しかも、それは、すぐれた芸術を創造するための「苦節」ではなく、「文壇」へ出るための処世上の苦労でしかなかったのである。

このような人生認識の倫理が一般社会に通用するはずはなく、こういう倫理を現在なお信奉している人たちが、今日のジャーナリズムから忘却されてゆくのは当然であり、文壇的倫理の敗北が、文壇の崩壊を促進せしめたといえよう。

三

こうして徐々として崩壊の過程をたどってきた文壇の完全崩壊を、今年とくに私に強く痛感せしめたのは、いうまでもなく石原慎太郎を先頭とする一聯の若い作家の社会的登場のあり方であった。

芥川賞受賞以来の石原氏のジャーナリズムにおける扱われ方は、これまでの新作家にみないもので、ここに至って「文壇的」評価などは完全に黙殺された観があった。それは、ちょうど映画批評家がどんなに大根よばわりしようとも、映画会社が売り出そうと思う新スターは、なんとしてでも売り出す宣伝戦をおもわせるものであった。意識的に一人のスターを売り出す、あるいは売りものにしようとするジャーナリズムの商業主義の完全な勝利であった。

しかも敗戦直後には、さきに述べたように、ジャーナリズムの宣伝には乗らなかった「文壇」が今度は乗ったのである。勿論、それには石原氏の文学的才能という問題もあったが、すでにそれは「文壇」がジャーナリズムの商業主義にほとんど無抵抗であった事実を示している。

これまで、「文壇」はジャーナリズムによって生活しながらも、その商業主義には、しばしば抵抗を試みてきた。それは次第に微弱なものとなり、ついに完全に無抵抗となった。このことは今日の文学者が明治大正期の作家にくらべて強靱なバック・ボーンをもっていないからだとか、文学者が堕落したためだなどとよくいわれるが、私には問題はそのような点にはないと思われる。明治大正期の文学ジャーナリズムの機構などは現在からみればお話にならぬほど小規模であり、文学者の数もまた知れたものであった。したがって作家の生活の幅も極めて狭くてすんだ。これは恐らく文学者の場合のみの問題ではなく、日本の現代人すべてが明治大正期の日本人とは比較にならぬほど多様な意識をもって生活しているのであり、文学者もその例外ではありえないというだけに過ぎない。明治大正期の人物が、現代の人間にくらべて、どれだけ偉かったかということはよく問題になるが、「昔の人は偉かった」というとき、彼らを偉くした条件が、現代の社会で私たちが生きている条件とは全く異なる事実が忘れられているのだ。今日の社会的条件のなかで生きている現代人に「昔の人の偉さ」を求める気風が今もなお跡を絶たない。現代の作家を、昔の作家にくらべて堕落したようにいう言説を私は信用しない。したがって、今日ジャーナリズムに「文壇」が無抵抗となり、無抵抗になったことで「文壇」が崩壊したのは、現代作家の脆弱性《ぜいじゃく》によるのではなく、社会的必然なのだ。

さらに今日では、芸術家とジャーナリストの区別ということが厳格に規定できない。すくなくともジャーナリズムで存在しえている芸術家はジャーナリスティックな才能をもっていることは疑えない。そして、それが芸術の変革を必然化させる。昨年末から今年にかけて登場してきた若い作家たちをみると、彼らが実にジャーナリスティックな感覚をもっていることが認められる。彼らは、それを身につけているのだ。それは現代の気質として血肉化しているのである。彼らの文学はその気質の産物である。

彼らは、それを「貧乏と病気と女の苦労」の体験から学んだのではない。先輩文学者から教えられたのではない。彼らは今日の普通の青年として生活の中から身につけたにすぎぬ。そして彼らの生活には、「文学の師」などというものは存在もしていなければ意識されてもいない。彼らはかつての私たちのように文学青年でさえない。

北原武夫は、『群像』(十一月号)で、「文学青年の変遷」を述べているが、そこに語られている青年は文学青年ではない。明治大正の文学はもちろん、おそらく現在の小説さえ、ろくに読んでいないのであり、読んでいない事実が彼ら自身にとって、なんの関心ともなっていないのだ。彼らにとっても「文壇」は無いのである。

このように「文壇」の崩壊は、文壇がジャーナリズムの中へ溶解したことによって完遂されたが、それは商業主義の勝利であるとともに、またギルド的束縛からの解放でもあった。自己の作品を社会へ発表するために、また作品を書くために先輩の門を叩いて恩恵を受ける必要もない。「文壇」の崩壊を示す端的な事実は、ジャーナリズムに強い発言権をもつ作家のいなくなったことによっても知れる。佐藤春夫がいかに反対しようとも、芥川賞は「太陽の季節」に授賞される。反対にいかなる流行作家が推薦しようが、駄目なものは駄目なのだという空気の明朗さが認められる。

しかし、そのために弊害もまた少くない。文学が、文学としてのみ評価されなくなり、その商業的評価が一切のものとなり、作家的位置が一般的に収入によって評価されるのはまだよいとしても、その評価が文学者自体を支配するにいたる傾向さえ看取されないであろうか。それは大衆作家の間に、かつてのような純文学作家へのコムプレックスが消失した事実に端的にあらわれかけている。私はそれを、いちがいに排斥するものではない。しかし、それが文学にたいする蔑視的概念と化する危険性は充分にあるであろう。文学を蔑視した文学というものが生れるかもしれない。北原氏のいう変遷した文学青年が、「文学者」になったらそうなるであろう。文壇が消滅し、その文壇的倫理観が若い世代から失われるのは結構だが、それと同時に文学にたいする愛情が失われてはならない。「文壇」に非ざる「ジャーナリズムの文学関係方面」が発展してゆく根柢には、やはり文学への愛情がなければ、社会はその存在をも許さなくなるであろう。

〔本文中二か所で「特殊部落」という執筆当時通行した差別的な呼称が比喩として用いられている。本論文の歴史的価値に鑑みそのまま掲載するが、被差別部落に対する不当な差別は、今日なお克服すべき課題として存在することを、念のために付記する――岩波文庫編集部〕

解説

坪内祐三

昭和の批評は小林秀雄と共にはじまる。

いや、近代日本の本格的な批評そのものが小林秀雄と共にはじまった、と言われている。

いま私は、文芸批評ではなく、批評と書いた。

それは、あえて、そのように書いたのである。

文芸批評というジャンルの中で、近代日本の批評家たちは、単に文学のみならず、もっと大きな思想的な問題を扱った。

高山樗牛や島村抱月、あるいは内田魯庵など、明治大正時代にもそのような文芸批評家は存在したが、そのことを意識化し本格的に実践活動した最初の人が小林秀雄だった。

意識化というのは、文芸批評が単なる小説や詩や劇作の解説や祖述ではなく、それ自身が作品としての独自性を持ち得ることに自覚的だったということである。

小林秀雄は明治三十五(一九〇二)年生まれであるが、彼よりちょうど一廻り年の離れた福田恆存(大正元・一九一二年生まれ)は、小林秀雄について論じたある文章(「小林秀雄」)の中で次のようなことを述べている。

福田恆存が小林秀雄の最初の評論集『文藝評論』を手にしたのは昭和六年夏、旧制高校二年の頃だった。


……ぼくにとつて小林秀雄は難解であつた。十九世紀のヨーロッパ文学や明治大正期の作品を読みあさつてゐる人間に、当時の文壇現象がわかるわけもなく、またかれの文章がねらひをつけてゐるまとの所在がはつきりつかめよう道理はなかつた。


ここでちょっと注意しておきたいのは、福田青年が、「十九世紀のヨーロッパ文学」と平行して「明治大正期の作品」を読みあさっていたことである。

一見、当り前のようであるが、実は、少し複雑な意味が込められている。

明治の近代化以来、日本の文学者たちは、殆ど皆、外国(すなわちヨーロッパ)の同時代(十九世紀あるいは二十世紀初頭)の文学をそのモデルとし、学んでいった。大正期に入っても、明治以降の自国文学は、例えば漱石や鷗外や二葉亭四迷などの一部を除いて、学ぶべき対象とされることはあまりなかった。それは小林秀雄の場合も例外ではなかった(小林秀雄は明治文学に言及することは殆どなかった。彼は、明治文学を飛び越え、いきなり江戸以前に結びつこうとした)。

ところが、彼よりひと廻り年若い福田恆存の世代になってくると違う。

これはあとでまた述べることになるが、昭和とはまた、改造社の『現代日本文学全集』をはじめとする円本や岩波文庫をはじめとする文庫本によって、明治文学が広く世の中に普及するようになった時代である。そして、時に批判的なものであっても、外国文学のみならず明治文学をその文学的栄養とする批評家が生まれていった時代である。

だから、大正元(一九一二)年生まれの福田恆存にとって、明治大正期の日本の文学作品を「読みあさる」ことは可能だった(ただし、ここで興味深いのは、福田恆存より一歳年上の中村光夫の場合である。その文学的出発点に二葉亭四迷を持つ彼は、しかし、円本には無縁に育ったらしいことを谷沢永一が『紙つぶて』で指摘している)。

話を再び福田恆存の小林秀雄体験に戻す。

この回想の中で重要なのは、先に引いた箇所に続く、このような一文である。

が、およそ文章の魅力といふものがそんなところにあらうはずもない。かれの文章のまへに近代小説の文体や思考法や大がかりな演技がみるみる色あせてゆくのを、ぼくはどうしようもなかつた。自己と文学とのかゝはりをいまだ決定的なものとは考へてゐなかつたぼくも、小林秀雄のうちに自分を生かす方法を直感したのである。

続けて福田恆存は、その小林秀雄体験を、大正期の知的青年たち(その中には小林秀雄も含まれていたかもしれない)が、志賀直哉の作品を読んで、これなら自分たちにも小説というものが書けるかもしれない、と思ったこととなぞらえている。

いはゞ、ぼくは小林秀雄に「歩き方」の魅力を感じたのだ。かれはぼくに、ぼくのようなものでも歩くことができるかもしれないことを教へてくれた。

つまり福田青年は、小林秀雄の文章によって、批評という確かな自己表現行為があることを知ったのだ。

それでは、小林秀雄の批評はどこが新しかったのだろうか。彼の批評は「何」を発見したのだろうか。

その一つは自意識である(福田恆存は、小林秀雄のことを、自意識に詰腹を切らせようとする大自意識家、と述べている)。

昭和四年に発表された「様々なる意匠」(解題にもあるようにこの評論は『改造』の懸賞評論の二等当選作で、その時の一等当選作が宮本顕治だ。そして選外佳作がたしか春山行夫であったはずだ)の中で、小林秀雄は、ボードレールを例にとって、こう述べている(ここで底本として用いた初出文と一般に流布している定稿との間には異同がある)。

それは正しく批評ではあるがまた正しく彼の独白だ。かかる時、人は如何にして批評というものと自意識というものとを区別し得よう。彼の批評の魔力は彼が批評するとは自意識する事である事を明瞭に悟った点に存する。批評の対象が己れであると他人であるとは一つの事であって二つの事でない。批評とはついに己れの懐疑的夢を語る事ではないのか、己れの夢を懐疑的に語る事ではないのか!

この、「批評とはついに己れの懐疑的夢を語る事ではないのか」という小林秀雄ならではの魅惑的な啖呵、いやフレーズが、いかに当時の多くの文学青年たちの心をかどわかしたことだろうか(福田恆存は、先に触れた小林秀雄論の中で、小林秀雄の作品に出会ってしばらくのち、あえて、「小林秀雄との絶縁を心にかたくきめた」と書いていたけれども、だからこそ福田恆存はまた自前の批評家になれたのである)。

小林秀雄は本質的な批評家でありながら、その一方また、文壇的な批評家(ここで使われる「文壇」とは、もちろん、このアンソロジーの巻頭の大宅壮一の「文壇ギルドの解体期」と巻末の十返肇の「『文壇』崩壊論」で使われる「文壇」という言葉と重なっている)でもあった。

「様々なる意匠」で小林秀雄が強く批判している対象はマルクス主義文学であるが(その意味で、この評論が宮本顕治の評論の次席に終わったことは文学史的に重要だ)、マルクス主義文学と共に当時流行《はや》りだった新感覚派の文学に対しても批判的だったことを見逃してはならない。

江藤淳や佐伯彰一をはじめとして、小林秀雄を『アクセルの城』で知られるアメリカの批評家エドマンド・ウィルソンと比較して論じる人は多い(『アクセルの城』と言えば、「様々なる意匠」の次に収められている伊藤整の「新心理主義文学」の冒頭にいきなりこの評論集の名前が登場するが、一九三一年に出たこの評論集が、翌年にすぐ、単なる研究者ではなく文学者によって言及されるその文学伝達のスピードに注目したい。しかも、それがただの紹介文ではなく、自らの文学の課題として共有されていることに)。

実際、ウィルソンの『アクセルの城』と小林秀雄は(例えば「様々なる意匠」やランボー論は)、その問題意識に重なる部分がある。つまり、両者共に、文学が、十九世紀以降、現実から乖離していった様を問題にしている。その出発(離脱)点に象徴主義の文学がある。そして『アクセルの城』のウィルソンは象徴主義の文学に批判的である。ところが、ボードレールやランボーを自らの文学(批評)の根本に持つ小林秀雄は異なる。「様々なる意匠」で、彼は、こう述べている。

いわゆる「新感覚派文学運動」なるものは、観念の崩壊によって現われたのであって、崩壊を捕えた事によって現われたのではない。故に、それは何ら積極的な文学運動ではない、文学の衰弱として世に現われたに過ぎぬ。これは一種の文学に於ける形式主義の運動とも言えるが、また、一種の形式主義の運動十九世紀のいわゆる象徴派の運動とは全くその本質を異にするものである。

自分の文学観に忠実だったからこそ、小林秀雄は、象徴主義の文学と新感覚派の文学を分け、新感覚派の文学を批判しているように見える。

しかし私は、それだけではないと思う。

この『改造』の懸賞評論という場で、小林秀雄は、確実に、文壇の目を意識している。

懸賞評論という場では新しさ（まさに一つの「意匠」）が要求される。そしてその新しさを強調するためには、その時に流行っている文学（流派）を徹底的に批判することが必要である。

だからこそ小林秀雄は、マルクス主義文学と同時に新感覚派の文学も批判したのである、と私は思う。

このような文脈を理解しておかなければ、読者は、例えば、中野重治の「閏二月二九日」を読んだ時に、新感覚派の批判者であるはずの小林秀雄が、その文学運動のリーダー横光利一と重ねられ、二人合わせて、中野重治によって批判されていることに混乱をおぼえるかもしれない。

中野重治の「閏二月二九日」が発表されたのは、いわゆる二・二六事件のあった昭和十一年のことであるが、私は、ここで、平野謙の『昭和文学の可能性』（岩波新書）中の、こういう一節を引いておきたい。

私は『様々なる意匠』以来の小林秀雄の読者で、《文芸春秋》に連載された文芸時評も、わからぬながら毎号愛読してきた。しかし、『機械』を熱烈に礼讃した『横光利一』（文芸春秋・昭和五年十一月号）という時評を読んだとき、実は私はたいへん驚いたのである。私の印象では、小林秀雄は目前の文壇現象にはオール否定の高踏批評家であって、だからこそ、マルクス主義文学、新感覚派文学、大衆文学などを文学的「意匠」として片端から否定した『様々なる意匠』のつぎに、思索と行動との古典的合一を保持している『志賀直哉』オマージュを書いて、騒然たるインテリゲンツィア的衰弱と対置しなければならなかった、と思っていた。その小林秀雄が突然『機械』を褒めあげた時評を書いたから、思わず一驚せざるを得なかったのである。

つまり、近代日本の、特に昭和前期の、文芸批評は、たしかに小林秀雄の登場によって本質的なものになったものの、やはり、情況論的なものでもあったのだ。読者はその部分を見逃してはならない(情況論的と言えば、中村武羅夫のプロレタリア文学批判「誰だ？　花園を荒らす者は！」は、そのジャーナリスティックなタイトルのせいもあって、中身を知らずに単なる情況論として片づけられがちであるが、実際に現物に目を通してみれば、意外に本質的なことが語られていることに驚くだろう)。

ここで少し文学史の復習をしておけば、マルクス主義文学が大きな転機を迎えたのは昭和八(一九三三)年のことである。

この年二月、小林多喜二が検挙され築地署で虐殺され、六月には共産党幹部だった佐野学と鍋山貞親が獄中から転向声明を発表する(スパイリンチ殺人事件があったのもこの年十二月のことだ)。

そして、このような時代情況の中で、三木清が「シェストフ的不安について」で論じているロシアの思想家シェストフが文学者や知識人の間でブームとなる。彼の主著『悲劇の哲学』を河上徹太郎が阿部六郎と共に翻訳(フランス語からの重訳)し、それが、正宗白鳥、小林秀雄という新旧二大批評家の熱の込った紹介文などによってブレイクしていったわけである(同時に、ドストエフスキーに対する関心も高まる)。

シェストフのブームの中で、三木清の評論のタイトルにもあったように、「不安」という言葉が流行語となる。

この言葉は、横光利一が『改造』昭和十(一九三五)年四月号に発表し、大きな反響を呼んだ評論「純粋小説論」にも登場する。

その評論で、横光利一は、西洋の近代小説は新たな「怪物」を発見した、という。

その怪物は現実に於て、着々有力な事実となり、今までの心理を崩し、道徳《モラル》を崩し、理知を破り、感情を歪《ゆが》め、しかもそれらの混乱が新しい現実となって世間を動かして来た。それは自意識という不安な精神だ。

この見解は小林秀雄のそれと良く似ている。実際、「純粋小説論」はこの直後(昭和十年五月〜八月)に雑誌『経済往来』に発表された小林秀雄の評論「私小説論」と重ねて論じられることが多い(ただし平野謙は、先に触れた『昭和文学の可能性』の中で、二つの評論の類似点はもちろんであるが、その相異点も問題にしていて、その違いを、シェストフの受容度の濃淡に求めている)。批評家である小林秀雄と違って、横光利一は、この「不安な精神」をそのまま生の言葉で作品にするわけには行かない。それを小説の形にしなければならない。だから、今引いた一文は、こう続いている。

この「自分を見る自分」という新しい存在物としての人称が生じてからは、すでに役に立たなくなった古いリアリズムでは、一層役に立たなくなって来たのは、いうまでもないことだが、不便はそれのみにはあらずして、この人々の内面を支配している強力な自意識の表現の場合に、いくらかでも真実に近づけてリアリティを与えようとするなら、作家はも早や、いかなる方法かで、自身の操作に適合した四人称の発明工夫をしない限り、表現の方法はないのである。もうこのようになれば、どんな風に藻《も》痒《が》こうと、短篇では作家はただ死ぬばかりだ。純粋小説論の起って来たのは、すべてがここの不安に源を発していると思う。

この「短篇では作家はただ死ぬばかりだ」という一節は、この評論の前半部の、「短篇小説では、純粋小説は書けぬということだ」という一節に対応している。

そしてさらに、それらのフレーズは、この評論の冒頭の、「もし文芸復興というべきことがあるものなら、純文学にして通俗小説、このこと以外に、文芸復興は絶対に有り得ない」という一節に対応している。

すでに述べたように、昭和初頭とは、円本や文庫本の成功により、文学が大衆化していった時代である。さらに新聞の読者層も拡大していった(大宅壮一が「文壇ギルドの解体期」で言うように、例えば、「婦人の読書欲」も増大していった)。つまり、いわゆる純文学作家も、文壇以外の読者からのポピュラリティを求められていた。

そういう時代に必要なのが「純粋小説」だった。

ここで注意しておかなければならないのは、当時、純文学作家の長篇作品の発表媒体が限られていたことである。

まず長篇書き下しというものは一般的でない。週刊誌の連載もない。この二つが盛んになるのは昭和三十年代以降の事だ。もちろん文芸誌に長篇一挙掲載というのはほとんど考えられない。

つまり、当時、純文学は、文芸誌や総合誌に載る短篇小説がその主流だったのである。

しかし、そういう短篇小説では、横光利一の言う「四人称」を駆使した純粋小説は作品化出来ない。

そこで唯一、それが期待出来るのが新聞小説だった。そして新聞小説の読者は、円本の読者同様、文壇ギルド外の、大衆だった。

だからこそ、横光利一は、「純文学にして通俗小説」というフレーズを切迫した調子で口にしたのである(そして、純粋小説の実践として発表した彼の新聞連載小説が「家族会議」や「旅愁」であったわけだが、皮肉なことに、眼の肥えた読者たちは、同じ頃に発表された老大家永井荷風の新聞連載小説「濹東綺譚」の方こそがまさに純粋小説だと受け止めたという)。

横光利一の「純粋小説論」についてもう一つ書き添えておきたいのは、それが、批評家の批評文ではなく、あくまで、実作者の批評文であったことである。

つまり、この批評文からは、実作者ならではの声が聞えてくる。

実作者の批評文として、このアンソロジーの中で、読者は、その前に、谷崎潤一郎の

「饒舌録(抄)」と芥川龍之介の「文芸的な、余りに文芸的な(抄)」を目にしているはずだ(この二つの文章は芥川と谷崎の間で争われた、いわゆる「小説の筋論争」の主要部分を成している)。

「饒舌録」で谷崎潤一郎は言う。

沙《さ》翁《おう》でもゲーテでもトルストイでも、飛び抜けて偉大なもので大衆文藝ならざるはない。

と。そして「文芸的な、余りに文芸的な」で芥川龍之介は言う。

「話」らしい話のない小説は勿論ただ身辺雑事を描いただけの小説ではない。それはあらゆる小説中、最も詩に近い小説である。しかも散文詩などと呼ばれるものよりも遥かに小説に近いものである。僕は三度繰り返せば、この「話」のない小説を最上のものとは思っていない。が、もし「純粋な」という点から見れば、――通俗的興味のないという点から見れば、最も純粋な小説である。

と。

この二人の先輩作家の小説に対する見解が、同じ実作者である横光利一の「純粋小説論」の中に反映されていないだろうか。

筋という言葉を、横光利一は、偶然と必然と置き変え、谷崎と芥川の見解を脱構築しようとする。それは実作者ならではの誠実である。

横光利一の批評文は、特にこの「純粋小説論」は不明晰であると批判されがちである。しかし私にはこの横光利一の不明晰な部分こそがとてもスリリングなのである(もちろん私は中野重治の横光批判も良くわかるのだが)。

と書いている内に、戦中戦後の批評に触れる前に、予定の紙数が尽きてしまった。

本来、批評文のアンソロジーに、私がこのような解説的文章を加えることは、屋上屋を架するようで無意味な事かもしれない(共編者の千葉俊二氏および山本幸正、石月麻由子、佐藤麻希絵氏らによる優れた「解題」が附せられていることであるし)。

まずは、ここに収録されている個々のテキストに直接出会ってもらいたい。そして、小林秀雄にはじまる昭和の批評の豊饒さを知り、自らで物を考えるきっかけをつかんでほしい。彼らの頭を悩ました問題は、実は、いまだ何も片づいていないのだから。

〔編集付記〕

一、本書に収録した諸篇の底本には、各篇冒頭に記したように主として初出誌紙を用い、諸本を参照した。

一、原則として左記の要項にしたがって表記を改めた。

岩波文庫(緑帯)の表記について

近代日本文学の鑑賞が若い読者にとって少しでも容易となるよう、旧字・旧仮名で書かれた作品の表記の現代化をはかった。そのさい、原文の趣をできるだけ損なうことがないように配慮しながら、次の方針にのっとって表記がえをおこなった。

(一) 旧仮名づかいを現代仮名づかいに改める。ただし、原文が文語文であるときは旧仮名づかいのままとする。

(二) 「常用漢字表」に掲げられている漢字は新字体に改める。

(三) 漢字語のうち代名詞・副詞・接続詞など、使用頻度の高いものを一定の枠内で平仮名に改める。

(四) 平仮名を漢字に、あるいは漢字を別の漢字にかえることは、原則としておこなわない。

(五) 振り仮名を次のように使用する。

(イ) 読みにくい語、読み誤りやすい語には現代仮名づかいで振り仮名を付す。

(ロ) 送り仮名は原文どおりとし、その過不足は振り仮名によって処理する。

例、明に→明《あきらか》に

(岩波文庫編集部)

日本近代文学評論選《にほんきんだいぶんがくひょうろんせん》 昭和篇

2004年3月16日 第1刷発行
2025年7月29日 第8刷発行

編 者 千葉俊二《ちばしゅんじ》 坪内祐三《つぼうちゆうぞう》

発行者 坂本政謙

発行所 株式会社 岩波書店
〒101-8002 東京都千代田区一ツ橋 2-5-5

案内 03-5210-4000 営業部 03-5210-4111
文庫編集部 03-5210-4051
https://www.iwanami.co.jp/

印刷・理想社 カバー・精興社 製本・中永製本

ISBN 978-4-00-311712-5 Printed in Japan

読書子に寄す

―岩波文庫発刊に際して―

岩波茂雄

真理は万人によって求められることを自ら欲し、芸術は万人によって愛されることを自ら望む。かつては民を愚昧ならしめるために学芸が最も狭き堂宇に閉鎖されたことがあった。今や知識と美とを特権階級の独占より奪い返すことはつねに進取的なる民衆の切実なる要求である。岩波文庫はこの要求に応じそれに励まされて生まれた。それは生命ある不朽の書を少数者の書斎と研究室とより解放して街頭にくまなく立たしめ民衆に伍せしめるであろう。近時大量生産予約出版の流行を見る。その広告宣伝の狂態はしばらくおくも、後代にのこすと誇称する全集がその編集に万全の用意をなしたるか。千古の典籍の翻訳企図に敬虔の態度を欠かざりしか。さらに分売を許さず読者を繋縛して数十冊を強うるがごとき、はたしてその揚言する学芸解放のゆえんなりや。吾人は天下の名士の声に和してこれを推挙するに躊躇するものである。このときにあたって、岩波書店は自己の責務のいよいよ重大なるを思い、従来の方針の徹底を期するため、すでに十数年以前より志して来た計画を慎重審議この際断然実行することにした。吾人は範をかのレクラム文庫にとり、古今東西にわたって文芸・哲学・社会科学・自然科学等種類のいかんを問わず、いやしくも万人の必読すべき真に古典的価値ある書をきわめて簡易なる形式において逐次刊行し、あらゆる人間に須要なる生活向上の資料、生活批判の原理を提供せんと欲する。この文庫は予約出版の方法を排したるがゆえに、読者は自己の欲する時に自己の欲する書物を各個に自由に選択することができる。携帯に便にして価格の低きを最主とするがゆえに、外観を顧みざるも内容に至っては厳選最も力を尽くし、従来の岩波出版物の特色をますます発揮せしめようとする。この計画たるや世間の一時の投機的なるものと異なり、永遠の事業として吾人は微力を傾倒し、あらゆる犠牲を忍んで今後永久に継続発展せしめ、もって文庫の使命を遺憾なく果たさしめることを期する。芸術を愛し知識を求むる士の自ら進んでこの挙に参加し、希望と忠言とを寄せられることは吾人の熱望するところである。その性質上経済的には最も困難多きこの事業にあえて当たらんとする吾人の志を諒として、その達成のため世の読書子とのうるわしき共同を期待する。

昭和二年七月

《日本文学（現代）》〔緑〕

怪談 牡丹燈籠　三遊亭円朝
小説神髄　坪内逍遥
当世書生気質　坪内逍遥
アンデルセン 即興詩人 全二冊　森鷗外訳
ウィタ・セクスアリス　森鷗外
青年　森鷗外
雁　森鷗外
阿部一族 他二篇　森鷗外
山椒大夫・高瀬舟 他四篇　森鷗外
渋江抽斎　森鷗外
舞姫・うたかたの記 他三篇　森鷗外
鷗外随筆集　千葉俊二編
大塩平八郎 他三篇　森鷗外
浮雲　二葉亭四迷 十川信介校注
吾輩は猫である　夏目漱石
坊っちゃん　夏目漱石
草枕　夏目漱石
虞美人草　夏目漱石
三四郎　夏目漱石
それから　夏目漱石
門　夏目漱石
彼岸過迄　夏目漱石
漱石文芸論集　磯田光一編
行人　夏目漱石
こころ　夏目漱石
硝子戸の中　夏目漱石
道草　夏目漱石
明暗　夏目漱石
思い出す事など 他七篇　夏目漱石
文学評論 全二冊　夏目漱石
夢十夜 他二篇　夏目漱石
漱石文明論集　三好行雄編
倫敦塔・幻影の盾 他五篇　夏目漱石
漱石日記　平岡敏夫編
漱石書簡集　三好行雄編
漱石俳句集　坪内稔典編
漱石・子規往復書簡集　和田茂樹編
文学論 全二冊　夏目漱石
坑夫　夏目漱石
漱石紀行文集　藤井淑禎編
二百十日・野分　夏目漱石
五重塔　幸田露伴
努力論　幸田露伴
一国の首都 他一篇　幸田露伴
渋沢栄一伝　幸田露伴
飯待つ間 ―正岡子規随筆選　正岡子規 阿部昭編
子規句集　高浜虚子選
病牀六尺　正岡子規
子規歌集　土屋文明編
墨汁一滴　正岡子規

仰臥漫録	正岡子規
歌よみに与ふる書	正岡子規
獺祭書屋俳話・芭蕉雑談	正岡子規
子規紀行文集	復本一郎編
正岡子規ベースボール文集	復本一郎編
金色夜叉 全二冊	尾崎紅葉
多情多恨	尾崎紅葉
不如帰	徳冨蘆花
武蔵野	国木田独歩
運命	国木田独歩
愛弟通信	国木田独歩
蒲団・一兵卒	田山花袋
田舎教師	田山花袋
一兵卒の銃殺	田山花袋
あらくれ・新世帯	徳田秋声
藤村詩抄	島崎藤村自選
破戒	島崎藤村

桜の実の熟する時	島崎藤村
夜明け前 全四冊	島崎藤村
藤村文明論集	十川信介編
生ひ立ちの記 他一篇	島崎藤村
島崎藤村短篇集	大木志門編
にごりえ・たけくらべ	樋口一葉
大つごもり・十三夜 他五篇	樋口一葉
修禅寺物語 正雪の二代目 他四篇	岡本綺堂
高野聖・眉かくしの霊	泉鏡花
歌行燈	泉鏡花
夜叉ケ池・天守物語	泉鏡花
草迷宮	泉鏡花
春昼・春昼後刻	泉鏡花
鏡花短篇集	川村二郎編
日本橋	泉鏡花
外科室・海城発電 他五篇	泉鏡花
海神別荘 他二篇	泉鏡花

鏡花随筆集	吉田昌志編
化鳥・三尺角 他六篇	泉鏡花
鏡花紀行文集	田中励儀編
俳句はかく解しかく味う	高浜虚子
俳句への道	高浜虚子
立子へ抄 —虚子より娘へのことば	高浜虚子
回想 子規・漱石	高浜虚子
有明詩抄	蒲原有明
宣言	有島武郎
カインの末裔・クララの出家	有島武郎
一房の葡萄 他四篇	有島武郎
寺田寅彦随筆集 全五冊	小宮豊隆編
柿の種	寺田寅彦
与謝野晶子歌集	与謝野晶子自選
与謝野晶子評論集	鹿野政直 香内信子編
私の生い立ち	与謝野晶子
つゆのあとさき	永井荷風

岩波文庫の最新刊

E・H・カー著／中村研一訳
平和の条件
第二次世界大戦下に出版された戦後構想。破局をもたらした根本原因をさぐり、政治・経済・国際関係の変革を、実現可能なユートピアとして示す。
〔白二二‐二〕　定価一七一六円

澤西祐典・柴田元幸編訳
芥川龍之介選 **英米怪異・幻想譚**
芥川が選んだ「新らしい英米の文芸」は、当時の〈世界文学〉最前線であった。芥川自身の作品にもつながる〈怪異・幻想〉の世界が、十二名の豪華訳者陣により蘇る。
〔赤N二〇八‐一〕　定価一五七三円

正岡子規著
俳諧大要
正岡子規（一八六七―一九〇二）による最良の俳句入門書。初学者へ向けて要諦を簡潔に説く本書には、俳句革新を志す子規の気概があふれている。
〔緑一三‐七〕　定価五七二円

レッシング作／笠原賢介訳
賢者ナータン
十字軍時代のエルサレムを舞台に、ユダヤ人商人ナータンが宗教的対立を超えた和合の道を示す。寛容とは何かを問うたレッシングの代表作。
〔赤四〇四‐二〕　定価一〇〇一円

……今月の重版再開……

曲亭馬琴著／徳田 武校注
近世物之本江戸作者部類
定価一二七六円
〔黄二二五‐七〕

実吉捷郎訳
トオマス・マン短篇集
定価一一五五円
〔赤四三三‐四〕